Cormac McCarthy

All die schönen Pferde

Roman

Deutsch von Hans Wolf

Rowohlt

Die Originalausgabe erschien 1992 unter dem Titel
«All The Pretty Horses»
bei Alfred A. Knopf, Inc., New York
Redaktion Thomas Überhoff

Der Übersetzer dankt Dirk van Gunsteren
und Michael Walter

1. Auflage August 1993

Umschlag- und Einbandgestaltung Walter Hellmann
Gesetzt aus der Garamond (Linotronic 500)
Gesamtherstellung Clausen & Bosse, Leck
Printed in Germany
ISBN 3 498 04348 x

All die schönen Pferde

I

DIE KERZENFLAMME und ihr im Wandspiegel gefangenes Ebenbild flackerten kurz auf, als er den Flur betrat; und noch einmal, als er die Tür schloß. Er nahm den Hut ab und trat langsam näher. Die Dielen knarrten unter den Stiefeln. Im schwarzen Anzug stand er im dunklen Glas, wo die Lilien sich so tiefblaß aus ihrer taillierten geschliffenen Vase neigten. Hinter ihm, über der schmalen Wandtäfelung im kalten Flur, hingen die glasgerahmten, matt erleuchteten Porträts von Ahnen, die ihm nur vage bekannt waren. Er blickte hinunter zum tropfenden Kerzenstummel. Preßte seinen Daumenabdruck in die warme Wachspfütze auf dem Eichenfurnier. Schließlich betrachtete er das verhärmte eingefallene Gesicht zwischen den Leichentuchfalten, den vergilbten Schnurrbart, die papierdünnen Lider. Das Gesicht schlief nicht. Schlief nicht.

Es war dunkel draußen, kalt und windstill. In der Ferne blökte ein Kalb. Er stand da, den Hut in der Hand. Du warst doch sonst immer ganz anders gekämmt, sagte er.

Im Haus war alles ruhig, bis auf das Ticken der Kaminuhr im Vorderzimmer. Er ging wieder nach draußen und schloß die Tür.

Dunkel, kalt und windstill; am Ostrand der Welt tauchte ein schmales graues Riff auf. Er marschierte hinaus in die Prärie und blieb stehen; den Hut in der Hand, stand er eine ganze Weile wie ein Bettler vor der umfassenden Düsternis.

Er wollte gerade zurück, da hörte er den Zug. Er blieb wieder stehen und sah ihm entgegen. Spürte ihn unter den Füßen. Der Zug drang aus dem Osten wie ein klotziger Satellit der aufgehenden Sonne, fernes Heulen und Röhren, der lange Scheinwerferstrahl glitt durchs Mezquitogestrüpp, schuf aus der Nacht die endlose Schanze des kahlen geraden Bahndamms, sog sie mit Leitung und Mast wieder ein, meilenweit in die Dunkelheit, hinten, am zarten neuen Horizont, löste sich träge der Kesseldampf auf, hinterherschallender Lärm, er stand immer noch da, den Hut in den Händen, und blickte dem Erderschütterer nach, bis er verschwunden war. Dann machte er kehrt und marschierte zurück zum Haus.

Als er eintrat, hob sie den Blick vom Herd und musterte ihn in seinem Anzug von oben bis unten. Buenos días, guapo, sagte sie.

Er hängte den Hut an einen Haken neben der Tür, zwischen Wettermäntel, Umhänge und überzählige Nägel; dann ging er zum Herd, nahm seinen Kaffee und stellte ihn auf den Tisch. Sie öffnete den Backofen, zog ein Blech mit süßen Brötchen heraus, legte eines davon auf einen Teller und servierte es ihm mit einem Buttermesser; dann strich sie ihm mit der Hand über den Hinterkopf und kehrte wieder zurück an den Herd.

Nett von dir, daß du die Kerze angezündet hast, sagte er.

Cómo?

La candela. La vela.

No fui yo, sagte sie.

La señora?

Claro.

Ya se levantó?

Antes que yo.

Er trank seinen Kaffee. Draußen wurde es grieselig hell; Arturo marschierte aufs Haus zu.

Er sah seinen Vater bei der Beerdigung. Er stand allein auf der anderen Seite des Kieswegs, nahe am Zaun. Einmal ging er hinaus auf die Straße zu seinem Wagen. Kurz darauf kehrte er wieder zurück. Vormittags war Nordwind aufgekommen, Schneegeriesel und

Staubwirbel durchzogen die Luft; die Frauen saßen da und hielten ihre Hüte fest. Das über der Grabstelle errichtete Zeltdach bot gegen die seitlich blasenden Böen keinen Schutz. Die Plane raschelte und flatterte; die Worte des Priesters verflogen im Wind. Dann war alles vorbei; als die Trauernden aufstanden und sich zum Gehen wandten, wehten ihre Klappstühle davon und purzelten zwischen die Grabsteine.

Abends sattelte er sein Pferd und verließ das Haus in westlicher Richtung. Der Wind hatte sich fast gelegt, und es war sehr kalt; vor ihm, unter den blutroten Wolkenriffen, kauerte blutrot und elliptisch die Sonne. Er ritt die übliche Strecke, wo die alte, von Norden aus dem Kiowagebiet nach Westen führende Komantschenroute abzweigte und dabei den äußersten Westrand der Ranch streifte; ihre schwache, südwärts ziehende Spur ließ sich durch die karge Prärie zwischen der nördlichen und mittleren Gabelung des Concho River verfolgen. Er ritt zur üblichen Stunde, wo die Schatten lang waren und die alte Route sich im rosenfarbenen schrägen Licht abzeichnete wie ein Traum aus der Vergangenheit, als die bemalten Mustangs und Reiter jenes verlorenen Stammes von Norden kamen, die Gesichter geweißt, die langen Haare gezwirbelt, jeder gewaffnet zum Krieg, der ihr Leben war, die Frauen und Kinder, Frauen mit Kindern an ihren Brüsten, alle dem Blut verpfändet und alle in Blut nur erlösbar. Wenn der Nordwind wehte, hörte man sie, die Pferde, ihr Schnauben und die in Rohleder gehüllten Hufe, das Klirren der Lanzen, das stete Schleifen der Schleppgerüste im Sand, wie eine vorüberkriechende Riesenschlange, die Knaben nackt auf ihren Wildpferden, lässig wie Zirkusreiter, Mustangs antreibend, die trottenden Hunde mit schlaff heraushängenden Zungen, die Sklaven folgten halbnackt und schwerbeladen zu Fuß, und über allem der leise Singsang des Reiterlieds, Stamm und Geisterstamm zogen in sanftem Choral durch die mineralische Einöde dem Dunkel entgegen, verloren für Geschichte und für Erinnerung, gleich einem Gral, Summe ihres weltlichen, vergänglichen und kriegerischen Lebens.

Er ritt weiter, die Sonne verkupferte sein Gesicht, der rote Wind blies von Westen. Er wandte sich südwärts, den alten Kriegspfad entlang, und ritt eine flache Anhöhe hinauf; dort saß er ab, ließ die Zügel los, ging ein paar Schritte und blieb stehen, als sei er am Ziel.

Im Gestrüpp lag ein alter Pferdeschädel; er ging in die Hocke, hob das Ding auf und drehte es hin und her. Zerbrechlich und spröde. Papierweiß verblichen. Er hockte im länglichen Licht und hielt den Schädel fest, die grotesken Zähne locker in ihren Höhlen. Die Nähte zwischen den Knochenplatten wie gezackte Schweißspuren. Das lautlose Rieseln von Sand in der Hirnschale, als er den Schädel umdrehte.

An Pferden gefiel ihm, was ihm auch an Menschen gefiel: Rasse und das feurige Blut, das sie trieb. Seine Verehrung, seine Liebe, seine ganze Neigung galt den Heißherzigen, und so würde es immer bleiben und sich niemals ändern.

Er ritt zurück in die Düsternis. Das Pferd beschleunigte den Schritt. Hinter ihm fächerte das letzte Tageslicht langsam über die Ebene und zog sich im kühlenden Blau von Schatten, Dämmer und Frost wieder hinter die Ränder der Welt zurück; ein paar letzte einsame Vogelzwitscher ertönten im dunklen Borstengesträuch. Er überquerte erneut die alte Route und mußte den Mustang heimwärts in Richtung Ebene lenken, aber die Krieger, zu Schemen geworden, ritten weiter dahin, klirrten vorüber mit ihrem steinalten Kriegsgerät, wesenlos, unter leisen blutvollen Gesängen strebten sie über die Ebenen sehnsüchtig südwärts nach Mexiko.

Das Haus war achtzehnhundertzweiundsiebzig erbaut worden. Siebenundsiebzig Jahre später war sein Großvater noch immer der einzige, der darin gestorben war. Wer sonst in jenem Flur aufgebahrt lag, den hatte man auf einem Gatter oder in einer Wagenplane gebracht, oder ihn in einer Lattenkiste aus grob gezimmertem Kiefernholz abgeliefert; am Eingang stand dann ein Fuhrmann mit einem Frachtbrief. Wenn überhaupt jemand gebracht wurde. Meistens erfuhr man vom Tod gerüchtweise. Durch einen vergilbten Zeitungsfetzen. Einen Brief. Ein Telegramm. Die Ranch maß, dem ältesten Grundbucheintrag zufolge, ursprünglich zweitausenddreihundert Morgen, das Haus war zuvor, achtzehnhundertsechsundsechzig, eine Hütte aus Latten und Flechtwerk mit nur einem einzigen Raum. Im selben Jahr ging der erste Viehtreck durch das Gebiet, damals noch Bexar County, und zog über den Nordrand der Ranch weiter nach Fort Sumner und Denver. Fünf Jahre später trieb sein Urgroßvater sechshundert Rinder durch; mit dem Erlös baute er das Haus, da umfaßte die Ranch bereits achtzehntausend Morgen. Achtzehnhundertdreiundachtzig wurde der erste Stacheldrahtzaun gezogen. Sechsundachtzig gab es keine Büffel mehr. Im damaligen Winter ein schlimmes Massensterben. Neunundachtzig wurde Fort Concho geräumt.

Sein Großvater war von acht Jungen der älteste und zugleich der einzige, der älter wurde als fünfundzwanzig. Die anderen ertranken, wurden erschossen, von Pferden zu Tode getreten. Kamen im Feuer um. Fürchteten offenbar nur, im Bett zu sterben. Die letzten beiden fielen achtzehnhundertachtundneunzig in Puerto Rico. Im selben Jahr heiratete sein Großvater und führte seine Braut heim auf die Ranch; damals spazierte er wohl oft hinaus, betrachtete seinen Besitz und sann lange über Gottes Wege und das Erstgeburtsrecht nach. Zwölf Jahre später, das Paar war noch kinderlos, raffte eine Grippeepidemie seine Frau dahin. Im Jahr darauf heiratete er die ältere Schwester der Verstorbenen, und wieder ein Jahr darauf kam die Mutter des Jungen zur Welt; sie blieb das einzige Kind. Der Name Grady wurde an dem Tag, als der Nordwind die Klappstühle übers welke Friedhofsgras wehte, mit dem Alten zu Grabe getragen. Der Junge hieß Cole. John Grady Cole.

Er traf seinen Vater in der Lobby des St. Angelus; die beiden marschierten die Chadbourne Street hinauf zum Eagle Cafe und hockten sich dort in die hintere Sitzecke. Als sie eintraten, verstummten an einigen Tischen die Gespräche. Ein paar Männer nickten seinem Vater zu, einer grüßte ihn mit Namen.

Die Bedienung nannte jeden Schnuckelchen. Sie nahm die Bestellung auf und schäkerte mit ihm. Sein Vater holte seine Zigaretten hervor, zündete sich eine an und legte die Packung mit dem Armeefeuerzeug obenauf auf den Tisch; dann lehnte er sich rauchend zurück und musterte seinen Sohn. Er erzählte, Onkel Ed Alison sei nach der Grabrede zum Priester gegangen und habe ihm die Hand gedrückt; die zwei hätten dagestanden, die Hüte festgehalten und sich dabei schräg gegen den Wind gestemmt wie Varietékomiker, drumherum das wütend flatternde Zeltdach, die Trauergemeinde übers ganze Gelände verstreut, in wilder Jagd nach den Klappstühlen, und der Onkel habe sich zum Priester vorgebeugt und ihm zugebrüllt, gut, daß die Beerdigung auf den Vormittag angesetzt worden sei, denn so wie die Sache aussehe, könne daraus bis zum Abend noch ein richtiger Sturm werden.

Sein Vater lachte in sich hinein. Dann begann er plötzlich zu husten. Er trank einen Schluck Wasser und hockte rauchend und kopfschüttelnd da.

Wie Buddy von der Panhandle oben zurückgekomm' iss, da hat er mir erzählt, wie's dort mal windstill war, da wären plötzlich sämtliche Hühner umgekippt.

Die Bedienung brachte den Kaffee. Bittschön, Schnuckelchen, sagte sie. 's andere kommt gleich.

Sie iss nach San Antonio, sagte der Junge.

Nennse nich sie.

Mama.

Ich weiß.

Sie tranken ihren Kaffee.

Was hast du jetzt vor?

Wie meinste?

Ganz allgemein.

Sie kann hin, wose will.

Der Junge begutachtete ihn. Davon, daß du die Dinger da rauchst, wird's auch nicht besser, sagte er.

Sein Vater schürzte die Lippen, trommelte mit den Fingern auf den Tisch und sah auf. Wenn ich dich wirklich mal frag, was ich machen soll, dann weißte, daßde groß genug bist, um's mir zu sagen, sagte er.

Woll Sir.

Brauchste Geld?

Nein.

Sein Vater musterte ihn. Du kommst schon zurecht, sagte er.

Die Bedienung servierte das Essen; dicke Porzellanteller mit Soßensteak, Kartoffeln und Bohnen.

'ch bring euch noch Brötchen.

Sein Vater steckte sich die Serviette ins Hemd.

Um mich mach ich mir ja auch keine Sorgen, sagte der Junge. Kann ich doch sagen, oder?

Sein Vater hob das Messer und schnitt ins Steak. Klar, sagte er. Kannste.

Die Bedienung brachte den Brötchenkorb, stellte ihn auf den Tisch und entfernte sich wieder. Sie begannen zu essen. Sein Vater aß nicht sehr viel. Nach einer Weile schob er mit dem Daumen den Teller weg, langte nach einer Zigarette, klopfte sie gegen das Feuerzeug, steckte sie in den Mund und zündete sie an.

Mir kannste ruhig sagen, was dir im Kopf rumgeht, egal, wases iss. Menschenskind. Von mir aus kannste mich sogar wege'm Rauchen anmotzen.

Der Junge gab keine Antwort.

Aber darum geht's ja wohl nich, oder?

Jau. Weiß ich.

Kümmerste dich auch gut um Rosco?

Der iss schon'ne Weile nicht mehr bewegt worden.

Wir könn' ja am Samstag mal los.

Klar.

Mußt aber nich, wennde was andres vorhast.

Neenee, hab ich nicht.

Sein Vater rauchte; der Junge musterte ihn.

Aber bloß, wenn's dir auch wirklich paßt, sagte sein Vater.

Iss schon okay.

Kannste mit Arturo dann laden und mich in der Stadt abholen?

Klar.

Um welche Zeit?

Wann stehst du denn auf?

Früh genug.

Dann sind wir um acht da.

Ich bin auf jeden Fall auf.

Der Junge nickte und aß weiter. Sein Vater sah in die Runde. Ich frag mich, wo man hier noch'n Kaffee kriegen kann.

Er hatte mit Rawlins die Pferde abgesattelt und sie im Dunkeln grasen lassen; kurz darauf lagen die beiden auf ihren Satteldecken, die Sättel dienten als Kopfkissen. Die Nacht war kalt und klar; glutrote Funken stoben vom Feuer hinauf zu den Sternen. Sie hörten die Lastwagen draußen auf dem Highway und sahen fünfzehn Meilen weiter nördlich die Lichtreflexe der Stadt über der Wüste.

Was haste jetzt vor? sagte Rawlins.

Keine Ahnung. Nix.

Was erwartste denn eigentlich? Er'ss immerhin zwei Jahre älter wie du. Hat schon'ne eigene Karre und so.

Bei dem iss doch nix dahinter. Noch nie gewesen.

Und was sagt *sie* dazu?

Nix. Wozu auch? Gibt eh nix zu sagen.

Naja, trotzdem, was erwartste denn eigentlich?

Nix.

Gehste am Samstag hin?

Nein.

Rawlins fischte eine Zigarette aus der Hemdtasche, richtete sich auf, nahm ein Stück Holz aus dem Feuer und zündete sie an. Er hockte da und rauchte vor sich hin. Also ich würd mich von der nich verarschen lassen, sagte er.

Er streifte die Kippenasche am Stiefelabsatz ab.

Iss die doch gar nich wert. Keine von denen iss das.

Der Junge blieb eine Weile stumm. Dann sagte er: Doch.

Wieder daheim, rieb er das Pferd ab, stallte es ein, schritt zum Haus und in die Küche. Luisa lag schon im Bett, alles war still. Er legte prüfend die Hand an die Kaffeekanne, holte sich eine Tasse und goß ein; dann marschierte er wieder hinaus und durch den Flur.

Er ging ins Büro seines Großvaters, trat an den Schreibtisch, knipste die Lampe an und setzte sich auf den alten eichenen Drehstuhl. Auf dem Tisch befand sich ein kleiner Messingkalender, der sich in seinem Gestell um eine Achse drehen ließ und dabei das Datum wechselte. Er zeigte noch immer den 13. September an. Ein Aschenbecher. Ein gläserner Briefbeschwerer. Eine Kladde mit dem Eintrag: Palmer, Landhandel. In einem schmalen Silberrahmen ein Foto von seiner Mutter nach erfolgreichem Highschool-Abschluß.

Das Büro roch nach altem Zigarrenrauch. Er beugte sich vor, knipste die kleine Messinglampe aus und saß im Dunkeln. Durchs vordere Fenster sah er die sternenerleuchtete Prärie nach Norden hin abfallen. Die schwarzen Kreuze der alten Telegrafenmasten spannten sich über die westwärts treibenden Konstellationen. Sein Großvater sagte einmal, die Komantschen hätten immer die Drähte gekappt und sie dann mit Roßhaaren wieder zusammengefügt. Er lehnte sich zurück und legte die bestiefelten Füße über Kreuz auf den Schreibtisch. Dürrer Lichtschein im Norden, vierzig Meilen entfernt. Die Uhr im Vorderzimmer auf der anderen Flurseite schlug elf.

Sie kam die Treppe herunter, stellte sich in die Bürotür und drehte am Wandschalter das Licht an. Sie trug ihren Morgenrock und stand mit verschränkten Armen da, die Ellbogen in die Hände gebettet. Er sah sie an; dann schaute er wieder zum Fenster hinaus.

Was machst du denn? sagte sie.

Rumhocken.

Sie blieb eine ganze Weile in ihrem Morgenrock da stehen. Dann drehte sie sich um, tappte wieder durch den Flur und die Treppe hinauf. Als er ihre Tür zugehen hörte, erhob er sich und machte das Licht aus.

Es gab noch ein paar letzte warme Tage; manchmal saß er nachmittags mit seinem Vater im Hotelzimmer auf weißen Korbmöbeln, bei geöffnetem Fenster, die dünnen Häkelgardinen wehten herein, die beiden tranken Kaffee, sein Vater goß dann immer ein bißchen Whiskey in seine Tasse, nippte daran und lugte zur Straße hinunter. Dort parkten Wagen von Ölscouts, die aussahen, als kämen sie direkt von der Front.

Wenn du's Geld hättest, würdste's dann kaufen? sagte der Junge.

Ich hatte's ja mal und hab's trotzdem nich gemacht.

Du meinst, deine Nachzahlung von der Armee?

Nee. Danach.

Was'n das höchste, was du mal so gewonnen hast?

Brauchste gar nich zu wissen. Kommst bloß auf dumme Gedanken.

Soll ich mal nachmittags 's Schachbrett mitbringen?

Zum Schach hab ich keine Geduld.

Aber zum Pokern.

Das iss was andres.

Wieso?

Da geht's um Zaster.

Sie saßen da.

Da draußen steckt noch'ne Menge Geld im Boden, sagte sein Vater. I C Clark Nummer eins, wose letztes Jahr fündig geworden sind, wirft ganz schön was ab.

Er nippte am Kaffee. Dann fischte er seine Zigaretten vom Tisch, zündete sich eine an, musterte den Jungen und sah wieder hinunter zur Straße. Nach einer Weile sagte er:

Ich hab mal in zweiundzwanzig Stunden sechsundzwanzigtausend Dollar gewonnen. In der letzten Runde lagen viertausend Dollar auf'm Tisch; drei waren noch dabei. Außer mir zwei Jungs aus Houston. Mit drei stinknormalen Damen bin ich zu Potte gekomm'.

Er drehte sich dem Jungen zu. Der saß mit halb erhobener Tasse da. Sein Vater wandte sich wieder ab und sah zum Fenster hinaus. Von der Pinke iss heut kein müder Dime mehr übrig, sagte er.

Und was soll *ich* jetzt machen?

Glaub nich, daß da noch viel zu machen iss.

Willst du nicht wenigstens mal mit ihr reden?

Geht nich.

Wieso nicht?

's letztemal ha'm wir neunzehnzweiundvierzig geredet, in San Diego, Kalifornien. Iss ja nich *ihre* Schuld. Bin halt nich mehr der, wo ich mal war. Leider. Iss einfach so.

Innerlich schon. Innerlich bist du's schon noch.

Sein Vater hustete. Er nahm einen Schluck aus der Tasse. Ja, sagte er. Innerlich schon.

Sie saßen eine ganze Zeitlang da.

Sie iss dort bei irgen'nem Theater oder so.

Jau. Ich weiß.

Der Junge griff sich seinen Hut vom Boden und legte ihn übers Knie. Ich muß wieder zurück, sagte er.

Auf den Alten hab ich nix kommen lassen, das weißte doch, oder?

Der Junge sah aus dem Fenster. Jau, sagte er.

Fang jetz ja nich zu heulen an.

Neenee.

Bloß nich.

Der hat nie aufgegeben, sagte der Junge. Hat mir immer gesagt, daß das nix bringt. 'ne Beerdigung, hat er gesagt, gibt's erst, wenn's auch was zu begraben gibt, und wenn's bloß seine Hundemarke iss. Die andern wollten nämlich schon deine Klamotten wegschenken.

Sein Vater grinste. Hättense ruhig machen können, sagte er. Mir ha'm eh bloß noch meine Stiefel gepaßt.

Er hat immer dran geglaubt, daß alle wieder zusammenkommen.

Jau; ich weiß.

Der Junge erhob sich und setzte den Hut auf. Ich muß los, sagte er.

Hat sich manchmal sogar für sie geprügelt. Noch wie'r älter war. Mit jedem, wo was über sie gesagt hat. Wenn ihm davon was zu Ohren gekomm' iss. Hat dabei nich grad'ne gute Figur gemacht.

Ich muß jetzt.

Okay.

Sein Vater nahm die Füße vom Fensterbrett. Ich komm mit runter. Brauch noch die Zeitung.

Sie standen in der gekachelten Lobby; sein Vater überflog die Schlagzeilen.

Wieso will Shirley Temple sich scheiden lassen? sagte er.

Er hob den Blick. Früher Winterdämmer in den Straßen. Vielleicht sollt ich mal zum Friseur, sagte er.

Er musterte den Jungen.

Ich weiß, wie du dich fühlst. Mir isses genauso gegangen.

Der Junge nickte. Sein Vater warf wieder einen Blick in die Zeitung; dann faltete er sie zusammen.

In der Bibel steht, die Sanftmütigen werden das Erdreich besitzen, und das kann vielleicht sogar stimmen. Ich bin ja kein Freidenker, aber ich sag dir mal was: Ich bin noch lang nich überzeugt, daß das auch gut so iss.

Er sah den Jungen an. Dann zog er seinen Schlüssel aus der Jakkentasche und reichte ihn ihm.

Geh doch nochmal hoch. Im Wandschrank iss was, das gehört dir.

Der Junge nahm den Schlüssel. Was denn? sagte er.

Irgendwas halt; hab ich für dich besorgt. Wollt's dir eigentlich erst zu Weihnachten schenken, aber ich hab keine Lust mehr, dauernd drüberzustolpern.

Woll Sir.

Außerdem siehste aus, als könnt dir'ne kleine Freude nich schaden. Wennde wieder gehst, gibste den Schlüssel einfach am Empfang ab.

Woll Sir.

Bis dann.

Okay.

Der Junge fuhr mit dem Lift wieder nach oben, ging durch den Flur, steckte den Schlüssel in die Tür, marschierte zum Wandschrank und machte ihn auf. Auf dem Boden, neben zwei Paar Stiefeln und einem Stapel schmutziger Hemden, lag ein nagelneuer Hamley-Formfitter-Sattel. Der Junge nahm ihn am Knopf, machte die Schranktür zu, trug ihn zum Bett, hob ihn mit Schwung hinauf und begutachtete ihn.

Heilige Scheiße, sagte er.

Er gab den Schlüssel am Empfang ab und marschierte, den Sattel über der Schulter, durch die Türen hinaus auf die Straße.

Er spazierte zur South Concho Street, setzte den Sattel ab und stellte sich davor. Es dunkelte, die Straßenlaternen waren bereits an.

Der erste Wagen war ein Laster, ein Ford Model A; er schlitterte heran, seine mechanischen Bremsen brachten ihn ruckweise zum Stehen. Der Fahrer lehnte sich herüber, kurbelte das Fenster ein Stück herunter und grölte mit Whiskeystimme: Schmeiß das Teil hinten drauf, Cowboy, und steig ein.

Woll Sir, sagte der Junge.

Die ganze nächste Woche fiel Regen; dann klarte es auf. Wenig später begann es von neuem. Gnadenlos klatschte der Regen auf die harte flache Prärie. Die Highwaybrücke bei Christoval war überflutet; die Straße wurde gesperrt. Hochwasser in San Antonio. Im Wettermantel seines Großvaters ritt er über die Alicia-Weide; der Südzaun stand bis zum oberen Draht unter Wasser. Die Rinder, auf Inseln, glotzten den Reiter freudlos an. Redbo glotzte freudlos zurück. Der Junge drückte dem Pferd die Absätze in die Flanken. Na los, sagte er. Mir stinkt das genauso wie dir.

Solange sie fort war, aß er mit Luisa und Arturo in der Küche. Nachts, nach dem Abendbrot, marschierte er manchmal hinaus zur Chaussee, fuhr per Anhalter zur Stadt, schlenderte durch die Straßen oder blieb vor dem Hotel in der Beauregard Street stehen und lugte hinauf zu dem Zimmer im dritten Stock, wo sein Vater schemenhaft oder als Schatten hinter den hauchdünnen Gardinen vorbeitappte, verschwand und dann wieder auftauchte, wie ein Blechbär in einer Schießbude, nur langsamer, schmaler, gequälter.

Nach ihrer Rückkehr aßen sie wieder zu zweit im Speisezimmer; sie saßen sich an den Enden des langen Walnußtischs gegenüber, Luisa bediente. Sie trug das letzte Gedeck hinaus, an der Tür drehte sie sich noch einmal um.

Algo más, señora?

No, Luisa. Gracias.

Buenas noches, señora.

Buenas noches.

Die Tür ging zu. Die Uhr tickte. Er hob den Blick.

Wieso willst du mir die Ranch nicht verpachten?

Dir die Ranch verpachten.

Genau.

Ich dachte, ich hätte dir schon gesagt, daß ich darüber nicht diskutieren will.

Das iss mir neu.

Nein, überhaupt nicht.

Kriegst auch das ganze Geld. Könntst machen, zu was du Lust hast.

Von wegen das ganze Geld. Du weißt ja nicht, was du sagst. Es gibt kein Geld. Die Erträge haben in den letzten zwanzig Jahren kaum die Unkosten gedeckt. Der letzte Weiße hat vor dem Krieg hier gearbeitet. Außerdem bist du erst sechzehn, da kannst du noch keine Ranch führen.

Kann ich doch.

Unsinn. Du mußt ja sogar noch zur Schule.

Sie legte die Serviette auf den Tisch, schob ihren Stuhl zurück, stand auf und verließ den Raum. Er rückte seine Kaffeetasse beiseite und lehnte sich auf dem Stuhl zurück. An der gegenüberliegenden Wand, über der Anrichte, hing ein Pferdegemälde in Öl. Ein halbes Dutzend Tiere mit langen wehenden Mähnen und wild blickenden Augen brach aus einem Korral. Das Bild war die Kopie einer Buchillustration. Die Pferde hatten die Nase von Andalusiern, die Gesichtsknochen von Berbern. Bei den vordersten sah man die Hinterhand, eine gut gebaute Hinterhand, kräftig genug für ein Quarter Horse. Als hätten die Tiere Steeldust im Blut. Aber sonst paßte nichts zusammen; solche Pferde waren ihm noch nie untergekommen, und einmal hatte er seinen Großvater nach ihrer Rasse gefragt, worauf der Alte, als sehe er das Gemälde zum erstenmal, den Blick von seinem Teller hob, erklärte, das seien Pferde aus einem Bilderbuch, und dann weiteraß.

Er stieg die Treppe zum Zwischengeschoß hoch, las auf dem gekörnten Türglas den bogenförmigen Namenszug *Franklin*, nahm den Hut ab, drehte am Knauf und trat ein. Das Mädchen blickte vom Schreibtisch auf.

Ich möchte zu Mr. Franklin, sagte er.

Sind Sie angemeldet?
Nein, Mam. Aber er kennt mich.
Wie ist Ihr Name?
John Grady Cole.
Moment.
Sie ging nach nebenan. Dann kam sie wieder zurück und nickte.
Er stand auf und durchquerte den Raum.
Hereinspaziert, Söhnchen, sagte Franklin.
Er trat ein.
Nimm Platz.
Er setzte sich.
Als der Junge sein Anliegen vorgetragen hatte, lehnte sich Franklin zurück und sah aus dem Fenster. Er schüttelte den Kopf. Dann beugte er sich wieder vor und verschränkte die Hände über dem Schreibtisch. Also erstens, sagte er, darf ich dich eigentlich gar nicht beraten. Interessenkonflikt nennt man das. Aber andererseits kann ich dir soviel wohl sagen: Es ist ihr Eigentum, und sie kann damit tun, was sie will.
Und ich hab dabei überhaupt kein Mitspracherecht.
Du bist noch minderjährig.
Was iss mit meinem Vater?
Franklin lehnte sich wieder zurück. Das ist 'ne knifflige Sache, sagte er.
Sie sind doch noch gar nich geschieden.
Doch.
Der Junge sah auf.
Da es bereits öffentlich bekannt ist, begeh ich damit wohl keinen Vertrauensbruch. Es stand sogar in der Zeitung.
Wann?
Das Scheidungsurteil wurde vor drei Wochen rechtskräftig.
Der Junge senkte den Blick. Franklin musterte ihn.
Also noch vor dem Tod des alten Herrn.
Der Junge nickte. Ich versteh schon, was Sie meinen, sagte er.
Tja, keine sehr angenehme Sache, Söhnchen. Aber daran läßt sich wohl nichts mehr ändern.

Hätten Sie nicht mir ihr reden können?

Hab ich getan.

Und was hat sie gesagt?

Das spielt ja nun keine Rolle mehr. Sie wird jedenfalls von ihrem Standpunkt nicht abrücken.

Der Junge nickte. Er saß da und schaute in seinen Hut.

Tja, Söhnchen, 's glaubt halt nicht jeder, daß das Leben auf einer westtexanischen Viehranch zur ewigen Seligkeit führt. Sie hat schlicht und einfach kein Bedürfnis danach. Wenn sich's lohnen würde, wär's wohl was anderes. Aber das tut's ja nicht.

Vielleicht doch.

Na, also darüber will ich jetzt nicht diskutieren. Wie auch immer, sie ist noch jung, und ich glaub, sie käm einfach gern mehr unter die Leute, mehr als bisher jedenfalls.

Sie iss doch schon sechsunddreißig.

Der Anwalt lehnte sich zurück. Er klopfte sich mit dem Zeigefinger auf die Unterlippe und ruckte auf dem Drehstuhl leicht hin und her. Herrgott, er ist doch selber schuld. Jeden Wisch hat er unterschrieben. Ist ohne Muckser auf alles eingegangen. Von mir hat er sich ja nichts sagen lassen, verdammt nochmal. Wie oft hab ich ihm geraten, sich einen Anwalt zu nehmen. Geraten? Bekniet hab ich ihn.

Jau, ich weiß.

Wayne sagt, zum Arzt geht er inzwischen auch nicht mehr.

Der Junge nickte. Tjau. Jedenfalls dankschön für Ihre Mühe.

Mehr hab ich leider nicht anzubieten. Kannst dich aber gern noch an jemand anders wenden.

Iss schon okay.

Wieso bist du denn heute nicht in der Schule?

Hab noch was vorgehabt.

Der Anwalt nickte. Aha, sagte er. Das ist natürlich auch'ne Entschuldigung.

Der Junge erhob sich und und setzte den Hut auf. Dankschön nochmal, sagte er.

Der Anwalt stand auf.

Manches auf dieser Welt läßt sich halt einfach nicht ändern, sagte er. Und das hier gehört wohl dazu.

Jau, sagte der Junge.

Nach Weihnachten kam sie nicht mehr zurück. Er saß mit Luisa und Arturo in der Küche. Luisa konnte nur unter Tränen darüber sprechen, daher war das Thema tabu. Nicht einmal ihre Mutter, die schon vor der Jahrhundertwende auf der Ranch war und seitdem dort lebte, hatte etwas davon erfahren. Arturo erbarmte sich schließlich und sagte es ihr. Sie hörte zu, nickte und wandte sich einfach ab.

Am nächsten Morgen stand er bei Tagesanbruch am Straßenrand, mit einer Ledermappe, in der ein frisches Hemd, ein Paar Socken, seine Zahnbürste, Rasiermesser und Rasierpinsel steckten. Die Mappe stammte noch von seinem Großvater, und der pelzverbrämte Entenjagdmantel, den er anhatte, gehörte einmal seinem Vater. Gleich der erste Wagen hielt an. Er stieg ein, stellte die Mappe im Fußraum ab und massierte sich die Hände zwischen den Knien. Der Fahrer lehnte sich herüber und prüfte nach, ob die Tür zu war; dann legte er den ersten Gang ein und fuhr los.

Die Tür da schließt nich mehr richtig. Wo soll's'n hin?

Nach San Antonio.

Ich aber fahr bloß bis Brady, Texas.

Iss mir recht.

Bist'n Vieheinkäufer?

Sir?

Der Mann nickte in Richtung der Mappe mit den Riemen und Messingverschlüssen. Ich hab gesagt, bist'n Vieheinkäufer?

Nein, Sir. Das iss bloß meine Tasche.

Also ich hätt jetz gedacht, du bist'n Vieheinkäufer. Wie lang haste denn schon da draußen gestanden?

'n paar Minuten.

Der Mann deutete auf einen dunkelorange schimmernden Plastikknopf am Armaturenbrett. Der Karren hier hat'ne Heizung, aber die bringt nich viel. Oder merkst *du* vielleicht was davon?

Woll Sir. Für mich reicht's dicke.

Der Mann sah nickend in den grauen feindseligen Dämmer. Dann zeigte er mit der flachen Hand träge nach vorne. Siehste das? sagte er.

Woll Sir.

Der Mann schüttelte den Kopf. Also mir kann der Winter gestohlen bleiben. Hab nie kapiert, zu was der überhaupt gut sein soll.

Er sah John Grady an.

Bist wohl nich sehr gesprächig, was?

Nicht besonders.

Iss ja auch kein Fehler.

Die Fahrt nach Brady dauerte ungefähr zwei Stunden.

Sie durchquerten die Stadt; am anderen Ende ließ ihn der Mann aussteigen.

In Fredericksburg stellste dich auf die Siebenundachtzig. Bloß nich auf die Zweihunnertneunzig, sonst landste nämlich in Austin. Alles klar?

Woll Sir. Dankschön nochmal.

Der Junge schloß die Tür, und der Mann hob nickend die Hand; dann wendete der Wagen auf der Straße und fuhr wieder zurück. Kurz darauf hielt schon der nächste; der Junge stieg ein.

Wie weit willste? sagte der Fahrer.

Schnee fiel in den San Saba, als sie den Fluß überquerten, Schnee fiel auf das Edwards-Plateau, der Kalkstein in den Balcones war schneeweiß; der Junge saß da und spähte hinaus, während die grauen Flocken im Schwung der Scheibenwischer über die Frontscheibe flirrten. Am Asphaltrand hatte sich durchsichtiger Matsch gebildet, und auf der Brücke über den Pedernales River lag Eis. Das grüne Wasser glitt träge an den dunklen Uferbäumen vorüber. Die Mezquitos entlang der Straße waren so dicht mit Misteln bewachsen, daß sie aussahen wie Immergrüneichen. Der Fahrer kauerte hinter dem Lenkrad und pfiff leise vor sich hin. Um drei Uhr nachmittags, in heftigem Schneesturm, erreichten sie San Antonio; der Junge stieg aus, bedankte sich, ging die Straße entlang ins erstbeste Café, setzte sich an den Tresen und legte die Mappe auf den Nachbarhocker. Er nahm die kleine Speisekarte aus dem Halter, schlug sie auf und blickte hinein; dann sah er zur Uhr an der Hinterwand. Die Bedienung servierte ihm ein Glas Wasser.

Iss hier die gleiche Uhrzeit wie in San Angelo? sagte er.

Ich hab gewußt, daß Sie mich sowas fragen, sagte sie. Hab's Ihnen direkt angesehn.

Wissen Sie's oder nicht?

Ich war noch nie in San Angelo, Texas.

Okay. Ich hätt gern'n Cheeseburger und'ne Schokomilch.

Sind Sie wege'm Rodeo hier?

Nein.

Iss die gleiche Uhrzeit, sagte ein Mann weiter hinten am Tresen.

Der Junge bedankte sich.

Hundertprozentig, sagte der Mann. Die gleiche Uhrzeit.

Die Bedienung notierte die Bestellung auf ihren Block; dann sah sie auf. Auf das, was der sagt, würd ich nix geben.

Er spazierte im Schnee durch die Stadt. Es wurde früh dunkel. Er stand auf der Commerce-Street-Brücke und beobachtete die im Fluß zerschmelzenden Flocken. Schnee lag auf den geparkten Wagen; es herrschte so gut wie kein Straßenverkehr mehr, ein paar Taxis oder Lastwagen noch, Scheinwerfer durchzogen träge den rieselnden Schnee und glitten in sanftem Reifensurren vorüber. Er quartierte sich bei der YMCA in der Martin Street ein, bezahlte zwei Dollar und ging die Treppe hinauf zu seinem Zimmer. Dort zog er die Stiefel aus, stellte sie auf den Heizkörper, streifte die Socken ab, legte sie neben die Stiefel, hängte den Mantel auf und streckte sich, den Hut über dem Gesicht, aufs Bett.

Um zehn vor acht stand er im frischen Hemd und mit seinem Geld in der Hand vor der Theaterkasse. Er nahm einen Platz in der dritten Balkonreihe und bezahlte eineinviertel Dollar dafür.

Ich bin zum erstenmal hier, sagte er.

Iss'n guter Platz, sagte das Mädchen.

Er bedankte sich, ging hinein und gab die Eintrittskarte einem Platzanweiser, der ihn zu der rot ausgelegten Treppe hinüberführte und ihm die Karte zurückreichte. Er stieg nach oben, fand seinen

Platz und saß dann, den Hut im Schoß, erwartungsvoll da. Das Theater war halb leer. Als die Lichter erloschen, standen um ihn herum einige der Besucher auf und drängten nach vorne. Dann ging der Vorhang hoch; seine Mutter trat aus einer Kulissentür und begann ein Gespräch mit einer Frau auf einem Stuhl.

In der Pause erhob er sich, setzte den Hut auf, marschierte hinunter zum Foyer, stellte sich in eine vergoldete Nische und drehte sich eine Zigarette; rauchend stand er da und stützte sich mit dem bestiefelten Fuß an der Hinterwand ab. Dann merkte er, daß die vorbeiziehenden Theaterbesucher ihm Blicke zuwarfen. Er krempelte ein Bein seiner Jeans um, bückte sich von Zeit zu Zeit und schnippte die weiche weiße Asche in den schmalen Hosenaufschlag. Er sah ein paar Männer mit Hüten und Stiefeln und nickte ihnen ernst zu; sie nickten zurück. Nach einer Weile gingen die Lichter im Foyer wieder aus.

Die Ellbogen auf der Rücklehne des leeren Vordersitzes, das Kinn auf den Unterarmen, hockte er da und verfolgte das Stück mit großer Aufmerksamkeit. Es kam ihm so vor, als sage es etwas aus über die Welt, wie sie war oder wohin sie trieb, aber das stimmte nicht. Es sagte überhaupt nichts aus. Als die Lichter angingen, gab es Beifall; seine Mutter mußte mehrmals hinaus, das ganze Ensemble kam auf die Bühne, hielt sich an den Händen und verbeugte sich; dann schloß sich der Vorhang endgültig, das Publikum stand auf und zog durch die Gänge zwischen den Sitzreihen nach oben. Er blieb noch lange im leeren Theater hocken; schließlich erhob er sich, setzte den Hut auf und tappte hinaus in die Kälte.

Als er am nächsten Morgen zum Frühstück aufbrach, war es noch dunkel; es hatte fast achtzehn Grad unter Null. Im Travis Park lagen fünfzehn Zentimeter Schnee. Das einzige offene Café war ein mexikanisches; er nahm Platz, bestellte Huevos Rancheros und Kaffee und sah die Zeitung durch. Er dachte, vielleicht etwas über seine Mutter zu finden, aber es stand nichts drin. Er war der einzige Gast im Café. Die Bedienung, ein junges Mädchen, beobachtete ihn. Als sie die Platte servierte, nahm er die Zeitung beiseite und schob die Tasse vor.

Más café? sagte sie.

Sí por favor.

Sie brachte frischen Kaffee. Hace mucho frío, sagte sie.

Bastante.

Die Hände in den Manteltaschen, den Kragen zum Schutz gegen den Wind hochgeschlagen, schlenderte er den Broadway entlang. Er marschierte in die Lobby des Menger Hotel, hockte sich in einen der Klubsessel, legte die Füße über Kreuz und schlug die Zeitung auf.

Gegen neun Uhr durchquerte sie am Arm eines Mannes in Anzug und Mantel die Lobby; das Pärchen marschierte zur Tür hinaus und bestieg ein Taxi.

Er blieb noch eine ganze Weile sitzen. Dann stand er auf und ging zur Rezeption. Der Empfangschef blickte ihn an.

Wohnt bei Ihnen eine Mrs. Cole? sagte der Junge.

Cole?

Ja.

Moment.

Der Empfangschef wandte sich ab und überprüfte die Anmeldeformulare. Dann schüttelte er den Kopf. Nein, sagte er. Kein Cole hier.

Danke, sagte der Junge.

Anfang März machten sie zum letztenmal einen gemeinsamen Ausflug; es war bereits warm, am Straßenrand blühte gelber mexikanischer Eisenhut. Bei McCullough's luden sie die Pferde ab und ritten dann über die mittlere Weide am Grape Creek entlang ins Hügelgelände. Der Bach war klar, grünes Moos rankte sich über die Kiesbänke. Gemächlich durchstreiften sie das offene Land, vorbei an Mezquitosträuchern und Nopalgewächsen. Von Tom Green County ritten sie weiter nach Coke County. Sie überquerten die alte Schoonover Road und zogen zwischen zerklüfteten, mit Zedern betupften Hügeln dahin, der Boden war mit Trappfels gepflastert; hundert Meilen nordwärts, auf den zartblauen Bergketten, sahen sie Schnee. Den ganzen Tag über wechselten sie kaum ein

Wort. Sein Vater saß ein wenig vornübergebeugt; die Zügel hielt er mit einer Hand, ungefähr fünf Zentimeter über dem Sattelknopf. So mager und zerbrechlich, verloren in seinen Kleidern. Beschaute mit tiefliegenden Augen die Landschaft, als komme ihm die Welt da draußen nach allem, was er von ihr schon gesehen hatte, verändert oder verdächtig vor. Als könne er sie nie wieder richtig sehen. Oder, schlimmer noch, sie endlich *richtig* sehen. Sie sehen, wie sie allzeit war und immerdar sein wird. Der Junge, der ein Stückchen vor ihm ritt, saß im Sattel, als liege ihm das Reiten nicht nur im Blut, was ja auch zutraf, sondern als würde er, verschlüge ihn Tücke oder Ungunst des Schicksals in ein seltsames Land, wo es keine Pferde gab, trotzdem welche ausfindig machen. Als wüßte er dann einfach, daß der Welt und ihm etwas fehlte, würde aufbrechen und so lange umherirren, bis er eines entdeckte – und wäre sich erst dann darüber im klaren, daß er tatsächlich am Ziel seiner Suche war.

Nachmittags passierten sie eine alte verfallene Ranch; an den Felsen der steinigen Mesa lehnten verkrüppelte Zaunpfähle mit den Überresten einer Drahtsorte, wie sie hierzulande seit Jahren nicht mehr benutzt wurde. Ein uraltes Wachthaus. Zwischen den Steinbrocken die Trümmer einer alten hölzernen Windmühle. Sie zogen weiter und scheuchten dabei Enten aus Kolken auf. Abends ritten sie die flachen Hügel hinunter, danach durch das mit rotem Lehm bedeckte Schwemmland in die Stadt Robert Lee.

Sie warteten, bis die Straße frei war; dann ließen sie die Pferde im Schritt über die Pfahlbrücke gehen. Der Fluß war rot von Schlamm. Sie ritten durch die Commerce Street, passierten die Seventh und zogen am Ufer entlang durch die Austin Street; vor dem Café saßen sie ab, banden die Pferde fest und gingen hinein.

Der Wirt kam herbei, um die Bestellung aufzunehmen. Er grüßte die beiden mit Namen. Der Vater hob den Blick von der Speisekarte.

Nu sag schon, wasde willst, sagte er zu dem Jungen. Er wartet nich ewig hier.

Was nimmst *du* denn?

Ich glaub, bloß Kaffee und Kuchen.

Was für Kuchen haben Sie denn? sagte der Junge.

Der Wirt blickte in Richtung Büfett.

Nur zu, iß mal was Richtiges, sagte der Vater. Ich weiß doch, daßde Hunger hast.

Sie bestellten; der Wirt brachte den Kaffee und ging wieder zurück zum Büfett. Der Vater fischte sich eine Zigarette aus der Hemdtasche.

Haste dir nochmal überlegt, wiede dein Pferd unterbringst?

Jau, sagte der Junge. Hab ich.

Wallace hat bestimmt nix dagegen, daßde's fütterst und'n Stall ausfegst oder so. Kannste ja noch mit ihm aushandeln.

Wird ihm aber nicht passen.

Wem, Wallace?

Nein. Redbo.

Sein Vater rauchte. Er schaute den Jungen an.

Triffste dich noch mit der kleinen Barnett?

Der Junge schüttelte den Kopf.

Wer hat'n Schluß gemacht, sie oder du?

Keine Ahnung.

Also sie.

Jau.

Sein Vater nickte. Er rauchte vor sich hin. Draußen auf der Straße zogen zwei Reiter vorbei; sie begutachteten die Männer und ihre Tiere mit prüfenden Blicken. Der Vater rührte lange in seinem Kaffee. Was unnötig war, denn er trank ihn schwarz. Er nahm den dampfenden Löffel und legte ihn auf die Papierserviette; dann hob er die Tasse, betrachtete sie und trank. Er blickte noch immer zum Fenster hinaus, obwohl es da nichts zu sehen gab.

Deine Mutter und ich, wir ha'm uns eigentlich nie richtig verstanden. Sie hatte nix gegen Pferde. Ich hab immer gemeint, das wär genug. Schön blöd von mir. Sie war damals noch jung, und ich hab mir gesagt, irgendwann müssen sich die fixen Ideen ja mal auswachsen; denkste. Aber vielleicht waren's auch gar keine fixen Ideen. Am Krieg allein hat's jedenfalls nich gelegen. Als der anfing, waren wir immerhin schon zehn Jahre verheiratet. Einfach abgehaun isse, da warst du grad mal sechs Monate alt. Und wiedergekommen isse erst, wiede ungefähr drei warst. Ich weiß, so ganz neu iss dir das nich; trotzdem, ich hätt's dir eigentlich schon viel früher erzählen sollen. Jedenfalls warenwer seitdem getrennt. Sie iss nach Kalifornien. Luisa hat sich damals um dich gekümmert. Luisa und Abuela.

Er sah den Jungen an; dann blickte er wieder zum Fenster hinaus.

Sie hat gewollt, daß ich nachkomm, sagte er.

Und wieso hast du's nicht gemacht?

Hab ich ja. Hab's aber nich lang ausgehalten.

Der Junge nickte.

Sie iss bloß wegen dir wieder zurückgekommen, nich wegen mir. Das wollt' ich eigentlich damit sagen.

Woll Sir.

Der Wirt brachte das Essen für den Jungen und servierte den Kuchen. Der Junge griff sich das Salz und den Pfeffer. Er blickte nicht auf. Der Wirt kam mit der Kaffeekanne, füllte die Tassen nach und entfernte sich wieder. Der Vater drückte die Zigarette aus, nahm die Gabel und stach sie in den Kuchen.

Sie wird mich sowieso'n paar Jährchen überdauern. Und da würd ich halt gern noch erleben, daß euer Knatsch mal'n Ende hat.

Der Junge gab keine Antwort.

Ohne sie wär ich heut gar nich hier. Als ich damals in Goshee lag, hab ich oft stundenlang mit ihr gequatscht. Hab mir eingeredet, daß sie'n Mensch iss, wo einfach alles kann. Ich hab ihr von'n paar andern erzählt, die's meiner Meinung nach garantiert nich schaffen würden, und habse gefragt, obse sich nich um sie kümmern und für sie beten will. Einige von den Jungs sind dann auch tatsächlich durchgekommen. Ich war damals wohl'n bißchen durchgedreht. Jedenfalls zeitweilig. Aber ohne sie hätt ich's bestimmt nich gepackt. Nie im Leben. Du bist der erste, dem ich's erzähl. Nich mal sie weiß was davon.

Der Junge aß. Draußen wurde es dunkel. Der Vater trank seinen Kaffee. Sie warteten auf Arturo, der mit dem Lastwagen kommen sollte. Das letzte, was sein Vater sagte, war, daß das Land nie wieder so sein würde, wie es mal war.

Die Leute fühlen sich nich mehr sicher, sagte er. Uns geht's wie den Komantschen vor zweihundert Jahren. Wir wissen nich, was am nächsten Tag auf uns zukommt. Wir wissen nichmal, was für'ne Hautfarbe er hat.

Die Nacht war lauwarm. Er lag mit Rawlins auf der Landstraße; unter ihren Rücken spürten sie die aus dem Asphalt strömende Wärme, und sie beobachteten die Sterne, wie sie die lange schwarze Schräge des Firmaments hinabsanken. In der Ferne hörten sie eine Tür zuschlagen. Eine Stimme rief etwas. Ein Kojote, der die ganze Zeit irgendwo in den Hügeln gejault hatte, verstummte. Dann begann er wieder zu heulen.

Schreit da jemand nach dir? fragte der Junge.

Kann schon sein, sagte Rawlins.

Sie lagen mit gespreizten Gliedern auf dem Asphalt, wie Gefangene, die ihrem Prozeß im Morgendämmer entgegenharren.

Weißes dein Alter schon? sagte Rawlins.

Nein.

Sagste's ihm noch?

Wozu?

Wann müßt ihr denn raus?

Spätestens ersten Juni.

Dann haste ja bis dahin noch Zeit.

Zu was?

Rawlins legte die Hacke des einen Stiefels auf die Spitze des anderen. Als wolle er den Himmel abschreiten. Mein Daddy iss schon mit fünfzehn von daheim abgehaun. Sonst wär ich nämlich in Alabama geboren.

Sonst wärst du überhaupt nicht geboren.

Wie kommst'n darauf?

Weil deine Mama aus San Angelo iss und er sie dann nie getroffen hätt.

Hätter halt jemand anders getroffen.

Sie aber auch.

Ja und?

Und dann wärst du nicht geboren.

Das kapier ich nich. Dann wär ich doch einfach woanders geboren.

Wieso?

Ja, wieso denn nich?

Wenn deine Mama von'nem anderen Mann 'n Kind hätt und dein Daddy eins von'ner anderen Frau, welches wärst dann du?

Na, keins davon.

Genau.

Rawlins lag da und beobachtete die Sterne. Nach einer Weile sagte er: Aber trotzdem, geboren wär ich. Ich säh halt vielleicht anders aus oder so. Wenn's der Herrgott gewollt hätt, dann wär ich auch geboren.

Und wenn nicht, dann nicht.

Mensch, du machst ei'm ja richtig Kopfschmerzen.

Ich weiß. Die mach ich mir selber.

Sie lagen da und beobachteten die Sterne.

Also, wie sieht's aus? sagte der Junge.

Keine Ahnung, sagte Rawlins.

Aha.

Ich mein, wennde in Alabama wärst, dann hättste wirklich allen Grund, nach Texas zu verduften. Aber wennde schon da bist – also ich weiß nich. Du hast jedenfalls viel mehr Grund zum Abhaun wie ich.

Mannometer, wieso willst du denn hierbleiben? Meinst du vielleicht, 's kratzt einer ab und du erbst was?

Blödsinn.

Na also. Wegen dir stirbt nämlich keiner.

Die Tür schlug zu. Die Stimme rief wieder.

Ich zisch lieber mal los, sagte Rawlins.

Er stand auf, klopfte sich den Hosenboden seiner Jeans ab und setzte den Hut auf.

Und wenn ich hierbleib, haust du dann trotzdem ab?

John Grady richtete sich auf und setzte den Hut auf. Ich bin schon so gut wie fort, sagte er.

In der Stadt sah er das Mädchen dann zum letztenmal. Kurz zuvor hatte er sich bei Cullen Cole in der North Chadbourne eine kaputte Kandare zurechtschweißen lassen und ging dann die Twohig Street hoch, als sie gerade aus dem Cactus Drug kam. Er wollte schon über die Straße, da rief sie ihn; er blieb stehen und wartete, bis sie bei ihm war.

Wolltest du mir etwa aus dem Weg gehn? sagte sie.

Er blickte sie an. Über sowas hab ich mir überhaupt keine Gedanken gemacht.

Sie musterte ihn. Man kann halt nicht über seinen eigenen Schatten springen, sagte sie.

Dann iss ja alles in Butter.

Ich dachte, wir könnten Freunde sein.

Er nickte. Iss schon okay. Bin eh nicht mehr lange hier.

Wo willst du denn hin?

Darf ich nicht sagen.

Warum denn nicht?

So halt.

Er schaute sie an. Sie musterte sein Gesicht.

Was glaubst du wohl, was er sagt, wenn er uns zwei hier so zusammenstehn sieht?

Er ist nicht eifersüchtig.

Na prima. Schöner Zug von ihm. Spart ihm'ne Menge Ärger.

Was soll das heißen?

Garnix. Ich muß los.

Haßt du mich?

Nein.

Aber mögen tust du mich auch nicht.

Er blickte sie an. Mannometer, du schaffst mich, sagte er. Was spielt das für'ne Rolle? Wenn du'n schlechtes Gewissen hast, dann sag mir, was ich sagen soll; dann sag ich's.

Das wär aber nicht ehrlich gemeint. Außerdem hab ich kein schlechtes Gewissen. Ich dachte bloß, wir könnten Freunde sein.

Er schüttelte den Kopf. Das iss nix als Gerede, Mary Catherine. Ich muß jetzt weiter.

Ja, und wenn schon. Alles ist doch Gerede, oder nicht?

Nicht alles.

Willst du wirklich fort aus San Angelo?

Jau.

Aber du kommst doch wieder.

Vielleicht.

Ich trag dir jedenfalls nichts nach.

Hast du auch gar keinen Grund zu.

Er sah die Straße hinauf; sie folgte seinem Blick, aber es gab nicht viel zu sehen. Dann wandte sie sich ihm wieder zu, und er schaute ihr in die Augen; sie waren feucht, aber das kam nur vom Wind. Sie streckte die Hand aus. Er wußte zunächst gar nicht, was sie wollte.

Ich wünsch dir jedenfalls alles Gute, sagte sie.

Er nahm ihre Hand; ganz klein in der seinen, traulich. Er hatte noch nie einem Mädchen die Hand geschüttelt. Paß auf dich auf, sagte sie.

Danke. Mach ich.

Er trat einen Schritt zurück, tippte an die Hutkrempe, drehte ab und marschierte wieder die Straße entlang. Er blickte sich nicht um, aber er sah sie in den Scheiben des Federal Building auf der anderen Straßenseite stehen; und sie stand immer noch da, als er die Ecke erreichte und endgültig aus dem Spiegel herausschritt.

Er stieg aus dem Sattel, öffnete das Tor und führte das Pferd hindurch; dann schloß er das Tor wieder und ließ das Tier am Zaun entlanggehen. Er duckte sich und hielt Ausschau nach Rawlins, aber der war nirgends zu sehen. An der Zaunecke ließ er die Zügel los und lugte hinüber zum Haus. Das Pferd schnupperte und schubste ihn mit der Nase am Ellbogen.

Bist du's, Alter? flüsterte Rawlins.

Kannst aber annehmen.

Rawlins führte sein Pferd herüber, blieb stehen und spähte zum Haus zurück.

Bist du soweit? sagte John Grady.

Jau.

Hat jemand was spitzgekriegt?

Nee.

Dann mal los.

Sekunde noch. Hab mein Zeug einfach aufs Pferd gepackt und bin so mit ihm her.

John Grady ergriff die Zügel und schwang sich in den Sattel. Da vorne brennt Licht, sagte er.

Mist.

Du kommst noch zu deiner eigenen Beerdigung zu spät.

Mann, 's iss ja noch nichmal vier. Du bist einfach zu früh.

Okay, auf geht's. Vielleicht kommt das Licht von der Scheune.

Rawlins versuchte seine Schlafrolle hinter dem Sattel festzuschnallen. In der Küche hat's'n Schalter. Der Alte iss jetz noch nich in der Scheune. Ich glaub nich, daßer um die Zeit schon rausgeht. Vielleicht holter sich bloß'n Glas Milch oder so.

Vielleicht lädt er aber auch bloß'ne Flinte oder so.

Rawlins stieg in den Sattel. Biste soweit? sagte er.

Schon lang.

Sie ritten am Zaun entlang und dann übers offene Weideland. Das Leder knarrte in der Morgenkälte. Sie ließen die Pferde kantern. Hinter ihnen erloschen die Lichter. Sie erreichten die Hochprärie, wo sie im Schrittempo weiterzogen; aus der Schwärze ringsum schwärmten die Sterne. Irgendwo in der leeren Nacht hörten sie kurz eine Glocke läuten, irgendwo, wo es gar keine Glocke gab; sie zogen über die runde Estrade der Erde, ein einziges lichtloses Dunkel, es trug sie und hob sie zum Himmel empor, sie ritten nicht unter, sondern mitten im Sternenschwarm, sie ritten unbeschwert und wachsam zugleich, wie eben erst freigelassene Diebe in der irisierenden Dunkelheit, wie junge Diebe in einem leuchtenden Obstgarten, mit leichten Jacken bekleidet gegen die Kälte und zehntausend Welten zur Auswahl.

Am Mittag des folgenden Tages hatten sie ungefähr vierzig Meilen hinter sich. Noch in vertrautem Gelände. Nachts kamen sie an der alten Mark-Fury-Ranch vorbei, vor deren Drahtzaun sie aus dem

Sattel stiegen; John Grady zog mit einem Werkzeug die Krampen heraus und stellte sich aufs Drahtgeflecht, bis Rawlins die Pferde hinübergeführt hatte; dann lüpfte er den Draht wieder hoch, schlug die Krampen in die Pfähle, verstaute das Werkzeug in seiner Satteltasche, saß auf und ritt weiter.

Was denken die Pfeifen sich eigentlich, wie man hier durchs Land reiten soll? sagte Rawlins.

Nix denken sie, sagte John Grady.

Sie ritten der Sonne nach und aßen die Sandwiches, die John Grady mitgenommen hatte; mittags versorgten sie die Pferde an einer alten Holztränke und führten sie dann durch ein ausgetrocknetes Bachbett voller Spuren von Rindern und Nabelschweinen zu einem Pappelhain. Rinder lagen unter den Bäumen; als die Reiter heranrückten, standen sie auf, glotzten und tappten davon.

Die zusammengerollten Mäntel unter den Köpfen, die Hüte über den Augen, lagen sie auf der trockenen Spreu unter den Bäumen; die Pferde standen weidend im Gras längs des Bachbetts.

Was hast'n für'ne Kanone dabei? sagte Rawlins.

Bloß Opas alten Bleiprügel.

Triffste mit dem überhaupt was?

Nein.

Rawlins grinste. Jetz ha'mwer's geschafft, was?

Jau.

Meinste, sie sind hinter uns her?

Wieso sollten sie?

Keine Ahnung. Kommt mir irgendwie alles zu einfach vor.

Sie hörten den Wind und die Geräusche der weidenden Pferde.

Ich sag dir mal was.

Schieß los.

Wär mir auch scheißegal.

John Grady setzte sich auf, fischte seinen Tabak aus der Hemdtasche und begann sich eine Zigarette zu drehen. Was denn? sagte er.

Er befeuchtete die Zigarette, steckte sie in den Mund, holte seine Streichhölzer hervor und gab sich Feuer; mit dem Rauch blies er das Streichholz aus. Dann drehte er sich um zu Rawlins, aber der war bereits eingenickt.

Spätnachmittags ritten sie weiter. Bei Sonnenuntergang hörten sie Lastwagen auf einem fernen Highway, und als sie am langen kühlen Abend westwärts eine Anhöhe hinaufzogen, sahen sie die Scheinwerfer auf dem Highway in wahlloser Regelmäßigkeit verschwinden und wieder auftauchen, ein langsames Hin und Her. Sie erreichten eine Ranch-Zufahrt und folgten ihr Richtung Highway, wo sie auf ein Tor stießen. Sie blieben stehen. Auf der anderen Straßenseite war kein Tor zu erkennen. Sie blickten den Lkw-Lichtern am Zaun entlang nach; weder ostwärts noch westwärts gab es ein Tor.

Und jetz? sagte Rawlins.

Keine Ahnung. Mir wär's jedenfalls recht, wenn wir heut nacht noch da rüberkämen.

Ich hab aber keine Lust, mein Pferd im Dunkeln an der Straße da langzuführen.

John Grady beugte sich ein Stück vor und spuckte aus. Ich auch nicht, sagte er.

Es wurde kälter. Das Tor klapperte im Wind; die Pferde traten unruhig auf der Stelle.

Was sind'n das für Lichter da vorn? sagte Rawlins.

Wahrscheinlich Eldorado.

Was meinste, wie weit isses bis dort?

Zehn, fünfzehn Meilen.

Und jetz?

Sie breiteten ihre Schlafrollen in eine Erdmulde, sattelten die Pferde ab, banden sie fest und schliefen dann bis Tagesanbruch. Als Rawlins sich aufrichtete, hatte John Grady bereits sein Pferd gesattelt und schnallte gerade die Schlafrolle fest. Da vorn an der Straße hat's'n Café, sagte er. Wie wär's mit'nem Frühstück?

Rawlins setzte den Hut auf und langte nach seinen Stiefeln. Du sprichst mir aus dem Herzen, mein Alter.

Sie führten die Pferde durch einen hinter dem Café liegenden Schrotthaufen aus alten Lkw-Türen, Getrieben und ausrangierten

Motorteilen und tränkten sie an einer Metallwanne, die zum Lokalisieren von Schlauchlöchern diente. Ein Mexikaner wechselte gerade einen Lastwagenreifen; John Grady ging auf ihn zu und fragte ihn nach dem Herrenklo. Der Mexikaner zeigte mit dem Kopf zur Seitenwand des Gebäudes.

Der Junge holte sein Rasierzeug aus der Satteltasche und trabte zur Toilette; er rasierte sich, spülte das Gesicht ab, putzte sich die Zähne und kämmte sich. Als er wieder herauskam, waren die Pferde unter einer Baumgruppe an einem Picknicktisch festgebunden; Rawlins saß im Lokal und trank Kaffee.

Er rutschte in die Sitzecke. Schon was bestellt? sagte er.

Hab noch auf dich gewartet.

Der Wirt brachte eine zweite Tasse Kaffee. Was darf's sein, Jungs? sagte er.

Sag an, sagte Rawlins.

John Grady bestellte drei Eier mit Schinken, Bohnen und Brötchen; Rawlins schloß sich ihm an und orderte zusätzlich Pfannkuchen mit Sirup.

Hau nur mal richtig rein.

Kannst aber singen, sagte Rawlins.

Die Ellbogen auf den Tisch gestützt, saßen sie da und blickten zum Fenster hinaus über die Ebene nach Süden, zu den fernen, unter der Morgensonne in ihre Schatten gehüllten Bergen.

Da müssenwer hin, sagte Rawlins.

John Grady nickte. Sie tranken ihren Kaffee. Der Wirt brachte zwei schwere weiße Steingutplatten mit dem Frühstück; kurz darauf kam er mit der Kaffeekanne zurück. Rawlins pfefferte die Eier, bis sie ganz schwarz waren. Dann bestrich er die Pfannkuchen mit Butter.

Da ißt einer seinen Pfeffer scheint's gern mit Eiern, sagte der Wirt. Er füllte die Tassen nach und marschierte wieder in die Küche zurück.

Jetz gib acht, sagte Rawlins. Ich zeig dir mal, wie Daddy mit'nem aufmüpfigen Frühstück fertig wird.

Laß sehn, sagte John Grady.

Könnt das Ganze grad nochmal bestellen.

Der Laden hatte kein Viehfutter. Sie kauften einen Eimer Haferschrot, bezahlten und gingen nach draußen. John Grady schnitt den Pappeimer mit dem Messer entzwei; dann schütteten sie das Haferschrot in zwei Radkappen, setzten sich an den Picknicktisch und rauchten; die Pferde fraßen solange. Der Mexikaner kam herüber und sah sich die Tiere an. Er war nicht viel älter als Rawlins.

Wo soll's'n hin? sagte er.

Nach Mexiko.

Wieso?

Rawlins warf John Grady einen Blick zu. Meinste, der hält dicht?

Jau. Der sieht okay aus.

Wir sind auf der Flucht, sagte Rawlins.

Der Mexikaner musterte die beiden.

Ha'm nämlich'ne Bank ausgeraubt.

Der Mann begutachtete die Pferde. Wer's glaubt, wird selig, sagte er.

Kennste dich aus in Mexiko? sagte Rawlins.

Der Mexikaner schüttelte den Kopf und spuckte aus. Bin noch nie dort gewesen.

Die Tiere hatten gefressen; die Jungen sattelten sie, führten sie vor dem Café die Auffahrt hinunter und dann über den Highway. Sie marschierten am Straßengraben entlang zum Tor, gingen hindurch und machten es hinter sich zu. Anschließend saßen sie auf und ritten der schmutzigen Ranch-Zufahrt nach. Nach ungefähr einer Meile schwenkte die Straße nach Osten; sie ließen sie hinter sich und zogen südwärts über die wellige Zedernebene.

Am späten Vormittag erreichten sie den Devil's River; sie tränkten die Pferde, streckten sich in den Schatten einer Gruppe von Schwarzweiden und studierten die Straßenkarte. Rawlins hatte sie im Café mitgenommen; er betrachtete sie und lugte dann südwärts zur Talsenke im Hügelgelände. Der amerikanische Kartenausschnitt war voller Straßen, Flüsse und Städte, bis hinunter zum Rio Grande; dahinter war alles weiß.

Von da unten iss scheint's nix drauf, oder? sagte Rawlins.

Nein.

Meinste, da gibt's überhaupt Karten von?

Klar gibt's Karten. Auf der iss es halt bloß nicht drauf. Ich hab aber noch eine in der Satteltasche.

Rawlins kam mit der Karte zurück, hockte sich auf den Boden und zog mit dem Finger die Reiseroute nach. Dann blickte er auf.

Und? sagte John Grady.

Scheiße, da unten gibt's überhaupt nix.

Sie verließen das Flußufer und zogen durch die trockene Talsenke in Richtung Westen. Welliges Grasland; der Tag war sonnig und kühl.

Eigentlich müßt's hier mehr Rinder geben, sagte Rawlins.

Stimmt.

Sie scheuchten Tauben und Wachteln aus dem Gras längs der Hügelkette. Hie und da ein Kaninchen. Rawlins saß ab, zog seinen kleinen 25-20er Karabiner aus dem Halfter und marschierte die Talsenke entlang. John Grady hörte ihn schießen. Kurz darauf kehrte Rawlins mit einem Kaninchen zurück; er steckte die Waffe wieder ins Halfter, holte sein Messer hervor, ging ein Stückchen abseits, kauerte nieder und brach das Tier auf. Kurz darauf erhob er sich, wischte die Klinge am Hosenbein ab, klappte das Messer zu, marschierte zu seinem Pferd, band das Kaninchen mit den Hinterläufen am Sattel fest und saß auf; dann ritten sie weiter.

Spätnachmittags überquerten sie eine nach Süden führende Straße und erreichten am Abend den Johnson's Run; sie kampierten an einer Pfütze in dem sonst trockenen Kiesbett des Flusses, tränkten die Pferde, legten ihnen Fußfesseln an und ließen sie grasen. Dann machten sie ein Feuer, häuteten das Kaninchen, spießten es auf einen frischen Ast und brieten es über dem Feuer. John Grady öffnete seinen schwärzlich verfärbten Jutebeutel, fischte einen kleinen Emailpott heraus, marschierte zum Bach und holte Wasser. Kurz darauf hockten sie da, schauten ins Feuer und beobachteten die schmale Mondsichel über den westlichen Hügeln.

Rawlins drehte sich eine Zigarette, zündete sie mit einem glühenden Holzstück an und lehnte sich wieder an seinen Sattel zurück. Ich sag dir mal was.

Schieß los.

An so'n Leben könnt ich mich glatt gewöhnen.

Er zog an der Zigarette, hielt sie zur Seite und tippte mit dem Zeigefinger behutsam die Asche ab. In Null Komma nix.

Den ganzen nächsten Tag über zogen sie durch Hügelland, die flachen felsigen Mesas mit Zedern betupft, die Yuccas an den Osthängen in weißer Blüte. Abends erreichten sie die Landstraße nach Pandale, schwenkten nach Süden und ritten der Straße nach in die Stadt.

Neun Gebäude, darunter ein Laden und eine Tankstelle. Sie banden die Pferde vor dem Laden fest und gingen hinein. Sie waren staubig, Rawlins unrasiert, beide rochen nach Pferden, Schweiß und Holzasche. Hinten hockten ein paar Männer auf Stühlen; sie blickten kurz auf und setzten dann ihr Gespräch fort.

Die beiden standen vor der Fleischvitrine. Die Ladnerin kam vom Tresen herbei, tappte hinter die Vitrine, holte sich eine Schürze und zog an einer Kette; oben ging die Glühbirne an.

Du siehst aus wie'n Desperado, sagte John Grady.

Du siehst auch nich grad wie'n Chorleiter aus, sagte Rawlins.

Die Frau band die Schürze hinter dem Rücken zu und musterte die beiden über die weiß emaillierte Vitrinenplatte hinweg. Was soll's sein, Jungs? sagte sie.

Sie kauften Mortadella, Käse, einen Laib Brot und ein Glas Mayonnaise. Eine Schachtel Kräcker und ein Dutzend Dosen Wienerwürste. Zwölf Tüten Koolaid, ein dickes Endstück vom Speck, einige Büchsen Bohnen, fünf Pfund abgepacktes Maismehl und eine Flasche Chilisoße. Die Frau wickelte Speck und Käse separat ein, befeuchtete mit der Zunge ihren Stift und zählte zusammen; dann packte sie die Lebensmittel in eine Tüte.

Wo kommt ihr'n her, Jungs? sagte sie.

Aus der Gegend von San Angelo.

Und ihr seid den ganzen Weg hergeritten?

Ja, Mam.

Oha, sagte sie.

Als sie am nächsten Morgen aufwachten, befanden sie sich in unmittelbarer Nähe eines kleinen Lehmziegelhauses. Eine Frau war in den Hof getreten und schüttete eine Spülschüssel aus. Sie blickte herüber und ging wieder hinein. Die beiden hatten die Sättel zum Lüften über einen Zaun gehängt; als sie sie holten, kam ein Mann aus dem Haus, blieb stehen und sah ihnen zu. Sie sattelten die Pferde, führten sie zur Straße, saßen auf und zogen in südlicher Richtung davon.

Wasse daheim jetz wohl machen? sagte Rawlins.

John Grady beugte sich ein Stück vor und spuckte aus. Tja, sagte er, denen geht's garantiert saumäßig gut. Haben wahrscheinlich'ne Ölquelle aufgetan. Im Moment sind sie bestimmt in der Stadt und kaufen sich neue Autos und so.

Blödsinn.

Sie ritten dahin.

Isses dir mal so richtig beschissen gegangen? sagte Rawlins.

Wieso?

Keine Ahnung. Einfach so. Ich frag bloß.

Manchmal schon. Wenn du irgendwo bist, wo du nicht hingehörst, dann geht's dir eigentlich immer beschissen.

Mal angenommen, dir geht's beschissen, und du fragst dich, wieso. Heißt das dann, daßde irgendwo bist, wode nich hingehörst, und du weißt gar nix davon?

Sag mal, was'n los mit dir?

Keine Ahnung. Nix. Ich glaub, ich sing mir mal einen.

Er fing an: Will you miss me, will you miss me. Will you miss me when I'm gone.

Kennste eigentlich den Sender Del Rio? sagte er.

Jau.

Ich hab mal gehört, den kannste nachts kriegen, wennde dir'n Stück Zaundraht zwischen die Zähne klemmst. Brauchst gar kein Radio dazu.

Und das glaubst du?

Wieso nich?

Hast du's mal ausprobiert?

Jau. Einmal.

Sie ritten dahin. Rawlins begann wieder zu singen. Was zum Geier iss eigentlich'n flowery boundary tree? sagte er.

Frag mich was Leichteres.

Unter einem steilen Kalkfelsen stießen sie auf einen Bach und überquerten eine breite Kiesbank. Bachaufwärts waren nach den letzten Regenfällen kleine Tümpel entstanden; zwei Reiher standen da, die Beine in ihren langen Schatten. Einer stieg auf und flog davon, der andere rührte sich nicht. Eine Stunde später überquerten sie den Pecos River; sie ritten durch die Furt, der Fluß war klar, ein wenig salzig und floß rasch über das Kalkbett, die Pferde lugten nach vorne ins Wasser, schritten behutsam über die breiten Trappfelsplatten und beäugten die in den Felsritzen wabernden, grün im Morgenlicht schillernden Moosranken. Rawlins beugte sich aus dem Sattel, streckte die Hand ins Wasser und hielt sie prüfend an den Mund. Schmeckt nach Gips, sagte er.

Unter einer Weidengruppe am anderen Ufer saßen sie ab, machten sich Sandwiches mit Mortadella und Käse, vesperten, hockten dann rauchend da und beobachteten den vorbeiströmenden Fluß. Irgendwer iss schon'ne ganze Weile hinter uns her, sagte John Grady.

Haste jemand gesehn?

Bis jetzt noch nicht.

Reiter?

Jau.

Rawlins spähte zur Landstraße auf der anderen Flußseite. Vielleicht'n Ausflügler.

Nee, dann wär er schon längst hier aufgetaucht.

Vielleicht isser abgebogen.

Wohin denn?

Rawlins rauchte vor sich hin. Was meinste, was der will?

Keine Ahnung.

Und was machenwer jetz?

Einfach weiterreiten. Entweder er zeigt sich, oder er läßt's bleiben.

Sie verließen die Flußaue und ritten Seite an Seite langsam die staubige Straße entlang auf ein Hochplateau, wo sie freie Aussicht nach Süden hatten, über das mit Gänseblümchen bedeckte wellige Grasland. Im Westen, eine Meile entfernt, spannte sich ein Drahtzaun wie eine schlampig gezogene Naht von Pfahl zu Pfahl quer durchs graue Gelände; dahinter standen ein paar Antilopen, die zu ihnen herüberblickten. John Grady wendete sein Pferd und spähte zurück zur Straße. Rawlins hielt an.

Iss da einer? sagte er.

Jau. Irgendwo da hinten.

Sie ritten das Plateau entlang weiter, bis sie eine breite Bajada oder Senke erreichten. Rechts, ein Stück abseits, stand eine dichte Zederngruppe; Rawlins nickte zu den Bäumen hinüber und ließ sein Pferd langsamer gehen.

Wie wär's, wennwer uns da drüben mal auf die Lauer legen?

John Grady lugte noch einmal nach hinten. Okay, sagte er. Wir reiten noch'n Stück weiter und dann wieder zurück. Wenn er merkt, daß unsre Spuren hier aufhören, weiß er gleich, wo wir stekken.

Alles klar.

Sie ritten noch eine halbe Meile; dann bogen sie von der Straße ab, kehrten zu den Zedern um, stiegen aus den Sätteln, banden ihre Pferde fest und hockten sich auf den Boden.

Meinste, wir ha'm noch Zeit für'ne Fluppe? sagte Rawlins.

Solang du eine hast, laß sie qualmen, sagte John Grady.

Sie saßen da, rauchten und beobachteten die Straße. Sie warteten eine ganze Weile; niemand kam. Rawlins legte sich hin und schob den Hut übers Gesicht. Keine Angst, ich penn nich ein, sagte er. Will mich bloß'n Moment ausruhn.

Kaum war er eingenickt, stupste ihn John Grady am Stiefel. Rawlins fuhr hoch, setzte den Hut auf und hielt Ausschau. Ein Reiter kam die Straße entlang. Selbst über diese Entfernung hin gaben sie Kommentare zu seinem Pferd ab.

Der Reiter rückte näher; dann war er auf ungefähr hundert Meter heran. Er trug einen breitkrempigen Hut und einen Overall. Er ließ sein Pferd langsamer gehen und spähte zur Senke herüber, genau in ihre Richtung. Dann ritt er weiter.

Das'ss ja noch'n Knülch, sagte Rawlins

Mannometer, iss *das*'n Pferd, sagte John Grady.

Kannste laut sagen.

Meinste, er hat uns gesehn?

Nein.

Und jetzt?

Wir warten noch'n Moment; dann reiten wir einfach hinter ihm her.

Sie blieben hocken, bis der Reiter fast außer Sicht war; dann banden sie die Pferde los, saßen auf und ritten zur Straße.

Als der Reiter sie hörte, hielt er an und drehte sich um. Er schob sich den Hut zurück, blieb im Sattel hocken und blickte den beiden entgegen. Sie ritten heran und nahmen ihn in die Mitte.

Biste etwa hinter uns her? sagte Rawlins.

Der Junge war ungefähr dreizehn Jahre alt.

Nee, sagte er.

Wieso bist uns dann nachgeritten?

Bin ich doch garnich.

Rawlins warf John Grady einen Blick zu. John Grady musterte den Jungen. Dann spähte er zu den fernen Bergen, betrachtete wieder den Jungen und schaute hinüber zu Rawlins. Rawlins hatte die Hände locker am Sattelknopf. Du spionierst also nich hinter uns her? sagte er.

Ich will nach Langtry, sagte der Junge. Ich kenn euch doch garnich.

Rawlins blickte zu John Grady. John Grady drehte sich eine Zigarette und begutachtete dabei den Jungen, seine Ausrüstung und sein Pferd.

Wo hast'n das Pferd her? sagte er.

Iss meins.

John Grady steckte sich die Zigarette in den Mund, fischte ein Streichholz aus der Hemdtasche, riß es am Daumennagel an und gab sich Feuer. Und der Hut, gehört der auch dir? sagte er.

Der Junge hob den Blick zur Krempe. Dann sah er hinüber zu Rawlins.

Wie alt bist du denn? sagte John Grady.

Sechzehn.

Rawlins spuckte aus. Mannometer, das glaubste ja selber nich.

Woher willst'n das wissen?

Sieht doch'n Blinder, daßde noch keine sechzehn bist. Wo kommst'n überhaupt her?

Aus Pandale.

Und dort haste uns gestern abend gesehn, stimmt's?

Jau.

Bist etwa abgehaun?

Der Junge schaute die beiden an. Und wenn?

Rawlins warf John Grady einen Blick zu. Was machenwer jetz?

Keine Ahnung.

Vielleicht kriegenwer das Pferd in Mexiko los.

Jau.

Hab aber keine Lust, wieder so wie beim letztenmal extra'n Grab zu schippen.

Mann, sagte John Grady, das war doch *deine* Idee. Wenn's nach mir gegangen wär, hätten wir ihn einfach den Geiern überlassen.

Wollenwer losen, wer ihn umlegen soll?

Okay. Auf geht's.

Zahl oder Wappen? sagte Rawlins.

Zahl.

Die Münze wirbelte in die Luft. Rawlins fing sie auf, klatschte sie auf den Handrücken, hielt sie demonstrierend so hin und zog die Hand wieder zurück.

Zahl, sagte er.

Na, dann gib mir mal deine Knarre.

Find ich gemein, sagte Rawlins. Du hast doch schon die drei letzten gehabt.

Okay, dann mach du. Hab aber dann einen gut bei dir.

Alles klar. Halt mal sein Pferd fest. Nich daßes beim Ballern noch durchgeht.

Ihr wollt mich verscheißern, sagte der Junge.
Wie kommst du denn darauf?
Ihr habt doch noch keinen umgelegt.
Wenn du meinst. Dann bist du halt der erste.
Ich merk schon lang, daß ihr bloß Quatsch macht.
Ah ja? sagte Rawlins.
Iss jemand hinter dir her? sagte John Grady.
Nee.
Aber hinter dem Pferd, oder?
Der Junge gab keine Antwort.
Und du willst wirklich nach Langtry?
Jau.
Aber nich mit uns, sagte Rawlins. Sonst landenwer wegen dir noch im Knast.
Das Pferd gehört mir, sagte der Junge.
Hör zu, Kleiner, sagte Rawlins; mir iss scheißegal, wem das Pferd gehört. Deins isses jedenfalls nich. Komm, Alter, wir ziehn wieder los.
Sie wendeten die Pferde, ließen sie antraben und ritten dann, ohne sich noch einmal umzudrehen, der Straße nach weiter in Richtung Süden.
Hätt nich gedacht, daßer so wenig Theater macht, sagte Rawlins.
John Grady schnippte die Kippe nach vorn auf die Straße. Der Knallfrosch läuft uns bestimmt nochmal über'n Weg.
Gegen Mittag verließen sie die Straße und ritten in südwestlicher Richtung durchs offene Grasland. Sie versorgten die Pferde an einer stählernen Tränke vor einer alten, träge im Wind knarrenden Windmühle. Weiter südlich weidete Vieh im Schatten einiger Emory-Eichen. Sie beschlossen, Langtry zu umgehen und nachts den Fluß zu überqueren. Der Tag war warm; sie spülten ihre Hemden aus, zogen sie feucht wieder an, saßen auf und ritten weiter. Hinter sich sahen sie die Straße etliche Meilen weit nach Nordosten laufen; von einem Reiter war nichts zu erkennen.
Ein Stück östlich von Pumpville überquerten sie abends den Bahndamm der Southern Pacific und schlugen eine halbe Meile wei-

ter ihr Lager auf. Als sie die Pferde abgerieben, angepflockt und ein Feuer gemacht hatten, war es bereits dunkel. John Grady stellte seinen Sattel neben das Feuer, marschierte in die Prärie und blieb lauschend stehen. Unter dem purpurnen Himmel zeichnete sich der Wasserbehälter von Pumpville ab. Daneben die Mondsichel. Hundert Meter abseits hörte er die weidenden Pferde. Ansonsten lag die Prärie in graublauer Stille.

Am nächsten Morgen überquerten sie den Highway 90 und durchzogen dann mit grasendem Vieh bevölkertes Weideland. Fern im Süden tauchten hie und da die mexikanischen Berge geisterhaft aus dem Zwielicht der treibenden Wolkendecke. Zwei Stunden später waren sie am Fluß. Sie hockten sich auf eine niedrige Klippe, nahmen die Hüte ab und beobachteten das strömende Wasser. Es war lehmfarben und trübe; flußabwärts hörten sie es durch die Felsritzen blubbern. Die Sandbank direkt unter ihnen war dicht mit Weiden und Ried bewachsen; Myriaden von Schwalben flirrten ständig über den fleckigen, von Nisthöhlen zernarbten Steilhang am anderen Ufer. Dahinter lag wieder welliges Ödland. Die beiden blickten sich an und setzten die Hüte auf.

Sie ritten stromaufwärts zu einem Bach und dann dessen Lauf abwärts bis hinaus auf eine Kiesbank; dort hielten sie an und begutachteten das Wasser und die Umgebung. Rawlins drehte sich eine Zigarette, legte das Bein über den Sattelknopf und saß rauchend da.

Vor wem versteckenwer uns überhaupt? sagte er.

Weißt du jemand, vor dem wir uns *nicht* verstecken müssen?

Also ich seh da drüben nix, wode dich verdrücken kannst.

Das sagt einer da drüben auch, wenn er hier rüberguckt.

Rawlins hockte rauchend im Sattel. Er gab keine Antwort.

Da vorn wär'n Übergang gewesen, direkt hinter der Sandbank, sagte John Grady.

Dann mal los.

John Grady beugte sich vor und spuckte in den Fluß. Ich mach ja gern, was du sagst, sagte er. Ich hab bloß gedacht, wir wollten auf Nummer Sicher gehn.

Ich hätt's halt am liebsten schon hinter mir.

Ich auch, Partner. Er sah Rawlins an.

Rawlins nickte. Okay, sagte er.

Sie ritten wieder ein Stück bachaufwärts; am Ende der Kiesbank stiegen sie von den Pferden, sattelten sie ab und pflockten sie im Ufergras an. Dann setzten sie sich in den Schatten der Weiden, aßen Wienerwürste und Kräcker und tranken Bachwasser mit Koolaid. Meinste, bei den Mexis gibt's Wienerle? sagte Rawlins.

Spätnachmittags marschierte John Grady bachaufwärts; den Hut in der Hand, die Prärie in Augenhöhe, blieb er stehen und spähte übers wehende Gras in Richtung Nordosten. Eine Meile entfernt überquerte ein Reiter die Ebene. Er beobachtete ihn.

Wieder zurück im Lager, weckte er Rawlins.

Was'n los? sagte Rawlins.

Da kommt einer. Wahrscheinlich der Knülch.

Rawlins rückte den Hut zurecht; dann stieg er das Ufer hoch und hielt Ausschau.

Kannst was erkennen? rief John Grady.

Rawlins nickte. Er beugte sich vor und spuckte aus.

Vielleicht nich ihn, aber auf jeden Fall seinen Gaul.

Hat er dich schon gesehn?

Keine Ahnung.

Er reitet genau in unsere Richtung.

Dann hater mich garantiert im Visier.

Am besten, wir jagen ihn fort.

Rawlins blickte wieder zurück zu John Grady. Der Hampelmann kommt mir irgendwie nich ganz hasenrein vor.

Mir auch nicht.

Vielleicht isser garnich so grün, wie'r aussieht.

Was macht er jetzt? sagte John Grady.

Reiten.

Komm mal lieber wieder runter. Vielleicht hat er uns doch nicht gesehn.

Jetz hält er an, sagte Rawlins.

Und?

Jetz reitet er weiter.

Sie warteten darauf, daß er auftauchte. Wenig später hoben die Pferde die Köpfe und starrten flußabwärts. Kurz darauf hörten sie jemand ins Bachbett reiten, das Knirschen von Kies, das leise Klirren von Metall.

Rawlins holte sein Gewehr; dann marschierten die beiden bachab zum Fluß. Der Junge hielt seinen großen Fuchs unweit der Kiesbank im Flachwasser und spähte über den Fluß. Dann drehte er sich zur Seite; als er die beiden erblickte, schob er mit dem Daumen den Hut zurück.

Hab doch gewußt, daß ihr nich rüberseid, sagte er. Da drüben bei den Mezquitos sind nämlich zwei Rehe am Äsen.

Rawlins hockte sich in den Kies, pflanzte sein Gewehr vor sich auf, hielt es fest und legte das Kinn auf den Arm. Mannomann, was machenwer bloß mit dir? sagte er.

Der Junge sah abwechselnd vom einen zum anderen. In Mexiko iss keiner hinter mir her.

Kommt ganz drauf an, wasde angestellt hast, sagte Rawlins.

Nix.

Wie heißt du eigentlich? sagte John Grady.

Jimmy Blevins.

Quatsch, sagte Rawlins. Das'ss doch der aus'm Radio.

Das'n anderer Jimmy Blevins.

Iss dir jemand gefolgt?

Nee.

Woher willst'n das wissen?

So halt.

Rawlins warf John Grady einen Blick zu; dann schaute er wieder den Jungen an. Haste überhaupt was zu futtern dabei? sagte er.

Nee.

Zaster?

Nee.

Du bist mir vielleicht'n Kaffer.

Der Junge zuckte die Achseln. Das Pferd machte einen Schritt durchs Wasser und blieb wieder stehen.

Rawlins schüttelte den Kopf, spuckte aus und lugte über den Fluß. Eins würd ich halt zu gern wissen.

Was denn?

Wieso zum Geier wir dich mitnehmen sollen.

Der Junge gab keine Antwort. Er hockte im Sattel und betrachtete das vorbeiströmende sandige Wasser und die schmalen Schatten des Weidengezweigs, die sich im Abendlicht über die Kiesbank spannten. Dann spähte er zu den blauen Sierras im Süden, rückte den Overallträger zurecht, drehte sich, den Daumen unter den Latz gehakt, wieder herüber und blickte die beiden an.

Weil ich'n Amerikaner bin, sagte er.

Rawlins wandte sich kopfschüttelnd ab.

Unter dem weißen Viertelmond zogen sie über den Fluß, nackt, bleich und schmächtig auf ihren Pferden. Die Stiefel hatten sie verkehrt herum in die Jeans gesteckt, die Hemden und Jacken hinterher, dazu die mit Rasierzeug und Munition gefüllten Jutebeutel; anschließend hatten sie die Jeans mit dem Gürtel zugeschnürt, sich die verknoteten Hosenbeine um den Hals gehängt, dann, nur mit dem Hut bekleidet, die Pferde zur Sandbank geführt, die Gurte gelockert, sich in die Sättel geschwungen und die Tiere mit bloßen Fersen ins Wasser getrieben.

In der Flußmitte begannen die Pferde zu schwimmen, sie reckten schnaubend die Hälse aus dem Wasser, ihre Schweife fluteten hinterher. Die Strömung zog sie flußab, die nackten Reiter beugten sich vor und sprachen ihnen gut zu; Rawlins hielt mit der einen Hand das Gewehr hoch, hintereinander bewegten sie sich auf das fremde Ufer zu, wie eine Bande von Marodeuren.

Sie ritten aus dem Fluß durch die Weidengruppe und zogen im Gänsemarsch durch die Untiefen stromaufwärts weiter zu einem langen Kiesstrand; dort nahmen sie die Hüte ab, drehten sich um und spähten zurück zu dem Land, das sie verlassen hatten. Kein Wort fiel. Dann trieben sie plötzlich die Pferde an, galoppierten den Strand hinauf, machten kehrt, galoppierten lachend und hutwedelnd wieder zurück, hielten an und tätschelten den Tieren die Schulter.

Mannomann, sagte Rawlins. Wißt ihr, wo wir jetz sind?

Sie hockten im Mondschein auf ihren dampfenden Pferden und blickten sich an. Dann saßen sie in aller Ruhe ab, nahmen die Jeans vom Hals, zogen sich an und führten die Pferde aus der Weidengruppe über die Kiesbänke hinauf zur Ebene; dort saßen sie auf und ritten über die trockene Savanne von Coahuila nach Süden.

Sie lagerten am Rand eines Mezquitofeldes; am nächsten Morgen brieten sie Speck und Bohnen, buken sich Fladen aus Maismehl und Wasser, saßen dann vespernd da und betrachteten die Landschaft.

Wann hast'n zum letztenmal was gefuttert? sagte Rawlins.

Neulich, sagte der Junge.

Neulich.

Jau.

Rawlins musterte ihn. Wie heißte nochmal? Blivet?

Nee, Blevins.

Weißte, was'n Blivet iss?

Was denn?

So überflüssig wie'n Kropf.

Blevins hörte einen Moment auf zu kauen. Er spähte hinüber nach Westen; Rinder waren aus der Talsenke heraufgekommen, sie standen nun in der Ebene im Sonnenlicht. Blevins kaute weiter.

Ihr habt mir noch garnich gesagt, wie ihr heißt, sagte er.

Hast ja auch noch garnich gefragt.

Das hab ich aber anders gelernt.

Rawlins starrte ihn freudlos an; dann wandte er sich ab.

John Grady Cole, sagte John Grady. Und das da iss Lacey Rawlins.

Der Junge nickte. Er kaute weiter.

Wir kommen aus der Gegend von San Angelo, sagte John Grady.

Da bin ich noch nie gewesen.

Sie rechneten damit, daß der Junge nun seinerseits sagte, wo er herkam, aber er blieb stumm.

Rawlins wischte mit einem bröckligen Stück Fladen den Teller blank und steckte es sich dann in den Mund. Ich glaub, sagte er, das Pferd da tauschenwer für'n anderes ein; nich daßse uns deswegen noch abknallen.

Der Junge schaute John Grady an; dann spähte er wieder zu den Rindern hinüber. Ich tausch keine Pferde, sagte er.

Iss dem Herrn wohl nich recht, daßwer auf ihn aufpassen müssen, was?

Ich kann auf mich selber aufpassen.

Na klar. Hast bestimmt auch'ne Kanone und so.

Der Junge schwieg einen Moment. Dann sagte er: Ja.

Rawlins hob den Blick. Kurz darauf löffelte er wieder seine Fladenbrocken. Was'n für eine? sagte er.

'n Zweiunddreißig-Zwanziger Colt.

Blödsinn. Das iss doch Gewehrmunition.

Der Junge war mit dem Essen fertig; er hockte da und wischte mit einem Grasbüschel den Teller blank.

Zeig mal, sagte Rawlins.

Der Junge stellte den Teller ab. Er blickte Rawlins und John Grady an. Dann griff er in den Latz seines Overalls und holte einen Revolver hervor. Er ließ ihn mit einem Schnick herumschnellen und hielt ihn, den Kolben voran, Rawlins entgegen.

Rawlins betrachtete erst den Jungen, dann den Revolver. Er stellte seinen Teller ins Gras, nahm die Waffe und drehte sie in der Hand. Es handelte sich um einen alten Colt Bisley mit Guttaperchagriff, dessen Riffelung bereits abgewetzt war. Das Metall hatte mattgraue Färbung. Rawlins drehte die Waffe so, daß er die Schrift auf dem Lauf lesen konnte. Tatsächlich: 32-20. Er schaute den Jungen an; dann schnipste er mit dem Daumen den Zahnkranz auf, spannte den Hahn, bewegte die Trommel, drückte mit dem Auswerfer eine Patrone heraus, ließ sie in die Hand fallen und begutachtete sie. Anschließend steckte er sie wieder zurück, schloß den Zahnkranz und entspannte den Hahn.

Wo haste das Ding denn her? sagte er.

Wo man halt sowas herkriegt.

Haste schon mal damit geschossen?

Jau.

Und auch getroffen?

Der Junge streckte die Hand nach der Waffe aus. Rawlins wog sie in der Hand, drehte sie mit dem Griff nach vorn und reichte sie hinüber.

Kannst ja mal was in die Luft schmeißen; dann wirste schon sehen, sagte der Junge.

Quatsch.

Der Junge zuckte die Achseln und steckte den Revolver wieder in den Latz seines Overalls.

Was soll ich'n schmeißen? sagte Rawlins.

Wasde willst.

Und das triffste dann.

Jau.

Wer's glaubt.

Der Junge stand auf. Er wischte seinen Teller am Hosenbein ab und sah Rawlins an.

Kannst ja deinen Geldbeutel schmeißen, sagte er; der kriegt dann'n schönes Loch.

Rawlins erhob sich. Er griff in die Gesäßtasche und fischte seine Brieftasche heraus. Der Junge bückte sich, stellte den Teller ins Gras und holte wieder den Revolver hervor. John Grady legte den Löffel auf seinen Teller und stellte den Teller dann ebenfalls ins Gras. Im langen Morgenlicht marschierten sie zu dritt hinaus auf die Ebene, wie zu einem Duell.

Der Junge blieb mit dem Rücken zur Sonne stehen und hielt den Revolver locker am Hosenbein. Rawlins, die Brieftasche zwischen Daumen und Zeigefinger, drehte sich um und grinste John Grady zu.

Biste soweit, Annie Oakley? sagte er.

Schon lange.

Rawlins ließ die Brieftasche hochschnellen. Sie wirbelte durch die Luft, winzig klein unter der Bläue. John Grady und Rawlins blickten ihr nach und warteten darauf, daß der Junge feuerte. Dann fiel der Schuß. Die Brieftasche ruckte zur Seite, öffnete sich und trudelte wie ein flügellahmer Vogel zur Erde.

Der Knall ging in der enormen Stille beinahe sofort unter. Rawlins marschierte durchs Gras, bückte sich, hob die Brieftasche auf, steckte sie ein und kehrte wieder zurück.

Ich glaub, wir ziehn lieber los, sagte er.

Zeig doch mal, sagte John Grady.

Komm schon. Wir müssen fort von dem Fluß da.

Sie holten die Pferde, sattelten sie, der Junge trat das Feuer aus; dann saßen sie auf und ritten los. Sie zogen in einigem Abstand nebeneinander über die weite Sandebene und schwenkten flußaufwärts, am Rand der Savanne entlang. Wortlos ritten sie dahin und nahmen die Eindrücke der neuen Landschaft in sich auf. Auf einem Mezquitostrauch saß ein Falke; er ließ sich herabsinken, schwebte im Tiefflug über die Vega, stieg auf und setzte sich, eine halbe Meile weiter im Osten, auf einen Baum. Als die Reiter vorüberzogen, flog er wieder zurück.

Hinten am Pecos, da haste den Revolver schon unter'm Hemd gehabt, stimmt's? sagte Rawlins.

Der Junge blickte unter dem riesigen Hut hervor zu ihm hinüber. Jau, sagte er.

Sie ritten dahin. Rawlins beugte sich vor und spuckte aus. Hättst mich dann wohl damit abgeknallt.

Der Junge spuckte ebenfalls aus. Eh ich mich selber abknallen laß.

Sie zogen durch Hügelgelände, das mit Nopal und Steinkohlenteer bedeckt war. Am späten Morgen stießen sie auf einen mit Hufspuren übersäten Trampelpfad; sie schwenkten nach Süden und erreichten mittags die Stadt Reforma.

Im Gänsemarsch ritten sie den als Straße dienenden Feldweg entlang. Ein halbes Dutzend flacher, bereits verfallender Lehmziegelhäuser. Ein paar Lehmhütten mit Strohdächern; ein Korral, in dem fünf großköpfige Klepper standen und trübsinnig die vorbeiziehenden Pferde beglotzten.

Sie saßen ab, banden die Pferde vor einer kleinen, aus Lehm gebauten Tienda fest und gingen hinein. Mitten im Raum, neben einem Kanonenofen, hockte ein Mädchen auf einem Stuhl und las im hereinfallenden Licht ein Comic-Heft; sie hob kurz den Kopf, schaute wieder ins Heft und blickte die drei dann an. Kurz darauf stand sie auf, lugte nach hinten zu einer grün verhängten Tür, legte das Heft auf den Stuhl, tappte über den festgetretenen Lehmboden und stellte sich hinter den Ladentisch. Auf der Theke standen drei Tongefäße oder Ollas. Zwei davon waren leer; das dritte zierte ein blecherner Schmalztopfdeckel, aus dessen Kerbe der Griff eines emaillierten Blechlöffels ragte. Hinter dem Ladentisch standen drei oder vier mit Konserven, Tüchern, Garn und Süßwaren bestückte Holzregale. An der Wand gegenüber befand sich ein handgezimmerter Mehlbehälter aus Kiefernholz. Darüber ein in den Lehm genagelter Kalender. Das war, bis auf den Stuhl und den Ofen, das gesamte Inventar.

Rawlins nahm den Hut ab, wischte sich mit dem Unterarm über die Stirn und setzte den Hut wieder auf. Er blickte John Grady an. Meinste, hier gibt's was zu saufen?

Tiene algo que tomar? sagte John Grady.

Sí, sagte das Mädchen. Sie stellte sich hinter die Töpfe und lüpfte den Deckel. Die drei Reiter standen am Ladentisch und sahen ihr zu.

Was'n da drin? sagte Rawlins.

Sidrón, sagte das Mädchen.

John Grady blickte sie an. Habla inglés? sagte er.

Oh no, sagte das Mädchen.

Was isses denn? sagte Rawlins.

Most.

Rawlins linste in den Topf. Den nehmen wir, sagte er. Dreimal bitte.

Mande?

Dreimal, sagte Rawlins. Tres. Er streckte drei Finger hoch.

Er zog die Brieftasche. Das Mädchen holte drei Gläser aus den Regalen, stellte sie auf den Tisch und löffelte eine dünne braune Flüssigkeit hinein; Rawlins legte einen Dollarschein auf die Theke. Der Schein hatte an beiden Enden ein Loch. Dann griffen sie sich die Gläser; John Grady nickte in Richtung Schein.

War wohl'n Schuß ins Schwarze, was?

Jau, sagte Rawlins.

Er hob sein Glas; sie tranken. Rawlins stand nachdenklich da.

Ich weiß ja nich, was das für'ne Pisse iss, sagte er. Aber für'nen Cowboy isse goldrichtig. Trinkenwer noch'ne Runde.

Sie stellten die Gläser ab; das Mädchen füllte sie nach. Wieviel macht's? sagte Rawlins.

Das Mädchen sah John Grady an.

Cuánto, sagte John Grady.

Para todo?

Sí.

Uno cincuenta.

Wieviel iss das? sagte Rawlins.

Ungefähr drei Cent pro Glas.

Rawlins schob den Schein über die Theke. Daddy übernimmt das, sagte er.

Das Mädchen kramte Kleingeld aus einer Zigarrenkiste, legte die mexikanischen Münzen auf den Tisch und blickte auf. Rawlins stellte sein leeres Glas ab, wies mit der Hand darauf, zahlte eine weitere Runde und steckte das Wechselgeld ein; dann marschierten sie mit ihren Gläsern nach draußen.

Im Schatten der strohgedeckten Ramada hockten sie vor dem Laden, nippten an ihren Getränken und schauten hinaus in die einsame Mittagsstille an der kleinen Kreuzung. Betrachteten die Lehmhütten. Die staubige Agave und die verwaisten Sandhügel dahinter. Mattblaues Abwasser sickerte durch die Lehmrinne vor dem Laden; auf der zerfurchten Straße stand eine Ziege und beäugte die Pferde.

Strom gibt's hier wohl nich, sagte Rawlins.

Er nippte am Glas. Dann blickte er die Straße hinunter.

Und'n Auto ha'mse hier bestimmt auch noch nich gesehn.

Wo hätt's denn herkommen sollen? sagte John Grady.

Rawlins nickte. Er hielt das Glas ins Licht, ließ den Most darin kreisen und begutachtete ihn. Meinste, das iss'ne Art Kaktussaft oder so?

Keine Ahnung, sagte John Grady. Aber'n bißchen pfetzen tut's schon, findst nicht?

Allerdings.

Gib dem Kurzen mal lieber nix mehr davon.

Ich hab schon Whiskey gesoffen, sagte Blevins. Das Zeug iss doch lasch.

Rawlins schüttelte den Kopf. Hocken einfach in Mexiko und schlotzen Kaktussaft, sagte er. Was die daheim jetz wohl machen?

Feststellen, daß wir fort sind.

Den Hut auf dem Knie, saß Rawlins mit ausgestreckten Beinen und untergeschlagenen Füßen da und besah sich nickend die fremde Landschaft. Das könn'se laut sagen, was?

Sie tränkten die Pferde und lockerten die Gurte, um die Tiere durchschnaufen zu lassen; dann zogen sie südwärts los, der provisorischen Straße nach, und ritten im Gänsemarsch durch den Staub. Der Feldweg war voller Spuren von Rindern, Nabelschweinen, Rehen und Kojoten. Am Spätnachmittag stießen sie wieder auf eine Hüttensiedlung, ließen sie aber links liegen. Die Straße wies tiefe Furchen auf, ausgewaschene Mulden, in denen totes Vieh lag, Opfer einer früheren Dürre, bloß noch Gebein, überspannt von dorrem, schwärzlichem Fell.

Na, wie findst du's hier? sagte John Grady.

Rawlins beugte sich vor und spuckte aus; er gab keine Antwort.

Abends erreichten sie eine kleine Estancia; am Zaun hielten sie an. Hinter dem Haus befanden sich ein paar einzelne Gebäude und ein Korral mit zwei Pferden darin. Im Hof standen zwei kleine Mädchen in weißen Kleidern. Sie blickten zu den Reitern herüber, drehten sich um und rannten ins Haus. Ein Mann kam heraus.

Buenas tardes, sagte er.

Er marschierte am Zaun entlang zum Tor, winkte die Reiter herein und zeigte ihnen die Tränke. Pásale, sagte er. Pásale.

Sie aßen im Schein einer Öllampe an einem schmalen lackierten Kieferntisch. An den Lehmwänden alte Kalender und Illustriertenfotos. An der einen Wand hing ein gerahmtes Blechretabel der Jungfrau Maria. Darunter, auf einem von Keilen gestützten Brett, stand ein grünes Gläschen mit einem geschwärzten Kerzenstummel darin. Die Amerikaner hockten nebeneinander an der Längsseite des Tisches; gegenüber saßen die beiden Mädchen und gafften die Gäste atemlos an. Die Frau aß mit gesenktem Kopf; der Mann scherzte mit den Kindern und reichte die Teller. Es gab Tortilla mit Bohnen, dazu einen Chili mit Ziegenfleisch aus dem Tontopf. Sie tranken Kaffee aus Emailtassen; der Mann schob ihnen die Näpfe zu und begann umständlich zu gestikulieren. Deben comer, sagte er.

Er fragte sie über das dreißig Meilen nördlich liegende Amerika aus. Er sei als Junge mal dort gewesen, gegenüber von Acuña, auf der anderen Seite des Flusses. Seine Brüder arbeiteten dort. Ein Onkel von ihm habe ein paar Jahre in Uvalde, Texas, gelebt, aber der sei inzwischen wohl tot.

Rawlins hatte seinen Teller geleert und bedankte sich bei der Frau; John Grady übersetzte ihr den Dank, worauf sie nickte und bescheiden lächelte. Rawlins zeigte den Mädchen den Trick mit dem abgebrochenen und wieder angeklebten Finger; Blevins legte sein Besteck auf den Teller, wischte sich mit dem Ärmel den Mund ab und lehnte sich zurück. Die Bank hatte keine Rückenlehne; Blevins fuchtelte einen Moment wie wild mit den Armen, krachte dann rückwärts zu Boden und stieß dabei mit dem Fuß an die Unterseite des Tisches; das Geschirr klapperte, die Bank wäre beinahe mitsamt John Grady und Rawlins umgekippt. Die beiden Mädchen fuhren hoch, klatschten in die Hände und kreischten vor Vergnügen. Rawlins hielt sich am Tisch fest und betrachtete den am Boden liegenden Jungen. Sakrament, sagte er. Verzeihung, Mam.

Blevins rappelte sich hoch; der Mann kam ihm als einziger zu Hilfe.

Està bien? sagte er.

Der'ss schon okay, sagte Rawlins. 'n Armleuchter spürt nix.

Die Frau hatte sich vorgebeugt, stellte eine Tasse zurecht und brachte die Kinder zum Schweigen. Der Anstand verbot ihr zu lachen, aber selbst Blevins entging nicht der Schimmer in ihren Augen. Er stieg über die Bank und nahm wieder Platz.

Könnenwer dann wieder? flüsterte er.

Wir sind noch am Essen, sagte Rawlins.

Der Junge blickte nervös in die Runde. Ich halt's hier nich mehr aus, sagte er.

Er saß mit gesenktem Kopf, sein Flüstern war heiser.

Wieso denn? sagte Rawlins.

Ich mag's nich, wenn man mich auslacht.

Rawlins sah zu den Mädchen hinüber. Sie hockten wieder auf ihrem Platz und machten große ernste Augen. So'n Quatsch, sagte er. Das sind doch bloß Kinder.

Ich kann's einfach nich ab, wenn man mich auslacht, raunte Blevins.

Der Mann und die Frau schauten besorgt herüber.

Dann plotz halt nich auf'n Arsch, sagte Rawlins.

Ich darf dann mal, sagte Blevins.

Er stieg über die Bank, schnappte sich seinen Hut, setzte ihn auf und marschierte nach draußen. Der Hausherr blickte bekümmert; er beugte sich vor zu John Grady und erkundigte sich flüsternd, was los sei. Die zwei Mädchen hockten da und starrten auf ihre Teller.

Ob der jetz einfach weiterreitet? sagte Rawlins.

John Grady zuckte die Achseln. Möcht ich bezweifeln, sagte er.

Die Gastgeber schienen darauf zu warten, daß einer der beiden aufstand und Blevins nachging, aber sie blieben sitzen und tranken ihren Kaffee. Nach einer Weile erhob sich die Frau und räumte die Teller ab.

John Grady fand ihn draußen; er saß wie ein Meditierender auf dem Erdboden.

Was'n los? sagte John Grady.

Nix.

Wieso kommst du nicht wieder rein?

Vergißes.

Wir dürfen hier übernachten.

Nur zu.

Was hast du denn vor?

Vergißes.

John Grady stand da und musterte ihn. Auch recht, sagte er. Mach grad, was du willst.

Blevins gab keine Antwort; John Grady ließ ihn sitzen und ging wieder davon.

Ihr Schlafraum befand sich hinten im Haus, er roch nach Heu oder Stroh. Er war klein und hatte keine Fenster, auf dem Boden lagen zwei mit Sarapes bedeckte Strohsäcke. Der Gastgeber gab ihnen eine Lampe; als sie sich bei ihm bedankten, schritt er unter einer Verbeugung zur niedrigen Tür hinaus und wünschte eine gute Nacht. Nach Blevins fragte er nicht.

John Grady stellte die Lampe auf den Boden; dann hockten sie sich auf die Strohsäcke und zogen die Stiefel aus.

Mann, bin ich am Arsch, sagte Rawlins.

Wem sagst du das.

Hat der Alte gesagt, wower hier irgendwo Arbeit kriegen?

Er sagt, drüben hinter der Sierra del Carmen hat's'n paar große Ranchs. Rund dreihundert Kilometer von hier.

Wie weit iss das?

Hundertsechzig bis hundertsiebzig Meilen.

Meinste, der hält uns für Desperados?

Keine Ahnung. Das wär ja'n dolles Ding.

Allerdings.

Wenn du'n so reden hörst, dann iss das da drüben das reinste Paradies. Angeblich hat's dort Seen und Flüsse und Gras bis zu'n Steigbügeln hoch. Nach dem, was ich bis jetzt hier gesehn hab, kann ich mir das eigentlich nicht vorstellen, du?

Vielleicht möchter uns bloß loswerden.

Kann sein, sagte John Grady. Er nahm den Hut ab, legte sich hin und zog den Sarape über sich.

Was zum Geier hat der Hampelmann vor? sagte Rawlins. Willer etwa im Hof pennen?

Wahrscheinlich.

Vielleicht isser morgen früh fort.

Vielleicht.

John Grady schloß die Augen. Paß bloß auf, daß die Funzel nicht runterbrennt, sagte er. Sonst iss das ganze Haus schwarz.

Ich pustse gleich aus.

Er lag horchend da. Alles war still. Was'n los? fragte er.

Nix.

Er schlug die Augen auf und lugte hinüber. Rawlins hatte die Brieftasche über die Decke gebreitet.

Was machst du denn da?

Mannometer, guck dir mal meinen Führerschein an.

Den brauchst du hier eh nicht.

Und da, meine Poolhallenkarte. Hat's auch erwischt.

Hau dich endlich aufs Ohr.

Jetz schau dir die Scheiße hier an. Betty Ward hater voll zwischen die Augen geballert.

Was macht die in deiner Brieftasche? Hab gar nicht gewußt, daß du auf die stehst.

Das Bild da hatse mir mal geschenkt. Iss noch'n Foto aus ihrer Schulzeit.

Am nächsten Morgen saßen sie wieder am Tisch, bei einem gewaltigen Frühstück aus Tortillas mit Eiern und Bohnen. Keiner sah oder fragte nach Blevins. Die Frau packte ihnen Proviant in ein Tuch; die beiden bedankten sich, drückten dem Mann die Hand und marschierten hinaus in den kühlen Morgen. Blevins' Pferd war nicht im Korral.

Vielleicht machenwer schon mal drei Kreuze, sagte Rawlins.

John Grady schüttelte skeptisch den Kopf.

Sie sattelten die Pferde und boten an, Kost und Logis zu bezahlen, aber der Mann winkte energisch ab; sie drückten ihm noch einmal die Hand, er wünschte ihnen eine gute Reise, sie saßen auf und ritten den furchigen Feldweg entlang Richtung Süden. Ein Hund trottete ihnen ein Stück hinterher, blieb dann stehen und sah ihnen nach.

Der Morgen war frisch und kühl, Brennholzrauch durchwehte die Luft. Als sie die Kuppe der ersten Steigung erreichten, spuckte Rawlins angewidert aus. Guck mal da vorn, sagte er.

Quer zum Weg stand, Blevins im Sattel, der große Fuchs.

Sie ließen die Pferde langsamer gehen. Was zum Geier iss eigentlich los mit dem? sagte Rawlins.

Er iss noch'n Knülch.

Scheiß drauf, sagte Rawlins.

Sie ritten heran; Blevins lächelte ihnen zu. Er kaute Tabak, beugte sich vor, spuckte aus und wischte sich mit der Innenseite des Handgelenks den Mund ab.

Was gibt's da zu grinsen?

'n Morgen, sagte Blevins.

Wo hast'n das Kraut her? sagte Rawlins.

Hat mir einer geschenkt.

Hat dir einer geschenkt.

Jau. Wo wart ihr'n so lange?

Sie ritten links und rechts an ihm vorüber; er folgte ihnen.

Habt ihr noch was zu futtern?

Sie hat uns was eingepackt, sagte Rawlins.

Was denn?

Keine Ahnung. Hab noch nich reingeguckt.

Na dann schau doch mal nach.

Wieso, willste schon Mittag machen?

Joe, sag ihm, er soll mir was zu futtern geben.

Der heißt nich Joe, sagte Rawlins. Und selbst wenner Evelyn heißt, dann läßter dich um sieben Uhr früh noch nich Mittag machen.

So'n Scheiß, sagte Blevins.

Sie ritten bis in den Nachmittag hinein weiter. Die Landschaft längs der Straße war eintönig und vollkommen öde. Zu hören waren nur das stete Hufgeklapper und Blevins, der hinter ihnen gelegentlich Tabaksaft ausspuckte. Rawlins saß, aufs Knie gestützt, mit angewinkeltem Bein im Sattel, rauchte und betrachtete sinnend die Gegend.

Ich glaub, da vorne hat's Pappeln, sagte er.

Sieht so aus, sagte John Grady.

Sie vesperten unter den Bäumen, am Rand einer kleinen Ciénaga.

Die Pferde standen im Sumpfgras und schlürften leise. Die Frau hatte das Vesper in ein viereckiges Stück Musselin gepackt; sie breiteten das Tuch wie zu einem Picknick über den beschatteten Boden, nahmen sich von den Quesadillas, Tacos und Bizcochos, lehnten sich, die Füße über Kreuz, auf die Ellbogen zurück, kauten träge vor sich hin und beobachteten die Pferde.

Früher, sagte Blevins, wär'n hier Komantschen auf der Lauer gelegen und hätten ein' abgemurkst.

Dann hättense garantiert'n Kartenspiel oder'n Schachbrett dabeigehabt, daßes bis dahin nich zu langweilig wird, sagte Rawlins. Den Weg da iss bestimmt schon'n Jahr lang keiner mehr langgekommen.

Früher war'n halt noch viel mehr Leute unterwegs, sagte Blevins.

Rawlins beäugte wehmütig das ausgedorrte Gelände. Woher willst'n du Arschgeige wissen, wie's früher war? sagte er.

Möcht einer noch was? sagte John Grady.

Ich bin rappelsatt.

John Grady verschnürte das Tuch, stand auf und begann sich auszuziehen; kurz darauf marschierte er nackt durchs Gras, watete an den Pferden vorbei ins Wasser und setzte sich hinein; es reichte ihm bis zur Taille. Er breitete die Arme aus, ließ sich zurücksinken und tauchte ab. Die Pferde schauten ihm zu. Er kam wieder hoch, strich die Haare zurück und rieb sich die Augen. Dann blieb er einfach so sitzen.

Nachts lagerten sie in einer Senke unweit der Straße; sie machten ein Feuer, hockten im Sand und starrten in die Glut.

Sag mal, Blevins, bist du'n Cowboy? sagte Rawlins.

Für mich gibt's nix Schöneres.

Geht jedem so.

'n As bin ich ja nich. Kann halt'n bißchen reiten.

Ah ja? sagte Rawlins.

Der da, der kann's, sagte Blevins und nickte übers Feuer in Richtung John Grady.

Wie kommst'n darauf?

Er kann's halt.

Und wennich dir jetz verrat, daßer'n Anfänger iss? Daßer sonst immer bloß Damenpferde geritten hat?

Dann sagich, daßde mich vergackeiern willst.

Und wenn ich dir erzähl, daßer der beste iss, wo ich jemals gesehn hab?

Blevins spuckte ins Feuer.

Glaubste nich? sagte Rawlins.

Doch. Kommt bloß drauf an, wende sonst noch gesehn hast.

Na, Booger Red zum Beispiel, sagte Rawlins.

Ehrlich? sagte Blevins.

Jau.

Meinste, der da iss besser?

Hundertprozentig.

Vielleicht; vielleicht auch nich.

Mann, du kannst doch noch nichmal Scheiße von Apfelmus unterscheiden, sagte Rawlins. Booger Red iss schon'ne Ewigkeit tot.

Hör einfach nicht hin, sagte John Grady.

Rawlins kreuzte wieder die Füße und nickte zu John Grady hinüber. Er will's halt nich zugeben; sonst müßter sich selber loben, stimmt's?

Der redet bloß Scheiß, sagte John Grady.

Da hörste's, sagte Rawlins.

Blevins hob das Kinn in Richtung Feuer und spuckte aus. Ich kapier nich, wie man einfach so sagen kann, daß jemand der beste iss.

Kann man auch nicht, sagte John Grady. Er hat halt überhaupt keine Ahnung.

's gibt nämlich'ne Menge prima Reiter, sagte Blevins.

Stimmt, sagte Rawlins. Das gibt's. Aber bloß einer davon iss der beste. Und der hockt zufällig da drüben.

Laß ihn zufrieden, sagte John Grady.

Ich mach doch gar nix, sagte Rawlins. Tu ich dir vielleicht was?

Nein.

Dann sag das Joe mal.

Hab ich doch eben.

Laß ihn endlich in Ruhe, sagte John Grady.

An den Tagen darauf ritten sie durch die Berge, erreichten einen kahlen Paß, hielten zwischen den Felsen und spähten nach Süden; die letzten Schatten jagten vor dem Wind übers Land, im Westen lag blutrot die Sonne zwischen abschüssigen Wolken, die fernen Kordilleren dehnten sich bis zu den Enden des Himmels, von blaß zu blaßblau, um schließlich im Nichts zu vergehen.

Na, kannste das Schlaraffenland schon irgendwo sehn? sagte Rawlins.

John Grady hatte den Hut abgesetzt und ließ sich vom Wind den Kopf kühlen. Das können wir erst, wenn wir da unten sind, sagte er.

Mannometer, bestimmt gibt's'ne ganze Menge davon.

John Grady nickte. Deswegen sind wir ja hier.

Kannste laut sagen.

Sie ritten bergab durch das abkühlende blaue Schattenland des Nordhangs. In den Felsschluchten wuchsen immergrüne Eschen. Persimonen und Eukalyptus. Unten flog ein Falke auf, kreiste im dichter werdenden Dunst, stieß in die Tiefe; sie nahmen die Füße aus den Steigbügeln und lenkten die Pferde behutsam durch die Schieferkehren hangab. Bei Einbruch der Dunkelheit zogen sie sich auf eine Felsterrasse zurück und schlugen ihr Lager auf; nachts hörten sie von Südwesten her etwas, was sie bis jetzt noch nicht gehört hatten, ein dreimaliges gedehntes Heulen mit jeweils einer längeren Pause dazwischen.

Hörste das? sagte Rawlins.

Jau.

Bestimmt'n Wolf, oder?

Jau.

John Grady lag rücklings in seinen Decken und sah hinüber zum schräg über den Bergkanten hängenden Viertelmond. Im unechten Blau der Dämmerung war es, als stiegen die Plejaden empor ins Dunkel über der Welt und zögen die Sterne mit sich; der große Diamant des Orion, Capella, das Zeichen der Cassiopeia, alle schwebten wie ein Treibnetz durchs phosphoreszierende Dunkel nach oben. Er lag lange da, lauschte dem Atem der beiden Schläfer und sann über die Wildnis nach, die Wildnis ringsum, die Wildnis in ihm.

Die Nacht war kalt; als sie im ersten Morgendämmer erwachten, war Blevins bereits auf und hockte in seiner dünnen Kleidung zusammengekauert vor dem Feuer. John Grady kroch aus den Dekken, zog Stiefel und Jacke an, marschierte los und beobachtete, wie die neue Landschaft unter ihm aus der Dunkelheit tauchte.

Sie tranken den restlichen Kaffee und aßen Tortillas mit einem Spritzerchen Chilisoße.

Was meinste, wie lang uns das reicht? sagte Rawlins.

Da mach ich mir keine Sorgen, sagte John Grady.

Der Nachbar da guckt schon ganz knatschig aus der Wäsche.

Hat halt zu wenig Speck auf den Rippen.

Du aber auch.

Sie beobachteten, wie unter ihnen die Sonne aufging. Die auf der Felsterrasse grasenden Pferde hoben die Köpfe und glotzten. Rawlins trank seinen Kaffee, schwenkte die Tasse aus und fischte sich den Tabak aus der Hemdtasche.

Ob die Sonne wohl irgendwann nich mehr aufgeht?

Jau, sagte John Grady. Am Jüngsten Tag.

Und was meinste, wann der sein wird?

Das liegt bei Gott.

Der Jüngste Tag, sagte Rawlins. Glaubste an sowas?

Keine Ahnung. Jau, ich denk schon. Du?

Rawlins steckte sich die Zigarette in den Mundwinkel, zündete sie an und schnipste das Streichholz weg. Weiß nich so recht. Vielleicht.

Hab doch gleich gewußt, daßde'n Ungläubiger bist, sagte Blevins.

'n Scheißdreck weißt du, sagte Rawlins. Halt lieber die Klappe, sonst stehste noch blöder da, wiede schon bist.

John Grady stand auf, marschierte hinüber zu seinem Sattel, nahm ihn am Knopf und warf sich die Decke über die Schulter;

dann kehrte er wieder zurück und blickte die beiden an. Auf geht's, sagte er.

Am späten Morgen waren sie aus den Bergen; sie ritten über eine große, mit windschrägem Moskitogras, Türkenbart und Lechugilla bewachsene Ebene. Zum erstenmal stießen sie auf Reiter; sie hielten an und sahen sie eine Meile entfernt über die Ebene ziehen, drei Männer zu Pferd, gefolgt von Lasttieren mit leeren Saumsätteln.

Wer kann das sein? sagte Rawlins.

Wir sollten hier nich einfach so stehnbleiben, sagte Blevins. Wenn wir sie sehn, dann sehn sie uns auch.

Was zum Geier meinste damit? sagte Rawlins.

Was würdst'n *du* denken, wenn die auf einmal angehalten hätten?

Er hat recht, sagte John Grady. Reiten wir weiter.

Es handelte sich um Zacateros, die in den Bergen Chinagras pflücken wollten. Daß sie hier auf Amerikaner trafen, schien sie nicht zu überraschen. Sie sagten, der Bruder des einen sei mit seiner Frau und zwei erwachsenen Mädchen in den Bergen; ob sie ihn dort gesehen hätten? Sie verneinten. Die Mexikaner saßen auf ihren Pferden und musterten mit dunklen Augen bedächtig die Ausrüstung der drei. Es waren rauhe Burschen, ihre Kleidung zerlumpt, die Hüte marmoriert von Fettflecken und Schweiß, die Stiefel mit Kuhfell geflickt. Sie saßen in alten Sätteln mit breiten Seitenblättern, aus deren abgewetztem Leder die Stege hervorlugten; sie drehten sich Zigaretten aus Maisblättern und zündeten sie mit Esclarajos an, die aus Feuerstein, Stahl, Flaumbäuschen und leeren Patronenhülsen bestanden. Einer hatte einen alten abgegriffenen Colt im Gürtel, mit offenem Zahnkranz, damit die Waffe nicht durchrutschte. Sie rochen nach Rauch, Talg und Schweiß, und sie sahen genauso wild und fremdartig aus wie ihr Land.

Son de Tejas? sagten sie.

Sí, sagte John Grady.

Sie nickten.

John Grady rauchte und musterte sie. Bei aller Schäbigkeit waren sie gut beritten; er versuchte zu erraten, was hinter den schwarzen Augen vorging, konnte aber nichts erkennen. Sie sprachen über das

Land und das Wetter; die Mexikaner sagten, in den Bergen sei es noch kalt. Keiner machte Anstalten abzusitzen. Sie blickten hinaus in die Landschaft, als sei sie für sie ein Problem. Etwas, worüber sie sich noch nicht ganz schlüssig waren. Die kleinen Maultiere hinter ihnen waren gleich nach dem Anhalten im Stehen eingedöst.

Der Anführer rauchte seine Zigarette zu Ende und ließ die Kippe auf den Weg fallen. Bueno, sagte er. Vámonos.

Er nickte den Amerikanern zu. Buena suerte, sagte er. Er gab dem Pferd die langen Rädersporen, und sie ritten weiter. Die Maultiere dahinter zogen vorüber, beäugten dabei die auf dem Weg verharrenden Pferde und schlugen mit den Schwänzen, obwohl es in diesem Land allem Anschein nach gar keine Fliegen gab.

Nachmittags tränkten sie die Pferde an einem klaren, aus südwestlicher Richtung strömenden Bach. Sie marschierten am Ufer entlang, tranken, füllten ihre Feldflaschen nach und schraubten sie wieder zu. Draußen in der Ebene, ungefähr zwei Meilen entfernt, standen mit hochgereckten Köpfen ein paar Antilopen.

Sie ritten weiter. In der flachen Talsohle wuchs gutes Gras; Rinder in allen Farbmustern, von Hauskatze bis hin zu Schildpatt und Kaliko, zogen ständig vor ihnen her durchs Kreuzdorngesträuch; andere standen auf dem steinalten Boden einer niedrigen, nach Osten abfallenden Anhöhe und glotzten herüber. Nachts lagerten sie im Hügelgelände; sie brieten sich einen Eselhasen, den Blevins mit dem Revolver erlegt hatte. Er tranchierte das Tier behelfsmäßig mit dem Taschenmesser, vergrub es ungehäutet in der sandigen Erde und machte darüber ein Feuer. Er sagte, das sei die Indianermethode.

Haste schon mal'n Eselhasen gefuttert? sagte Rawlins.

Blevins schüttelte den Kopf. Nein, sagte er.

Tu lieber noch'n bißchen mehr Holz zu; sonst gibt das hier nix.

Das wird schon.

Was'n das Komischste, wasde bisher gegessen hast?

Das Komischste, was ich bisher gegessen hab, sagte Blevins. Tcha, ich würd sagen, 'ne Auster.

'ne Bergauster oder'ne richtige Auster?

’ne richtige.
Wie war die denn zubereitet?
Überhaupt nich. Die war noch in der Schale. Gibst einfach Chili dazu.
Und sowas hast du gegessen?
Ja.
Wie hat’s’n geschmeckt?
Ungefähr so, wie ich’s mir vorgestellt hab.
Sie hockten da und betrachteten das Feuer.
Wo bist’n eigentlich her, Blevins? sagte Rawlins.
Blevins sah Rawlins an; dann blickte er wieder ins Feuer. Uvalde County, sagte er. Oben am Sabinal River.
Und wieso biste abgehaun?
Wieso bist du’s?
Ich bin immerhin siebzehn. Kann hin, wo ich will.
Ich auch.
John Grady saß, an seinen Sattel gelehnt, mit untergeschlagenen Beinen vor ihm und rauchte eine Zigarette. War garantiert nicht’s erstemal, stimmt’s?
Jau.
Und, haben sie dich erwischt?
Jau. Ich war damals Kegelaufsteller in’ner Bowlingbahn in Ardmore, Oklahoma; da iss mal’ne Bulldogge auf mich los und hat mir’n Stück Fleisch aus’m Bein gerissen, so groß wie’n Sonntagsbraten; wie sich das Bein dann entzündet hat, iss der Typ, für den ich gearbeitet hab, mit mir zum Arzt. Die ha’m schon gemeint, ich hätt Tollwut oder so; jedenfalls sindse völlig ausgerastet und ha’m mich dann wieder nach Uvalde County verfrachtet.
Was haste nochmal in Ardmore gemacht?
Kegel aufgestellt, in’ner Bowlingbahn.
Wieso bist’n dort überhaupt hin?
Da hätt damals so’ne Show nach Uvalde kommen sollen, in die Stadt Uvalde; die wollt ich mir angucken und hab schon extra gespart dafür, aber’s iss dann nix draus geworden, weilse den Besitzer in Tyler, Texas, eingebuchtet ha’m, von wegen Ferkeleien oder so.

Zu der Show hat nämlich auch'n Striptease gehört. Ich also ab nach Tyler, und da stand auf'm Plakat, daß die Show in zwei Wochen in Ardmore stattfindet; deswegen bin ich dann dorthin.

Du bist den ganzen Weg nach Oklahoma, bloß wegen'ner Show?

Ich hab doch extra dafür gespart, da wollt ichse halt auch sehn.

Und, was war dann in Ardmore?

Nix. Da iss die Show auch nich aufgetaucht.

Blevins rollte ein Hosenbein hoch und drehte das Bein in den Feuerschein.

Da unten hat mich das Scheißvieh erwischt, sagte er. Lieber würdich mich von'nem Alligator beißen lassen.

Wieso biste eigentlich nach Mexiko? sagte Rawlins.

Aus'm gleichen Grund wie du auch.

Und der wäre?

Weilde weißt, daßse dich ums Verrecken kriegen wollen.

Hinter *mir* iss keiner her.

Blevins rollte das Hosenbein wieder hinunter und stocherte mit einem Stecken im Feuer herum. Ich hab dem Scheißer gesagt, daß ich mich von ihm nich verprügeln laß; und da dran hater sich dann auch gehalten.

Dein Daddy?

Mein Daddy iss nich aus'm Krieg heimgekommen.

Dein Stiefvater?

Jau.

Rawlins beugte sich vor und spuckte ins Feuer. Du hast doch nich etwa auf ihn geschossen?

Hätt ich aber. Und das hater genau gewußt.

Was hat eigentlich'ne Bulldogge in'ner Bowlingbahn zu suchen?

Der Köter hat mich ja nich in der Bowlingbahn gebissen. Ich hab bloß dort gearbeitet.

Was hast'n gemacht, daß das Vieh auf dich los iss?

Nix. Garnix.

Rawlins beugte sich vor und spuckte ins Feuer. Und wo warste, wie's passiert iss?

Mann, was soll eigentlich die Scheißfragerei? Und spuck nich dauernd ins Feuer; da iss unser Essen drunter.

Was? sagte Rawlins.

Ich hab gesagt, spuck nich dauernd ins Feuer; da iss unser Essen drunter.

Rawlins blickte hinüber zu John Grady. John Grady hatte zu lachen begonnen. Er sah Blevins an. Essen? sagte er. Wenn du versuchst, das zähe Luder da runterzuwürgen, dann wirst du dir nach 'nem richtigen Essen noch die Finger lecken.

Blevins nickte. Brauchst's bloß sagen, wennde nix davon willst, sagte er.

Was sie kurz darauf qualmend aus der Erde buddelten, sah aus wie eine verhutzelte Grabsteinfigur. Blevins legte den Hasen auf einen flachen Stein, pellte das Fell ab und kratzte das Fleisch von den Knochen direkt auf die Teller; sie gaben reichlich Chilisoße dazu und rollten das Ganze dann in die restlichen Tortillas. Sie kauten und blickten sich an.

Naja, sagte Rawlins. So schlecht isses garnich.

Stimmt, sagte Blevins. Ehrlich gesagt, ich hätt nich gedacht, daß man sowas überhaupt futtern kann.

John Grady hörte einen Moment auf zu kauen und blickte die beiden an. Dann kaute er weiter. Na, ihr kennt euch ja scheint's besser aus wie ich, sagte er. Und ich hab immer gemeint, wir sind alle noch Anfänger.

Am nächsten Tag, auf dem Weg nach Süden, trafen sie hie und da auf kleine zerlumpte, nordwärts in Richtung Grenze ziehende Karawanen von fahrenden Händlern. Braune wettergegerbte Männer mit drei oder vier hintereinandergespannten Burros; die Esel wankten unter ihrer Last, sie waren beladen mit Candelilla, Pelzen und Ziegenfellen, mit aufgerollten, aus Lechugilla gefertigten Stricken, mit hölzernen Packgestellen, auf denen Fäßchen und Kanister mit einem vergorenen Getränk namens Sotol festgeschnallt waren. Außerdem trugen sie mit Wasser gefüllte Schweinshäute oder Leinenbeutel, die mit Candelillawachs abgedichtet und mit Zapfen aus Kuhhorn versehen waren. Einige der Händler hatten ihre Frauen und Kinder dabei; um den Caballeros den Weg frei zu machen, trieben sie die Packtiere seitwärts ins Gesträuch, und die drei wünschten ihnen einen guten Tag, worauf sie lächelnd nickten, bis die Reiter vorüber waren.

Sie versuchten Wasser zu kaufen, hatten aber kein passendes Kleingeld. Einmal bot Rawlins für das bißchen, das sie für ihre Feldflaschen brauchten, fünfzig Centavos; der Händler wollte nichts davon wissen. Am Abend ließen sie sich eine Feldflasche mit Sotol füllen; beim Weiterreiten ging die Flasche herum, und bald darauf hatten sie einen Schwips. Rawlins trank, schnickte die Kappe hoch, schraubte zu, drehte sich um, schwang die Flasche am Riemen und wollte sie Blevins zuwerfen. Er konnte den Wurf gerade noch zurückhalten. Hinter ihm trottete Blevins' Pferd mit leerem Sattel. Rawlins glotzte das Tier blöde an; dann blieb er stehen und rief etwas nach vorne.

John Grady drehte sich um, hielt an und spähte umher.

Wo iss er denn?

Weiß der Geier. Wahrscheinlich liegt er irgendwo auf'm Arsch.

Sie ritten zurück, Rawlins führte das reiterlose Pferd an den Zügeln. Blevins hockte mitten auf dem Feldweg. Er hatte noch seinen Hut auf. Puh, sagte er, als er die beiden sah, 'ch bin stinkbesoffen.

Sie saßen in ihren Sätteln und blickten zu ihm hinunter.

Kannste wenigstens reiten? sagte Rawlins.

Saublöde Frage. Klar kann'ch. Bin doch auch geritten, wie'ch runtergeplotzt bin.

Er stand torkelnd auf und glotzte in die Runde. Dann wankte er los und tastete sich zwischen den Pferden hindurch. An Maul und Flanke entlang, an Rawlins' Knie. Hab schon gedacht, ihr seid ohne mich weiter, sagte er.

's nächstemal lassen wir dich einfach auf deinem mickrigen Arsch hocken.

John Grady langte hinüber und hielt das Pferd an den Zügeln fest; Blevins taumelte in den Sattel. Kannst mir die Zügel ruh'ch ge'm, sagte er. Bin näm'ich'n astreiner Cowboy.

John Grady schüttelte den Kopf. Blevins ließ die Zügel fallen; als er sie, nach vorne gebeugt, wieder fassen wollte, wäre er dem Pferd beinahe über die Schulter gerutscht. Er konnte sich gerade noch halten, setzte sich, die Zügel im Griff, wieder auf und riß das Tier scharf herum. 'n ausgebildeter Rodeoreiter, Scheiße nochma', sagte er.

Er knallte dem Pferd die Hacken in die Flanken; das Tier stieg, machte einen Schritt nach vorne, und Blevins plumpste hintüber zu Boden. Rawlins spuckte angewidert aus. Laß doch den Flachwichser einfach liegen, sagte er.

Mannometer, häng hier nicht rum, sagte John Grady; schwing endlich deinen Arsch aufs Pferd.

Am frühen Abend war der Himmel im Norden vollkommen dunkel geworden; die karge Landschaft, durch die sie trabten, hatte sich ringsum zu einem neutralen Grau verfärbt. Auf der Kuppe einer Steigung blieben sie stehen und spähten zurück. Über ihnen türmte sich eine Sturmfront; der Wind blies ihnen kühl in die verschwitzten Gesichter. Sie hockten krumm in den Sätteln und blickten sich trübe an. In der Ferne, verschleiert von schwarzen Gewitterwolken, schimmerten lautlose Blitze auf, wie die Flammen von Schweißbrennern im Qualm einer Schmelzhütte. Als werde im eisernen Dunkel der Welt eine schadhafte Stelle repariert.

Da braut sich ganz schön was zusammen, sagte Rawlins.

'ch glaub, 'ch muß mich unterstellen, sagte Blevins.

Rawlins lachte und schüttelte den Kopf. Nu hör dir das an, sagte er.

Wo willst'n das machen? sagte John Grady.

Keine Ahnung. Irgendwo halt.

Und wieso?

Wegen'n Blitzen.

Blitzen?

Jau.

Sakrament, du bist ja scheint's wieder nüchtern, sagte Rawlins.

Hast etwa Schiß vor Blitzen? sagte John Grady.

'ch krieg garantiert ein'n ab.

Rawlins nickte hinüber zu der an John Gradys Sattelknopf baumelnden Feldflasche. Gib ihm bloß nix mehr von der Plempe da. Sonst siehter noch weiße Mäuse.

Liegt bei uns in der Familie, sagte Blevins. Mein'n Opa hat's in'm Förderkorb erwischt, damals in West Virginia; der Blitz iss fünfzig Meter tief in die Grube gerauscht, als hätter nich warten könn', bis das Ding oben war. Die ha'm den Korb erst mit Wasser kühlen müssen, ehse mein'n Opa raufgeholt ha'm, mein'n Opa und noch zwei andre. Die drei war'n gegrillt wie'n Stück Speck. Und der ältere Bruder von mei'm Daddy, den hat's neunzehnhundertvier auf'm Batson Field vom Bohrturm gepustet, wie er grad's Seil montiert hat; 's war bloß'n Holzgerüst, aber's hat'n trotzdem erwischt, da warer noch nichma' neunzehn. Mein Großonkel mütterlicherseits – mütterlicherseits, ja –, den hat'er Blitz beim Reiten erschlagen; bei dem Pferd war nichma'n Härchen versengt, aber mein Großonkel war mausetot, und sie ha'm ihm dann den Gürtel aufschneiden müssen, weil, die Schnalle war richtiggeh'nd zugeschweißt. Un'dann hab ich'n Vetter, der'ss bloß vier Jahre älter wie ich und hat schon'n eigenen Hof; der'ss getroffen wor'n, wie er grad aus der Scheune kommt; der Blitz iss'm die ganze Seite runter und hat'm die Zahnplomben zerschmolzen; dem sein Maul war regelrecht zugelötet.

Ich sag's ja, sagte Rawlins. Dem ha'mse ins Hirn geschissen.

Die annern ha'm garnich gewußt, was los iss. Der hat bloß noch gezuckt, rumgemümmelt un'sich dabei auf'n Sabbel gezeigt.

Also wenn *das* nich erstunken und erlogen iss, dann laßich mich umtaufen, sagte Rawlins.

Blevins hörte nicht hin. Schweißperlen standen ihm auf der Stirn. Und'n anderer Vetter väterlicherseits, dem hat'n Blitz die Haare verbrannt. 's ganze Kleingeld iss'm durch'n Hosensack gesengt, iss auf'n Boden geplotzt und hat's Gras angezündet. Mich hat's schon zweimal getroffen, drum hör ich auf dem Ohr da nix mehr. Irgendwann erschlägt mich'n Blitz, iss bei mir einfach erblich. Mußt dich von allem fernhalten, was aus Metall iss. Weißt nie, was'n anzieht. Die Nieten im Overall. Die Nägel in'n Stiefeln.

Und was willste jetz machen?

Der Junge stierte wirr nach Norden. Abhaun, sagte er. Iss meine einzige Chance.

Rawlins sah John Grady an. Dann beugte er sich vor und spuckte aus. Tscha, sagte er. Damit wär der Fall ja wohl klar.

Du kannst doch vor'nem Gewitter nich abhaun, sagte John Grady. Was zum Geier iss los mit dir?

Iss meine einzige Chance.

Kaum hatte der Junge den Mund zugemacht, da ertönte zum erstenmal leiser Donner, nicht lauter als das Knacken eines zerbrechenden dürren Zweigs. Blevins nahm den Hut ab, fuhr sich mit dem Hemdsärmel über die Stirn und ballte die Faust um die Zügel; dann warf er noch einmal einen verzweifelten Blick nach hinten und patschte dem Pferd den Hut auf die Hüfte.

Die beiden schauten ihm nach. Blevins versuchte den Hut aufzusetzen. Der Hut flog weg und trudelte auf den Feldweg. Der Junge jagte mit wippenden Ellbogen über die Ebene; er wurde immer kleiner und wirkte absurder denn je.

Für den übernehm'ch keine Verantwortung, sagte Rawlins. Er streckte die Hand aus, löste die Feldflasche von John Gradys Sattelknopf und ritt weiter. Der liegt nachher bestimmt irgendwo da vorn auf'm Weg; und was meinste, wo dann sein Pferd iss?

Er ritt weiter, trank und sprach mit sich selbst. Ich sag dir, wo dann sein Pferd iss, rief er nach hinten.

John Grady folgte ihm. Staub flog unter den Hufen auf und wirbelte über den Weg nach vorn.

Ab durch die Mitte isses, rief Rawlins. Ab durch die Mitte. Ratzfatz verschütt gegang' iss dann der Gaul.

Sie zogen weiter. Regenspritzer trieben im Wind. Blevins' Hut lag auf dem Weg; Rawlins versuchte darüberzureiten, aber das Pferd schritt darum herum. John Grady beugte sich hinunter und hob den Hut ohne abzusitzen auf. Hinter sich hörten sie den Regen heranprasseln, wie ein Zug von Gespenstern.

Blevins' Pferd stand gesattelt am Wegrand, festgebunden an einer Weide. Rawlins wendete und blickte John Grady an. John Grady durchquerte die Weidengruppe, ritt den Arroyo hinunter und folgte dabei den vereinzelten Fußspuren im regenbetupften Lehm, bis er Blevins entdeckte: er kauerte unter den Wurzeln einer toten Pappel in einer Kuhle, wo der Arroyo einschwenkte und sich dann über die Ebene fächerte. Der Junge war nackt, bis auf eine übergroße fleckige Unterhose.

Was zum Geier machst du denn da? sagte John Grady.

Blevins hatte die Arme um die mageren weißen Schultern geschlagen. Bloß dahocken, sagte er.

John Grady spähte über die Ebene; die letzten Sonnenstrahlen trieben südwärts in Richtung Hügelland. Er beugte sich vor und ließ Blevins den Hut vor die Füße fallen.

Wo sind denn deine Klamotten?

Hab ich ausgezogen.

Seh ich auch. Wo sind se?

Da vorn. Sogar's Hemd hat Messingknöpfe.

Hast du dir schon überlegt, was los iss, wenn's richtig runtermacht? Dann rauscht das Wasser hier durch wie'n Zug.

Du hast noch nie'n Blitz abgekriegt, sagte Blevins. Hast ja keine Ahnung, wie sowas iss.

Aber wenn du hier hockenbleibst, dann säufst du ab.

Da mach dir ma' keine Sorgen. Abgesoffen bin ich noch nie.

Du willst also hierbleiben?

Genau.

John Grady stützte die Hände auf die Knie. Okay, sagte er. Ich hab dich gewarnt.

Ein gedehnter Donnerschlag knisterte durch den nördlichen Himmel. Der Boden bebte. Blevins vergrub den Kopf in den Armen; John Grady wendete sein Pferd und ritt den Arroyo entlang wieder zurück. Große Regentropfen schlugen Krater im feuchten Sandgrund. John Grady drehte sich noch einmal um. Blevins hockte da wie zuvor, wie ein Fremdkörper in der Landschaft.

Wo steckter denn? sagte Rawlins.

Hockt da hinten irgendwo rum. Zieh mal lieber den Mantel an.

Hab ja gleich gewußt, daß bei dem Knülch 'ne Schraube locker iss, sagte Rawlins. Siehste ihm einfach an.

Es goß in Strömen. Blevins' Pferd stand geisterhaft im klatschenden Regen. Sie verließen den Feldweg, ritten die Senke entlang zu einer Baumgruppe und suchten Schutz unter einem kahlen Felsüberhang; dann hockten sie da, die Knie im Regen, und hielten die Pferde an den Zügeln fest. Die Tiere traten auf der Stelle und warfen die Köpfe; Blitze krachten, der Wind zerrte an Akazien und Paloverde, der Regen peitschte über die Landschaft. Irgendwo draußen hörten sie ein galoppierendes Pferd, dann nur noch den Regen.

Weißte, was das grad war? sagte Rawlins.

Jau.

Willst noch'n Schluck?

Lieber nicht. Ich glaub, mir wird allmählich schlecht von dem Zeug.

Rawlins nickte und trank. Mir auch, sagte er.

Bei Einbruch der Dämmerung hatte der Sturm sich gelegt, es fiel kaum noch Regen. Sie nahmen den Pferden die nassen Sättel ab und legten ihnen Fußfesseln an; dann marschierten sie jeder für sich durch den Chaparral, blieben, die Hände auf den Knien, spreizbeinig stehen und erbrachen sich. Die grasenden Pferde ruckten die Köpfe hoch. Das Geräusch war ihnen neu. Im grauen Dämmer hallten die Würgelaute wie die Schreie einer primitiven kurzlebigen, in die Wildnis ausgesetzten Spezies. Ein unfertiges und mißgestaltetes, im Zentrum des Seins nistendes Etwas. Eine Fratze tief in den Augen der Anmut, wie ein Gorgonenhaupt in einem Herbstteich.

Am nächsten Morgen banden sie die Pferde los, sattelten sie, schnallten die feuchten Schlafrollen fest und führten die Tiere zum Feldweg.

Und jetz? sagte Rawlins.

Wir sollten vielleicht erstmal den Knülch suchen.

Wieso ziehnwer nich einfach weiter?

John Grady saß auf und blickte hinunter zu Rawlins. Ich glaub, ich kann ihn ohne Pferd nicht hier draußen lassen, sagte er.

Rawlins nickte. Tjau, sagte er. Wahrscheinlich nich.

John Grady ritt den Arroyo hinunter; kurz darauf tauchte der Junge auf, in unverändertem Zustand. John Grady hielt an. Blevins stakste barfuß, einen Stiefel in der Hand, durch die Senke. Er blickte hoch zu John Grady.

Wo sind deine Klamotten? sagte John Grady.

Weggespült.

Dein Pferd iss fort.

Ich weiß. Ich war mal vorne am Weg.

Und jetz?

Keine Ahnung.

Der Dämon Alkohol hat dich ja scheint's ganz schön im Griff gehabt.

Mein Dez fühlt sich an, als hätt'ne fette Alte ihren Arsch drauf geparkt.

John Grady betrachtete die in der neuerstandenen Sonne gleißende Wildnis. Dann musterte er den Jungen.

Bei Rawlins bist du total in Verschiß. Iss dir wohl klar, oder?

Verschmähe keinen, vielleicht brauchste ihn in der Not, sagte Blevins.

Wo zum Geier hast du denn *das* her?

Keine Ahnung. Iss mir grad so eingefallen.

John Grady schüttelte den Kopf. Er öffnete die Satteltasche, klaubte sein Ersatzhemd heraus und warf es Blevins zu.

Zieh das mal an; sonst verbrätst du hier noch. Ich reit solang los und schau, ob ich deine Klamotten irgendwo finde.

Wär ich dir dankbar, sagte Blevins.

John Grady ritt durch die Senke; dann kehrte er wieder zurück. Blevins saß auf dem Hemd im Sand.

Iss gestern abend viel Wasser hier durch?

'n Haufen.

Und wo hast du den Stiefel gefunden?

Im Baum.

John Grady ritt durch die Senke und über den Schwemmkegel; dann blieb er stehen und hielt Ausschau. Kein Stiefel zu sehen. Bei seiner Rückkehr hockte Blevins immer noch da.

Der Stiefel iss fort, sagte John Grady.

Habich mir fast gedacht.

John Grady streckte die Hand hinunter. Auf geht's.

Er lüpfte Blevins in seiner Unterhose hinten aufs Pferd. Rawlins kriegt garantiert'n Koller, wenn er dich sieht, sagte er.

Der Anblick des Jungen schien Rawlins die Sprache zu verschlagen.

Er hat seine Klamotten verloren, sagte John Grady.

Rawlins wendete sein Pferd und ritt langsam den Weg entlang weiter. Die anderen folgten ihm. Kein Wort fiel. Nach einer Weile hörte John Grady hinter sich etwas plumpsen; er wandte den Kopf und sah Blevins' Stiefel auf dem Feldweg liegen. Er drehte sich um und schaute den Jungen an, aber der glotzte unter der Hutkrempe hervor stur geradeaus; dann ritten sie weiter. Die Pferde schritten behutsam durch die über den Weg fallenden Schatten, das Farnkraut dampfte. Kurz darauf passierten die Reiter ein paar Opuntien, an denen kleine, vom Sturm angewehte Vögel aufgespießt waren. Ein Spalier mit grauen namenlosen Vögeln, mitten im Flug erstarrt oder schlaff im Gefieder hängend. Einige lebten noch; als sie die Pferde sahen, wanden sie sich an den Stacheln, hoben die Köpfe und begannen zu piepsen, aber die Reiter hielten nicht an. Die Sonne stieg am Himmel empor, die ganze Landschaft nahm eine neue Färbung an, grünes Feuer in Akazien und Paloverde, Grün im Wegrandgras, Feuer in Ocotillas. Als sei der Regen elektrisch, als habe er einen Stromkreis gebildet, der dieses Licht verursachte.

Mittags, in der zerklüfteten Ebene am Fuß der flachen, ostwestlich verlaufenden Felsmesa, stießen die Reiter auf ein Wachscamp. Ein schmaler klarer Bach floß hindurch; die Mexikaner hatten einen offenen Feuerkessel gegraben, mit Steinen ausgelegt und in den Erdhügel darüber einen Tiegel gekeilt. Der Tiegel bestand aus der unteren Hälfte eines verzinkten Wassertanks; um ihn hierherzuschaffen, hatte man am Boden des Tanks eine Deichsel befestigt, deren hinteres Ende auf einem selbstgezimmerten Fahrgestell lag; ein Pferdegespann hatte dann den Tank von Zaragoza achtzig Meilen ostwärts durch die Wüste gekarrt. Die Spur von niedergewalztem Chaparral zog sich gekrümmt durch die Wildnis. Als die Amerikaner im Lager eintrafen, standen dort ein paar eben von der

Mesa heruntergeführte Burros, beladen mit Candelilla, der Pflanze, die von den Männern zu Wachs verkocht wurde; die Mexikaner waren beim Essen und hatten die Tiere einfach so stehengelassen. Ein Dutzend abgerissener Arbeiter, die meisten mit einer Art Pyjama bekleidet, hockten im Schatten einer Weidengruppe und aßen mit Blechlöffeln aus Tontellern. Ohne ihre Mahlzeit zu unterbrechen, blickten sie auf.

Buenos días, sagte John Grady. Die Männer grüßten in dumpfem Chor flüchtig zurück. John Grady stieg aus dem Sattel; die Männer glotzten herüber, sahen sich an und aßen weiter.

Tienen algo que comer?

Ein paar zeigten mit den Löffeln zum Feuer. Als Blevins vom Pferd glitt, warfen sie sich wieder Blicke zu.

Die Reiter holten ihr Geschirr aus den Satteltaschen; John Grady fischte den kleinen Emailpott aus dem schwärzlich verfärbten Jutebeutel und gab ihn Blevins, dazu seine alte Gabel mit dem hölzernen Griff. Anschließend stellten sie sich ans Feuer, füllten ihre Teller mit Bohnen und Chili, nahmen sich von einem Eisenblech über dem Feuer jeweils zwei angebrannte Tortillas und hockten sich dann, ein Stück abseits von den Arbeitern, unter die Weiden. Blevins hatte die nackten Beine ausgestreckt, aber wie sie da auf dem Boden lagen, wirkten sie so weiß und schutzlos, daß er sie, offenbar in einem Anfall von Scham, wieder anzog und die Knie mit den Zipfeln des geliehenen Hemdes zu bedecken versuchte. Sie aßen. Die Arbeiter hatten größtenteils ihre Mahlzeit beendet; sie lehnten sich zurück, rauchten eine Zigarette und gaben leise Rülpser von sich.

Willste se nich mal nach meinem Pferd fragen? sagte Blevins.

John Grady kaute nachdenklich. Tja, sagte er. Wenn's hier iss, dann müßten sie sich eigentlich denken können, daß es zu uns gehört.

Meinste, sie würden's klauen?

Den Gaul kannste dir von der Backe putzen, sagte Rawlins. Wennwer hier irgendwo in'ne Stadt kommen, dann sieh mal lieber zu, daßde deine Kanone für'n paar Klamotten eingetauscht kriegst, und außerdem für'ne Busfahrkarte nach dort, wode herkommst.

Fallses hier überhaupt Busse gibt. Vielleicht hat dein Spezi da Lust, deinen Arsch durch ganz Mexiko mitzuschleppen; ich jedenfalls nich.

Die Wumme habich nich mehr, sagte Blevins. Die hat das Pferd mit.

Scheiße, sagte Rawlins.

Blevins aß. Nach einer Weile blickte er auf. Was habich dir eigentlich getan? sagte er.

Nix. Und genau so soll's auch bleiben.

Laß ihn zufrieden, Lacey. 's bricht uns doch keinen Zacken aus der Krone, wenn wir ihm helfen, sein Pferd zu finden.

Ich sag ihm bloß, was Sache iss, sagte Rawlins.

Das weiß er auch so.

Aber er hält sich nich dran.

John Grady wischte mit dem letzten Stück Tortilla den Teller blank, aß es, stellte den Teller auf den Boden und begann sich eine Zigarette zu drehen.

Ich hab'n saumäßigen Kohldampf, sagte Rawlins. Meinste, die ha'm was dagegen, wennwer uns noch'n Nachschlag holen?

Bestimmt nich, sagte Blevins. Mach nur.

Wer fragt'n *dich*? sagte Rawlins.

John Grady wollte schon in die Tasche nach einem Zündholz langen, aber dann stand er auf, marschierte zu den Arbeitern hinüber, hockte sich hin und bat um Feuer. Zwei fischten ihre Esclarajos hervor; der eine strich seines an, John Grady beugte sich vor, ließ sich Feuer geben und nickte. Er erkundigte sich nach dem Tiegel und den Candelillas, mit denen die Burros noch immer beladen waren. Die Arbeiter sprachen über das Wachs; einer stand auf, holte eine schmale graue Wachstafel und reichte sie ihm. Sie sah aus wie ein Seifenriegel. John Grady kratzte mit dem Fingernagel daran und schnüffelte. Dann hielt er die Tafel hoch und betrachtete sie.

Qué vale? sagte er.

Die Männer zuckten die Achseln.

Es mucho trabajo, sagte er.

Bastante.

Ein Hagerer in einer fleckigen, vorne bestickten Lederweste musterte John Grady aus schmalen Augenschlitzen. John Grady reichte die Wachstafel zurück; der Hagere zischte ihm etwas zu und drehte ruckartig den Kopf.

John Grady schaute hinüber.

Es su hermano, el rubio?

Er meinte Blevins. John Grady schüttelte den Kopf. No, sagte er.

Quíen es? sagte der Mann.

Er blickte über die Lichtung. Der Koch hatte Blevins ein wenig Schmalz gegeben; der Junge saß da und rieb sich damit die sonnenverbrannten Beine ein.

Un muchacho, no más, sagte John Grady.

Algún parentesco?

No.

Un amigo.

John Grady zog an der Zigarette und streifte die Asche am Stiefelabsatz ab. Nada, sagte er.

Keiner sprach. Der Mann in der Weste musterte John Grady und spähte wieder über die Lichtung zu Blevins. Dann fragte er John Grady, ob er den Jungen verkaufen wolle.

John Grady schwieg einen Moment. Der Mann hätte denken können, er überlege es sich. Alle warteten auf eine Antwort. John Grady sah auf. No, sagte er.

Qué vale? sagte der Mann.

John Grady drückte die Zigarette an der Stiefelsohle aus und stand auf.

Gracias por su hospitalidad, sagte er.

Der Mann bot Wachs für den Jungen. Die anderen hatten die Köpfe gedreht und hörten ihm zu. Dann wandten sie sich wieder in Richtung John Grady.

John Grady musterte sie. Sie machten keinen üblen Eindruck; trotzdem war ihm unbehaglich zumute. Schließlich wandte er sich ab und marschierte über die Lichtung zu den Pferden. Blevins und Rawlins standen auf.

Was ha'mse gesagt? sagte Blevins.

Nix.

Hastese nach meinem Pferd gefragt?

Nein.

Wieso nich?

Sie haben dein Pferd nicht.

Was hat'n der Typ da gequatscht?

Nix. Schnappt euch die Teller. Und dann weg hier.

Rawlins lugte über die Lichtung zu den sitzenden Männern. Er nahm die Zügel und schwang sich in den Sattel.

Was war'n los, Alter? sagte er.

John Grady saß auf und wendete das Pferd. Er schaute zurück zu den Männern; dann betrachtete er Blevins. Der Junge stand mit den Tellern da.

Wieso hat der mich dauernd angeglotzt? sagte er.

Räum sie in den Beutel und schwing deinen Arsch hoch.

Sind aber noch dreckig.

Tu, was ich dir sag.

Ein paar von den Männern waren aufgestanden. Blevins verstaute die Teller im Beutel; John Grady streckte die Hand hinunter und lüpfte den Jungen hinten aufs Pferd.

Er riß sein Pferd herum; sie ritten aus dem Camp und anschließend auf dem Feldweg weiter in Richtung Süden. Rawlins schaute noch einmal nach hinten und ließ dann sein Pferd antraben; John Grady schloß zu ihm auf, und sie ritten nebeneinander den schmalen zerfurchten Pfad entlang. Kein Wort fiel. Etwa eine Meile vom Lager weg fragte Blevins, was der Mann in der Weste gewollt habe, aber John Grady gab keine Antwort. Als er erneut fragte, drehte sich Rawlins nach ihm um.

Dich kaufen wollter, sagte er. Jetz weißte's.

John Grady sah Blevins nicht an.

Schweigend ritten sie weiter.

Wieso sagst du ihm das? sagte John Grady. Iss doch unnötig wie'n Kropf.

Nachts lagerten sie im Hügelgelände am Fuß der Sierra de la

Encantada und hockten zu dritt schweigend am Feuer. Die knochigen Beine des Jungen, überzogen von einer am Schmalz klebenden Schicht aus Staub und Spreu, schimmerten bleich im Flammenschein. Seine Unterhose war lapprig und voller Flecken; er wirkte tatsächlich wie ein trauriger mißhandelter Sklave oder noch Schlimmeres. John Grady packte die Unterdecke aus seiner Schlafrolle und gab sie ihm; Blevins wickelte sich hinein, legte sich neben das Feuer und war bald darauf eingeschlafen. Rawlins schüttelte den Kopf und spuckte aus.

Sowas Blödes, sagte er. Haste nochmal drüber nachgedacht, was ich gesagt hab?

Jau, sagte John Grady. Hab ich.

Rawlins starrte lange in die rote Feuerglut. Ich sag dir mal was, sagte er.

Spuck's aus.

Irgendwas passiert noch.

John Grady rauchte träge, die Arme um die angezogenen Knie.

'ne elende Scheiße iss das, sagte Rawlins. Und wir hocken voll drin.

Am Mittag des nächsten Tages ritten sie in den Pueblo Encantada ein, direkt am Fuß der flachen gekappten Bergkette, an deren Rand sie entlanggezogen waren. Das erste, was sie sahen, war Blevins' Revolver; er lugte aus der Gesäßtasche eines Mannes, der sich gerade über den Motorraum eines Dodge beugte. John Grady sah die Waffe als erster; es gab einiges, was er lieber gesehen hätte.

Menschenskind, da vorn iss ja meine Wumme, johlte Blevins.

John Grady langte nach hinten und schnappte ihn gerade noch am Hemd, sonst wäre der Junge vom Pferd gerutscht.

Bleib hier, du Idiot, sagte John Grady.

Ich denk ja nich dran, sagte Blevins.

Du bist wohl vom Affen gebissen.

Rawlins hatte sich neben die beiden gestellt. Weiterreiten, zischte er. Heiliger Himmel.

Ein paar Kinder glotzten aus einer Tür herüber; Blevins blickte über die Schulter zurück.

Wenn der Gaul hier iss, sagte Rawlins, dann brauchense nu keinen Dick Tracy mehr, um rauszukriegen, wemer gehört.

Und jetzt?

Keine Ahnung. Jedenfalls müssenwer von der verdammten Straße da weg. Vielleicht isses auch schon zu spät. Ich glaub, wir verstecken ihn erstmal irgendwo an'nem sicheren Plätzchen; dann schaunwer uns um.

Iss dir das recht, Blevins?

Das kratzt mich'n nassen Furz, ob's dem Herrn recht iss oder nich, sagte Rawlins. Wenner schon meine Hilfe will, mußer die Klappe halten.

Er ritt an den beiden vorbei; kurz darauf bogen sie in eine als Straße dienende Lehmrinne ein. Dreh dich nicht dauernd um, verdammt, sagte John Grady.

Mit einer Feldflasche Wasser und der Ermahnung, in seinem Versteck zu bleiben, ließen sie den Jungen im Schatten einer Pappelgruppe allein und ritten langsam zurück durch den Ort. Sie passierten gerade eine der furchigen, das Stadtbild bestimmenden Rinnen, als sie das Pferd entdeckten: es blickte aus dem rahmenlosen Fenster eines verlassenen Lehmgebäudes.

Weiterreiten, sagte Rawlins.

John Grady nickte.

Als sie zur Pappelgruppe zurückkehrten, war Blevins fort. Rawlins hockte sich hin und spähte forschend in die öde staubige Landschaft. Er langte in die Tasche nach seinem Tabak.

Ich sag dir mal was, Alter.

John Grady beugte sich vor und spuckte aus. Schieß los.

Eh ich irgend'ne Scheiße bau, überlegich mir das vorher immer ganz genau. Und's iss bis jetz auch noch nie Scheiße bei rausgekommen. Hab einfach vorher darüber nachgedacht. Du kapierst, wasich mein?

Jau. Glaub schon. Und?

Nix und. Das iss unsere letzte Chance. Hier und jetz. So'ne Chance ha'mwer nie wieder, das garantier ich dir.

Du meinst, wir lassen ihn einfach hier?

Woll Sir.

Und wenn *du* jetzt derjenige wärst?

Ich bin's aber nich.

Trotzdem; was dann?

Rawlins schraubte sich die Zigarette in den Mundwinkel, fischte ein Zündholz aus der Tasche und riß es am Daumennagel an. Dann warf er einen Blick auf John Grady.

Ich würd dich nich hängenlassen, und du mich auch nich. Das iss ja wohl klar.

Du weißt doch genau, daß er in der Patsche sitzt, oder?

Jau. Weiß ich. Hat er sich aber selber eingebrockt.

Sie saßen da. Rawlins rauchte. John Grady verschränkte die Hände über dem Sattelknopf und betrachtete ihn. Nach einer Weile hob er den Kopf.

Ich kann's nicht, sagte er.

Okay.

Was okay?

Nix; bloß okay. Wennde nich kannst, dann kannste nich. Hab ich mir eigentlich gedacht, daßde das sagst.

Tja; also da bist du schlauer wie ich.

Sie sattelten die Pferde ab, pflockten sie an, legten sich ins trokkene Laub unter den Pappeln und waren bald darauf eingeschlafen. Als sie aufwachten, war es fast dunkel. Der Junge hockte da und schaute sie an.

Seid froh, daßich kein Langfinger bin, sagte er. Sonst hättich mir euer ganzes Zeug gegrapscht und wär ab.

Rawlins drehte sich zur Seite, schaute ihn unter dem Hut hervor an und drehte sich wieder zurück. John Grady setzte sich auf.

Habt ihr was rausgekriegt? sagte Blevins.

Dein Pferd iss in der Stadt.

Habt ihr's gesehn?

Jau.

Den Sattel auch?

Nein, den nicht.

Ich geh hier erst fort, wennich mein Zeug wiederhab.

Ach du Schande, sagte Rawlins. Nu hör dir das an.

Was hater gesagt? sagte Blevins.

Vergiß es, sagte John Grady.

Wenn's *sein* Zeug wär, dann würder garantiert anders daherquatschen. Dann wollter's nämlich bestimmt *auch* zurück, oder nich?

Jetzt reiz ihn nicht noch.

Hör mal zu, du Pißnelke, sagte Rawlins. Wenn der da nich wär, dann wärich schon längst fort. Dann würdste noch in dem Arroyo auf deinem Arsch hocken. Nee, nehm ich zurück. Dann hättich ich dich schon am Pecos River links liegenlassen.

Wir wollen ja bloß, daß du dein Pferd wiederkriegst, sagte John Grady. Wenn dir das nicht genügt, dann sag's. Und zwar jetzt.

Blevins starrte zu Boden.

Dem iss eh alles scheißegal, sagte Rawlins. Hättich dir schriftlich geben können. Daßde für Pferdediebstahl abgeknallt wirst, das geht dem am Arsch vorbei. Der nimmt's grad, wie's kommt.

Wieso denn Pferdediebstahl? sagte Blevins. Iss doch *mein* Pferd.

Na, das wird aber'ne Menge Eindruck machen. Verdammt, ich geb's auf. Erklär *du* dem Typ mal, um was es geht.

Um was denn? sagte Blevins.

John Grady musterte ihn. Wir holen dein Pferd, und du schwingst dich dann einfach drauf, mehr nicht.

Jau.

Versprochen?

Wie versprochen, so gebrochen, sagte Rawlins.

Versprochen, sagte Blevins.

John Grady warf einen Blick auf Rawlins. Rawlins lag unter seinem Hut. John Grady drehte sich wieder zu Blevins. Okay, sagte er.

Er stand auf, holte seine Schlafrolle und reichte Blevins eine Decke.

Wollenwer etwa schon pennen? sagte Blevins.

Ich ja.

Habt ihr überhaupt was gefuttert?

Jau, sagte Rawlins. Und ob. Du nich? Wir ha'm jeder'n Riesentrumm Steak verspachtelt; 's dritte ha'mwer uns dann geteilt.

Blödsinn, sagte Blevins.

Sie schliefen bis zum Monduntergang; anschließend hockten sie im Dunkeln und rauchten. John Grady beobachtete die Sterne.

Kannste erkennen, wie spät's iss, Alter? sagte Rawlins.

Da, wo ich herkomm, geht der Neumond um Mitternacht unter.

Rawlins rauchte. Na egal. Ich glaub, ich hau mich wieder aufs Ohr.

Mach mal. Ich weck dich dann.

Alles klar.

Blevins ging ebenfalls schlafen. John Grady beobachtete das Firmament, wie es sich hinter dem schwärzlichen Pfahlwerk der östlichen Berge emporspannte. Zur Stadt hin war alles finster. Nicht einmal Hundegebell. Er betrachtete Rawlins, der unter seiner Decke bereits schlief, und da wußte er, daß es stimmte, was Rawlins gesagt hatte, es war einfach so; und der Große Wagen am Nordrand der Welt drehte sich, die Nacht dauerte lang.

Knapp eine Stunde vor Tagesanbruch weckte er sie.

Biste schon fertig? sagte Rawlins.

Fertiger geht's nich.

Sie sattelten die Pferde; John Grady reichte Blevins seinen Anbindestrick. Den kannst du als Halfter nehmen, sagte er.

Okay.

Steck ihn ins Hemd, sagte Rawlins. Laß ihn bloß niemand sehn.

Iss sowieso noch niemand da, sagte Blevins.

Da würdich mich nich drauf verlassen. Da vorn iss schon'n Licht.

Alsdann, sagte John Grady.

Die Häuser in der Straße, wo sie das Pferd entdeckt hatten, waren noch dunkel. Sie ritten vorsichtig weiter. Ein Hund, der im Schmutz geschlafen hatte, stand auf und begann zu bellen; Rawlins riß drohend die Hand hoch, worauf der Köter davonschlich. Als sie sich dem Gebäude mit dem darin eingestallten Pferd näherten, saß John Grady ab, marschierte hinüber, spähte durchs Fenster und kehrte wieder zurück.

Das Pferd iss nicht da, sagte er.

Es war totenstill in der kleinen Lehmstraße. Rawlins beugte sich vor und spuckte aus. Schöne Scheiße, sagte er.

Biste auch sicher, daßwer hier richtig sind? sagte Blevins.

Ja.

Der Junge rutschte vom Pferd, schritt barfuß vorsichtig über die Straße zum Haus und lugte hinein. Dann stieg er durchs Fenster.

Was zum Geier macht der da? sagte Rawlins.

Frag mich was Leichteres.

Die beiden warteten. Der Junge ließ sich nicht blicken.

Da hinten kommt jemand.

Ein paar Hunde schlugen an. John Grady saß auf, wendete sein Pferd, ritt die Straße zurück und blieb dann im Dunkeln stehen. Rawlins folgte ihm nach. Überall in der Stadt begannen nun Hunde zu bellen. Ein Licht ging an.

Das wär's dann wohl, sagte Rawlins.

John Grady blickte ihn an. Rawlins hockte im Sattel, den Karabiner senkrecht auf den Schenkel gestützt. Hinter den Häusern und hinter dem Hundelärm ertönte ein Schrei.

Du weißt, was die Schweinebacken gleich mit uns machen, sagte Rawlins. Iss dir doch klar, oder?

John Grady beugte sich vor, sprach seinem Hengst zu und legte ihm die Hand auf die Schulter. Das sonst so ruhige Tier trat nervös auf der Stelle. John Grady lugte zu den Häusern hinüber, wo sie das Licht gesehen hatten. Im Dunkeln wieherte ein Pferd.

So eine Arschgeige, sagte Rawlins. So eine verdammte Arschgeige.

Weiter vorn war auf einmal die Hölle los. Rawlins riß sein Pferd herum; das Tier stampfte und begann zu traben. Dann patschte er ihm mit dem Gewehrlauf auf die Hüfte; es stieg und scharrte mit den Hinterhufen. Plötzlich brach Blevins auf seinem Riesenfuchs in einem Fetzenschauer durch eine verrottete Ocotilla-Hecke hinaus auf die Straße, eine heulende Hundemeute im Schlepptau.

Der Fuchs jagte seitlich an Rawlins vorbei; Blevins in seiner Unterhose klammerte sich an die Mähne und hielt seinen Hut fest. Die Hunde schwärmten wütend über die Straße; Rawlins' Pferd trat tänzelnd auf der Stelle und warf den Kopf hin und her. Der Riesenfuchs machte eine volle Drehung; irgendwo im Dunkel krachten gleichmäßig hintereinander drei Revolverschüsse. John Grady stieß seinem Pferd die Absätze in die Flanken und kauerte sich tief in den Sattel; dann sprengte er mit Rawlins die Straße hinauf. Blevins, die bleichen Knie an sein Pferd gepreßt, überholte die beiden mit flatternden Hemdzipfeln.

Noch ehe sie die Kurve auf der Anhöhe erreichten, ertönten hinter ihnen wieder drei Schüsse. Sie schlugen die Hauptstraße nach Süden ein und preschten durch die Stadt. Hinter ein paar kleinen Fenstern brannten inzwischen Lampen. In gestrecktem Galopp jagten sie weiter und ritten hinaus ins Hügelgelände. Im Osten zeichnete sich erstes Licht ab. Eine Meile hinter dem Südende der Stadt holten sie Blevins ein. Der Junge wendete sein Pferd und blickte die beiden an; dann beobachtete er den hinter ihnen liegenden Feldweg.

Haltet mal, sagte er. Vielleicht hörenwer was.

Sie versuchten die keuchenden Tiere zu beruhigen. Du blöder Hund, sagte Rawlins.

Blevins gab keine Antwort. Er rutschte vom Pferd, hielt das Ohr an den Boden und lauschte. Dann stand er auf und hangelte sich wieder aufs Pferd.

Jungs, sagte er, sie kommen.

Pferde?

Jau. Ich sag euch mal was. 's bringt einfach nix, wennwer zusammen abhaun. Sie sind ja bloß hinter *mir* her. Ich bleib auf dem Weg da. Die reiten garantiert der Staubwolke nach, und ihr könnt euch solang in der Landschaft verdrücken. Wir treffen uns später wieder.

Noch ehe die beiden etwas dazu sagen konnten, hatte der Junge sein Pferd am Halfter herumgerissen und jagte den Feldweg entlang.

Er hat recht, sagte John Grady. Wir machen lieber, daß wir von dem verdammten Weg runterkommen.

Okay.

Im Dunkeln ritten sie durchs Gesträuch und hielten sich, an die

Pferdehälse geschmiegt, nach Möglichkeit in tiefem Gelände, damit man sie nicht entdeckte.

Auf die Art kriegen die Pferde garantiert'n Schlangenbiß ab, sagte Rawlins.

Es wird bald hell.

Dann könnense uns abknallen.

Plötzlich hörten sie vom Weg her Pferde. Kurz darauf noch mehr Pferde. Dann war wieder alles ruhig.

Besser, wir verdrücken uns irgendwo, sagte Rawlins. 's wird allmählich zu hell.

Jau, weiß ich auch.

Wenn die wieder zurückreiten, meinste, die sehn dann, wower vom Weg runter sind?

Wenn's viele sind, dann haben sie die Spuren verwischt.

Und wennse den Knülch schnappen?

John Grady gab keine Antwort.

Der zeigt denen dann arschnackt, wo wir lang sind.

Glaub ich nicht.

Wieso nich? Die bräuchten ihn doch bloß mal scharf angucken.

Dann reiten wir mal lieber weiter.

Ich weiß ja nich, wie's *dir* geht, aber ich kipp bald aus'm Sattel.

Okay. Und, was sollen wir jetzt machen?

Scheiße, sagte Rawlins. Wenn ich das wüßt. Ich glaub, wir warten mal ab, bises richtig hell iss. Vielleicht findenwer hier irgendwo was zu fressen.

Vielleicht.

Sie ließen die Pferde langsamer gehen und ritten auf eine Anhöhe. In der grauen Landschaft rührte sich nichts. Sie saßen ab und marschierten über den Hügelkamm. Im Chapparal begannen kleine Vögel zu zwitschern.

Weißte, wie langwer schon nix mehr gefuttert haben? sagte Rawlins.

Darüber hab ich mir noch keine Gedanken gemacht.

Ich bis jetz auch nich. Wenn dich einer abknallen will, dann kann dir der Appetit ganz schön vergehn, was?

Halt mal'n Moment.
Was iss?
Halt mal.
Sie blieben horchend stehen.
Ich hör nix.
Da drüben sind irgendwo Reiter.
Auf'm Weg?
Keine Ahnung.
Kannste was sehn?
Nein.
Komm, packenwer's wieder.
John Grady spuckte aus und horchte nochmal. Dann zogen sie weiter.
Bei Tagesanbruch ließen sie die Pferde in einer Sandmulde stehen, stiegen auf eine Anhöhe, hockten sich zwischen die Ocotillas und beobachteten die Landschaft im Nordosten. Rotwild äste längs der gegenüberliegenden Hügelkette. Sonst war nichts zu erkennen.
Kannste den Weg sehn? sagte Rawlins.
Nein.
Sie saßen da. Rawlins lehnte den Karabiner ans Knie und fischte seinen Tabak aus der Tasche. Ich glaub, ich rauch mal eine, sagte er.
Ein gedehnter Lichtfächer öffnete sich im Osten; die aufgehende Sonne schwoll blutrot über den Horizont.
Guck mal, da drüben, sagte John Grady.
Wo?
Da drüben.
Zwei Meilen entfernt erschienen Reiter auf einer Anhöhe. Einer, zwei. Ein dritter. Dann tauchten sie wieder ab.
Wo wollen die hin?
Tja, Alter, ich bin mir nicht sicher, aber ich hab da sowas im Urin.
Rawlins hockte da, die Zigarette in der Hand. Ich seh's schon kommen, wir gehn in dem gottverdammten Land noch vor die Hunde.
Ach was.
Meinste, die können auf dem Boden hier unsre Spuren erkennen?

Keine Ahnung. Vielleicht.

Hör zu, Alter. Wenn unsre Pferde abschlaffen und die uns da draußen irgendwo aufspüren, dann kriegense's aber mit meiner Knarre zu tun, das kannich dir sagen.

John Grady warf ihm einen Blick zu; dann spähte er wieder dorthin, wo die Reiter aufgetaucht waren. Ich bin nicht grad versessen drauf, mir den Rückweg nach Texas erst freischießen zu müssen, sagte er.

Wo iss eigentlich deine Kanone?

In der Satteltasche.

Rawlins zündete die Zigarette an. Wennich den kleinen Saukerl nochmal in die Finger krieg, dann bringich ihn eigenhändig um. Das schwör ich dir.

Gehn wir, sagte John Grady. Das dauert noch, bis die alles abgegrast haben. 'n starker Rückzug iss mir lieber als'ne schwache Verteidigung.

Sie ritten, die Sonne im Rücken, weiter in Richtung Westen; vor ihnen fielen die Schatten von Pferd und Reiter, schmal wie Bäume. Sie zogen durch eine alte Lavalandschaft und hielten sich dabei am Rand der welligen schwarzen Kiesebene; immer wieder warfen sie einen Blick nach hinten. Weiter im Süden, als sie vermutet hatten, sahen sie die Reiter erneut. Dann noch einmal.

Wenn denen nich noch die Gäule lahm werden, dann ha'mwerse wohl bald auf der Pelle, sagte Rawlins.

Du sagst es.

Am späten Morgen ritten sie einen flachen Vulkankegel hinauf, wendeten die Pferde und hielten Ausschau.

Und, was meinste? sagte Rawlins.

Naja, also daß das Pferd nicht bei *uns* iss, das haben sie garantiert schon mitgekriegt. Da bin ich mir sicher. Außerdem haben sie bestimmt noch was andres im Kopf, als hier durch die Gegend zu reiten.

Genau.

Sie spähten eine ganze Zeitlang in die Runde. Nichts rührte sich.

Ich glaub, sie haben's aufgegeben.

Glaubich auch.

Dann wollen wir mal wieder.

Am späten Nachmittag begannen die Pferde zu schwanken. Sie tränkten sie aus ihren Hüten und schlürften, selbst ausgedörrt, die andere Feldflasche leer; dann saßen sie wieder auf und ritten weiter. Von den Reitern war nichts mehr zu sehen. Gegen Abend stießen sie auf ein paar Schafhirten, die am hinteren Ende eines tiefen, mit weißen Kieseln bedeckten Arroyos kampierten. Wie schon die Ureinwohner des Landes hatten die Schäfer den Platz offenbar mit Blick auf seine geschützte Lage ausgesucht; sie blickten sehr ernst zu den Reitern herüber.

Und jetzt? sagte John Grady.

Ich glaub, wir ziehn lieber mal weiter. Im Moment habich von den sauberen Landesbürgern die Schnauze gestrichen voll.

Wenn du meinst.

Nach einer weiteren Meile ritten sie den Arroyo hinunter und suchten vergeblich nach Wasser. Sie saßen ab und führten die Pferde durch die wachsende Dunkelheit; zu viert, Mensch und Tier, taumelten sie dahin, Rawlins noch immer mit dem Gewehr in der Hand, und folgten den sinnlosen Spuren von Vögeln oder Wildschweinen im Sand.

Bei Einbruch der Nacht hockten sie auf ihren Decken; die Pferde waren ein Stück entfernt angepflockt. Sie saßen einfach da, im Dunkeln, ohne Feuer, wortlos. Nach einer Weile sagte Rawlins: Hättenwer uns bloß bei den Schäfern Wasser geholt.

Morgen früh finden wir welches.

Wenn's nur schon Morgen wär.

John Grady gab keine Antwort.

So'ne Scheiße. Junior macht garantiert Theater. Paß auf, der rumort und jammert die ganze Nacht lang. Ich kenn ihn doch.

Die Pferde denken bestimmt, wir sind bekloppt.

Sindwer das nich?

Meinst du, sie haben ihn geschnappt?

Keine Ahnung.

Ich glaub, ich hau mich aufs Ohr.

Sie lagen in ihren Decken auf dem Boden. Die Pferde bewegten sich unruhig im Dunkel.

Eins muß man ihm lassen, sagte Rawlins.

Wem?

Blevins.

Was denn?

Der kleine Stinker läßt sich von keinem's Pferd klauen.

Am nächsten Morgen ließen sie die Pferde im Arroyo, marschierten nach oben, beobachteten den Sonnenaufgang und schauten, was das Land zu bieten hatte. Die Nacht in der Senke war kalt gewesen; als die Sonne hochkam, drehten sie ihr den Rücken zu und hockten sich hin. Im Norden stand eine dünne Rauchsäule in der windstillen Luft.

Meinste, das sind die Schäfer? sagte Rawlins.

Wir wollen's hoffen.

Möchtste nichmal hinreiten und fragen, obse uns Wasser und was zu knabbern geben?

Nein.

Ich auch nich.

Sie blickten in die Landschaft.

Rawlins stand auf und marschierte mit dem Gewehr los. Nach einer Weile kehrte er wieder zurück, mit Nopalfrüchten im Hut; er kippte sie auf einen flachen Stein, setzte sich hin und begann sie mit dem Messer zu schälen.

Willst auch'n paar? sagte er.

John Grady kam herüber, ging in die Hocke und holte sein Messer hervor. Die Früchte waren noch kühl von der Nacht. Mit blutrot verschmierten Fingern saßen die beiden da, schälten, aßen, spuckten die harten Kernchen aus und zupften sich die Stacheln aus den Fingern. Rawlins zeigte in die Landschaft. Iss nich grad viel los hier, was?

John Grady nickte. Das größte Problem iss, daß wir denen in die Arme laufen und's gar nicht merken. Wir wissen nicht mal, wie ihre Pferde aussehn.

Rawlins spuckte aus. Das Problem ha'm die aber auch. Die kennen uns genausowenig.

Bloß, die können sich denken, wer wir sind.

Jau, sagte Rawlins. Auch wieder wahr.

Im Vergleich zu Blevins geht's uns ja noch prima. Der könnt sein Pferd genausogut rot anmalen und beim Reiten Trompete spielen.

Kannste laut sagen.

Rawlins wischte sein Messer an der Hose ab und klappte es zu. Irgendwie wird mir die ganze Chose langsam zu viel.

Das Verrückte iss, es stimmt, was er sagt. Das Pferd gehört ihm.

Sagenwer, es gehört jemand.

Aber bestimmt nicht den verdammten Mexis.

Tjau. Er kann's halt bloß nich beweisen.

Rawlins steckte das Messer ein und suchte seinen Hut nach Stacheln ab. Schöne Gäule sind wie schöne Weiber, sagte er. Machen mehr Ärger, alsse wert sind. Dabei willste ja bloß, daßse ihren Job richtig machen.

Wo hast du denn *das* her?

Keine Ahnung.

John Grady klappte sein Messer zu. Tja, sagte er. Gibt'ne Menge Land da draußen.

Jau. 'ne Menge Land.

Weiß der Himmel, wo er jetzt steckt.

Rawlins nickte. Aber wie du selber gesagt hast.

Was denn?

Der Knallfrosch läuft uns bestimmt nochmal über'n Weg.

Den ganzen Tag lang ritten sie über die weite Ebene in Richtung Süden. Erst mittags fanden sie Wasser, eine schlickrige Pfütze auf dem Grund einer Lehmziegeltränke. Am Abend passierten sie einen flachen Bergsattel und scheuchten dabei einen Rehbock aus einem Weißzedernhain; Rawlins zog sein Gewehr aus dem Halfter, legte an, spannte den Hahn und feuerte. Er hatte die Zügel losgelassen; das Pferd scheute, machte einen Satz zur Seite und blieb zitternd stehen. Rawlins stieg aus dem Sattel und lief zu der Stelle, wo er den kleinen Rehbock gesehen hatte; das Tier lag in seinem Blut tot auf dem Boden. John Grady, Rawlins' Pferd im Schlepptau, ritt heran. Die Kugel war dem Bock durch die Schädelbasis gedrungen, seine

Augen wurden bereits glasig. Rawlins warf die Hülse aus, führte eine neue Patrone ein und entspannte die Waffe; dann blickte er auf.

Doller Schuß, sagte John Grady.

Reiner Dusel. Hab einfach angelegt und losgeballert.

Trotzdem; 'n doller Schuß.

Gib mir mal dein Jagdmesser. Gleich haunwer uns Wild rein, daßes bloß so scheppert.

Sie brachen das Tier auf, hängten es zum Abkühlen in die Weißzedern und kämmten die Böschung nach Holz ab. Dann machten sie Feuer, schnitten Stangen aus Paloverdeholz und schnitzten als Auflage zwei Astgabeln zurecht; Rawlins häutete den Bock, schnitt das Fleisch in Streifen und hängte es zum Räuchern über die Stangen. Als das Feuer heruntergebrannt war, spießte er die Lendenstücke auf zwei Ginsterstecken und legte die Stecken, mit Steinen als Stütze, über die Glut. Anschließend hockten sie da, sahen zu, wie das Fleisch braun wurde, und schnupperten den Rauch, wenn ein Tropfen Fett in der Glut verzischte.

John Grady marschierte zu den Pferden, sattelte sie ab, legte ihnen Fußfesseln an und ließ sie grasen; dann kehrte er mit Decke und Sattel zum Feuer zurück.

Hier, sagte er.

Was'n das?

Salz.

Schade, daßwer kein Brot ha'm.

Wie wär's mit frischem Mais, Kartoffeln und Apfelpastete?

Verarschen kannich mich selber.

Sind die Dinger schon gar?

Nein. Pflanz dich. Davon, daßde rumstehst, geht's auch nich schneller.

Sie aßen ihre beiden Filetstücke, wendeten die Streifen auf den Stangen, lehnten sich zurück und drehten sich Zigaretten.

Ich hab schon gesehn, wie die Vaqueros bei Blair das Fleisch von 'ner Färse zerlegen; die Streifen sind so dünn, da kannste direkt durchgucken. Die beinen das Vieh praktisch in'm einzelnen langen Stück aus. Das Fleisch hängense dann rund ums Feuer an Stangen, wie Wäsche; wennde da nachts hinkommst, dann weißte erst garnich, wases iss. Als ob's durchsichtig wär, als obde sehn könntst, was drinsteckt. Wenn die die Streifen wenden und's Feuer schüren, dann haste's Gefühl, die bewegen sich in dem Fleisch drin. Da wachste nachts auf, und draußen in der Prärie flattert sowas im Wind; da meinste, da glüht'n Ofen. 'n Ofen so rot wie Blut.

Also *das* Fleisch hier schmeckt garantiert nach Zedernholz, sagte John Grady.

Sowieso.

Im südlichen Hügelgelände begannen Kojoten zu heulen. Rawlins beugte sich vor, schnickte die Zigarettenasche ins Feuer und lehnte sich wieder zurück.

Haste schon mal über den Tod nachgedacht?

Jau. Du?

Jau. Glaubste, daßes'n Himmel gibt?

Jau. Du nicht?

Weiß nich. Tjau. Vielleicht. Aber wennde an den Himmel glaubst, dann mußte wohl auch an die Hölle glauben, oder nich?

Ich find, jeder kann glauben, was er will.

Rawlins nickte. Brauchst bloß mal drüber nachdenken, was dir so alles passieren kann, sagte er. Findste kein Ende.

Sollen wir jetzt deswegen vielleicht fromm werden?

Ach was. Ich frag mich halt bloß manchmal, ob's mir nich besser ging, wennich's wär.

Du hast aber nicht zufällig vor, mich hängenzulassen, oder?

Quatsch; das weißte doch.

John Grady nickte.

Meinste, die Kutteln da locken'n Puma an? sagte Rawlins.

Vielleicht.

Haste schon mal einen gesehn?

Nein. Du?

Bloß'n toten; den hat Julius Ramsey mit seinen Hunden oben am Grape Creek erledigt. Julius iss auf'n Baum und hat ihn mit'm Stekken runtergejagt, daß die Hunde ihn schnappen können.

Im Ernst?

Jau. Glaub schon.

John Grady nickte. Zutraun würd ich's ihm.

Das Kojotengeheul verstummte. Dann begann es von neuem.

Meinste, Gott kümmert sich um uns? sagte Rawlins.

Jau. Ich denk schon. Was meinst du?

Jau. Glaub ich auch. So wie's in der Welt zugeht. Da wachste in Arkansas oder sonstwo auf, und ehde noch piep sagen kannst, iss Krieg, 'ne Katastrophe oder sonst'ne Kacke. Du weißt nie, was passiert. Der muß sich ja einfach kümmern. Ich glaub nich, daßwer's sonst auch nur *einen* Tag schaffen würden.

John Grady nickte.

Meinste, die Schweinebacken ha'm ihn geschnappt?

Blevins?

Jau.

Keine Ahnung. Ich hab gedacht, du bist froh, daß du ihn los bist?

Naja; aber deswegen wünschich ihm doch nich gleich was Schlechtes.

Ich auch nicht.

Meinste wirklich, der heißt Jimmy Blevins?

Frag mich was Leichteres.

Nachts wurden sie von den Kojoten geweckt; sie lagen im Dunkeln und horchten, wie die Tiere über das Aas herfielen und dabei jaulten und sich balgten wie Katzen.

Nu hör dir den Scheißradau an, sagte Rawlins.

Er stand auf, holte sich aus dem Feuer ein Stück Holz und warf es brüllend nach den Kojoten. Die Tiere verstummten. Er schürte das Feuer und wendete das Fleisch auf den Ginsterstecken. Als er wieder in seine Decken schlüpfte, ging der Lärm von neuem los.

Den ganzen nächsten Tag ritten sie durch das Hügelland in Richtung Westen. Unterwegs schnitten sie sich Streifen aus dem fast schon trockenen Räucherfleisch und kauten darauf herum. Ihre Hände waren schwarz und schmierig; sie wischten sie am Widerrist ihrer Pferde ab, ließen die wassergefüllte Feldflasche hin und her gehen und bewunderten die Landschaft. Im Süden tobten Stürme; Wolkenmassen wälzten sich träge am Horizont entlang, mit langen düsteren, im Regen schleifenden Schleppen. Nachts lagerten sie auf einem Felssims über der Ebene und beobachteten das Wetterleuchten am Horizont, wie es aus dem randlosen Dunkel heraus die fernen Bergketten entflammte, wieder und wieder. Als sie am nächsten Tag durch die Ebene zogen, stießen sie in den Bajadas auf stehendes Wasser; sie tränkten die Pferde, schlürften Regenwasser direkt von den Felsen und stiegen dann ohne weitere Pause in die zunehmende Kühle der Berge, bis sie schließlich abends den Kamm der Kordilleren erreichten und unter sich das Land erblickten, von dem man ihnen erzählt hatte. Die Weideflächen lagen in tiefviolettem Dunst; im Westen zogen schmale Keile von Wasservögeln über die sinkende Sonne nach Norden, durch die tiefroten Galerien unter den Wolkenbänken, wie Fischschwärme in einer brennenden See. In der vorgelagerten Ebene sahen sie Vieh, das von Vaqueros durch einen Schleier aus Goldstaub getrieben wurde.

Am Südhang des Bergs, unter einem Felsvorsprung, schlugen sie ihr Lager auf und breiteten die Decken über die trockene Erde. Rawlins zog mit Pferd und Strick los und schleifte kurz darauf einen kompletten abgestorbenen Baum heran; dann machten sie zum Schutz gegen die Kälte ein Feuer. Fünf Meilen weiter, in der uferlosen Nacht über der Ebene, sahen sie das Lagerfeuer der Vaqueros, als spiegle sich ihr eigenes Feuer in einem dunklen See. Nachts regnete es, die Tropfen verzischten in den Flammen; die Pferde schritten aus dem Dunkel heran und rollten mit den roten schimmernden Augen. Am nächsten Morgen war es kalt und grau, die Sonne drang nur langsam durch.

Mittags ritten sie über die Ebene, durch Gras, wie sie es noch nie gesehen hatten. Die Spur des Rindertrecks lag in der Landschaft wie ein ausgetrocknetes Flußbett; am Nachmittag sahen sie vor sich die westwärts ziehende Herde und hatten sie innerhalb einer Stunde eingeholt.

Die Vaqueros erkannten sie an der Art, wie sie im Sattel saßen; sie nannten sie Caballeros, tauschten Tabak und Zigarettenpapier mit ihnen und erzählten ihnen vom Land. Dann trieben sie das Vieh wieder weiter in Richtung Westen, durchwateten Bäche und einen schmalen Fluß, passierten Gruppen von riesigen Pappeln und scheuchten dabei Antilopenherden und Weißwedelwild auf; gegen Tagesende stießen sie auf einen Zaun und trieben das Vieh nach Süden. Hinter dem Zaun lag ein Feldweg mit Reifen- und Pferdespuren, die noch vom letzten Regen herrührten. Ein junges Mädchen kam den Weg entlanggeritten; als sie den Treck passierte, unterbrachen die Männer ihre Gespräche. Sie trug englische Reitstiefel, Reithosen und eine geschlitzte Jacke; der Rappe, den sie mit einer Reitgerte ritt, war ein Araber. Sie war offenbar kurz zuvor im Fluß oder in den Ciénagas gewesen; das Pferd hatte einen nassen Bauch, ihre Stiefel waren dunkel, ebenso die unteren Ränder der ledernen Sattelblätter. Sie hatte einen schwarzen flachen Filzhut mit breiter Krempe auf, unter dem ihr loses schwarzes Haar fast bis zur Hüfte fiel. Als sie am Zaun entlangritt, drehte sie sich herüber, lächelte und tippte mit der Gerte an die Hutkrempe; die Vaqueros hoben ebenfalls die Hand an die Krempe, einer nach dem anderen, schließlich sogar die, die sie offenbar gar nicht bemerkt hatten. Dann parierte sie das Pferd zu einem beschleunigten Rack durch, ritt den Weg entlang weiter und verschwand aus dem Blickfeld.

Rawlins warf dem Anführer der Vaqueros einen Blick zu, aber der Caporal trieb sein Pferd an und setzte sich an die Spitze des Trecks. Rawlins ließ sich zwischen die Reiter und neben John Grady zurückfallen.

Haste das Schätzchen gesehn? sagte er.

John Grady gab keine Antwort. Er spähte noch immer in die Richtung, in der das Mädchen davongetrabt war, obwohl dort nichts mehr zu sehen war.

Eine Stunde später, im schwindenden Licht, halfen sie den Vaqueros, die Rinder in einen Pferch zu treiben. Der Gerente war aus dem Verwaltungsgebäude gekommen, ritt herbei, blieb stehen, stocherte in den Zähnen und schaute kommentarlos zu. Als sie fertig waren, nahmen der Caporal und ein weiterer Vaquero die beiden mit hinüber und stellten sie dem Gerente ohne Namen vor; dann ritten sie zu fünft zum Haus, und in der Küche, an einem Metalltisch unter einer nackten Glühbirne, fragte der Gerente sie eingehend über ihre Kenntnisse in Rancharbeit aus. Der Caporal bestätigte alles, was sie sagten, auch der Vaquero nickte und stimmte zu; der Caporal strich zusätzlich noch ein paar Qualitäten der Güeros heraus, die ihnen selber gar nicht bewußt waren, und wischte jeden Zweifel mit einer Handbewegung vom Tisch, als sei das die selbstverständlichste Sache der Welt. Der Verwalter lehnte sich auf dem Stuhl zurück und musterte die beiden. Schließlich nannten sie ihre Namen, buchstabierten sie, und der Gerente trug sie in sein Buch ein; dann standen sie auf, drückten dem Verwalter die Hand und marschierten hinaus in die frühe Dunkelheit, wo gerade der Mond aufging, die Rinder brüllten und die gelb erleuchteten Fenstervierecke der fremden Welt Gestalt und Wärme gaben.

Sie sattelten die Pferde ab, führten sie in den Korral und folgten dem Caporal zur Baracke. Ein länglicher Lehmbau mit zwei Räumen, Blechdach und Betonboden. In dem einen Raum ein Dutzend Kojen aus Holz oder Metall. Ein kleiner Kanonenofen. Im anderen ein langer Tisch mit Bänken, ein mit Holz geheizter Herd. Ein alter Schrank mit Gläsern und Blechgeschirr. Ein Spülstein, daneben eine Anrichte mit einer Blechplatte. Die übrigen Männer saßen schon beim Essen, als sie hereinkamen; sie gingen zur Anrichte, holten sich Tassen und Teller, stellten sich an den Herd, bedienten sich mit Bohnen, Tortillas und einem deftigen Ziegenfleisch-Stew und marschierten dann zum Tisch; die Vaqueros nickten ihnen zu und forderten sie, ohne ihre Mahlzeit zu unterbrechen, mit ausladenden Gebärden auf, sich zu setzen.

Nach dem Essen hockten sie rauchend am Tisch und tranken Kaffee; die Vaqueros forschten sie über Amerika aus, vor allem über Pferde und Vieh, stellten aber keine persönlichen Fragen. Ein paar hatten Freunde oder Verwandte, die einmal dort gewesen waren, aber für die meisten war das Land im Norden kaum mehr als ein Gerücht. Etwas, wofür es eigentlich keine Erklärung gab. Einer stellte eine Petroleumlampe auf den Tisch und zündete sie an; kurz darauf ging der Generator aus, die an ihren Kabeln von der Decke baumelnden Glühbirnen verglommen zu einem dünnen orangeroten Draht und erloschen dann ganz. Die Vaqueros hörten sich

John Gradys Auskünfte mit großer Aufmerksamkeit an, nickten ernsthaft und verkniffen sich dabei jeden Kommentar, denn wie so viele Fachleute wollten sie auf keinen Fall den Eindruck erwecken, als wüßten sie Bescheid über etwas, was sie nicht von der Pike auf gelernt hatten.

Sie trugen ihr Geschirr zu einem mit Seifenlauge gefüllten Blechtrog; anschließend marschierten sie mit der Lampe zu ihren Kojen am hinteren Ende der Baracke, legten die Matratzen auf die rostige Federung, breiteten ihre Decken darüber, zogen sich aus und bliesen die Lampe aus. Obwohl sie müde waren, lagen sie im Dunkeln noch lange wach; die Vaqueros waren längst eingeschlafen. Sie hörten ihre tiefen Atemzüge, der Raum roch nach Pferd, Leder und Männern; draußen im Pferch brüllten noch immer die Rinder.

Die Jungs hier sind schwer in Ordnung, flüsterte Rawlins.

Jau, find ich auch.

Haste die ollen Sättel gesehn, was die für hohe Löffel ha'm?

Jau.

Meinste, die denken, wir sind von daheim abgehaun?

Sind wir das nicht?

Rawlins gab keine Antwort. Nach einer Weile sagte er: Hör ich gern, die Rinder da draußen.

Jau. Ich auch.

Von Rocha hater nich grad viel erzählt, was?

Nein.

Meinste, das war dem seine Tochter?

Glaub schon.

Das iss vielleicht'n Land, was?

Jau. Iss es. Jetzt schlaf endlich.

Alter?

Jau.

Iss genau wie bei den ollen Cowboys, was?

Jau.

Was meinste, wie langde's hier aushältst?

Bestimmt hundert Jahre. Jetzt penn endlich.

2

DIE HACIENDA de Nuestra Señora de la Purísima Concepción war eine am Rand des Bolsón de Cuatro Ciénagas im Bundesstaat Coahuila gelegene Ranch von elftausend Hektar. Im Westen reichte sie bis in die Sierra de Anteojo, bis zu Höhen von über zweitausendsiebenhundert Metern; im Süden und Osten erstreckte sie sich bis in den breiten Barrizal oder Talgrund des Bolsón, einem wasserreichen Gebiet mit Quellen, klaren Flüssen, Sümpfen und flachen Seen oder Lagunas. In den Seen und Flüssen gab es Fischarten, wie man sie sonst nirgendwo kannte; die Vögel, Echsen und anderen Lebensformen waren seit langem relikt, denn ringsum breitete sich die Wüste aus.

In diesem Teil von Mexiko gehörte La Purísima zu den sehr wenigen Ranches, die noch die ganze in der Landreform von achtzehnhundertvierundzwanzig bewilligte Fläche von achtzehn Quadratmeilen umfaßten; der Gutsherr Don Héctor Rocha Y Villareal war einer der wenigen Hacendados, der auch tatsächlich auf seinem Land lebte, Land, das schon seit einhundertsiebzig Jahren in Familienbesitz war. Er war siebenundvierzig und damit der erste männliche Erbe des in die Neue Welt ausgewanderten Familienzweiges, der ein solches Alter erreicht hatte.

Sein Viehbestand zählte über eintausend Rinder. Er hatte ein Haus in Mexico City, in dem seine Frau lebte. Er besaß ein Flugzeug, das er selbst flog. Er liebte Pferde. Als er an diesem Morgen zum Verwaltungsgebäude ritt, hatte er vier Freunde dabei, ein paar Mozos aus seinem Gefolge und zwei Packtiere mit je einem hölzernen Saumsattel, der eine leer, der andere mit Proviant für den Mittag. Eine Meute von mageren silberfarbenen Windhunden huschte den Pferden lautlos zwischen den Beinen umher, quirlig wie fließendes Quecksilber; die Pferde schenkten ihnen überhaupt keine Beachtung. Vor dem Haus angekommen, machte sich der Hacendado durch einen lauten Ruf bemerkbar. Der Gerente kam in Hemdsärmeln heraus, die beiden wechselten ein paar Worte, der Gerente nickte; der Hacendado sprach kurz mit seinen Freunden, dann ritten sie zusammen weiter. Sie passierten die Baracke, ritten durchs Tor und schwenkten landeinwärts in den Feldweg ein; ein paar der Vaqueros holten gerade ihre Pferde aus dem Korral und sattelten sie fürs Tagewerk. John Grady und Rawlins standen in der Barackentür und tranken Kaffee.

Da vorn isser, sagte Rawlins.

John Grady nickte und kippte die letzten Tropfen Kaffee in den Hof.

Wo zum Geier wollen die hin? sagte Rawlins.

Ich würd sagen, auf Kojotenjagd.

Die ha'm doch gar keine Knarren dabei.

Aber Lassos.

Rawlins blickte John Grady an. Willste mich verscheißern?

Glaub nicht.

Das würdich verdammt gern mal sehn.

Ich auch. Bist du soweit?

Zwei Tage arbeiteten sie in den Pferchen; sie brannten, markierten Ohren, verschnitten, enthornten und impften. Am dritten Tag kehrten die Vaqueros mit einer kleinen Herde dreijähriger Wildpferde von der Mesa zurück und trieben die Tiere in ein Gehege; abends gingen Rawlins und John Grady hinaus und begutachteten sie. Die Pferde standen dicht an dicht am hinteren Zaun, ein buntgemischtes Lot aus Rotschimmeln, Falben, Fuchsbraunen und Schecken von unterschiedlichem Körperbau. John Grady öffnete das Tor, marschierte mit Rawlins in das Gehege und machte das Tor wieder zu. Die verschreckten Tiere drängten sich an- und übereinander, brachen nach beiden Seiten hin aus und jagten am Zaun entlang.

Mannometer, die sind vielleicht zimperlich, sagte Rawlins.

Die kennen halt sowas wie uns noch nicht.

Wie meinste das?

Ganz einfach. Ich glaub nicht, daß die schon mal'nen Menschen zu Fuß gesehn haben.

Rawlins beugte sich vor und spuckte aus.

Welchen hättste denn gern?

Da gäb's einige.

Zum Beispiel?

Den Dunkelbraunen da. Gleich da drüben.

Was iss mit dem?

Guck mal genau hin.

Der kriegt garantiert keine achthundert Pfund drauf.

Und ob. Schau dir die Hinterhand an. Der wird mal'n gutes Cowhorse. Und dann der Rotschimmel da.

Was, der? Der hat doch Füße wie'n Waschbär.

Naja, 'n bißchen. Okay. Dann der andere Rotschimmel. Der dritte von links.

Der mit dem vielen Weiß?

Jau.

Ich find, der sieht irgendwie komisch aus.

Überhaupt nicht. Der iss bloß'n bißchen merkwürdig gefärbt.

Meinste nich, daß das was zu bedeuten hat? Der hat doch ganz weiße Füße.

Trotzdem, das'n gutes Pferd. Guck dir den Kopf an. Und die Ganaschen. Dann mußte noch auf den Schweif achten; der iss bei allen schon voll ausgewachsen.

Tjau. Kann sein. Rawlins schüttelte skeptisch den Kopf. Also früher warste mit Pferden pingeliger. Vielleicht haste einfach zu lang keine mehr vor dir gehabt.

John Grady nickte. Jau, sagte er. Aber ich hab deswegen nicht vergessen, wie sie aussehen sollen.

Die Pferde standen wieder dicht an dicht am hinteren Ende des Geheges, rollten mit den Augen und warfen die Köpfe an- und übereinander.

Ein Gutes ha'mse jedenfalls, sagte Rawlins.

Nämlich?

's hatse noch kein Mexi beritten.

John Grady nickte.

Sie musterten die Pferde.

Wieviel sind's eigentlich? sagte John Grady.

Rawlins blickte genauer hin. Fünfzehn. Sechzehn.

Ich seh sechzehn.

Okay, sechzehn.

Was meinst du, kriegen wir die in vier Tagen beritten?

Kommt drauf an, wie gut duse zureiten willst.

Na so, daß sie sich halbwegs reiten lassen. Sechsmal drauf, das müßt reichen. Wenden, halten und stillstehn zum Satteln.

Rawlins fischte seinen Tabak aus der Tasche und schob sich den Hut zurück.

Was haste vor? sagte er.

Die Pferde da zureiten.

Und wieso grad in vier Tagen?

Meinst du, wir kriegen das hin?

Wollen die Mexis die etwa gleich an die Kandare nehmen? Also'n Gaul, wode in vier Tagen zureitest, der iss vier Tage drauf wahrscheinlich wieder genauso wild wie am Anfang.

Die haben halt keine Pferde mehr; deswegen sind die da ja hier.

Rawlins verteilte den Tabak im Zigarettenpapier. Willste damit sagen, daß die für uns bestimmt sind?

Glaub schon.

Wir sollen also'n hartmäuligen Gaul reiten, wo die Mexis mit ihrer blöden Kettentrense beritten ha'm?

Jau.

Rawlins nickte. Wie willste's überhaupt anstellen, mit Fußfesseln?

Jau.

Wer weiß, ob die hier soviel Stricke ha'm.
Keine Ahnung.
Danach gehste am Stock. Das garantier ich dir.
Was glaubst du, wie gut du dann pennen kannst.
Rawlins steckte sich die Zigarette in den Mund und fischte nach einem Streichholz. Gibt's vielleicht sonst noch was, wasde mir noch nich gesagt hast?
Armando sagt, der ganze Berg da wimmelt von Pferden, die alle dem Alten gehören.
Wieviel?
Rund vierhundert.
Rawlins warf ihm einen Blick zu. Er riß das Streichholz an, gab sich Feuer und schnickte das Streichholz weg. Und wie zum Geier kommter dazu?
Er hat vor dem Krieg'ne Zucht angefangen.
Was züchtet er denn?
Media sangres.
Was zum Geier iss das nu wieder?
Bei uns heißen sie Quarterhorses.
Ah ja?
Der Rotschimmel da hinten, sagte John Grady, iss'n astreines Reitpferd, auch wenn er keine besonders schöne Füße hat.
Was meinste, von wem der abstammt?
Von dem, wo sie alle abstammen. Von'nem Hengst namens José Chiquito.
Little Joe?
Jau.
Iss das ein und derselbe Gaul?
Genau.
Rawlins rauchte nachdenklich vor sich hin.
In Mexiko sind damals Tiere von beiden Rassen verkauft worden, sagte John Grady. Reine und Kreuzungen. Die ganze Herde hier in der Gegend geht auf die alte Traveler-Ronda-Linie zurück, auf die Nachkommen von Sheeran.
Sonst noch was? sagte Rawlins.

Das wär's.

Dann wollenwer mal mit dem Verwalter reden.

Die Hüte in den Händen, standen sie in der Küche; der Gerente saß am Tisch und musterte sie.

Amansadores, sagte er.

Sí.

Ambos, sagte der Mann.

Sí. Ambos.

Der Gerente lehnte sich zurück und trommelte mit den Fingern auf den Metalltisch.

Hay dieciseis caballos en el potrero, sagte John Grady. Podemos amansarlos en cuatro días.

Sie marschierten über den Hof zur Baracke zurück und machten sich frisch fürs Abendessen.

Was hater gesagt? sagte Rawlins.

Daß wir Knallköppe sind. Hat's bloß'n bißchen netter ausgedrückt.

Heißt das, er hat uns abblitzen lassen?

Nicht direkt. Glaub jedenfalls nicht, daß es dabei bleibt.

Am Sonntagmorgen, bei Tagesanbruch, begannen sie mit dem Bereiten der Wildpferde. Im Halbdunkel zogen sie sich an, ihre Kleider, die sie am Abend zuvor gewaschen hatten, waren noch feucht; ehe die Sterne verblaßten, marschierten sie, die aus Magueyfaser gefertigten Stricke über der Schulter, hinaus zum Potrero und frühstückten ohne Kaffee eine kalte Tortilla mit einem Schlag kalter Bohnen darin. Zu ihrem Gepäck gehörten Satteldecken und eine Bosalea, ein Halfter mit einem metallenen Nasenband; John Grady hatte die beiden sauberen Jutesäcke dabei, auf denen er geschlafen hatte, und außerdem seinen Hamley-Sattel mit bereits kürzer geschnallten Bügeln.

Sie standen da und betrachteten die Pferde. Die Tiere huschten umher und blieben wieder stehen, graue Schemen im grauen Morgen. Vor dem Tor stapelten sich aufgerollte Stricke aller möglichen Sorten, aus Baumwolle und Manilahanf, aus Maguey- und Agavefaser, aus geflochtenem Rohleder, Roßhaar und Bindfaden. Am Zaun lagen die sechzehn Trensenstricke, die sie abends in der Baracke zurechtgeknüpft hatten.

Und die ganze Herde da ha'mse von der Mesa geholt?

Glaub schon.

Was machense eigentlich mit den Stuten?

Die benutzen sie hier als Reittiere.

Tscha, sagte Rawlins. Jetz kapier ich, wiesose ihre Gäule so hart hernehmen. Wennse sich mit den Stuten rumärgern müssen.

Er schüttelte den Kopf, stopfte sich das letzte Stück Tortilla in den Mund und wischte die Hände an der Hose ab; dann löste er den Draht und machte das Tor auf.

John Grady folgte ihm in das Gehege, setzte den Sattel ab, ging wieder hinaus, holte eine Handvoll Stricke und Trensen, kauerte sich hin und sortierte sie. Rawlins stand da und machte eine Schlinge.

Ich nehm an, du legst keinen Wert auf'ne bestimmte Reihenfolge, sagte er. Seh ich das richtig?

Das siehst du goldrichtig, mein Alter.

Alles klar? Könnenwer die Scheißer fertigmachen?

Alles klar.

Mein Daddy hat immer gesagt, 'n Pferd reitste bloß zu, daßde nachher draufhocken kannst; am besten, du packst einfach den Sattel drauf, kletterst hoch, und ab geht die Post.

John Grady grinste. War dein Daddy'n Diplombereiter?

Hater soviel ich weiß nie behauptet. Jedenfalls warer'n paarmal am Rütteln; hab ich selber gesehn.

Tja, davon siehst du jetzt gleich noch mehr.

Wir nehmense lieber zweimal ran.

Wieso?

Ich hab noch nie'n Gaul erlebt, wo's beim erstenmal glaubt und wo beim zweitenmal noch dran zweifelt.

John Grady schmunzelte. Abwarten und Teetrinken, sagte er. Bei mir glauben sie's.

Ich sag dir mal was, Alter. Das'ne ganz tückische Bande hier.

Wie sagt Blair immer? Es gibt keine bösartigen Pferde.

Von wegen, sagte Rawlins.

Die Tiere waren bereits unruhig. Als das erste ausbrach, warf Rawlins sein Lasso aus; die Schlinge legte sich dem Pferd um die Vorderfüße, worauf es krachend zu Boden fiel. Die übrigen Tiere gingen durch, drängten sich wieder dicht aneinander und blickten verstört herüber. Noch ehe das Pferd sich hochrappeln konnte, kauerte John Grady auf seinem Hals, riß den Kopf seitlich nach oben und hielt, den langen knochigen Schädel an die Brust gepreßt, das Tier am Maul fest; aus den dunklen Brunnen der Nüstern flutete ihm der heiße süßliche Atem über Gesicht und Hals, wie ein Dufthauch aus einer fremden Welt. Es roch nicht nach Pferd. Es roch nach dem, was es war, nach wildem Tier. Als das Gesicht des Pferdes an seiner Brust lag, spürte er am Oberschenkel das Blut in den Adern pulsieren, spürte die Angst, und er wölbte dem Hengst die Hand um die Augen, streichelte ihn, redete leise und besänftigend auf ihn ein, sagte ihm, was er vorhatte, legte ihm die Hand auf die Stirn und streichelte die Furcht einfach weg.

Rawlins nahm einen der Stricke, die er sich um den Hals gehängt hatte, machte eine Gleitschlinge, legte sie dem Tier um die Hinterfessel, hob das Bein hoch und befestigte den Strick mit Halbsteks an den Vorderfüßen. Anschließend löste er das Lasso, warf es beiseite und griff sich das Halfter; sie zogen den Zaum über Maul und Ohren, John Grady schob dem Pferd den Daumen ins Maul, Rawlins legte das Gebiß ein und schlang einen weiteren Strick um den anderen Hinterfuß. Dann band er beide Fußstricke am Halfter fest.

Alles klar? sagte er.

Alles klar.

John Grady ließ den Kopf los, stand auf und wich zurück. Das Pferd rappelte sich hoch, drehte sich zur Seite, schlug mit dem einen Hinterfuß aus, schnellte in einer halben Wendung herum und fiel zu Boden. Es kam wieder hoch, keilte wieder aus und kippte wieder um. Als es zum drittenmal hochkam, schlug es aus, warf den Kopf und tänzelte dabei auf der Stelle. Dann verharrte es.

Es ging ein paar Schritte und blieb wieder stehen. Schließlich keilte es noch einmal aus und fiel wieder zu Boden.

Es lag eine Weile da und überlegte; wieder auf den Beinen, stand es einen Moment still. Anschließend machte es drei Hüpfer, blieb einfach stehen und glotzte die beiden an. Rawlins hatte sein Lasso geholt und zog die Schlinge zurecht. Die übrigen Pferde am hinteren Ende des Potrero blickten gebannt herüber.

Die Mistviecher sind wild wie Scheißhausratten, sagte er.

Dann such dir mal das wildeste raus; übernächsten Sonntag um diese Zeit präsentier ich dir'n fertiges Pferd.

Wie fertig?

So daß du nix dran auszusetzen hast.

Blödsinn, sagte Rawlins.

Wenig später standen drei Pferde schnaubend und mit den Augen rollend in ihren Fußfesseln; am Tor hatten sich ein paar Vaqueros versammelt, tranken gemächlich Kaffee und sahen zu, wie es sich machte. Am späten Vormittag waren es bereits acht Pferde. Die übrigen acht waren scheuer als Rehe, stoben am Zaun entlang und drängten sich wieder dicht aneinander; je wärmer es wurde, um so größer wurden die Staubwolken, die sie aufwirbelten; nach und nach dämmerte ihnen, wie unerbittlich ihr quirliges Herden-Ich sich in eine hilflos gelähmte Vereinzelung auflöste, eine Vereinzelung, die sich wie eine schleichende Seuche unter ihnen ausbreitete. Die ganze Vaquero-Mannschaft war inzwischen aus der Baracke gekommen und schaute zu; bis Mittag standen alle sechzehn Mesteños, in Halfterstricken gefangen, im Potrero und äugten in die Runde; ihre Gemeinschaft war gebrochen. Sie wirkten wie Tiere, die Kinder zum Spaß gefesselt hatten; zögernd standen sie da und rätselten über die Stimme ihres Bezähmers, die in ihren Ohren nachklang wie die Stimme eines über sie gekommenen Gottes.

Als sie dann zum Mittagessen in der Baracke erschienen, behandelten die Vaqueros sie mit einem gewissen Respekt; ob der Respekt ihrer Leistung galt oder ob sie sie bloß für geistesgestört hielten, war ihnen dabei nicht ganz klar. Niemand fragte, wie sie die Pferde beurteilten, niemand forschte sie über ihre Methode aus. Als sie nachmittags wieder zum Gehege marschierten, standen dort etwa zwanzig Leute herum und schauten sich die Pferde an; Frauen, junge Mädchen und Männer, die auf die Rückkehr der Zureiter warteten.

Wo zum Geier kommen denn *die* her? sagte Rawlins.

Keine Ahnung.

Spricht sich halt rum, wenn der Zirkus kommt.

Nickend passierten sie die Zaungäste, marschierten in das Gehege und machten das Tor zu.

Na, hast du schon einen ausgesucht? sagte John Grady.

Jau. Gleich da drüben, den Scheißer da; das'ss der reinste Rappelkopf.

Der Falbe?

Sagenwer, der Mausgraue.

Oha, der Herr kennt sich scheint's mit Farben aus.

Vor allem mit Rappelköpfen.

Rawlins schaute zu, während John Grady hinübermarschierte und einen ungefähr dreieinhalb Meter langen Strick am Halfter befestigte. Dann führte er das Pferd durchs Tor nach draußen und in den Reitkorral. Rawlins dachte schon, das Pferd würde scheuen oder versuchen, sich aufzubäumen, aber es blieb ganz ruhig. Er holte den Jutesack und die Stricke, band dem Tier, während John Grady es besänftigte, die Vorderfüße zusammen, griff sich den Roßhaarstrick, reichte John Grady den Sack und hielt das Pferd fest; in der nächsten Viertelstunde strich John Grady dem Hengst mit dem Sack über Rücken und Bauch, über Kopf und Gesicht, zwischen den Beinen hindurch, sprach dabei, an den Rumpf geschmiegt, pausenlos auf ihn ein und rieb sich an ihm. Anschließend holte er den Sattel.

Meinste, das tut dem gut, wennde ihn so betüttelst? sagte Rawlins.

Keine Ahnung, sagte John Grady. Ich bin ja kein Pferd.

Er nahm die Decke, legte sie dem Tier auf den Rücken, strich sie glatt und blieb eine Weile streichelnd und besänftigend stehen; dann bückte er sich, hob den Sattel auf, legte ihn mit hochgeschnalltem Gurt und im Knopf eingehängten Bügeln auf den Widerrist und schob ihn sacht wippend nach hinten. Das Pferd rührte sich nicht. Er ließ den Gurt herunter und schnallte ihn fest. Das Tier legte die Ohren an; er sprach ihm gut zu, löste den Gurt wieder, schmiegte sich an den Rumpf und redete auf das Tier ein, als sei es weder wild noch gefährlich. Rawlins blickte hinüber zum Korralgatter. Über fünfzig Zuschauer waren bereits da. Einige saßen am Boden und picknickten. Väter hielten Kleinkinder hoch. John Grady nahm die Bügel vom Sattelknopf und ließ sie herunter. Dann schnallte er den Gurt wieder fest. Okay, sagte er.

Halt ihn mal, sagte Rawlins.

John Grady hielt den Roßhaarstrick; Rawlins löste die Seitenstricke vom Halfter, kniete nieder und band sie an die Fußfesseln. Dann zogen sie das Halfter ab; John Grady nahm die Bosalea, schob sie dem Tier sacht über die Nase, rückte das Kopfstück zurecht und legte das Trensengebiß ein. Er faßte die Zügel, streifte sie dem Pferd über den Kopf und nickte; Rawlins ging in die Knie, löste die Fußfesseln und zog an den Gleitschlingen, bis die Stricke neben den Hinterhufen zu Boden fielen. Dann wich er zurück.

John Grady stellte den Fuß in den Bügel, schmiegte sich an die Schulter des Hengstes, sprach auf ihn ein und schwang sich in den Sattel.

Das Pferd stand stockstill. Dann keilte es probeweise mit dem Hinterfuß aus und verharrte wieder; kurz darauf schnellte es zur Seite, bäumte sich auf, schlug aus und blieb schnaubend stehen. John Grady drückte ihm sanft die Absätze gegen die Rippen; es schritt vorwärts. Er zog kurz an den Zügeln; es wendete. Rawlins spuckte angewidert aus. John Grady ließ das Pferd nochmal wenden und ritt wieder heran.

Mannometer, was'n das für'n Lahmarsch? sagte Rawlins. Die Leute da wollen was sehn für ihr Geld.

Bei Einbruch der Dunkelheit hatte John Grady elf von den sechzehn Pferden beritten. Nicht alle waren so fügsam gewesen. Jemand hatte ein Feuer vor dem Potrero gemacht; inzwischen waren rund einhundert Leute da, ein paar kamen aus dem sechs Meilen südwärts gelegenen Pueblo La Vega, andere von noch weiter her. Im Schein des Feuers ritt er die letzten fünf Pferde zu, die Tiere hüpften, drehten sich im Licht, ihre roten Augen blitzten. Als sie beritten waren, standen sie im Potrero oder schritten umher, immer bedacht, nicht auf die am Boden schleifenden Halfterstricke zu treten und sich so die empfindlichen Nasen nach unten zu reißen, was ihre Bewegungen sehr elegant und anmutig wirken ließ. Die wilde kopfscheue Mustangherde, die noch am Morgen wie Murmeln in einem Glas durch den Potrero gewirbelt war, schien nicht mehr zu existieren; im Dunkeln wieherten die Pferde sich zu, fast so, als sei eines verlorengegangen.

Kurz darauf marschierten sie durch die Dunkelheit zur Baracke. Das Feuer brannte noch; einer der Zuschauer hatte eine Gitarre dabei, ein anderer eine Mundharmonika. Als sie die Menge passiert hatten, boten ihnen drei etwas abseits lagernde Fremde einen Schluck aus ihren Mescal-Flaschen an.

Die Küche war leer; sie holten sich ihr Essen vom Herd und hockten sich an den Tisch. Rawlins blickte John Grady an. John Grady saß etwas wackelig auf der Bank und kaute stumpf vor sich hin.

Du bist doch nich etwa schlapp, Alter? sagte Rawlins.

Nein, sagte John Grady. Das war ich vor fünf Stunden mal.

Rawlins grinste. Trink bloß nix mehr von dem Kaffee da. Sonst bleibste putzmunter.

Am nächsten Morgen marschierten sie bei Tagesanbruch wieder nach draußen; das Feuer schwelte noch, und auf dem Boden lagen vier oder fünf schlafende Männer, einige mit Decken, einige ohne. Die Pferde im Potrero äugten herüber; die beiden schritten durchs Tor.

Kannste dich noch an die Reihenfolge erinnern? sagte Rawlins.

Klar kann ich. Oder hast du deinen Freund da drüben schon wieder vergessen?

Nee, *den* Scheißer vergeßich bestimmt nich.

Den Jutesack in der Hand, ging John Grady auf das Pferd zu; es drehte sich weg und fiel in Trab. Er drängte es in Richtung Zaun ab, hob den Strick auf und hielt es damit fest; es blieb zitternd stehen. Er stellte sich neben das Tier, besänftigte es und streichelte es mit dem Sack. Rawlins holte Decken, Sattel und Bosalea.

Bis zehn Uhr abends hatten die beiden je einmal die ganze Remuda von sechzehn Pferden geritten. Am Dienstag dann noch einmal. Am Mittwoch früh, noch im Morgengrauen, ritt John Grady mit dem ersten gesattelten Pferd auf das Tor zu.

Mach auf, sagte er.

Ich sattel mal lieber noch einen zum Einfangen.

Dazu haben wir jetzt keine Zeit.

Wenn der Stinker deinen Arsch in die Kakteen schmeißt, dann haste Zeit.

Na, da bleib ich doch einfach im Sattel.

Trotzdem, ich sattel mal lieber noch einen.

Okay.

John Grady ritt, Rawlins' Pferd im Schlepptau, aus dem Korral und wartete dann, bis Rawlins das Tor zugemacht hatte und aufgesessen war. Die noch unerfahrenen Pferde tänzelten nervös auf der Stelle.

Genausogut könnt'n Blinder'n Blinden führen, was?

Rawlins nickte. Iss fast wie beim ollen T-Bone Watts, wo damals bei Daddy geschafft hat; auf dem ha'mse immer rumgehackt, daßer'n stinkigen Atem hat. Und da hater immer gesagt, besser wie gar kein Atem.

John Grady grinste, drückte dem Pferd die Absätze in die Flanken und ließ es antraben; dann ritten sie den Feldweg entlang.

Bis zum Nachmittag hatte er alle Pferde noch einmal geritten; während Rawlins im Gehege weitermachte, zog er auf dem kleinen Falben, den Rawlins sich ausgesucht hatte, in die Landschaft hinaus. Zwei Meilen oberhalb der Ranch, der Weg führte, von Riedgras, Weiden und Schlehenpflaumen gesäumt, am Rand der Laguna entlang, holte ihn das Mädchen auf ihrem Rappen ein.

Er bemerkte das Pferd hinter sich und wollte sich schon umdrehen, da hörte er, wie es die Gangart wechselte. Als der Araber gleichgezogen war, blickte John Grady das Mädchen an; der Rappe schritt mit gebogenem Hals und warf dabei einen Seitenblick auf den Mesteño, nicht mißtrauisch, sondern eher mit der Geringschätzigkeit eines Rassepferdes. Das Mädchen ritt in einem Abstand von anderthalb Metern neben John Grady her, drehte das feingeschnittene Gesicht herüber und sah ihn voll an. Sie hatte blaue Augen. Dann nickte sie; aber vielleicht senkte sie den Kopf auch nur, weil sie sich sein Pferd genauer anschauen wollte; ein hauchzartes Neigen des breiten, schwarzen und geradesitzenden Huts, ein hauchzartes Lüften des langen schwarzen Haars. Der Rappe wechselte wieder die Gangart, und das Mädchen trabte den Feldweg weiter; sie saß hervorragend im Sattel, mit breiten Schultern ritt sie aufrecht dahin. Der Mesteño war stehengeblieben, störrisch und mit gespreizten Vorderbeinen; John Grady blickte dem Mädchen nach. Er hatte eigentlich etwas sagen wollen, aber ihre Augen hatten die Welt in der Spanne eines Herzschlags für immer verändert. Kurz darauf verschwand sie hinter den Weiden am Seeufer. Ein Schwarm kleiner Vögel flatterte auf und flog mit leisem Gezwitscher über ihn hinweg.

Am Abend, er brachte dem Falben mit Rawlins im Sattel gerade das Rückwärtsgehen bei, kamen Antonio und der Gerente zum Korral, um die Pferde zu inspizieren. Sie schauten zu, der Gerente stocherte in den Zähnen. Antonio ritt zwei bereits gesattelte Pferde, trieb sie kreuz und quer durchs Gehege und parierte sie scharf zum Halten durch. Er saß ab, nickte und begutachtete mit dem Gerente die Pferde im hinteren Teil des Korral; dann marschierten die beiden wieder davon. Rawlins und John Grady blickten sich an. Sie sattelten die Pferde ab, reihten sie in die Remuda ein, gingen mit Sätteln und Zaumzeug zur Baracke zurück und machten sich frisch fürs Abendessen. Die Vaqueros saßen bereits am Tisch; die beiden schnappten sich ihre Teller, bedienten sich am Herd, holten ihren Kaffee, gingen zum Tisch, schwangen das Bein über die Bank und setzten sich. Mitten auf dem Tisch stand eine Tonschüssel Tortillas mit einem Handtuch darüber; als John Grady darauf deutete und bat, sie herüberzureichen, kamen von beiden Seiten des Tisches Hände hervor, nahmen die Schüssel und präsentierten sie wie eine Opferschale.

Drei Tage später ritten sie in die Berge. Der Caporal hatte ihnen einen Mozo mitgegeben, der sich um Verpflegung und Pferde kümmern sollte, und außerdem drei junge Vaqueros, die kaum älter waren als sie selbst. Der Mozo, ein alter Mann namens Luis, hatte ein schlimmes Bein; er hatte seinerzeit bei Torreón, San Pedro und später noch bei Zacatecas gekämpft. Die Jungen stammten vom Land, zwei waren auf der Hacienda geboren. Einer von ihnen war immerhin einmal bis Monterrey gekommen. Sie ritten bergan, jeder drei Pferde im Schlepptau, die Packpferde beladen mit Proviant und dem Kochzelt; in den Hochwäldern machten sie Jagd auf die Wildpferde, in Pinien-, Madroñohainen und Arroyos, in denen sich die Tiere versteckt hatten. Sie hetzten sie stampfend über die hohen Mesas, trieben sie in eine zehn Jahre zuvor mit Zaun und Gatter versehene Klamm, die Wildpferde liefen wiehernd umher, versuchten die Steilhänge zu erklimmen, gingen beißend und keilend aufeinander los, und mittendrin, umgeben von Schweiß, Staub und Getümmel, bewegte sich John Grady mit seinem Strick, als sei das alles nicht mehr als ein böser Traum. Nachts lagerten sie im hochgelegenen Vorgebirge, ihr windzerfetztes Feuer schnippelte an der Dunkelheit herum; Luis erzählte Geschichten von Land und Leuten, von Toten und davon, wie sie gestorben waren. Sein ganzes Leben lang habe er Pferde geliebt, sein Vater, zwei Brüder und er hätten in der Kavallerie gekämpft, Vater und Brüder seien gefallen, aber am meisten von allen Menschen hätten sie Victoriano Huerta verabscheut, seine Untaten seien von allen Heimsuchungen die schlimmsten gewesen. Gegen Huerta, sagte Luis, sei Judas ein zweiter Jesus; einer der jungen Vaqueros blickte zur Seite, ein anderer bekreuzigte sich. Der Krieg, sagte Luis, habe das Land zerstört, die Leute glaubten, der Krieg sei nur mit Krieg zu kurieren, so wie der Curandero das Fleisch der Schlange gegen den Schlangenbiß verordne. Er erzählte von den Feldzügen in der mexikanischen Wüste, von den unter ihm weggeschossenen Pferden, und er sagte, die Seele der Pferde ähnle den Seelen der Menschen mehr, als die Menschen glaubten; auch Pferde liebten den Krieg. Es heiße zwar, das hätten sie so gelernt, aber jedes Wesen könne nur lernen, was in seinem

Herzen schon vorgeformt sei. Sein Vater habe immer gesagt, ein Mann, der nicht zu Pferd in den Krieg gezogen sei, könne ein Pferd niemals richtig verstehen, ihm, Luis, wäre es zwar lieber, wenn es anders wäre, aber es sei nun mal so.

Dann sagte er noch, er habe schon die Seelen von Pferden gesehen, und das sei entsetzlich gewesen. Wenn ein Pferd sterbe, könne man unter bestimmten Umständen seine Seele erkennen, denn das Pferd habe an einer gemeinsamen Seele teil, sein Einzelleben hebe es nur aus allen anderen heraus und mache es sterblich. Wer die Seele eines Pferdes verstehe, sagte er, der verstehe alle Pferde.

Sie hockten da, rauchten und beobachteten die tiefe Feuerglut, in der die rotlodernden Holzstücke prasselnd zerbrachen.

Y de los hombres? sagte John Grady.

Der Alte schob nachdenklich das Kinn vor. Dann sagte er, zwischen Menschen existiere keine solche Gemeinschaft wie zwischen Pferden; der Glaube, daß man Menschen verstehen könne, sei wahrscheinlich ein Irrtum. Rawlins erkundigte sich in schlechtem Spanisch, ob es einen Himmel für Pferde gebe; Luis schüttelte den Kopf und sagte, ein Pferd brauche keinen Himmel. Schließlich fragte John Grady, wenn alle Pferde von der Erde verschwänden, ob dann nicht auch ihre Seele zugrunde gehe, denn es gäbe ja nichts mehr, wo sie hineinschlüpfen könne; aber der Alte sagte nur, die Frage sei sinnlos, Gott würde nie zulassen, daß die Pferde von der Erde verschwänden.

Durch Talsenken und Arroyos trieben sie die Stuten aus den Bergen, dann über das wasserreiche Weideland des Bolsón und schließlich in ein Gehege. Drei Wochen lang gingen sie dieser Arbeit nach; Ende April hatten sie über achtzig Stuten im Korral, die meisten halftergewöhnt, einige bereits als Reittiere aussortiert. Inzwischen waren die Viehtrecks unterwegs, täglich wurden Rinder aus dem offenen Land auf die Ranchweiden getrieben; die Vaqueros hatten immer nur zwei oder drei Pferde dabei, die frisch zugerittenen blieben noch im Korral. Am Morgen des zweiten Mai tauchte im Süden die rote Cessna auf, zog über der Ranch eine Schleife, ging im Gleitflug nieder und verschwand hinter den Bäumen.

Den Hut in den Händen, stand John Grady eine Stunde später in der Küche des Ranch-Hauses. Eine Frau wusch an der Spüle Geschirr ab; am Tisch saß ein Mann und las Zeitung. Die Frau wischte sich die Hände an der Schürze ab, entfernte sich in einen anderen Teil des Gebäudes und kehrte nach ein paar Minuten wieder zurück. Un ratito, sagte sie.

John Grady nickte. Gracias, sagte er.

Der Mann stand auf, faltete die Zeitung zusammen, tappte durch die Küche, holte ein Holzgestell mit Block- und Ausbeinmessern, dazu einen Wetzstein und plazierte die Geräte auf seiner Zeitung. Im gleichen Moment erschien Don Héctor an der Tür, blieb stehen und blickte John Grady an.

Der Hacendado war schlank, hatte breite Schultern und graumeliertes Haar; seine hoher Wuchs und die helle Haut erinnerten an einen Norteño. Er trat ein und stellte sich vor; John Grady nahm den Hut in die Linke und drückte dem Mann die Hand.

María, sagte der Hacendado. Café por favor.

Er streckte die Hand einladend in Richtung Tür; John Grady durchquerte die Küche und betrat den Flur. Im Haus war es kühl und still; es roch nach Wachs und Blumen. Links im Flur stand eine Standuhr. Hinter den Gehäuseklappen schimmerten die Messinggewichte, das Pendel schwang langsam hin und her. John Grady blickte sich um; der Hacendado lächelte und wies mit der Hand zur Speisezimmertür. Pásale, sagte er.

Sie setzten sich an einen langen Walnußtisch. Die Wände waren mit blauem Damast überzogen; überall hingen Porträts und Pferdebilder. Am Ende des Raums stand ein Walnußbüfett mit ein paar Warmhalteplatten und Karaffen; auf dem Fenstersims lagen vier Katzen und sonnten sich. Don Héctor langte nach hinten, nahm einen Porzellanaschenbecher vom Büfett und stellte ihn auf den Tisch; dann zog er ein schmales Blechetui mit englischen Zigaretten aus der Hemdtasche, klappte es auf und hielt es John Grady hin; John Grady bediente sich.

Gracias, sagte er.

Der Hacendado legte das Etui auf den Tisch, holte ein silbernes

Feuerzeug hervor, gab dem Jungen Feuer und zündete sich dann selbst eine Zigarette an.

Gracias, sagte John Grady.

Der Mann blies eine dünne Rauchwolke über den Tisch und lächelte.

Bueno, sagte er. Wir können englisch sprechen.

Como le convenga, sagte John Grady.

Armando sagt, du verstehst was von Pferden.

Hab schon'ne Weile mit ihnen zu tun.

Der Hacendado rauchte nachdenklich vor sich hin. Er schien auf weitere Auskünfte zu warten. Der Mann, der in der Küche Zeitung gelesen hatte, brachte ein Silbertablett mit Kaffeekanne, Tassen, Sahnekrügchen, Zuckerdose und einem Teller Bizcochos. Er stellte das Tablett auf den Tisch und blieb einen Moment stehen; der Hacendado dankte, und der Mann entfernte sich wieder.

Don Héctor verteilte die Tassen, goß ein und nickte in Richtung Tablett. Bitte, bedien dich, sagte er.

Danke. Ich trink ihn am liebsten schwarz.

Du kommst aus Texas?

Woll Sir.

Der Hacendado nickte erneut und nippte an seinem Kaffee. Er saß mit übereinandergeschlagenen Beinen seitlich am Tisch und beugte den Fuß im schokoladenbraunen Kalbslederstiefel; dann drehte er sich herüber und sah John Grady lächelnd an.

Wieso bist du eigentlich hier? sagte er.

John Grady betrachtete ihn. Dann blickte er zum Tisch, auf dem, wie Scherenschnitte, die etwas schrägen Schatten der Katzen lagen. Schließlich wandte er sich wieder dem Hacendado zu.

Ich wollt mir halt mal das Land anschaun. Beziehungsweise *wir*.

Darf ich fragen, wie alt du bist?

Sechzehn.

Der Hacendado zog die Brauen hoch. Sechzehn, sagte er.

Woll Sir.

Der Hacendado lächelte wieder. Als ich sechzehn war, hab ich mich immer für achtzehn ausgegeben.

John Grady nippte am Kaffee.

Und dein Freund, ist der auch sechzehn?

Siebzehn.

Aber du bist der Boß.

Bei uns gibt's keinen Boß. Wir sind einfach Kumpels.

Aha.

Der Hacendado schob den Teller ein Stück nach vorne. Bitte, sagte er. Bedien dich.

Danke. Ich komm grad vom Frühstück.

Der Hacendado schnippte die Asche in den Porzellanascher und lehnte sich wieder zurück.

Wie findest du denn unsere Stutenherde? sagte er.

Sind ein paar gute dabei.

Allerdings. Hast du schon mal von einem Hengst namens Three Bars gehört?

Ein Vollblüter.

Ja. Kennst du ihn?

Soviel ich weiß, iss er mal im Brazilian Grand Prix gelaufen. Stammt glaub ich aus Kentucky; der Besitzer iss ein gewisser Vail aus Douglas, Arizona.

Genau. Das Pferd wurde auf der Monterey Farm gezogen, in Paris, Kentucky. Der Hengst, den ich gerade gekauft habe, ist ein Halbbruder von ihm, aus der selben Stute.

Woll Sir. Wo iss er denn jetzt?

En route.

Bitte wo?

Unterwegs. Von Mexico City hierher. Der Hacendado lächelte. Als Beschäler.

Sie wollen Rennpferde züchten?

Nein. Quarterhorses.

Hier für die Ranch?

Ja.

Und der Vollblüter soll Ihre Stuten decken.

Genau. Was hältst du davon?

Keine Ahnung. Ich kenn'n paar Züchter, richtig alte Hasen, aber die haben sich eigentlich nie groß dazu geäußert. Ich weiß bloß, daß es gute Quarterhorses gibt, die von Vollblütern abstammen.

Aha. Und welche Rolle spielen dabei die Stuten für dich?

Die gleiche wie die Hengste. Find ich jedenfalls.

Die meisten Züchter bauen mehr auf die Hengste.

Woll Sir. Tun sie.

Der Hacendado lächelte. Ich bin zufällig ganz deiner Meinung.

John Grady beugte sich vor und schnippte die Asche von seiner Zigarette. Sie müssen nicht meiner Meinung sein.

Sicher. Umgekehrt aber auch nicht.

Woll Sir.

Erzähl mir doch ein bißchen was von den Pferden auf der Mesa.

Tja, 'n paar gute Stuten sind vielleicht noch oben, aber nicht mehr viele. Der Rest, würd ich sagen, iss eher Ausschuß. Obwohl, 'n paar halbwegs anständige Cowhorses sind eventuell noch dabei. Was man halt alles so Reitpferd nennt. Spanish Ponies, wie sie bei uns heißen. Chihuahua-Pferde. Alte Berberkreuzungen. Klein und oft'n bißchen zu leicht, ohne die Hinterhand, wie sie'n richtiges Quarterhorse braucht; trotzdem, als Arbeitspferde wären sie nicht schlecht...

John Grady unterbrach sich. Er betrachtete den Hut in seinem Schoß, fuhr mit den Fingern am Kniff entlang und sah wieder auf. Aber das brauch ich *Ihnen* ja nicht zu erzählen.

Der Hacendado nahm die Kaffeekanne und füllte die Tassen nach.

Weißt du, was ein Criollo ist?

Woll Sir. Ein argentinisches Pferd.

Kennst du auch Sam Jones?

Wenn sie das Pferd meinen, ja.

Und Crawford Sykes?

Das ist einer aus der Zucht von Uncle Billy Anson. Hab ich schon oft von gehört.

Mein Vater hat bei Mr. Anson gekauft.

Uncle Billy war ein Freund von meinem Großpapa. Die zwei sind bloß drei Tage auseinander zur Welt gekommen. Uncle Billy war der siebte Sohn des Earl of Litchfield. Seine Frau war'ne Schauspielerin.

Du bist aus Christoval?

Aus San Angelo. Beziehungsweise aus der Umgebung von San Angelo.

Der Hacendado musterte den Jungen.

Kennst du das Buch von Wallace, *The Horse of America*?

Woll Sir. Hab ich von A bis Z durchgelesen.

Der Hacendado lehnte sich zurück. Eine der Katzen stand auf und streckte sich.

Und du bist extra von Texas hierhergeritten?

Woll Sir.

Du und dein Freund.

Woll Sir.

Nur ihr beide?

John Grady sah auf den Tisch. Die Scherenschnitt-Katze bewegte sich schmal und schräg zwischen den Katzenschatten. Dann blickte er wieder auf. Woll Sir. Bloß wir beide.

Der Hacendado nickte, drückte die Zigarette aus und schob den Stuhl zurück. Na, dann komm, sagte er. Ich zeig dir mal ein paar Pferde.

Die Ellbogen auf den Knien, hockten sie sich auf den Kojen gegenüber und betrachteten ihre verschränkten Hände. Nach einer Weile begann Rawlins zu sprechen. Er blickte dabei nicht auf. Iss doch *die* Chance für dich. Sollteste eigentlich nich sausenlassen.

Aber nur, wenn du einverstanden bist. Sonst bleib ich hier.

Bist ja deswegen nich gleich aus der Welt.

Wir arbeiten auf jeden Fall noch zusammen. Bereiten die Pferde und so.

Rawlins nickte. John Grady musterte ihn.

Brauchst's bloß zu sagen, dann kriegt er von mir'n Nein.

Blödsinn, sagte Rawlins. Iss doch *die* Chance für dich.

Am nächsten Morgen frühstückten sie; danach ging Rawlins zur Arbeit in den Korral. Als er mittags zurückkehrte, lag John Gradys

Matratze aufgerollt am Kopfende seiner Koje, und seine Sachen waren verschwunden. Rawlins marschierte nach hinten und machte sich frisch fürs Essen.

Der in englischem Stil gebaute Pferdestall war mit weiß gestrichenen Schindeln verkleidet und hatte ein Kuppeldach mit einer Wetterfahne darauf. John Gradys Raum befand sich im rückwärtigen Trakt, direkt neben der Sattelkammer. Gegenüber der Banse gab es noch einen weiteren Raum, in dem ein alter Stallbursche wohnte, der schon für Rochas Vater gearbeitet hatte. Als John Grady sein Pferd durch den Stall führte, kam der Alte heraus, blieb stehen und sah sich das Tier an. Begutachtete die Beine. Dann musterte er John Grady. Schließlich drehte er ab, tappte wieder in sein Kabuff und machte die Tür zu.

Nachmittags, John Grady arbeitete gerade eine der neuen Stuten im Korral vor dem Stall, kam der Alte nach draußen und schaute ihm zu. John Grady sagte guten Tag; der Alte nickte und grüßte zurück. Er blickte die Stute prüfend an. Sie sei tiefrumpfig, sagte er, rechoncha; John Grady kannte das Wort nicht und fragte den Alten, was es bedeute. Der Alte formte mit den Armen ein Faß; John Grady dachte, er meine trächtig, und verneinte. Der Alte zuckte die Achseln und ging wieder hinein.

Als John Grady die Stute dann in den Stall zurückführte, schnallte der Alte dem schwarzen Araber gerade den Sattelgurt fest. Das Mädchen kehrte John Grady den Rücken zu. Als der Schatten der Stute den Banseneingang verdunkelte, drehte sie sich um und blickte den Jungen an.

Buenas tardes, sagte er.

Buenas tardes, sagte sie. Sie bückte sich und griff prüfend mit den Fingern unter den Gurt. John Grady stand an der Tür. Sie richtete sich wieder auf, streifte dem Rappen die Zügel über den Kopf, stellte den Fuß in den Bügel und stieg in den Sattel; dann wendete sie das Pferd und ritt durch die Tür nach draußen.

Als er dann nachts auf seiner Pritsche lag, hörte er vom Haus her Musik; nach und nach sank er in Schlaf, mit Gedanken an Pferde, an das offene Land und wieder an Pferde. An wilde Pferde auf der Mesa, die noch nie einen Menschen zu Fuß gesehen hatten, die von ihm und seinem Leben nichts ahnten und in deren Seelen er sich dennoch für immer einnisten würde.

Eine Woche später ritten sie mit dem Mozo und zwei Vaqueros in die Berge; als sich die Vaqueros in ihre Decken gewickelt hatten, hockten sich die beiden vors Feuer und tranken Kaffee. Rawlins griff sich seinen Tabak; John Grady holte eine Zigarettenpackung hervor und hielt sie ihm hin. Rawlins steckte den Tabak wieder ein.

Wo hast'n die Fabrikfluppen her?

Aus La Vega.

Rawlins nickte. Er nahm ein Stück Holz aus der Glut und gab sich Feuer; John Grady beugte sich vor und zündete sich ebenfalls eine Zigarette an.

Und sie geht in Mexico City zur Schule? sagte Rawlins.

Jau.

Wie alt iss sie denn?

Siebzehn.

Rawlins nickte. In was für'ne Schule gehtse?

Keine Ahnung. In'ne Art Prep School oder so.

Also was Besseres.

Jau. Was Besseres.

Rawlins rauchte. Tja, sagte er. Sie iss ja auch selber was Besseres.

Nein, iss sie nicht.

An seinen Sattel gelehnt, hockte Rawlins da und hielt die gekreuzten Beine neben das Feuer gestreckt. Die locker gewordene Sohle seines rechten Stiefels hatte er mit Krampen befestigt. Er betrachtete seine Zigarette.

Tja, sagte er. Ich hab's dir ja oft genug gepredigt; aber wahrscheinlich willste's heut genausowenig hören wie früher.

Jau. Schon klar.

Findste wohl toll, wennde nachts dein Kissen vollheulen kannst.

John Grady gab keine Antwort.

Die Ische, die geht doch garantiert bloß mit Typen, wo'n eigenen Flieger ha'm, von'nem Wagen garnich zu reden.

Kann schon sein.

Schön, daßde's einsiehst.

Aber helfen tut's mir auch nix.

Rawlins zog an der Zigarette. Die beiden hockten eine ganze Weile so da. Schließlich schnickte Rawlins die Kippe ins Feuer. Ich hau mich aufs Ohr, sagte er.

Jau, sagte John Grady. Keine schlechte Idee.

Sie breiteten ihre Schlafrollen aus; John Grady streifte die Stiefel ab, stellte sie neben sich und streckte sich unter die Decke. Das Feuer war zu Asche heruntergebrannt; er lag da, blickte zu den Sternen hinauf, zu dem heißen Materiegürtel, der sich oben über das dunkle Gewölbe spannte, und er legte die Hände auf den Boden, preßte sie an die Erde, und in dem kalt glosenden Baldachin aus Schwärze wurde er zum Zentrum der wogenden Welt, wie sie straff und lebendig unter seinen Händen vibrierte.

Wie heißtse eigentlich? sagte Rawlins ins Dunkel hinein.

Alejandra. Ihr Name iss Alejandra.

Am Sonntagnachmittag machten sie einen Ausflug in die Stadt La Vega, auf frisch zugerittenen Pferden aus der neuen Herde. Zuvor hatten sie sich auf der Ranch von einem Esquilador mit einer Schafschere die Haare schneiden lassen; ihre Nacken schimmerten weiß wie Narben. Die Hüte in die Stirn geschoben, spähten sie im Dahinzuckeln nach rechts und links, als wollten sie die Landschaft oder deren Bewohner zum Kampf herausfordern. Mitten auf der Straße veranstalteten sie ein Rennen, der Einsatz betrug fünfzig Cent; John Grady gewann. Dann tauschten sie die Pferde; er gewann nochmal. Sie ließen die Tiere mal galoppieren, mal traben; die Pferde waren erhitzt und schweißnaß, sie stiegen und stampften, und die Passanten, Campesinos mit Gemüsekörben oder seihtuchbedeckten Kübeln, wichen zur Seite oder verdrückten sich hinter Gesträuch und Kakteen am Straßenrand und blickten mit großen Augen den jungen Reitern nach; die Pferde kauten schäumend an ihrem Gebiß, die Reiter riefen sich in ihrer fremden Sprache etwas zu und preschten mit mühsam bezähmtem Furor vorüber, einem Furor, der in dem ihnen zugemessenen Raum kaum Platz zu haben schien, und doch blieb hinter ihnen alles so, wie es war: Staub, Sonnenschein, ein singender Vogel.

Auf den in den Tienda-Regalen zuoberst liegenden Hemden zeichnete sich nach dem Auseinanderfalten ein Viereck von hellerer Farbe ab, was vom Staub, der bleichenden Sonne oder von beidem herrührte. Die beiden durchstöberten die Stapel nach einem Hemd, dessen Ärmel für Rawlins lang genug waren; die Verkäuferin, skeptisch den Kopf wiegend, hielt ihm den Ärmel an den gestreckten Arm, wobei sie die Nadeln wie eine Näherin im Mund behielt, um das Hemd gegebenenfalls wieder zusammenstecken zu können. Kurz darauf marschierten sie mit neuen, noch steifen Segeltuchhosen nach hinten und probierten sie an; der Hinterraum war ein Schlafzimmer mit drei Betten und einem kalten, ehemals grün gestrichenen Estrich. Sie hockten sich auf eines der Betten und zählten ihr Geld.

Wieviel macht'n das jetz, wenn die Dinger da fünfzehn Pesos kosten?

Na, du weißt doch noch; zwei Pesos sind fünfundzwanzig Cent.

Das weißt du besser. Also, wieviel macht das jetz?

'n Dollar und siebenundachtzig Cent.

Was soll's, sagte Rawlins. Wir ha'm's ja. In fünf Tagen gibt's Lohn.

Sie suchten sich noch Socken und Unterwäsche aus; dann legten sie alles auf den Ladentisch. Die Frau rechnete zusammen, machte aus den beiden Kleiderstapeln zwei Päckchen und verschnürte sie mit Bindfaden.

Wieviel hast'n noch übrig? sagte John Grady.

Vier Dollar und'n paar Zerquetschte.

Dann kauf dir mal'n Paar Stiefel.

Dafür langt's wahrscheinlich nich mehr.

Den Rest leg ich drauf.

Ehrlich?

Jau.

Denk dran, wir brauchen für heut abend Betriebskapital.

Wir haben ja noch'n paar Dollar. Nu mach schon.

Und wennde der Zuckerpuppe 'ne Limo spendieren willst?

Das kostet mich müde vier Cent. Jetzt zier dich nicht so.

Rawlins fingerte skeptisch an den Stiefeln herum. Dann hob er den Fuß und hielt sich einen der Stiefel zum Vergleich an die Sohle.

Verdammt eng, die Dinger.

Probier mal die da.

Die schwarzen?

Klar. Warum nicht?

Rawlins zog die Stiefel an und ging ein paar Schritte auf und ab. Die Frau nickte beifällig.

Na, was meinst du? sagte John Grady.

Die sind okay. An die niedrigen Hacken mußich mich halt noch gewöhnen.

Tanz doch mal.

Was?

Tanzen sollst du.

Rawlins betrachtete erst die Frau, dann John Grady. So'n Scheiß, sagte er. Ich kann doch überhaupt nich tanzen.

Jetzt stell dich nicht so an.

Rawlins legte einen kurzen Quickstep auf den alten Holzboden und stand dann grinsend im aufgewirbelten Staub.

Qué guapo, sagte die Frau.

John Grady schmunzelte und fischte sein Geld aus der Tasche.

Wir ha'm vergessen, Handschuhe zu kaufen, sagte Rawlins.

Handschuhe?

Genau. Nach der Sause müssenwer nämlich wieder in die Maloche.

Du sagst es.

Hab von den ollen Stricken schon ganz fransige Flossen.

John Grady warf einen Blick auf seine eigenen Hände. Er fragte die Frau nach Handschuhen; dann kauften die beiden jeweils ein Paar.

Sie standen am Ladentisch; die Frau packte die Handschuhe ein. Rawlins begutachtete seine Stiefel.

Der Alte hat'n paar gute Manilastricke im Stall, sagte John Grady. Sobald ich rankomm, besorg ich dir einen.

Schwarze Stiefel, sagte Rawlins. Jetz leck mich am Arsch. Wollt schon immer mal zu'n Schurken gehören.

Obwohl die Nacht kühl war, standen die Flügeltüren der Scheune offen; der Kartenverkäufer hockte auf einem Holzpodest mitten im Eingang auf seinem Stuhl, so hoch, daß er sich mit einer fast huldvollen Gebärde herunterbeugen mußte, um die Münzen zu kassieren, die Eintrittskarten zu überreichen oder diejenigen, die nur mal kurz draußen waren, nach einem Blick auf die abgerissene Karte vorbeizuwinken. Den alten Lehmziegelbau stützten Strebepfeiler, von denen man einige erst nachträglich angebracht hatte; der Raum hatte keine Fenster, die Wände waren brüchig und hingen über. An beiden Längsseiten reihten sich Glühbirnen, umhüllt mit bemalten Papiertüten; die Pinselstriche waren im Licht genau zu erkennen, die roten, grünen und blauen Farben waren matt und wirkten mehr oder weniger gleich. Der Boden war gefegt, aber hie und da knirschten Körner und Strohhälmchen unter den Füßen; am hinteren Ende des Raums, unter einer zur Konzertmuschel umfunktionierten Plane, befand sich eine aus Getreidepaletten bestehende Bühne, auf der sich eine kleine Tanzkapelle abmühte. Längs der Rampe, zwischen farbigem Krepp, standen Konservenbüchsen mit Lichtern darin, die die ganze Nacht hindurch glommen. Als Blenden dienten bunte, über die Büchsen gezogene Zellophanfetzen; im Schein der Lichter lief auf der Plane ein Schattenspiel, mitten im Qualm der bizarren Geisterspieler; oben kurvten zwei Nachtschwalben ziepend durchs Halbdunkel.

John Grady, Rawlins und ein Junge von der Ranch namens Roberto standen knapp außerhalb der Reichweite des Türlichts zwischen den Pkws und Kombis und ließen eine Arzneiflasche Mescal herumgehen. Roberto hielt die Pulle ins Licht.

A las chicas, sagte er.

Er nahm einen Schluck und reichte die Flasche weiter. Sie tranken. Dann kippten sie sich aus einem Papierchen Salz auf die Handgelenke und leckten es auf. Roberto drückte den Maiskorken in den Flaschenhals und versteckte die Pulle hinter dem Reifen eines parkenden Lasters; anschließend ließen sie ein Päckchen Kaugummi kreisen.

Listos? sagte Roberto.

Listos.

Sie trug ein blaues Kleid, hatte rote Lippen und tanzte mit einem hochgewachsenen Jungen von der San-Pablo-Ranch. John Grady, Rawlins, Roberto und ein paar andere Jungen standen an der Wand, beobachteten die Tänzer und äugten zu den Mädchen auf der anderen Seite hinüber. John Grady marschierte an den Grüppchen vorbei. Es roch nach Stroh und Schweiß; ein üppiger Duft nach Eau de Cologne lag in der Luft. Unter der Konzertmuschel kämpfte der Akkordeonspieler mit seinem Instrument und stampfte mit dem Stiefel im Gegentakt auf die Bühne; dann trat er zurück, und der Trompeter rückte nach vorne. Das Mädchen sah ihrem Partner über die Schulter und streifte John Grady mit einem Blick. Das schwarze Haar mit einer blauen Schleife zusammengebunden, ihr Nacken weiß wie Porzellan. Als sie wieder herumschwenkte, lächelte sie.

Noch nie hatte er sie berührt; ihre Hand war klein, die Taille hauchdünn, sie blickte ihn ganz offen an, lächelte und legte das Gesicht an seine Schulter. Sie drehten sich unter den Lichtern. Ein langer Trompetenton führte die Tänzer durch ihre getrennten und gemeinsamen Figuren. Motten umschwirrten die Papierleuchten oben; die Nachtschwalben schwebten an den Kabeln entlang, flatterten und kurvten wieder hinauf ins Dunkel.

Sie sprach ein Englisch, das sie vor allem aus Schulbüchern gelernt hatte; er horchte jeden Satz danach ab, ob er etwas enthielt, was er hören wollte, wiederholte ihn im stillen und prüfte ihn dann erneut. Sic sagte, sie freue sich, daß er gekommen sei.

Hab's doch versprochen.

Ich weiß.

Sie schwenkten herum; die Trompete schmetterte.

Hast du etwa gedacht, ich komm nicht?

Sie warf den Kopf zurück, blickte ihn mit schimmernden Augen an und lächelte. Al contrario, sagte sie. Ich hab gewußt, daß du kommst.

In der Tanzpause marschierten sie zum Erfrischungsstand, wo er zwei Pappbecher Limo bestellte; dann gingen sie nach draußen und schlenderten durch die Nachtluft. Sie spazierten die Straße entlang, trafen auf andere Pärchen und grüßten sie im Vorübergehen. Die Luft war kühl; sie roch nach Erde, Parfüm und Pferden. Das Mädchen hakte sich bei ihm unter, lachte und nannte ihn einen Mojado-reverso, ein ganz seltenes Wesen, das man hegen und pflegen müsse. Er erzählte ihr von seinem Leben. Vom Tod seines Großvaters und vom Verkauf der Ranch. Sie setzten sich auf einen flachen Brunnentrog aus Beton; die Schuhe im Schoß und die nackten Füße im Staub gekreuzt, zog sie mit dem Finger ein Muster durchs dunkle Wasser. Seit drei Jahren sei sie auf einer auswärtigen Schule. Ihre Mutter lebe in Mexico City und komme sonntags zum Mittagessen zur Ranch; manchmal äßen sie und ihre Mutter allein in der Stadt und gingen dann ins Theater oder zum Ballett. Ihrer Mutter sei das Leben auf der Ranch zu einsam, aber auch in der Stadt habe sie anscheinend nur wenig Bekannte.

Sie wird böse, weil ich immer hierher will. Sie meint, ich hab meinen Vater lieber als sie.

Stimmt das?

Das Mädchen nickte. Ja. Aber deswegen komm ich ja nicht. Jedenfalls meint sie, daß ich's mir irgendwann anders überlege.

Daß du dann nicht mehr herkommst?

Nein, ganz allgemein.

Sie blickte ihn an und lächelte. Wollen wir wieder rein?

Er sah zu den Lichtern hinüber. Die Musik hatte eingesetzt.

Sie stand auf, stützte sich mit der Hand auf seine Schulter und schlüpfte in ihre Schuhe.

Ich stell dich mal meinen Freundinnen vor. Vor allem Lucía. Die ist nämlich sehr hübsch. Wirst schon sehn.

Aber garantiert nicht so hübsch wie du.

Du liebe Zeit. Gib acht, was du sagst. Außerdem stimmt's gar nicht. Sie ist hübscher.

Den Duft ihres Parfüms am Hemd, machte er sich allein auf den Heimweg. Die Pferde standen noch angebunden an der Ecke der Scheune, aber von Rawlins und Roberto war nichts zu sehen. Als er sein Pferd losband, warfen die beiden anderen Tiere die Köpfe und wieherten leise, als wollten sie ebenfalls fort. Im Hof sprangen Motoren an, und einzelne Grüppchen marschierten die Straße entlang; er stieg erst in den Sattel, als er das frisch berittene Pferd aus dem Licht zur Straße geführt hatte. Eine Meile hinter der Stadt näherte sich ein Wagen mit ein paar jungen Kerlen darin; das Auto fuhr schnell, und John Grady lenkte sein Pferd an den Straßenrand, wo es in der Grelle des Scheinwerferlichts tänzelte und mit den Hufen scharrte. Im Vorbeisausen riefen die Kerle ihm etwas zu; einer warf eine leere Bierdose. Das Pferd scheute, warf den Kopf und schlug aus; er nahm die Zügel auf und redete ihm zu, als wäre gar nichts passiert; dann ritt er weiter. Die von dem Wagen aufgewirbelte Staubwolke schwebte fernhin über der schmalen Geraden, ein träges Gewaber im Sternenlicht, als scheide die Erde ein Monstrum aus. Das Pferd hat sich brav geschlagen, dachte er, und während sie so dahinzogen, sagte er es ihm.

Der Hacendado hatte den Hengst auf der Frühjahrsauktion in Lexington über einen Mittelsmann unbesehen gekauft und dann Armandos Bruder Antonio beauftragt, das Tier abzuholen und zur Ranch zu bringen. Antonio fuhr mit dem Sattelschlepper los, einem 41er International mit einem selbstgebauten Anhänger aus Eisenblech, und war anschließend zwei Monate fort. Er hatte zwei von Don Héctor unterzeichnete Briefe dabei, in denen, jeweils in Englisch und Spanisch, sein Auftrag dargelegt war, und außerdem ein verschnürtes braunes Geldkuvert, das neben einer hohen Summe Dollars und Pesos einige Sichtwechsel enthielt, die auf Banken in Houston und Memphis ausgestellt waren. Antonio sprach kein Englisch und konnte weder lesen noch schreiben. Eines Tages kehrte er schließlich zurück, ohne Kuvert und den spanischen Brief; den englischen Brief hatte er noch, er war an den Falzen entlang in drei Teile zerrissen und mit Eselsohren, Kaffee- und anderen

Flecken verunziert, einige davon womöglich Blut. Fünfmal war Antonio im Gefängnis gewesen, einmal in Kentucky, einmal in Tennessee und dreimal in Texas. Er fuhr in den Hof, stieg aus, marschierte steifbeinig zum Haus und klopfte an die Küchentür. María machte ihm auf und ging dann den Hacendado holen; Antonio, den Hut in der Hand, blieb in der Küche stehen. Kurz darauf erschien Don Héctor; die beiden Männer drückten sich ernst die Hand, und der Hacendado fragte Antonio, wie es ihm gehe; ausgezeichnet, sagte Antonio, und er übergab Don Héctor die Brieffetzen, einen Stapel Belege und Rechnungen von Cafés, Tankstellen, Futtermittellagern und Gefängnissen, händigte ihm das restliche Geld inklusive der Münzen in seiner Tasche aus, drückte ihm die Lkw-Schlüssel in die Hand, reichte ihm die Factura des mexikanischen Zolls in Piedras Negras und gab ihm schließlich einen länglichen, mit blauem Band verschnürten Umschlag, der die Pferdepapiere und die Verkaufsurkunde enthielt.

Don Héctor legte Geld, Belege und Paß aufs Büfett und steckte die Schlüssel ein. Dann fragte er, ob mit dem Laster alles geklappt habe.

Sí, sagte Antonio. Es una troca muy fuerte.

Bueno, sagte der Hacendado. Y el caballo?

Está un poco cansado de su viaje, pero es muy bonito.

Das stimmte. Es handelte sich um einen kastanienfarbenen Dunkelbraunen mit einem Stockmaß von einhundertzweiundsechzig Zentimetern und einem Gewicht von ungefähr siebenhundert Kilo; der Hengst war großrahmig und gut bemuskelt für seine Rasse. Als sie ihn in der dritten Maiwoche wieder im Anhänger vom Distrito Federal zur Ranch brachten, marschierten John Grady und Señor Rocha zum Stall, um ihn sich anzusehen. John Grady schob kurzerhand die Boxentür auf, stellte sich neben den Hengst, schmiegte sich an ihn, begann ihn zu reiben und sprach leise in spanisch auf ihn ein. Der Hacendado gab keinerlei Kommentar dazu. John Grady ging um das Pferd herum und redete mit ihm. Dann hob er einen Vorderfuß an und begutachtete den Huf.

Haben Sie ihn schon geritten? sagte er.

Aber ja.

Ich würd ihn auch gern mal reiten. Con su permiso.

Don Héctor nickte. Natürlich, sagte er. Hab nichts dagegen.

John Grady verließ die Box und machte die Tür zu; dann standen die beiden da und betrachteten den Hengst.

Le gusta? sagte der Hacendado.

John Grady nickte. Das ist ja ein Wahnsinnspferd, sagte er.

An den darauffolgenden Tagen kam Don Héctor oft zu dem Korral, wo sie die Pferde beritten hatten, und ging mit John Grady die Stuten durch. John Grady wies ihn dabei immer auf einige Besonderheiten hin; der Hacendado trat dann nachdenklich ein Stück beiseite, schaute sich das betreffende Tier nochmal an, nickte, ging mit gesenktem Kopf wieder nachdenklich ein paar Schritte und betrachtete die Stute aus einem anderen Blickwinkel, gewillt, sie gegebenenfalls mit neuen Augen zu sehen. Manchmal schienen ihm Stellung und Gebäude den Ansprüchen seines jungen Beschälers nicht zu genügen; John Grady konnte ihm dann nur beipflichten. Immerhin hatten alle Stuten das, was die beiden *la única cosa* oder das gewisse Etwas nannten: sie sprachen auf Rinder an, und das machte selbst die schlimmsten Mängel fast wieder wett. Die vielversprechenderen Stuten hatte John Grady bereits zugeritten und war mit ihnen landeinwärts über die Ciénaga-Weide gezogen, wo die Kühe mit ihren Kälbern im saftigen Gras längs des Sumpflandes standen; er hatte ihnen die Kühe gezeigt und sie dann eine Weile zwischen ihnen bewegt. Einige der Stuten sprachen stark darauf an und spähten, als er sie von der Weide ritt, zu den Rindern zurück. John Grady behauptete steif und fest, daß dieses Verhalten sich anzüchten lasse. Der Hacendado war sich da nicht so sicher. Über zwei Dinge allerdings waren die beiden sich absolut einig, auch wenn sie es niemals aussprachen: Gott hat die Pferde zur Arbeit mit Rindern bestimmt, und der Besitz von Vieh ist der einzige Reichtum, der dem Menschen geziemt.

Sie brachten den Hengst, von den Stuten gesondert, in einem Stall beim Verwaltungsgebäude unter; als die Stuten dann rossig waren, führten John Grady und Antonio sie zum Decken. Drei Wochen gingen sie dieser Arbeit fast täglich nach, manchmal sogar zweimal am Tag; Antonio behandelte den Hengst mit großer Ehrfurcht und Liebe und nannte ihn Caballo padre; wie John Grady redete er mit ihm, machte ihm oft Versprechungen und hielt sie auch immer ein. Sobald der Hengst ihn kommen hörte, begann er mit den Hinterhufen im Stroh zu scharren; Antonio stellte sich dann neben ihn, sprach mit ihm und beschrieb ihm mit leiser Stimme die Stuten. Niemals führte er ihm an zwei aufeinanderfolgenden Tagen zur gleichen Zeit eine Stute zu; John Grady verabredete mit Antonio, dem Hacendado zu sagen, daß man den Hengst bewegen müsse, damit er nicht unruhig werde. John Grady ritt nämlich sehr gern auf dem Pferd. Vor allem, wenn man ihn dabei sah. Vor allem, wenn ihn das Mädchen dabei sah.

Oft trank er im Dunkeln in der Küche seinen Kaffee und sattelte bei Tagesanbruch den Hengst; nur die kleinen Wüstentauben im Obstgarten waren schon wach, die Luft war noch frisch und kühl, und er kam mit dem Hengst seitwärts aus dem Stall getänzelt, das Tier bäumte sich auf, stampfte und bog den Nacken. Er ritt die Ciénaga-Straße entlang und durchstreifte die Sumpfauen; die Sonne ging auf, Entenschwärme, Gänse und Säger erhoben sich aus den flachen Seen und zerteilten mit klatschenden Flügeln den Dunstschleier über dem Wasser, und als sie emporstiegen, verwandelte sie die noch hinter der Talsohle versteckte Sonne in goldene Vögel.

Manchmal ritt er direkt bis zum oberen Ende der Laguna, wo das Pferd dann zitternd verharrte; er sprach in spanisch pausenlos auf das Tier ein und wiederholte in fast biblischen Wendungen die Gebote einer noch ungemeißelten Gesetzestafel. Soy comandante de las yeguas, sagte er, yo y yo sólo. Sin la caridad de estas manos no tengas nada. Ni comida ni agua ni hijos. Soy yo que traigo las yeguas de las montañas, las yeguas salvajes y ardientes. Und im Rippengewölbe zwischen den Knien pumpte das dunkelfleischige Herz, nach wessen Ratschluß auch immer, das Blut pulsierte, und das Gedärm wand sich in seinen gewaltigen blauen Schlingen, nach wessen Ratschluß auch immer, und die kräftigen Schenkelknochen, das Knie, das Röhrbein, die flachsgarngleichen Sehnen an den Gelenken, unaufhörlich gespannt und wieder entspannt, alle in Fleisch gehüllt und gebettet, nach wessen Ratschluß auch immer, und die Hufe trieben Schächte ins morgendliche Bodengedünst, der Kopf ruckte hin und her, und die große schäumende Klaviatur der Zähne, und die heißen Globen der Augen mit der brennenden Welt darin.

Wenn er nach seiner Rückkehr frühmorgens in der Küche frühstückte und María herumhantierte, den großen vernickelten Herd mit Holz anfeuerte oder auf der marmornen Büfettplatte einen Teig ausrollte, dann hörte er manchmal irgendwo im Haus das Mädchen singen, oder er roch den hauchzarten Duft nach Hyazinthen, als sei sie gerade draußen durch den Flur spaziert. An manchen Morgen, wenn Carlos schlachtete, schritt er den Gehweg entlang durch einen großen Konvent von Katzen, die unter der Ramada auf den Steinplatten saßen, jede an ihrem festen Platz; er hob dann eine auf, streichelte sie und blieb an der Patiotür stehen, durch die er das Mädchen einmal beim Limonenpflücken gesehen hatte; er stand eine Weile so da, hielt die Katze im Arm und ließ sie schließlich zu Boden gleiten, worauf sie sofort wieder zu ihrem Platz schlich und er in die Küche marschierte und den Hut abnahm. Manchmal machte das Mädchen ebenfalls einen Morgenritt; er wußte dann, daß sie auf der anderen Seite des Flurs allein im Eßzimmer saß, während Carlos ihr das Frühstückstablett mit Kaffee und Früchten brachte. Einmal, er durchquerte gerade das nördlich gelegene Hügelgelände, entdeckte er sie zwei Meilen tiefer auf der Ciénaga-Straße; dann sah er sie einmal oberhalb der Sümpfe durchs Weideland reiten; ein andermal beobachtete er sie, wie sie ihr Pferd durch die Untiefen am Seeufer führte, umgeben von Binsen, den Rock bis über die Knie gerafft, oben kreisten und schrien Sumpfhordenvögel, und sie blieb stehen, bückte sich und pflückte weiße Seerosen, hinter ihr stand der Rappe im See, geduldig wie ein Hund.

Seit dem Tanzabend in La Vega hatte er nicht mehr mit ihr gesprochen. Sie fuhr mit ihrem Vater nach Mexico City; Don Héctor kehrte anschließend alleine zurück. Es gab keinen, den er nach ihr hätte fragen können. Inzwischen ritt er den Hengst manchmal auch ohne Sattel; er kickte dann die Stiefel weg und schwang sich hoch, während Antonio die mit gesenktem Kopf und gespreizten Beinen zitternd und schnaubend verharrende Stute noch an der Nasenbremse hielt. Die bloßen Fersen unter dem Rumpf, ritt er den stampfenden, schaumtriefenden und halb rasenden Hengst aus dem Stall und die Ciénaga-Straße entlang, den Schweiß des Beschälers und den Duft der Stute am Leib, nur mit dem Strickzaum, unter dem nassen Fell pulsierten die Adern, und dicht an den Hals geschmiegt, ritt er auf seinem Hengst dahin und sprach mit leiser Stimme obszön auf ihn ein. Eines Abends traf er dabei ganz unverhofft auf das Mädchen; sie kehrte gerade mit ihrem Rappen von einem Ausflug zurück und kam die Ciénaga-Straße herunter.

Er zügelte den Hengst; das Tier blieb zitternd stehen, trat auf der Stelle und warf schäumend den Kopf. Sie hielt ebenfalls an. Er nahm den Hut ab, fuhr sich mit dem Hemdsärmel über die Stirn und winkte sie weiter; dann setzte er den Hut wieder auf, lenkte den Hengst zur Seite ins Riedgras und drehte sich so, daß er sie beim Vorbeireiten beobachten konnte. Sie trieb ihr Pferd vorwärts und ritt heran; als sie mit ihm auf gleicher Höhe war, tippte er mit dem Zeigefinger an den Hut und nickte. Er rechnete damit, daß sie weiterzog, aber sie blieb einfach stehen und sah ihn ganz offen an. Lichtfetzen gaukelten vom Wasser her über das schwarze Haar ihres Rappen. Ihrem Blick ausgesetzt, hockte er wie ein Straßenräuber auf seinem schwitzenden Hengst. Sie wartete darauf, daß er sie ansprach; später versuchte er sich zu erinnern, was er gesagt hatte. Er wußte nur noch, daß er sie unfreiwillig zum Lächeln gebracht hatte. Sie wandte sich ab und blickte über den in der Sonne glitzernden See; dann drehte sie sich wieder herüber und begutachtete den Hengst.

Ich möcht ihn mal reiten, sagte sie.

Was?

Ich möcht ihn mal reiten.

Sie sah ihn unter der schwarzen Hutkrempe hervor unverwandt an.

Er spähte über das vom Seewind gebeugte Ried, als gäbe es dort irgendwo Hilfe für ihn. Dann drehte er sich wieder dem Mädchen zu.

Wann? sagte er.

Bitte?

Wann willst du ihn reiten?

Jetzt. Jetzt gleich.

Er schaute auf das Pferd hinunter, als sei er verblüfft, es hier zu sehen.

Er hat aber keinen Sattel.

Ja, sagte sie. Ich weiß.

Er drückte die Fersen gegen die Flanken und zog an den Zügeln, als wolle er demonstrieren, wie nervös und schwierig das Tier sei; aber es rührte sich nicht vom Fleck.

Ich weiß nicht, ob der Patrón damit einverstanden wär. Dein Vater, mein ich.

Sie setzte ein mitleidiges Lächeln auf, aber es lag kein Mitleid darin. Dann saß sie ab, streifte dem Rappen die Zügel über den Kopf, drehte sich um, blieb, die Zügel hinter dem Rücken, stehen und schaute ihn an.

Steig ab, sagte sie.

Im Ernst?

Ja. Mach schon.

Er glitt vom Pferd. Die Innenseiten seiner Hosenbeine waren heiß und feucht.

Und was iss mit *deinem* Pferd?

Das bringst du für mich in den Stall.

Da kann man mich aber vom Haus aus sehn.

Dann stellst du es eben bei Armando unter.

Du bringst mich da ganz schön in die Bredouille.

In der bist du schon.

Sie wandte sich ab, schwang die Zügel über den Sattelknopf, trat heran, nahm ihm die Strickzügel ab und stützte sich mit der Hand auf seine Schulter. Er spürte sein Herz klopfen. Er bückte sich und verschränkte die Finger zu einem Steigbügel; sie schob den Stiefel hinein, er hob sie hoch, sie schwang sich auf den Rücken des Hengstes und schaute zu ihm herunter; dann gab sie dem Pferd die Hakken, kanterte den Uferpfad hoch und verschwand aus dem Blickfeld.

Bedächtig ritt er den Araber zurück. Die Sonne ging nur langsam unter. Er dachte, wenn das Mädchen ihn einholte, könnten sie die Pferde vielleicht wieder tauschen, aber sie kam einfach nicht; im roten Dämmer führte er den Rappen an Armandos Haus vorbei in den dahinterliegenden Stall, nahm das Zaumzeug ab, löste die Gurtschnallen, band das Pferd mit einem Strick an der Bansenstange fest und ließ es gesattelt stehen. Im Haus war alles dunkel; er dachte schon, es sei vielleicht niemand da, aber als er dann über die Auffahrt zurückmarschierte, ging in der Küche Licht an. Er marschierte schneller. Kurz darauf hörte er hinter sich die Tür aufgehen; er drehte sich nicht um, aber wer es auch war, niemand sagte etwas oder rief nach ihm.

Vor ihrer Abreise nach Mexico City sah er sie dann noch einmal; sie kam gerade aus den nördlichen Bergen und ritt gemessen und aufrecht aus einer Sturmwand heraus, über ihr türmten sich dunkle Wolken. Den vom Kinnband gehaltenen Hut in die Stirn gedrückt, ritt sie dahin, das schwarze Haar wehte ihr wirbelnd über die Schultern, hinter ihr fuhren Blitze lautlos durchs schwarze Gewölk, sie ritt scheinbar unbeeindruckt durchs Hügelgelände, die ersten Regenspritzer flogen im Wind heran und fielen aufs obere Weideland, und gemessen und aufrecht ritt sie vorbei an den fahlen schilfreichen Seen, bis der Regen sie schließlich einholte und ihre Gestalt in der wilden Sommerlandschaft mit seinem Schleier umhüllte; Roß, Reiterin, Land und Himmel, alle waren sie real und dennoch ein Traum.

Die Dueña Alfonsa war die Großtante und zugleich die Patin des Mädchens; durch sie war die Hacienda noch mit der Alten Welt verbunden, mit Überlieferung und Tradition. Ihr gehörten, bis auf die Lederscharteken, sämtliche Bücher in der Bibliothek, ihr gehörte das Piano. Das uralte Stereoptikon im Salon und das Paar Greener-Pistolen im italienischen Schrank in Don Héctors Zimmer stammten noch aus dem Besitz ihres Bruders; mit ihrem Bruder war sie auch auf den Fotos zu sehen, aufgenommen vor den Kathedralen der europäischen Hauptstädte, sie und ihre Schwägerin in weißen

Sommerkleidern, ihr Bruder im Dreiteiler, mit Krawatte und Panamahut. Sein dunkler Schnurrbart. Die dunklen spanischen Augen. Die Haltung eines Granden. Das älteste der Ölgemälde im Salon, es war mit dunkler Patina überzogen und rissig wie alte Porzellanlasur, datierte von siebzehnhundertsiebenundneunzig und zeigte ihren Urgroßvater in Toledo. Das jüngste wiederum war ein Ganzporträt von ihr selbst und präsentierte sie im Festkleid anläßlich ihrer Quinceañera in Rosario im Jahr achtzehnhundertzweiundneunzig.

John Grady hatte sie bisher noch nicht zu Gesicht bekommen. Höchstens einmal als flüchtigen Schemen im Flur. Er hatte nicht damit gerechnet, daß sie von seiner Existenz wußte, bis er, eine Woche nach der Abreise des Mädchens nach Mexico City, ins Haus zu einer Partie Schach eingeladen wurde. Als er dann im neuen Hemd und in den neuen Segeltuchhosen in der Küche erschien, war María noch mit dem Abwasch beschäftigt. Sie drehte sich um und musterte ihn; er stand mit dem Hut in der Hand da. Bueno, sagte sie. Te espera.

Er bedankte sich, passierte die Küche und marschierte durch den Flur ins Speisezimmer. Sie saß am Tisch, stand auf und neigte ganz leicht den Kopf. Guten Abend, sagte sie. Bitte tritt näher. Ich bin Señorita Alfonsa.

Sie trug einen dunkelgrauen Rock, eine weiße Plisseebluse und hatte das graue Haar hinten hochgesteckt; sie wirkte wie eine Lehrerin, die sie auch tatsächlich einmal gewesen war. Sie sprach mit englischem Akzent. Er wollte schon ihre ausgestreckte Hand ergreifen, da merkte er, daß sie auf den rechts neben ihr stehenden Stuhl zeigte.

'n Abend, Mam, sagte er. Ich bin John Grady Cole.

Bitte, sagte sie. Setz dich. Schön, daß du gekommen bist.

Danke, Mam.

Er zog den Stuhl zurück, nahm Platz, legte den Hut auf den Nachbarstuhl und betrachtete das Schachbrett. Sie schob es mit dem Daumen ein Stück zu ihm hin. Die Felder bestanden aus Walnuß- und Ahornholz, den Rand zierten Perlmuttintarsien, die Figuren waren aus Elfenbein und schwarzem Horn.

Mein Neffe will nicht mehr mit mir spielen, sagte sie. Weil ich ihn immer haushoch schlage. Haushoch, sagt man so?

Ja, Mam. Ich glaub schon.

Sie war entweder Linkshänder wie er, oder sie spielte Schach mit der linken Hand. Die beiden äußeren Finger fehlten; er bemerkte es erst, als das Spiel schon im Gang war. Als er schließlich ihre Dame schlug, gab sie auf, lächelte beifällig und zeigte dann ein bißchen verärgert aufs Brett. Sie waren bereits in der zweiten Partie, und er hatte ihre beiden Springer und einen Läufer geschlagen, da machte sie hintereinander zwei Züge, die ihn zu längerem Nachdenken zwangen. Er studierte das Brett. Auf einmal fiel ihm ein, daß sie vielleicht neugierig war, ob er das Spiel absichtlich verlieren wolle; wenn er es sich überlegte, hatte er das auch tatsächlich erwogen, und ihm wurde klar, daß sie schon die ganze Zeit damit rechnete. Er lehnte sich zurück und betrachtete das Brett. Sie blickte ihn lauernd an. Dann beugte er sich wieder vor, zog seinen Läufer und setzte sie in vier Zügen matt.

Wie dumm von mir, sagte sie. Der Damenspringer. Das war ja ein schöner Schnitzer. Du spielst sehr gut.

Danke, Mam. Sie aber auch.

Sie schob den Blusenärmel zurück und blickte auf ihre kleine silberne Armbanduhr. John Grady saß da. Es war bereits zwei Stunden über seiner Schlafenszeit.

Wollen wir nochmal? sagte sie.

Gern, Mam.

Sie spielte eine ihm unbekannte Eröffnung. Als er dann seine Königin verlor, gab er auf. Sie schaute ihn lächelnd an. Carlos war mit einem Teebrett erschienen und plazierte es auf den Tisch; sie rückte das Schachbrett beiseite, zog das Tablett heran und stellte die Tassen und Untertassen auf. Zum Tee gab es einen Teller Fladen, eine gemischte Käseplatte mit Kräcker und eine kleine Schale mit brauner Tunke, in der ein silberner Löffel steckte.

Möchtest du Sahne? sagte sie.

Nein, Mam.

Sie nickte und goß Tee ein.

Beim nächstenmal hätte ich wohl nicht mehr so viel Glück mit dieser Eröffnung, sagte sie.

Die iss mir total neu.

Hab ich gemerkt. Sie stammt von dem irischen Schachmeister Pollock. Er nannte sie die Königliche. Ich hatte schon befürchtet, du kennst sie.

Ich würd sie gern nochmal sehn.

Natürlich. Aber gern.

Sie schob ihm das Tablett hin. Bitte, sagte sie. Bedien dich.

Lieber nicht. Wenn ich so spät noch was esse, krieg ich immer so komische Träume.

Sie lächelte. Dann nahm sie eine kleine Leinenserviette vom Tablett und entfaltete sie.

Ja, wirre Träume, die kenn ich. Aber ich fürchte, bei mir haben sie nichts mit meinen Eßgewohnheiten zu tun.

Woll Mam.

Träume sind nämlich sehr langlebig. Ich hab heute noch welche, die hatte ich schon als junges Mädchen. Dafür, daß sie im Grunde irreal sind, sind sie merkwürdig dauerhaft.

Glauben Sie, daß sie was bedeuten?

Sie machte ein erstauntes Gesicht. Natürlich, sagte sie. Du etwa nicht?

Tja. Ich weiß nicht. Sie sind halt einfach im Kopf.

Sie lächelte wieder. Naja, aber so schlimm kann ich das eigentlich nicht finden. Wo hast du denn Schach spielen gelernt?

Mein Vater hat's mir beigebracht.

Er muß ein sehr guter Spieler sein.

Er war so ziemlich der beste, den ich jemals erlebt hab.

Hattest du überhaupt eine Chance gegen ihn?

Manchmal. Wie er vom Krieg heimkam, hab ich's geschafft, ihn ein paarmal zu schlagen, aber ich glaub, da war er mit seinem Kopf ganz woanders. Und heut spielt er nicht mehr.

Schade.

Ja, Mam. Allerdings.

Sie füllte die Tassen nach.

Ich hab meine Finger bei einem Unfall verloren. Beim Taubenschießen. Der rechte Lauf ist explodiert. Ich war damals siebzehn, so alt wie jetzt Alejandra. Ist doch nichts Peinliches daran. Die Leute sind eben neugierig. Das ist nur natürlich. Ich nehme an, die Narbe an deiner Wange stammt von einem Pferd.

Ja, Mam. Aber ich war selber schuld.

Sie musterte ihn mit einem nicht unfreundlichen Blick. Dann lächelte sie. Narben können uns auf seltsame Weise daran erinnern, daß die Vergangenheit real ist. Sie lassen uns nie die Ursache vergessen, hab ich recht?

Ja, Mam.

Alejandra bleibt übrigens zwei Wochen bei ihrer Mutter in Mexico City. Den Sommer über ist sie dann wieder hier.

Er schluckte.

Ich bin keine besonders altmodische Frau, auch wenn ich nach außen hin vielleicht so wirke. Wir leben hier in einer kleinen geschlossenen Welt. Alejandras Ansichten und meine gehen stark auseinander. Sehr stark sogar. Sie ist fast genau so, wie ich in ihrem Alter war, und manchmal kommt es mir vor, als kämpfe ich mit meinem früheren Ich. Ich hatte eine unglückliche Kindheit, die Gründe dafür sind jetzt nicht mehr wichtig. Aber eins haben wir doch gemeinsam, meine Nichte und ich...

Sie unterbrach sich und stellte die Tasse und Untertasse beiseite. Auf der blanken Holzplatte des Tisches befand sich dort, wo die Untertasse gestanden hatte, ein runder feuchter Fleck, der vom Rand her kleiner wurde und schließlich verdunstete. Sie blickte auf.

Ich hatte keinen, der mir hätte Rat geben können, verstehst du. Aber vielleicht hätte ich auch gar nicht darauf gehört. Ich bin in einer Männerwelt aufgewachsen. Und ich hatte immer geglaubt, ich wäre dadurch für das Leben in einer Männerwelt ausreichend gerüstet, aber das war ein Irrtum. Wenn jemand rebellisch ist, dann nehme ich ihm das nicht übel, ich war es ja selbst einmal. Allerdings nie so, daß ich etwas kaputtmachen wollte. Es sei denn, es wollte *mich* kaputtmachen. Die Namen dessen, was uns niederdrücken kann, ändern sich mit der Zeit. Sind es zuerst Konvention und Autorität, so ist es später die Gebrechlichkeit. Aber meine Einstellung gegenüber diesen Dingen hat sich überhaupt nicht geändert.

Du siehst, Alejandra darf auf mein vollstes Verständnis rechnen. Ganz gleich, was sie tut. Aber ich möchte auch nicht, daß sie unglücklich ist. Daß man schlecht von ihr redet. Oder über sie klatscht. Ich kenne das nämlich nur zu gut. Sie denkt, sie bräuchte bloß mal den Kopf zu schütteln, dann wäre die Sache erledigt. In einer idealen Welt hätte der Klatsch keine Folgen. In der realen Welt ist das anders, und ich kenne die Folgen, sie können sehr schwerwiegend sein. So schwerwiegend, daß sie unter Umständen blutig, ja tödlich sind. Ich habe das bei meiner eigenen Familie erfahren müssen. Was Alejandra als reine Äußerlichkeit oder altmodischen Kram abtut...

Sie machte mit der verstümmelten Hand eine wegwerfende und zugleich resümierende Gebärde. Dann legte sie die Hände wieder zusammen und blickte ihn an.

Auch wenn du jünger bist als sie, es geht einfach nicht an, daß ihr beide in aller Öffentlichkeit und ohne Anstandsperson zusammen über den Campo reitet. Als mir das erstmals zu Ohren kam, habe ich überlegt, ob ich Alejandra zur Rede stellen soll, habe es dann aber doch unterlassen.

Sie lehnte sich zurück. Er hörte das Ticken der Standuhr im Flur. In der Küche war alles still. Sie saß da und blickte ihn an.

Und was soll ich jetzt machen? sagte er.

Ich möchte, daß du ein bißchen taktvoller bist, was den guten Ruf eines jungen Mädchens betrifft.

Ich hab mir doch gar nichts Böses dabei gedacht.

Sie lächelte. Das will ich dir gerne glauben, sagte sie. Aber versteh doch. Wir leben hier in einem anderen Land. Hier ist der gute Ruf das einzige, was eine Frau besitzt.

Woll Mam.

Es gibt nämlich keine Vergebung.

Mam?

Es gibt keine Vergebung für Frauen. Ein Mann kann seine Ehre verlieren und wieder zurückgewinnen. Eine Frau kann das nicht. Eine Frau nicht.

Sie saßen da. Sie musterte ihn. Er trommelte mit den Fingern auf seinen neben ihm liegenden Hut; dann schaute er wieder auf.

Ich find das aber nicht richtig.

Richtig? sagte sie. Ach so, ja. Hmm.

Sie drehte die Hand in der Luft, als wolle sie etwas wieder zurechtrücken. Nein, sagte sie. Neinein. Hier geht es nicht um richtig oder nicht richtig. Versteh doch. Hier geht es nur darum, daß jemand euch rechtzeitig warnt. Und dieser Jemand bin ich. Ich ganz allein.

Im Flur tickte die Uhr. Sie saß da und schaute ihn an. Er ergriff seinen Hut.

Okay. Aber um mir das zu sagen, hätten Sie mich eigentlich nicht einladen brauchen.

Ganz recht, sagte sie. Genau deswegen hätte ich's ja auch beinahe nicht getan.

Auf der Mesa beobachteten sie einen nach Norden abziehenden Sturm. Wirres Licht bei Sonnenuntergang. Unten in der öden Savanne lagen die dunklen Jadeschemen der Lagunillas wie Zugänge zu einem anderen Himmel. Die lamellierten Farbbänder im Westen verbluteten unter gehämmerten Wolken. Eine jähe violette Kapuze über der Erde.

Sie hockten im Schneidersitz auf dem unterm Donner bebenden Boden und hielten mit den Bruchstücken eines ehemaligen Zauns ihr Feuer in Gang. Vögel tauchten aus dem Zwielicht im Hinterland und scherten über den Rand der Mesa hinweg; das Wetterleuchten stand wie eine brennende Alraune am Horizont.

Was hatse sonst noch gesagt? sagte Rawlins.

Eigentlich nix mehr.

Meinste, da steckt Rocha dahinter, daßse mit dir gesprochen hat?

Ich glaub, da braucht sie keinen Rocha dazu.

Und sie denkt, du hast's auf die Tochter abgesehn.

Hab ich ja auch.

Und auf alles, was sonst noch dranhängt, stimmt's?

John Grady betrachtete das Feuer. Keine Ahnung, sagte er. Hab noch nicht drüber nachgedacht.

Wer's glaubt, wird selig, sagte Rawlins.

John Grady warf Rawlins einen Blick zu; dann schaute er wieder ins Feuer.

Wann isse denn wieder da?

Ungefähr in'ner Woche.

Also mir kommt's nich so vor, als würdse sich groß für dich intressieren.

John Grady schüttelte den Kopf. Mir schon. Immerhin redet sie mit mir.

Die ersten Regentropfen verzischten im Feuer. Er blickte Rawlins an.

Tut's dir eigentlich leid, daß du hierher bist?

Bis jetz noch nich.

John Grady nickte. Rawlins stand auf.

Willste deine Decke, oder haste vor, hier im Regen zu hocken?

Ich hol sie.

Habse schon.

Sie saßen da, die Decken über die Köpfe gezogen. Wie an die Nacht gewandt, sprachen sie darunter hervor.

Ich weiß, der Alte hat dich ganz gern, sagte Rawlins. Aber das heißt noch lang nich, daßer sich ruhig mit anguckt, wiede seine Kleine poussierst.

Jau, ich weiß.

Soweit ich seh, haste da keinen Trumpf in der Hand.

Jau.

Ich seh bloß, daßse uns wegen dir noch rausschmeißen und von der Ranch jagen.

Sie starrten ins Feuer. Aus den brennenden Zaunpfählen hatten sich Drahtstücke gelöst; sie lagen wirr auf dem Boden, standen verkrümmt in den Flammen oder zuckten tiefrot und heiß in der Glut. Die Pferde waren aus dem Dunkel herangetreten und standen am Rand des Flammenscheins im Regen, dunkel und schimmernd, ihre roten Augen loderten in die Nacht.

Du hast mir noch garnich gesagt, wasde der Alten geantwortet hast, sagte Rawlins.

Ich hab ihr gesagt, daß ich alles mach, was sie verlangt.

Was verlangtse denn?

Weiß ich nicht so genau.

Sie hockten da und starrten ins Feuer.

Haste ihr dein Wort gegeben? sagte Rawlins.

Keine Ahnung. Weiß ich nicht mehr.

Na, entweder du hast, oder du hast nich.

Hab ich auch gedacht. Aber ich weiß es einfach nicht mehr.

Fünf Nächte später, er schlief auf seiner Pritsche im Stall, klopfte es. Er richtete sich auf. Jemand stand vor der Tür. Durch die Bretterfugen schimmerte Licht.

Momento, sagte er.

Er stand auf, zog sich im Dunkeln die Hose an und öffnete die Tür. Sie stand in der Banse und hielt eine zu Boden gerichtete brennende Taschenlampe in der Hand.

Was iss? flüsterte er.

Ich bin's.

Sie lenkte wie zur Bestätigung den Lichtstrahl nach oben. John Grady wußte nicht, was er sagen sollte.

Wie spät iss es denn?

Keine Ahnung. Elf oder so.

Er blickte durch den schmalen Gang hinüber zur Tür des Stallburschen.

Wir wecken noch Estéban auf, sagte er.

Dann laß mich doch rein.

Er trat zurück; sie glitt an ihm vorbei, Kleidergeraschel, ein Duftschwall von Haar und Parfüm. Er zog die Tür zu, schob mit dem Handballen den Holzriegel vor, drehte sich um und blickte sie an.

Das Licht laß ich mal lieber aus, sagte er.

Keine Sorge. Der Generator ist sowieso abgeschaltet. Was hat sie zu dir gesagt?

Das hat sie dir doch bestimmt schon selber erzählt.

Natürlich. Ich möcht's aber von *dir* hören.

Willst du dich nicht erstmal setzen?

Sie drehte sich um, setzte sich seitlich aufs Bett und kreuzte die

Füße. Dann legte sie die Taschenlampe auf die Pritsche und schob sie unter die Decke; ein sanfter Lichtschimmer durchflutete den Raum.

Sie will nicht, daß wir uns in aller Öffentlichkeit zeigen. Draußen auf dem Campo.

Armando hat ihr gepetzt, daß du mein Pferd eingestallt hast.

Ich weiß.

Ich laß mir das nicht mehr gefallen, sagte sie.

Im Schummer wirkte sie fremdartig und theatralisch. Sie fuhr mit der Hand über die Decke, als wolle sie etwas wegwischen. Dann schaute sie ihn an; ihr Gesicht war fahl und herb im Licht unter der Decke, ihre Augen glitzerten tief in den dunkel umschatteten Höhlen, er sah, wie sich ihre Kehle bewegte, und er sah in ihrem Gesicht und in ihrer Gestalt etwas, was er noch nie gesehen hatte, und was er da sah, hieß Kummer.

Ich dachte, wir wären Freunde, sagte sie.

Sag mir, was ich machen soll, sagte er. Ich tu alles, was du sagst.

Im Nachtdunst setzte sich der Staub auf der Ciénaga-Straße ab; sie ritten im Schritt nebeneinander her, mit Strickhalftern und ohne Sättel. Sie führten die Pferde durchs Tor nach draußen, saßen auf und ritten Seite an Seite die Straße entlang, im Westen der Mond, zum Scherhaus hin schlugen Hunde an, die Windhunde in ihren Zwingern bellten zurück, und er schloß das Tor, drehte sich herüber, hielt ihr die Hohlhände als Steigbügel hin, hob sie auf den nackten Rücken des Rappen, band den Hengst vom Tor los, stellte sich auf den Torbalken, schwang sich übergangslos von dort aufs Pferd, wendete das Tier, und dann ritten sie Seite an Seite die Straße entlang, die Hunde bellten, und im Westen der Mond wie weißes Linnen am Wäschedraht.

Manchmal waren sie bis kurz vor Tagesanbruch unterwegs; anschließend stallte er den Hengst ein, ging zum Frühstück ins Haus, traf sich eine Stunde später mit Antonio am Stall und marschierte dann am Verwaltungsgebäude vorbei zum Korral, wo die Stuten schon warteten.

Manchmal ritten sie nachts die westliche Mesa hinauf, zwei Stunden von der Ranch, er machte dann ein Feuer, und sie sahen weit unten die Gaslichter an den Haciendatoren in einem Weiher aus Schwärze treiben, manchmal schienen die Lichter zu wandern, als drehe sich die Welt da unten um eine andere Mitte, und sie sahen Hunderte von Sternen zur Erde stürzen, sie erzählte ihm von der Familie des Vaters, von Mexiko. Auf dem Rückweg führten sie die Pferde dann in den See, die Tiere standen und tranken, das Wasser reichte ihnen bis an die Brust, und wo sie tranken, da hüpften und kippten die Sterne, und wenn es regnete in den Bergen, war die Luft schwül und die Nacht wärmer, und eines Nachts ließ er sie allein und ritt am Seeufer entlang durch Riedgras und Weidengestrüpp, er glitt vom Pferd, streifte Stiefel und Kleider ab und schritt hinaus in den See, der Mond schlüpfte vor ihm dahin, und draußen im Dunkel schnatterten Enten. Das Wasser war schwarz und warm, und er ließ sich hineinsinken, spreizte die Arme, das Wasser ganz dunkel und seidig, und er spähte über die glatte schwarze Oberfläche zu ihr hinüber, sie stand mit dem Pferd am Ufer, und er sah sie ganz bleich aus einer Pfütze von Kleidern steigen, wie eine Schmetterlingspuppe aus ihrem Kokon, ganz bleich, und dann schritt sie ins Wasser.

Auf halbem Weg blieb sie stehen und drehte sich um. Stand im Wasser und zitterte, nicht vor Kälte, denn es war gar nicht kalt. Sag nichts. Sprich sie nicht an. Als sie bei ihm war, streckte sie die Hand aus, und er hielt sie fest. Ganz bleich war sie im See, beinahe als brenne sie. Wie ein Irrlicht in einem düsteren Wald. Wie ein kaltes Feuer. Wie der kalt brennende Mond. Ihr schwarzes Haar flutete im Wasser um sie herum, sank und flutete. Sie legte ihm den anderen Arm um die Schulter und blickte hinauf zum westlichen Mond, nichts sagen, nicht ansprechen, und dann wandte sie ihm ihr Gesicht zu. Süßer noch durch den Bann über Zeit und Leib, süßer noch durch den Wortbruch. Am Südufer standen schlummernde Kraniche einbeinig im Röhricht, sie zogen die schlanken Schnäbel aus ihren Schwingen und spähten herüber. Me quieres? sagte sie. Ja, sagte er. Er flüsterte ihren Namen. Ja, sagte er, mein Gott, ja.

Gewaschen, gekämmt und in einem frischen Hemd kam er vom Stall zur Baracke und setzte sich mit Rawlins auf die Kisten unter der Ramada; die beiden rauchten und warteten auf das Abendessen. In der Baracke klangen Stimmen und Gelächter auf und verstummten wieder. Zwei der Vaqueros kamen an die Tür und blieben dort stehen. Rawlins drehte den Kopf und spähte nach Norden. Fünf mexikanische Ranger ritten im Gänsemarsch die Straße entlang. Sie trugen Khakiuniformen, ritten gute Pferde, hatten Pistolen am Gürtel und Karabiner im Sattelhalfter. Rawlins erhob sich. Die übrigen Vaqueros standen inzwischen ebenfalls an der Tür und äugten zur Straße. Als die Reiter vorüberzogen, warf ihr Anführer einen Blick auf die Männer unter der Ramada, auf die Männer in der Barackentür. Dann verschwanden die Ranger hinter dem Verwaltungsgebäude, fünf Reiter, die im Gänsemarsch von Norden her durchs Zwielicht die Straße hinunter ritten, auf das ziegelbedeckte Ranchhaus zu.

Als er im Dunkeln zum Stall zurückkehrte, standen die fünf Pferde unter den Pecanobäumen am hinteren Ende des Hauses. Die Tiere waren noch gesattelt; am nächsten Morgen waren sie fort. In der darauffolgenden Nacht kam sie zu ihm ins Bett, und sie besuchte ihn neunmal hintereinander jede Nacht, zu Gott weiß welcher Stunde, schob die Tür zu, verriegelte sie, schwaches Licht schimmerte durch die Fugen, und sie drehte sich um, stieg aus den Kleidern, glitt auf die enge Pritsche und schmiegte den nackten kühlen Leib an ihn, voller Weiche und Duft, ihr schwarzes Haar wogte auf ihn herab, und sie ließ alle Vorsicht fahren. Mir egal, mir egal, sagte sie. Biß ihm die Hand blutig, die er ihr vor den Mund hielt, damit sie nicht schrie. Schlief an seiner Brust ein, während er überhaupt keinen Schlaf fand, stand auf, als der Osten schon dämmergrau war, ging in die Küche und holte ihr Frühstück, als sei sie einfach nur früh aus den Federn.

Dann fuhr sie wieder zurück in die Hauptstadt. Als er abends in den Stall kam, begegnete er Estéban in der Banse; er sprach mit dem Alten, und der Alte antwortete, blickte ihn dabei aber nicht an. Er machte sich frisch, marschierte zum Haus, aß in der Küche zu

Abend und saß danach mit dem Hacendado im Speisezimmer am Tisch. Don Héctor hatte das Stutbuch vor sich liegen, fragte ihn über die Stuten aus und machte entsprechende Eintragungen; dann lehnte er sich, die Zigarre im Mund, zurück und klopfte mit dem Stift auf die Tischkante. Schließlich blickte er auf.

Schön, sagte er. Wie kommst du übrigens mit dem Guzmán voran?

Naja, bis zu Band zwei hat's noch nicht gereicht.

Der Hacendado lächelte. Guzmán ist wirklich ausgezeichnet. Du liest nicht zufällig auch Französisch?

Nein, Sir.

Die verdammten Franzmänner verstehen nämlich eine ganze Menge von Pferden. Spielst du eigentlich Billard?

Woll Sir. 'n bißchen. Aber bloß Pool.

Pool. Aha. Hättest du Lust auf eine Runde?

Woll Sir.

Schön.

Der Hacendado klappte das Buch zu, schob den Stuhl zurück und stand auf; John Grady folgte ihm durch den Flur und den Salon zu der paneelierten Flügeltür am hinteren Ende der Bibliothek. Don Héctor öffnete; die beiden traten in einen verdunkelten Raum, in dem es nach Moder und altem Holz roch.

Der Hacendado zog an einer bequasteten Kette, worauf ein reichverzierter Zinnlüster aufleuchtete. Darunter stand ein dunkler antiker Holztisch, in dessen Beine Löwen geschnitzt waren. Ein gelbes Wachstuch bedeckte den Tisch; der Lüster war mit einer ganz gewöhnlichen Kette an der sechs Meter hohen Decke befestigt. Am anderen Ende des Raums stand ein uralter geschnitzter und bemalter Holzaltar, über dem ein lebensgroßer geschnitzter und bemalter Holzchristus hing. Der Hacendado drehte sich um.

Ich spiele nur selten, sagte er. Ich hoffe, du bist kein Profi.

Nein, Sir.

Ich hab Carlos gebeten, den Tisch in Ordnung zu bringen. Beim letztenmal war die Fläche ziemlich uneben. Mal sehen, wie es jetzt ist. Faß mal da an der Ecke an. Ich zeig's dir.

Sie standen sich am Tisch gegenüber, falteten die Decke zur Mitte hin zusammen, falteten sie nochmal, hoben sie gemeinsam über die Tischkante hinweg und schritten dann aufeinander zu; der Hacendado nahm das Tuch an sich und legte es über ein paar Stühle.

Das war mal die Kapelle hier, wie du siehst. Du bist doch nicht abergläubisch?

Nein, Sir. Eigentlich nicht.

Nun ja, sie ist ja sowieso bald kein heiliger Ort mehr. Der Priester kommt und sagt ein paar Worte. Alfonsa kennt sich mit sowas aus. Der Tisch steht allerdings schon jahrelang hier, und das mit der Kapelle, wie immer das heißt, muß erst noch gemacht werden. Daß der Priester kommt, und daß es dann keine Kapelle mehr ist. Ich persönlich bezweifle ja, daß so etwas überhaupt geht. Heilig ist heilig. Die Macht eines Priesters ist nicht so groß, wie die Leute glauben. Natürlich wird hier seit Jahren keine Messe mehr gelesen.

Wie lange denn schon?

Der Hacendado durchmusterte die Queues, die teils in, teils vor einem Mahagonigestell in der Ecke standen. Er drehte sich herüber.

Ich hab in der Kapelle meine Erstkommunion empfangen. Muß so um neunzehnelf gewesen sein. Danach gab's hier wohl keine Messe mehr.

Er wandte sich wieder den Queues zu. Also ich würde den Priester nicht kommen lassen, sagte er. Damit er der Kapelle ihre Weihe nimmt. Warum sollte ich das tun? Mir gefällt die Vorstellung, daß Gott hier ist. Hier in meinem Haus.

Er setzte die Kugeln mit dem Triangel auf und reichte John Grady den Queueball. Die Kugel war aus Elfenbein und schon altersgelb; man konnte das Korn darin sehen. John Grady stieß den Ball ins Dreieck, und sie spielten eine Runde Straight-Pool; Don Héctor gewann mühelos, er schritt um den Tisch herum, kreidete unter einer flink rotierenden Bewegung den Queue und kündigte auf spanisch seine Stöße an. Er spielte bedächtig und prüfte immer wieder eingehend die Lage der Bälle; beim Spielen sprach er von der Revolution und der mexikanischen Geschichte, von der Dueña Alfonsa und Francisco Madero.

Francisco ist in Parras geboren. In diesem Bundesstaat hier. Unsere Familien standen sich mal sehr nah. Soviel ich weiß, war Alfonsita sogar mal mit ihm verlobt. Bin mir aber nicht mehr ganz sicher. Jedenfalls hätte mein Großvater die Heirat nie zugelassen. In Franciscos Familie herrschten ziemlich radikale Ansichten. Alfonsita war kein Kind mehr. Sie hätte eigentlich schon selber entscheiden können, aber man hat es ihr nicht erlaubt; wie auch immer, sie hat ihrem Vater offenbar nie verziehen, und das hat ihm großen Kummer gemacht, einen Kummer, den er dann auch mit ins Grab genommen hat. El cuatro.

Don Héctor bückte sich, visierte und stieß den Viererball an der Seitenbande entlang; dann kreidete er seinen Queue.

Aber letztendlich hat das alles sowieso keine Rolle mehr gespielt. Die Familie ging unter. Beide Brüder wurden ermordet.

Er betrachtete den Tisch.

Alfonsita ist in Europa zur Schule gegangen, genau wie Madero. Und wie er hat sie dort diese Ideen mitbekommen, diese...

Er machte eine Handbewegung, wie sie der Junge auch schon bei der Tante gesehen hatte.

Und von diesen Ideen wollte sie einfach nicht abrücken. Catorce.

Er bückte sich, stieß und kreidete seinen Queue. Dann schüttelte er den Kopf. Die Länder sind eben verschieden. Mexiko ist nicht Europa. Aber das ist eine komplizierte Geschichte. Maderos Großvater war mein Padrino. Mein Patenonkel. Don Evaristo. Das war mit einer der Gründe, warum mein Großvater immer zu ihm gehalten hat. Andererseits war das auch nicht besonders schwer. Don Evaristo war ein wundervoller, sehr liebenwürdiger Mann. Immer loyal gegenüber dem Regime von Díaz, trotz allem. Als Francisco sein Buch veröffentlichte, wollte Don Evaristo einfach nicht glauben, daß sein Sohn es geschrieben hat. Dabei war das, was drinstand, gar nicht so schlimm. Wahrscheinlich hat es ihm einfach nicht gepaßt, daß ein reicher junger Hacendado der Verfasser war. Siete.

Er bückte sich und versenkte den Siebenerball in der Seitentasche. Dann schritt er um den Tisch herum.

Sie sind damals zur Ausbildung nach Frankreich gegangen. Er

und Gustavo. Und andere. All diese jungen Leute eben. Und dann sind sie voller Ideen zurückgekehrt. Voller Ideen, die sich noch dazu eigentlich widersprechen. Wie kommt das? Haben die Eltern sie vielleicht wegen dieser Ideen rübergeschickt? Gehen einfach nach Frankreich und eignen sich diese Ideen an. Und wenn sie zurückkehren und ihre Taschen aufmachen, gibt's keine zwei, in denen das gleiche drin ist.

Er schüttelte ernst den Kopf. Als mache ihm die Lage der Kugeln Probleme.

Wenn's um Fakten ging, da waren sie sich immer einig. Bei Personen. Gebäuden. Oder den Daten bestimmter Ereignisse. Aber bei den Ideen... Die Angehörigen meiner Generation sind da vorsichtiger. Wir glauben einfach nicht, daß die Vernunft den Charakter verbessern kann. Das ist wohl eine typisch französische Idee.

Er kreidete und wandte sich wieder dem Tisch zu. Er bückte sich, stieß und prüfte dann die Position der Bälle.

Hüte dich, edler Ritter. Es gibt keinen böseren Drachen als die Vernunft.

Er blickte John Grady lächelnd an; dann betrachtete er wieder den Tisch.

So sehen es natürlich nur die Spanier. So sieht es Quijote. Aber wohl nicht einmal Cervantes hätte sich ein Land wie Mexiko vorstellen können. Alfonsita sagt immer, es ist bloße Selbstsucht von mir, daß ich Alejandra nicht rüberschicken will. Vielleicht hat sie recht. Vielleicht. Diez.

Wohin denn rüberschicken?

Der Hacendado hatte sich bereits zum Stoß gebückt. Er richtete sich wieder auf und sah seinen Gast an. Nach Frankreich, sagte er. Nach Frankreich.

Er kreidete noch einmal seinen Queue und prüfte die Lage der Bälle.

Aber was soll ich mir darüber den Kopf zerbrechen. Eh? Sie geht ja doch irgendwann. Was bin ich denn? Ein Vater. Ein Vater ist nichts.

Er bückte sich zum Stoß, verfehlte und trat vom Tisch zurück.

Na bitte, sagte er. Da hast du's. Da siehst du, wie schlecht sich sowas aufs Billard auswirkt. Diese Vernünftelei. Die Franzosen kommen zu mir ins Haus und machen mein Billard kaputt. Die schrecken vor gar nichts zurück.

Er hockte im Dunkeln auf seiner Pritsche, hielt sein Kissen in beiden Händen, schmiegte sein Gesicht hinein, schlürfte ihren Duft und versuchte, sie und ihre Stimme im Geist wiederaufleben zu lassen. Flüsterte halblaut nach, was sie gesagt hatte. Sag mir, was ich machen soll. Ich tu alles, was du sagst. Genau das gleiche, was er zu ihr gesagt hatte. An seiner nackten Brust hatte sie geweint, er hielt sie umschlungen, aber da gab es nichts mehr zu sagen und nichts mehr zu tun, und am nächsten Morgen war sie gegangen.

Am darauffolgenden Sonntag lud ihn Antonio ins Haus seines Bruders zum Essen ein; anschließend saßen sie im Schatten der Ramada direkt vor der Küche, drehten sich eine Zigarette, rauchten und sprachen über die Pferde. Dann wechselten sie das Thema. John Grady erzählte ihm von der Billardpartie mit dem Hacendado. Antonio hockte, den Hut über dem Knie, mit verschränkten Händen auf einem alten Mennonitenstuhl, dessen Rohrgeflecht durch Leinwand ersetzt worden war; er hörte sich die Neuigkeiten mit gebührendem Ernst an und betrachtete nickend seine brennende Zigarette. John Grady spähte zwischen den Bäumen hindurch zum Haus, zu den weißen Wänden und dem roten Lehmziegeldach.

Digame, sagte er. Cuál es lo peor: Que soy pobre o que soy americano?

Der Vaquero schüttelte den Kopf. Una llave de oro abre cualquier puerta, sagte er.

Er blickte den Jungen an. Dann tippte er die Asche von seiner Kippe und sagte, der Junge wolle vielleicht wissen, was er dazu denke, wolle vielleicht sogar seinen Rat. Aber da könne ihm niemand raten.

Tienes razón, sagte John Grady. Er schaute den Vaquero an. Er sagte, nach ihrer Rückkehr wolle er einmal ganz ernst mit ihr reden. Wolle ihr Herz erforschen.

Der Vaquero musterte ihn. Dann blickte er hinüber zum Haus. Er wirkte etwas verwirrt und sagte, sie sei doch da. Sie sei doch schon da.

Cómo?

Sí. Ella está aquí. Desde ayer.

Die ganze Nacht bis zum Morgengrauen lag er wach. Lauschte der Stille in der Banse. Den Bewegungen der ruhenden Pferde. Ihrem Atem. Am Morgen ging er zum Frühstücken in die Baracke. Rawlins stand in der Küchentür und blickte ihn an.

Du siehst aus, als wärste hart rangenommen und dann naß in die Box gestellt worden, sagte er.

Sie saßen am Tisch und frühstückten. Rawlins lehnte sich zurück und fischte seinen Tabak aus der Hemdtasche.

Wennde was zu sagen hast, dann spuck's aus, sagte er. Ich muß nämlich gleich wieder zur Arbeit.

Wollt bloß mal vorbeischauen.

Wieso?

Da brauch ich doch wohl keinen besonderen Grund zu, oder?

Nee. Brauchste nich. Rawlins riß an der Unterseite des Tisches ein Streichholz an, gab sich Feuer, wedelte das Streichholz aus und legte es auf den Teller.

Du wirst ja schon wissen, wasde tust, sagte er.

John Grady trank seinen Kaffee aus und stellte die Tasse zusammen mit dem Besteck auf den Teller. Dann griff er sich seinen auf der Bank liegenden Hut, setzte ihn auf und erhob sich, um sein Geschirr zum Spülstein zu bringen.

Du hast doch gesagt, du bist nicht sauer auf mich, wenn ich da runter geh.

Bin ich auch nich.

John Grady nickte. Dann iss ja alles okay, sagte er.

Rawlins blickte ihm nach, wie er zum Spülstein und anschließend zur Tür marschierte. Er rechnete damit, daß er sich noch einmal umdrehte und irgendwas sagte, aber er ging wortlos hinaus.

Den ganzen Tag über arbeitete er mit den Stuten; abends hörte er die Cessna starten. Er trat aus dem Stall und hielt Ausschau. Das Flugzeug kam hinter den Bäumen hervor, stieg ins späte Sonnenlicht, zog eine Schleife und flog dann in Richtung Westen davon. Er konnte nicht erkennen, wer drinsaß; trotzdem sah er der Maschine nach, bis sie verschwunden war.

Zwei Tage später war er mit Rawlins wieder in den Bergen. Es war harte Arbeit, die wilden Ramadas aus den Hochtälern zu treiben. Nachts lagerten sie am Südhang der Anteojos, am gleichen Platz wie damals mit Luis; sie aßen Tortillas mit Bohnen und gebratenem Ziegenfleisch und tranken schwarzen Kaffee.

So oft müssenwer jetz wohl nich mehr hier rauf, was? sagte Rawlins.

John Grady schüttelte den Kopf. Nein, sagte er. Wahrscheinlich nicht.

Rawlins nippte am Kaffee und blickte ins Feuer. Plötzlich tauchten drei Windhunde auf und trotteten hintereinander ums Feuer, fahle skelettdürre Tiere, das Fell straff über die Rippen gespannt, die Augen rotglühend im Flammenschein. Rawlins erhob sich halb und verschüttete dabei seinen Kaffee.

Was zum Geier, sagte er.

John Grady stand auf und spähte ins Dunkel. Die Hunde verschwanden ebenso rasch, wie sie aufgetaucht waren.

Die beiden standen abwartend da. Niemand kam.

Was zum Geier, sagte Rawlins.

Er marschierte ein Stück vom Feuer weg und blieb horchend stehen. Dann drehte er sich zu John Grady um.

Willst mal'n Brüller loslassen?

Nein, lieber nicht.

Die Köter kommen doch nich von allein hier rauf, sagte Rawlins.

Ich weiß.

Meinste, er sucht uns?

Wenn er was von uns will, weiß er ja, wo wir sind.

Rawlins marschierte wieder zurück zum Feuer. Er goß sich Kaffee ein und stand lauschend da.

Vielleicht isser mit'n paar Freunden hier oben.

John Grady gab keine Antwort.

Meinste nich?

Am nächsten Morgen ritten sie zu der eingezäunten Klamm hinauf, in der Hoffnung, dort den Hacendado und seine Freunde zu treffen, aber es war niemand da. Auch in den Tagen darauf bekamen sie ihn nicht zu Gesicht. Wieder drei Tage später machten sie sich auf den Heimweg; elf junge Stuten vor sich hertreibend, ritten sie bergab, erreichten bei Einbruch der Dunkelheit die Hacienda, pferchten die Stuten ein und gingen zum Abendessen in die Baracke. Am Tisch hockten noch ein paar Vaqueros, tranken Kaffee und rauchten, zogen sich dann aber einer nach dem anderen zurück.

Im Morgengrauen des nächsten Tages erschienen zwei Männer mit gezogenen Pistolen in seinem Kabuff, leuchteten ihm mit einer Taschenlampe ins Gesicht und befahlen ihm, aufzustehen.

Er rappelte sich hoch und schwang die Beine über die Pritschenkante. Der Mann mit der Taschenlampe war nur ein Schemen hinter dem Licht, aber dafür sah John Grady die Waffe. Es war eine Colt-Armeepistole. Er beschirmte die Augen. In der Banse standen ein paar Männer mit Gewehren.

Quién es? sagte er.

Der Mann schwenkte die Lampe auf John Gradys Füße und befahl im, seine Stiefel und Kleider zu holen. John Grady stand auf, griff seine Hose, zog sie an, hockte sich auf die Pritsche, schlüpfte in die Stiefel und langte nach seinem Hemd.

Vámonos, sagte der Mann.

John Grady stand da und knöpfte sich das Hemd zu.

Dónde están sus armas? sagte der Mann.

No tengo armas.

Der Mann sagte etwas zu seinem Hintermann; dann traten zwei Männer vor und durchsuchten John Gradys Sachen. Sie kippten die hölzerne Kaffeeschachtel aus, durchwühlten die Kleider und das Rasierzeug und drehten die Matratze um. Sie trugen schmierige, schwärzlich verfärbte Khakiuniformen und rochen nach Schweiß und Holzrauch.

Dónde está su caballo?

En el segundo puesto.

Vámonos, vámonos.

Sie führten ihn durch die Banse zur Geschirrkammer, wo er seinen Sattel und seine Decken holte; Redbo stand bereits in der Banse und trat nervös auf der Stelle. Sie marschierten an Estébans Cuarto vorbei, aber der Alte schlief offenbar noch. John Grady sattelte sein Pferd, die Männer hielten solange die Lampe; dann schritten sie hinaus in den Dämmer zu den übrigen Pferden. Einer der Uniformierten trug Rawlins' Gewehr; Rawlins hockte krumm auf seinem Pferd, vor sich die mit Handschellen gefesselten Hände, die Zügel hingen herab.

Die Männer stießen John Grady mit dem Gewehrkolben weiter.

Was iss hier los, Alter? sagte er.

Rawlins gab keine Antwort. Er beugte sich vor, spuckte aus und blickte zur Seite.

No hable, sagte der Anführer. Vámonos.

John Grady stieg in den Sattel; sie legten ihm Handschellen an, gaben ihm die Zügel, saßen auf, wendeten die Pferde und ritten paarweise durchs offene Tor vom Stallgelände. Als sie die Baracke passierten, brannte schon Licht; die Vaqueros standen in der Tür oder hockten unter der Ramada. Sie blickten den Reitern nach: die Amerikaner hinter dem Anführer und seinem Stellvertreter, gefolgt von den Zweiergruppen der übrigen sechs, Uniformierte mit Kappen, die Karabiner quer über dem Sattelknopf, alle ritten sie landeinwärts die Ciénaga-Straße entlang Richtung Norden.

3

SIE RITTEN DEN ganzen Tag, hinauf durchs Hügelland und in die Berge und entlang der nördlich gelegenen Mesa weit hinter der Pferdeklamm, in das Land, durch das sie vor etwa vier Monaten zum erstenmal gekommen waren. Über Mittag rasteten sie an einer Quelle und aßen, um die kalten und geschwärzten Holzstücke eines alten Feuers gekauert, aus Zeitungspapier kalte Bohnen und Tortillas. Er dachte, die Tortillas könnten aus der Haciendaküche kommen. Die Zeitung stammte aus Monclova. Er aß langsam mit zusammengeketteten Händen und trank Wasser aus einem Blechbecher, der sich nur zum Teil füllen ließ, weil das Wasser bei der Niete herauslief, die den Henkel hielt. Wo die Vernickelung an der Innenseite der Handschellen abgescheuert war, kam das Messing zum Vorschein; seine Handgelenke hatten schon eine zart giftgrüne Färbung angenommen. Er aß und beobachtete Rawlins, der ein wenig abseits hockte, aber Rawlins mied seinen Blick. Sie schliefen kurz auf der Erde unter den Pappeln, standen dann wieder auf, tranken noch einmal etwas, füllten die Feld- und Wasserflaschen und ritten weiter.

Das Land, das sie durchquerten, war in der Jahreszeit vorangeschritten, die Akazien blühten, in den Bergen hatte es geregnet, und das Gras längs des Salbands der kleinen Schluchten war grün und saftig im langen Zwielicht, wo sie ritten. Abgesehen von Bemerkungen über die Gegend, wechselten ihre Bewacher kaum ein Wort, und zu den Amerikanern sagten sie gar nichts. Sie ritten durch den langen roten Sonnenuntergang, und in der Dunkelheit ritten sie weiter. Die Wachen hatten ihre Gewehre längst ins Sattelhalfter gesteckt, sie ritten gemächlich und hingen schlaff im Sattel. Gegen zehn hielten sie an, schlugen das Lager auf und machten Feuer. Die Gefangenen saßen mit immer noch vor dem Körper gefesselten Händen zwischen verrosteten Dosen und Holzkohlestückchen im Sand. Die Wachen stellten eine alte blau-emaillierte Kaffeekanne und einen Schmortopf aus demselben Material auf; sie tranken Kaffee und aßen ein Gericht aus einer blassen, faserigen Knolle, irgendwelchem Fleisch und Geflügel. Das Ganze war flechsig und sauer.

Über Nacht wurden sie mit den Handschellen an die Steigbügel ihrer Sättel gekettet, und sie versuchten sich unter den einfachen Decken warmzuhalten. Eine Stunde vor Sonnenaufgang waren sie wieder unterwegs, und sie waren froh darüber.

So verbrachten sie drei Tage. Am Nachmittag des dritten Tages ritten sie in Encantada ein. Das Städtchen war ihnen noch frisch in Erinnerung.

Sie saßen nebeneinander auf einer Bank aus Eisenstreben an der kleinen Alameda. Zwei der Wachen hielten sich mit ihren Gewehren ein wenig abseits, und ein Dutzend Kinder unterschiedlichen Alters standen im Straßenstaub und beobachteten sie. Unter den Kindern befanden sich zwei etwa zwölfjährige Mädchen, und als die Gefangenen sie ansahen, drehten sie sich schüchtern weg und knaupelten an ihren Röcken. John Grady rief sie an, um sie zu bitten, ihnen Zigaretten zu besorgen.

Die Wachen starrten ihn böse an. Er machte den Mädchen die Geste des Rauchens, worauf sie sich umdrehten und die Straße hinunter liefen. Die übrigen Kinder verharrten auf ihrem Platz.

Weiberheld, sagte Rawlins.

Hast du etwa keine Lust auf'ne Fluppe?

Rawlins spuckte gemächlich zwischen seine Stiefel und blickte wieder auf. So kommste im Leben nich zu'ner Fluppe, sagte er.

Wetten, daß doch?

Um was zum Geier willst'n du schon wetten?

Um'ne Fluppe.

Wie soll'n das gehen?

Ich wett mit dir um'ne Fluppe, daß die Göre welche bringt. Wenn ja, krieg ich deine.

Und wenn nein?

Dann kriegst du meine.

Rawlins starrte die Alameda entlang.

Du willst scheint's was auf'n Arsch.

Meinst du nicht, wir sollten uns allmählich mal überlegen, wie wir aus dem Schlamassel wieder rauskommen, und zwar gemeinsam?

Weilwer gemeinsam reingeschlittert sind?

Du kannst doch nicht einfach hingehn und sagen, ab da und da fing die Kacke an, und dann die ganze Chose auf deinen Freund abwälzen.

Rawlins gab keine Antwort.

Sei nicht so stinkig. Wir klären das jetzt.

Okay. Wiese dich verhaftet ha'm, was haste'n da gesagt?

Nichts hab ich gesagt. Hätt eh nichts gebracht.

Sehr richtig. Hätt eh nix gebracht.

Wie meinst'n das jetzt?

Ich mein, du hast sie nich gebeten, den Patrón zu wecken?

Nein.

Aber ich.

Und, was haben sie gesagt?

Rawlins beugte sich vor, spuckte aus und wischte sich den Mund.

Sie ha'm gesagt, er iss wach. Sie ha'm gesagt, er iss schon längst wach. Dann ha'mse gelacht.

Glaubst du, er hat uns reingeritten?

Glaubste was anderes?

Weiß nicht. Und wenn, dann bloß, weil irgendwer Lügen rumerzählt hat.

Oder die Wahrheit.

John Grady saß da und schaute auf seine Hände hinunter.

Genügt's dir, sagte er, wenn ich jetzt einfach zugebe, daß ich der allerletzte Scheißkerl bin?

Hab ich nie behauptet.

Sie blieben sitzen. Nach einer Weile blickte John Grady auf.

Iss nun mal nicht zu ändern. Aber deswegen rumzugiften, hat auch keinen Sinn. Und ich kapier nicht, wieso man sich besser fühlt, wenn man mit'm Finger auf jemand zeigen kann.

Ich fühl mich nich besser. Ich hab bloß versucht, vernünftig mit dir zu reden, sonst nix. Hab's oft genug probiert.

Weiß ich. Aber manche Sachen sind eben nicht vernünftig. Das spielt jetzt auch keine Rolle. Ich bin jedenfalls immer noch derselbe, mit dem du über den Fluß bist. Ich hab mich nicht verändert, und für mich gibt's nur eins, nämlich zusammenhalten. Ich hab dir nie versprochen, daß du hier unten nicht sterben wirst. Und du hast mir das auch nicht versprechen müssen. Ich find's nicht gut, bei'ner Sache immer nur so lange mitzumachen, wie's einem grad paßt. Entweder man hält zusammen, oder man läßt den andern hängen, und ich würd dich nie hängenlassen, egal, was du gemacht hättst. Mehr hab ich dazu nicht zu sagen.

Ich werd dich nie hängenlassen, sagte Rawlins.

Okay.

Nach einer Weile kamen die beiden Mädchen zurück. Das größere streckte die Hand hoch, in der sie zwei Zigaretten hielt.

John Grady schaute zu den Wachen. Sie winkten das Mädchen heran, musterten die Zigaretten und nickten, dann gingen die Mädchen zur Bank und gaben den Gefangenen die Zigaretten und ein paar Streichhölzer.

Muy amable, sagte John Grady. Muchas gracias.

Sie zündeten die Zigaretten mit einem Streichholz an; John Grady steckte die anderen Zündhölzer in die Tasche und betrachtete die Mädchen. Sie lächelten scheu.

Son americanos ustedes? fragten sie.

Sí.

Son ladrones?

Sí. Ladrones muy famosos. Bandoleros.

Sie sogen die Luft ein. Qué precioso, sagten sie. Aber die Wachen riefen ihnen etwas zu und winkten sie fort.

Sie saßen auf die Ellbogen gestützt und rauchten. John Grady blickte auf Rawlins Stiefel.

Wo sind denn die neuen? sagte er.

In der Baracke.

Er nickte. Sie rauchten. Nach einer Weile kehrten die anderen zurück und riefen den Wachen etwas zu. Die Wachen machten den Gefangenen Zeichen, sie standen auf, nickten den Kindern zu und traten hinaus auf die Straße.

Sie ritten in nördlicher Richtung aus dem Städtchen und hielten vor einem Gebäude aus Adobeziegeln mit Wellblechdach und einem leeren Giebeltürmchen aus Lehm. An den Lehmziegelmauern klebten noch ein paar Tüncheplacken. Sie stiegen ab und betraten einen großen Raum, der früher vielleicht mal als Klassenzimmer gedient hatte. An der Stirnwand verlief eine Leiste, und es gab einen Rahmen, in dem sich eine Tafel befunden haben mochte. Der Boden bestand aus schmalen Kiefernholzbrettern, deren Maserung zerkratzt war vom über die Jahre hineingetretenen Sand. Die fehlenden Scheiben in den Fenstern entlang beider Wände hatte man durch rechteckige Blechplatten ersetzt, sie waren alle aus demselben großen Schild geschnitten worden und bildeten zwischen den intakten Scheiben ein zerbrochenes Mosaik. An einem grauen Metallschreibtisch in einer Ecke saß, gleichfalls in Khakiuniform, ein gedrungener Mann, der um den Hals einen gelben Seidenschal trug. Er musterte die Gefangenen ausdruckslos. Dann nickte er in Richtung des hinteren Gebäudeteils, eine der Wachen nahm einen Schlüsselring von der Wand, und die Gefangenen wurden über einen staubigen, unkrautbewachsenen Hof zu einem kleinen Steingebäude mit einer schweren, eisenbeschlagenen Holztür hinausgeführt.

In Augenhöhe war ein quadratisches Guckloch in die Tür geschnitten; darüber hatte man Betonmaschendraht gespannt und mit der Eisenumrandung verschweißt. Eine der Wachen öffnete das alte Messingvorhängeschloß und machte die Tür auf. Der Mann nahm einen gesonderten Schlüsselring vom Koppel.

Las esposas, sagte er.

Rawlins hielt die Handschellen hoch. Die Wache nahm sie ihm ab, Rawlins ging hinein, John Grady folgte ihm. Die Tür ächzte und knarrte und schlug dumpf hinter ihnen zu.

Bis auf das Licht durchs Türgitter war der Raum finster; sie standen mit ihren Decken in der Hand, bis sich ihre Augen ans Dunkel gewöhnt hatten. Die Zelle hatte einen Betonboden, und es stank nach Exkrementen. Nach einer Weile sagte jemand im Hintergrund des Raums etwas.

Cuidado con el bote.

Tritt nicht in den Eimer, sagte John Grady.

Wo isser denn?

Keine Ahnung. Tritt halt einfach nicht rein.

Ich seh überhaupt nix.

Eine andere Stimme sprach aus dem Dunkel: Seid ihr das?

John Grady sah, wie ein Teil von Rawlins' Gesicht vom Licht, das durchs Gitter fiel, in Quadrate zerteilt wurde. Wie er sich langsam umwandte. Den Schmerz in seinem Blick. O Gott, sagte er.

Blevins? sagte John Grady.

Jau. Ich bin's.

Er tastete sich nach hinten. Ein ausgestrecktes Bein zog sich auf dem Boden zurück wie eine Schlange, die einem Fuß ausweicht. Er ging in die Hocke und sah Blevins an. Blevins bewegte sich, und im Halblicht konnte er seine Zähne sehen. Er schien zu lächeln.

Was kriegste nich alles zu sehen, wennde keine Knarre dabei hast, sagte Blevins.

Wie lang bist du schon hier?

Weiß nich. Ewig.

Rawlins schaffte es bis zur Hinterwand. Er blieb stehen und blickte auf ihn hinunter. Du hastse uns auf'n Hals gehetzt, stimmt's? sagte er.

Im Leben nich, sagte Blevins.

John Grady schaute hoch zu Rawlins.

Die haben gewußt, daß wir zu dritt waren, sagte er.

Jau, sagte Blevins.

Quatsch, sagte Rawlins. Wozu hätten die uns noch groß suchen solln, wose das Pferd doch schon längst wieder hatten. Der hat irgendwas gemacht.

D's war verdammich nochmal *mein* Pferd, sagte Blevins.

Sie konnten ihn jetzt sehen. Mager, zerlumpt und verdreckt.

Mein Pferd, mein Sattel und meine Wumme.

Sie hockten sich hin. Keiner sprach.

Was hast du gemacht? sagte John Grady.

Nix andres wie was jeder andre auch gemacht hätt.

Nämlich?

Du weißt doch, wasser gemacht hat, sagte Rawlins.

Bist du hierher zurückgekommen?

Klar bin ich hierher zurückgekomm'.

Du bist doch blöd wie'ne Scheißhausratte. Was hast du gemacht? Erzähl mir den Rest.

Gibt nix zu erzählen.

Ach nee, sagte Rawlins. Was du nich sagst.

John Grady drehte sich um. Er sah an Rawlins vorbei. Ein alter Mann saß an die Wand gelehnt und beobachtete sie.

De qué crimen queda acusado el joven? sagte er.

Der Mann blinzelte. Asesinato, sagte er.

El ha matado un hombre?

Der Mann blinzelte wieder. Er hielt drei Finger hoch.

Was hater gesagt? sagte Rawlins.

John Grady antwortete nicht.

Was hater gesagt? Ich weiß, was der Scheißer gesagt hat.

Er hat gesagt, er hat drei Männer gekillt.

Das iss'ne verdammte Lüge, sagte Blevins.

Rawlins setzte sich langsam auf den Betonboden.

Wir sind am Arsch, sagte er. Wir sind tot. Ich hab ja gewußt, wie's enden wird. Gleich wie ich ihn's erstemal gesehn hab.

Das hilft uns jetzt auch nichts, sagte John Grady.

Iss ja bloß *einer* abgekratzt von denen, sagte Blevins.

Rawlins hob den Kopf und sah ihn an. Dann stand er auf, ging zur anderen Seite des Raums und setzte sich wieder.

Cuidado con el bote, sagte der Alte.

John Grady drehte sich zu Blevins um.

Ich hab ihm doch nix getan, sagte Blevins.

Erzähl mir, was passiert ist, sagte John Grady.

Er hatte in der achtzig Meilen nördlich gelegenen Stadt Palau bei einer deutschen Familie gearbeitet, war nach zwei Monaten mit dem verdienten Geld durch dieselbe Wüste zurückgeritten, hatte das Pferd bei derselben Quelle angepflockt, war in der landesüblichen Kleidung ins Städtchen marschiert und zwei Tage lang vor der Tienda sitzen geblieben, bis der Mann vorbeikam, dem der abgewetzte Guttaperchagriff des Bisley aus dem Gürtel ragte.

Was hast du gemacht?

Hättste zufällig 'ne Kippe für mich?

Nein. Was hast du gemacht?

Hab ich mir schon gedacht, daßde keine hast.

Was hast du gemacht?

Himmelarsch, wenn ich jetz'n Stück Kautabak hätt.

Was hast du gemacht?

Mich rangepirscht und mir die Knarre aus'm Gürtel gekrallt.

Und ihn erschossen.

Er iss auf mich los.

Er iss auf dich los.

Jau.

Deshalb hast du ihn abgeknallt.

Was hätt ich'n sonst machen solln?

Was hättest du sonst machen sollen.

Ich wollt den blöden Hund nich erschießen. Hab ich doch nie vorgehabt.

Und dann?

Wie ich wieder zu mei'm Pferd an der Quelle komm, warense schon hinter mir her. Der Junge, den ich von sei'm Pferd runtergeknallt hab, der iss mit'ner Schrotflinte auf mich los.

Und?

Keine Patronen mehr. Waren alle verballert. Schön blöd. Hab keine mehr übrig gehabt.

Du hast auf einen der Rurales geschossen?
Jau.
Iss er tot?
Jau.
Sie saßen schweigend im Dunkel.
Ich hätt mir in Muñoz Patronen besorgen solln, bevor ich hier aufgekreuzt bin. Hättse sogar bezahlen könn'.
John Grady sah ihn an. Iss dir klar, wie tief du in der Scheiße sitzt?
Blevins antwortete nicht.
Haben sie gesagt, was sie mit dir vorhaben?
Die werden mich wohl in'n Knast stecken.
Die werden dich nicht in den Knast stecken.
Und wieso nich?
Soviel Schwein haste nich, sagte Rawlins
Die könn' mich nich hängen. Ich bin noch zu jung.
Da scheißen die drauf. Die werden lügen, wenn's um dein Alter geht.
In diesem Land gibt's keine Todesstrafe, sagte John Grady. Hör nicht auf ihn.
Du hast gewußt, daßse hinter uns her sind, stimmt's? sagte Rawlins.
Jau. Hätt ich euch etwa'n Telegramm schicken solln?
John Grady wartete auf eine Antwort von Rawlins, aber es kam keine. Der Schatten des Eisengitters über dem Guckloch lag schief an der jenseitigen Wand wie ein frisch mit Kreide aufgezeichnetes Hüpfspiel, das in der Enge dieser dunklen und stinkenden Zelle irgendwie perspektivisch verzerrt worden war. Er faltete die Decke zusammen, setzte sich darauf und lehnte sich an die Wand.
Lassen die einen hier raus? Darf man mal rumlaufen?
Weiß nich.
Was soll das heißen, du weißt nicht?
Ich kannich laufen.
Du kannst nicht laufen?
Hab ich doch grad gesagt.
Und wieso kannste nich laufen? sagte Rawlins.

Weilse mir die Haxen total an'n Arsch gemacht ha'm. Darum.

Sie hockten da. Keiner sprach. Bald war es dunkel. Der Alte auf der anderen Seite des Raumes hatte angefangen zu schnarchen. Sie hörten Geräusche aus dem fernen Städtchen. Hunde. Eine Mutter rief. Irgendwo in der namenlosen Nacht plärrte ein billiges Radio Ranchero-Musik mit fast qualvollen Falsettschreien.

In dieser Nacht träumte er von Pferden auf einem Feld in der Hochebene, wo der Frühlingsregen das Gras und die Wildblumen aus dem Boden gebracht hatte und blaue und gelbe Blumen das Blickfeld füllten. Im Traum befand er sich mitten unter den laufenden Pferden, und er konnte mit ihnen mithalten; sie jagten die jungen Stuten und Füllen über die Ebene, wo ihre kräftigen fuchs- und dunkelbraunen Farben in der Sonne leuchteten, wo die jungen Fohlen neben ihren Mutterstuten liefen und die Blumen zertrampelten, bis ein Dunst aus Blütenstaub wie Goldpuder im Sonnenlicht hing; und sie liefen, er und die Pferde, über die Mesas, wo der Boden von ihren trommelnden Hufen widerhallte; und sie kanterten, wechselten die Gangart und liefen, und ihre Mähnen und Schweife flogen wie Gischt; und sonst existierte nichts in dieser hochgelegenen Welt; und sie alle bewegten sich in einem Einklang, der sie wie eine Melodie miteinander verband; und es fürchtete sich weder Pferd noch Fohlen oder Stute; und sie liefen in jenem Einklang, der die Welt selbst ist und den man nicht aussprechen, einzig lobpreisen kann.

Morgens kamen zwei Wachen, öffneten die Tür, legten Rawlins Handschellen an und nahmen ihn mit. John Grady stand auf und fragte, wo sie ihn hinbringen würden, aber sie antworteten nicht. Rawlins schaute sich nicht mal um.

Der Capitán saß am Schreibtisch, trank Kaffee und las eine drei Tage alte Zeitung aus Monterrey. Er sah auf. Passaporte, sagte er.

Ich hab keinen Paß, sagte Rawlins.

Der Capitán musterte ihn. Er zog in gespielter Überraschung die Augenbrauen hoch. Hast keinen Paß, sagte er. Hast du Legitimation?

Rawlins langte mit den gefesselten Händen nach der linken Gesäßtasche. Er reichte bis an die Tasche heran, aber nicht hinein. Der Capitán nickte, und eine der Wachen trat vor, zog die Brieftasche heraus und reichte sie dem Capitán über den Schreibtisch. Der Capitán lehnte sich auf dem Stuhl zurück. Quita las eposas, sagte er.

Die Wache schwang den Schlüsselring nach vorn, packte Rawlins' Handgelenke, schloß die Handschellen auf, trat zurück und steckte sie ins Koppel. Rawlins rieb sich die Handgelenke. Der Capitán drehte das von Schweiß schwarz verfärbte Lederetui in der Hand. Er begutachtete es von beiden Seiten und blickte hoch zu Rawlins. Er klappte es auf, entnahm die Papiere, dann das Foto von Betty Ward, dann das amerikanische Geld und zuletzt die mexikanischen Pesoscheine, die als einziges unbeschädigt waren. Er breitete die Sachen auf dem Schreibtisch aus, lehnte sich zurück, verschränkte die Hände, tippte sich mit den Zeigefingern ans Kinn und sah Rawlins wieder an. Draußen hörte Rawlins eine Ziege. Er hörte Kinder. Der Capitán machte mit dem Finger eine kreisende Bewegung. Umdrehen, sagte er.

Rawlins drehte sich um.

Hosen runter.

Was?

Hosen runter.

Soll'n der Scheiß?

Der Capitán hatte offenbar noch eine Handbewegung gemacht, denn die Wache trat vor, zog aus der Gesäßtasche einen ledernen Totschläger und hieb ihn Rawlins über den Hinterkopf. Das Zimmer, in dem sich Rawlins befand, flammte weiß auf, seine Knie gaben nach, und er griff haltsuchend in die Luft.

Er lag mit dem Gesicht auf dem splittrigen Holzboden. Er erinnerte sich nicht, daß er hingefallen war. Der Boden roch nach Staub und Korn. Er rappelte sich auf. Sie warteten. Sie schienen nichts anderes zu tun zu haben.

Er kam auf die Füße und sah dem Capitán ins Gesicht. Ihm war kotzübel.

Du mußt ko-po-rieren, sagte der Capitán. Dann du kriegst keine Schwierigkeiten. Umdrehen. Hosen runter.

Er drehte sich um, löste die Gürtelschnalle, schob die Hosen bis zu den Knien hinunter und dann die billigen Baumwollunterhosen, die er in dem Laden in La Vega gekauft hatte.

Hemd hoch, sagte der Capitán.

Er lüpfte das Hemd.

Umdrehen, sagte der Capitán.

Er drehte sich um.

Anziehen.

Er ließ das Hemd sinken, zog rasch die Hosen hoch, knöpfte sie zu und zurrte den Gürtel fest.

Der Capitán hielt den Führerschein aus seiner Brieftasche in der Hand.

Geburtsdatum, sagte er.

Sechsundzwanzigster Neunter Neunzehnzwounddreißig.

Adresse?

Route Four, Knickerbocker, Texas. Vereinigte Staaten von Amerika.

Körpergröße.

Einsachtzig.

Gewicht.

Zweiundsiebzigeinhalb Kilo.

Der Capitán tippte auf den Führerschein auf dem Schreibtisch. Er sah Rawlins an.

Du hast gutes Gedächtnis. Wo ist diese Mann?

Welcher Mann?

Er hielt den Führerschein hoch. Diese Mann. Rawlins.

Rawlins schluckte. Er sah die Wache an und dann wieder den Capitán. Ich bin Rawlins, sagte er.

Der Capitán lächelte traurig. Er schüttelte den Kopf.

Rawlins stand da und ließ die Hände baumeln.

Wieso bin ich's nich?

Wieso ihr seid gekommen her? sagte der Capitán.

Wohin?

Hierher. In diese Land.
Wir sind hergekommen, um zu arbeiten. Somos vaqueros.
Englisch sprechen bitte. Ihr wollt kaufen Vieh?
Nein, Sir.
Nein. Ihr nicht habt Genehmigung, korrekt?
Wir sind einfach hergekommen, um zu arbeiten.
Auf La Purísima.
Irgendwo. Da ha'm wir halt zufällig Arbeit gefunden.
Wieviel sie euch bezahlen?
Wir ha'm zweihundert Pesos im Monat gekriegt.
In Texas man bezahlt für diese Arbeit wieviel?
Keine Ahnung. Hundert pro Monat.
Hundert Dollar.
Woll Sir.
Achthundert Pesos.
Woll Sir. So in etwa.
Der Capitán lächelte erneut.
Warum mußtet ihr weg von Texas?
Wir sind einfach so weg. Wir mußten nich.
Wie dein richtiger Name?
Lacey Rawlins.
Er fuhr sich mit dem Hemdärmel über die Stirn und bedauerte schon im selben Augenblick, es getan zu haben.
Blevins ist dein Bruder.
Nein. Wir ha'm nix mit ihm zu schaffen.
Wie viele Pferde ihr habt gestohlen?
Wir ha'm keine Pferde gestohlen.
Diese Pferde keine Marca haben.
Sie kommen aus den Vereinigten Staaten.
Ihr habt Factura für diese Pferde?
Nein. Wir sind von San Angelo in Texas hergeritten. Wir ha'm keine Papiere für sie. Das sind halt einfach unsre Pferde.
Wo ihr seid über Grenze?
Gleich hinter Langtry in Texas.
Wie viele Männer ihr habt umgebracht?

Ich hab noch nie wen umgebracht. Ich hab noch nie im Leben was gestohlen. Das iss die Wahrheit.

Wozu ihr habt Gewehre?

Um Wild zu schießen.

Wilde?

Wild. Jagen. Cazador.

Seid ihr auf einmal Jäger. Wo ist Rawlins?

Rawlins war den Tränen nahe. Er steht vor Ihnen, verdammt nochmal.

Wie ist richtige Name von Mörder Blevins?

Keine Ahnung.

Wie lange du kennst ihn?

Ich kenn ihn nich. Ich weiß nix über ihn.

Der Capitán schob den Stuhl zurück und stand auf. Er zog den Saum der Uniformjacke nach unten, um die Falten zu glätten, dann sah er Rawlins an. Du sehr dumm, sagte er. Warum du machen dir diese Probleme?

Hinter der Tür ließen sie Rawlins einfach los, und er glitt auf den Boden, hockte einen Moment lang da, beugte sich dann langsam vor, legte sich auf die Seite und schlang die Arme um sich. Die Wache winkte mit gekrümmtem Zeigefinger John Grady, der dasaß und im jähen Licht zu ihnen hochblinzelte. Er stand auf. Er blickte hinunter zu Rawlins.

Ihr Scheißkerle, sagte er.

Erzähl ihnen einfach, was sie hören wollen, Alter, flüsterte Rawlins. Iss eh wurscht.

Vámonos, sagte die Wache.

Was hast du ihnen erzählt?

Daß wir Pferdediebe und Mörder sind. Das wirste ihnen auch erzählen.

Aber inzwischen war die Wache nach vorn gekommen, hatte ihn am Arm gepackt und zur Tür hinaus gestoßen. Die andere Wache schlug die Tür zu und drückte den Bügel wieder ins Vorhängeschloß.

Als sie das Büro betraten, saß der Capitán in unveränderter Haltung am Schreibtisch. Seine Haare waren frisch angeklatscht. John Grady stand vor ihm. Außer dem Schreibtisch und dem Stuhl, auf dem der Capitán saß, standen an der gegenüberliegenden Wand noch drei Metallklappstühle. Sie wirkten unangenehm leer. Als seien Leute aufgestanden und weggegangen. Als würden Leute, die man eigentlich erwartet hatte, nicht kommen. Über den Stühlen war ein alter Kalender einer Saatgutfirma aus Monterrey an die Wand genagelt, und in der Ecke befand sich ein Ständer mit einem leeren Vogelbauer aus Draht, wie eine barocke Hängelampe.

Auf dem Schreibtisch des Capitán stand eine gläserne Petroleumlampe mit rauchgeschwärztem Zylinder. Ein Aschenbecher. Ein mit einem Messer gespitzter Bleistift. Las esposas, sagte er.

Die Wache trat vor und schloß die Handschellen auf. Der Capitán sah aus dem Fenster. Er hatte den Bleistift vom Schreibtisch genommen und klopfte sich damit gegen die untere Zahnreihe. Er drehte sich um, tippte mit dem Bleistift auf die Schreibtischplatte und legte ihn weg. Wie jemand, der eine Versammlung zur Ordnung ruft.

Dein Freund hat uns erzählt alles, sagte er.

Er blickte hoch.

Am besten für dich, wenn du gleich sagst alles. So du bekommst keine Probleme.

Sie hatten kein Recht, den Jungen so zusammenzuschlagen, sagte John Grady. Wir wissen nichts über Blevins. Er wollte halt mit uns reiten, sonst nichts. Wir wissen nichts über das Pferd. Das Pferd iss ihm bei 'nem Gewitter abgehauen und hier aufgetaucht, und da fing der Ärger an. Wir haben nichts damit zu tun. Wir haben für Señor Rocha drei Monate unten auf La Purísima gearbeitet. Sie sind dort aufgetaucht und haben ihm einen Haufen Lügen erzählt. Lacey Rawlins ist ein grundanständiger Junge vom Land.

Er ist der Verbrecher Smith.

Er heißt nicht Smith, sondern Rawlins. Und er iss kein Verbrecher. Ich kenn ihn schon mein Leben lang. Wir sind zusammen aufgewachsen. Und zusammen zur Schule gegangen.

Der Capitán setzte sich wieder. Er knöpfte die Brusttasche seines

Hemds auf, schnippte von unten gegen den Boden der Zigarettenschachtel, fischte eine Zigarette heraus, ohne die Schachtel aus der Tasche zu ziehen, und knöpfte das Hemd wieder zu. Das Hemd war militärisch zugeschnitten und paßte knapp, und die Zigaretten paßten knapp in die Tasche. Er beugte sich vor, zog ein Feuerzeug aus der Uniformjacke, zündete sich die Zigarette an, legte das Feuerzeug neben den Bleistift auf den Schreibtisch, zog mit einem Finger den Aschenbecher zu sich heran und lehnte sich auf dem Stuhl zurück. Er hielt den Arm senkrecht; die brennende Zigarette schwebte nur Zentimeter neben seinem Ohr. Es war eine Pose, die fremd an ihm wirkte. Als hätte er sie vielleicht einmal an anderen bewundert.

Wie alt? sagte er.

Sechzehn. In sechs Wochen werd ich siebzehn.

Wie alt ist der Mörder Blevins?

Keine Ahnung. Ich weiß nichts über ihn. Er behauptet, er wär sechzehn. Vierzehn kommt wohl eher hin. Eher noch dreizehn.

Er keinen Busch hat.

Was?

Er keinen Busch hat.

Da weiß ich nichts von. Das interessiert mich nich.

Das Gesicht des Capitán verdüsterte sich. Er paffte an der Zigarette. Dann legte er die Hand mit dem Handteller nach oben auf den Tisch und schnippte mit den Fingern.

Deme su billetera.

John Grady zog die Brieftasche aus der Gesäßtasche, trat vor, legte sie auf den Schreibtisch und trat wieder zurück. Der Capitán sah ihn an. Er beugte sich vor, nahm die Brieftasche, lehnte sich zurück, klappte sie auf und entnahm das Geld, die Papiere. Die Fotos. Er breitete alles aus und blickte auf.

Wo dein Führerschein?

Hab keinen.

Du ihn vernichtet.

Ich hab keinen. Ich hab noch nie einen gehabt.

Der Mörder Blevins hat keine Papiere.

Er hat seine Klamotten verloren.

Er verloren seine Klamotten?

Ja.

Warum er kommt her, zu stehlen Pferde?

Es war sein Pferd.

Der Capitán lehnte sich rauchend zurück.

Das Pferd nicht sein Pferd.

Bitte, wenn Sie bei dem Blödsinn bleiben wollen.

Cómo?

Soviel ich weiß, iss das Pferd sein Pferd. Er hatte's schon in Texas, und ich weiß, daß er's mit nach Mexiko gebracht hat, weil ich gesehen hab, wie er damit übern Fluß iss.

Der Capitán trommelte im Sitzen mit den Fingern auf die Stuhllehne. Ich dir nicht glauben, sagte er.

John Grady gab keine Antwort.

Das nicht Tatsachen.

Er drehte sich auf dem Stuhl und sah aus dem Fenster.

Nicht Tatsachen, sagte er. Er wandte sich um und blickte den Gefangenen über die Schulter an.

Du hast Gelegenheit, die Wahrheit zu sagen hier. Hier. In drei Tagen du gehst nach Saltillo, und dann du nicht hast diese Gelegenheit. Ist dann vorbei. Dann die Wahrheit liegt in anderen Händen. Du verstehst. Wir können die Wahrheit machen hier. Oder wir können Wahrheit verlieren. Aber wenn du gehst weg von hier, dann ist zu spät. Zu spät für Wahrheit. Dann du wirst sein in Händen von anderen Leuten. Wer kann sagen, was dann Wahrheit sein wird? Zu der Zeit? Dann du wirst bedauern. Du wirst sehen.

Es gibt bloß eine Wahrheit, sagte John Grady. Und die Wahrheit ist das, was passiert ist. Und nicht, was irgendwer erzählt.

Dir gefällt diese kleine Stadt? sagte der Capitán.

Iss ganz in Ordnung.

Es ist sehr ruhig hier.

Ja.

Die Leute in diese kleine Stadt sind ruhige Leute. Hier alle immer sind ruhig.

Er beugte sich vor und drückte die Zigarette im Aschenbecher aus.

Dann kommen Mörder Blevins Pferde stehlen und alles umbringen. Wie kann das sein? Er war ruhiger Junge und hat nie angerichtet Schaden, und dann er kommt hierher und macht all diese Sachen einfach so?

Er lehnte sich zurück und schüttelte wieder traurig den Kopf.

Nein, sagte er. Er drohte mit dem Finger. Nein.

Er musterte John Grady.

Wahrheit ist das: Er nicht ruhiger Junge. Er war ganze Zeit diese andere Art Junge. Ganze Zeit.

Als die Wachen John Grady zurückbrachten, nahmen sie Blevins mit. Er konnte laufen, aber nicht besonders gut. Als das Vorhängeschloß zugeklickt und klappernd ausgependelt war, hockte sich John Grady vor Rawlins hin.

Wie fühlst du dich? sagte er.

Okay. Und wie geht's dir?

Mir fehlt nichts.

Was war los?

Nichts.

Was haste ihm erzählt?

Daß du den Arsch offen hast.

Im Duschraum warense nich mit dir?

Nein.

Warst lange weg.

Jau.

Er hat da drin an'nem Haken so'n weißen Kittel hängen. Den holt er runter, zieht'n an und bindet'n sich mit'ner Schnur um'm Bauch.

John Grady nickte. Er sah den Alten an. Der Alte beobachtete sie, obwohl er kein Englisch sprach.

Blevins iss krank.

Jau, weiß ich. Ich glaub, für uns geht's nach Saltillo.

Und was iss da, in Saltillo?

Keine Ahnung.

Rawlins rutschte an der Wand entlang. Er schloß die Augen.
Alles okay?
Jau, alles okay.
Ich glaub, der will mit uns so'ne Art Abmachung treffen.
Der Capitán?
Capitán. Was weiß ich, was der ist.
Was für'ne Abmachung?
Daß wir's Maul halten. Das ist die Abmachung.
Bleibt uns ja nix andres übrig. Worüber solln wir's Maul halten?
Über Blevins.
Worüber sollen wir über Blevins 's Maul halten?
John Grady blickte auf das kleine Lichtrechteck in der Tür und dann auf dessen verzerrtes Widerbild an der Wand über dem Kopf des Alten. Er sah Rawlins an.
Ich glaub, sie wollen ihn umbringen. Ich glaub, sie wollen Blevins umbringen.
Rawlins blieb lange reglos sitzen. Sein abgewandter Kopf lehnte an der Wand. Als er John Grady wieder ansah, hatte er feuchte Augen.
Vielleicht tunse's auch nich, sagte er.
Doch, ich glaub schon.
So'ne Scheiße, sagte Rawlins. So'ne verdammte Scheiße.
Als sie Blevins zurückbrachten, setzte er sich in die Ecke und sagte nichts. John Grady unterhielt sich mit dem Alten. Er hieß Orlando. Er wußte nicht, welches Verbrechen man ihm zur Last legte. Man hatte ihm gesagt, er könne gehen, wenn er die Papiere unterschreibe, aber er konnte nicht lesen, und vorlesen wollte sie ihm niemand. Er wußte nicht, wie lange er schon hier war. Seit irgendwann im Winter. Während sie sich unterhielten, kamen die Wachen noch einmal, und der Alte verstummte.
Sie riegelten die Tür auf, traten ein und stellten zwei Eimer und einen Stapel emaillierter Blechteller auf den Boden. Die eine Wache schaute in den Wassereimer, und die andere holte den Kloeimer aus der Ecke, dann gingen sie wieder hinaus. Ihre Handlungen wirkten mechanisch, wie die von Männern, die es gewöhnt sind, Vieh zu

versorgen. Als sie weg waren, hockten sich die Gefangenen um die Eimer, und John Grady verteilte die Teller. Es waren fünf Stück. Als würde noch ein Unbekannter erwartet. Besteck gab es nicht, und sie benutzten die Tortillas, um die Bohnen aus dem Eimer zu löffeln.

Blevins, sagte John Grady. Willst du was essen?

Hab kein' Hunger.

Wär aber schon besser, du würdst dir 'ne Portion holen.

Macht ihr mal nur alleine.

John Grady schaufelte Bohnen in einen der übrigen Teller, legte die zusammengeklappte Tortilla an den Rand, stand auf, brachte Blevins den Teller und kam zurück. Blevins saß mit dem Teller im Schoß da.

Nach einer Weile sagte er: Was habt'r denen von mir erzählt?

Rawlins hörte zu kauen auf und sah John Grady an. John Grady sah Blevins an.

Die Wahrheit.

Jau, sagte Blevins.

Glaubste etwa, das würd was ändern, wenn wir denen was anderes erzählt hätten?

Ihr habt ja nich mal versucht, mir zu helfen.

Rawlins sah John Grady an.

Hättet ruhig mal'n gutes Wort für mich einlegen könn', sagte Blevins.

'n gutes Wort, sagte Rawlins.

Hätt euch doch nix gekostet.

Halt verdammt nochmal die Schnauze, sagte Rawlins. Halt ganz einfach die Schnauze. Noch ein Wort, und ich komm rüber und tret dir in dein' Mickerarsch. Klar? Keinen Mucks mehr.

Laß ihn zufrieden, sagte John Grady.

Du blöder kleiner Affenarsch. Glaubste etwa, der Typ da drin weiß nich, was du für'ne Marke bist? Das wußte der schon, bevor er dich's erstemal gesehen hat. Bevor du überhaupt auf die Welt gekommen bist. Auf dich iss geschissen. Auf dich iss doch echt geschissen.

Er war den Tränen nahe. John Grady legte ihm die Hand auf die Schulter. Laß mal, Lacey, sagte er. Laß gut sein.

Am Nachmittag kamen die Wachen, brachten den Kloeimer und nahmen die Teller und Eimer mit.

Was meinste, wie geht's den Pferden?

John Grady schüttelte den Kopf.

Pferde, sagte der Alte. Caballos.

Sí. Caballos.

Sie saßen in der heißen Stille und lauschten den Geräuschen im Dorf. Pferde kamen auf der Straße vorbei. John Grady fragte den Alten, ob sie ihn mißhandelt hätten, aber der Alte winkte nur ab. Er sagte, sie würden ihn ziemlich in Ruhe lassen. Er sagte, sie hätten nicht viel davon. Das langweilige Stöhnen eines alten Mannes. Er sagte, für die Alten seien Schmerzen nichts Neues mehr.

Drei Tage später holte man sie aus der Zelle, und sie blinzelten im frühmorgendlichen Sonnenlicht, als sie über den Hof, durch das Schulhaus und auf die Straße geführt wurden. Dort parkte ein 1,5-Tonner-Pritschenwagen Marke Ford. Sie standen schmutzig und unrasiert auf der Straße und hielten ihre Decken im Arm. Nach einer Weile gab ihnen eine der Wachen Zeichen, auf den Laster zu klettern. Eine zweite Wache kam aus dem Gebäude, man legte ihnen wieder die abgewetzten Handschellen an, und dann wurden sie mit einer Abschleppkette aneinandergefesselt, die zusammengerollt im Ersatzreifen im vorderen Teil der Ladepritsche lag. Der Capitán kam heraus, wippte im Sonnenschein auf den Absätzen und trank einen Becher Kaffee. Er trug einen kaolinfarbenen Ledergürtel mit Pistolenhalfter, die 45er Automatik baumelte mit gespanntem Hahn und dem Kolben nach vorn zu seiner Linken. Er sprach mit den Wachen, die schwenkten die Arme, und ein Mann, der bei der vorderen Stoßstange des Lasters stand, tauchte aus dem Motorraum auf, gestikulierte und beugte sich dann wieder unter die Kühlerhaube.

Was hater gesagt? sagte Blevins.

Niemand antwortete. Auf dem vorderen Teil der Ladepritsche stapelten sich Bündel und Kisten neben einigen Armee-Benzinkanistern. Unablässig erschienen Leute aus dem Städtchen mit Paketen und gaben dem Fahrer Zettel, die er sich kommentarlos in die Hemdtasche steckte.

Da drüben stehn deine Mädels, sagte Rawlins.

Schon gesehn, sagte John Grady.

Sie standen dicht beisammen, das eine Mädchen klammerte sich an den Arm des anderen, beide weinten.

Soll'n der Scheiß? sagte Rawlins.

John Grady schüttelte den Kopf.

Die Mädchen sahen zu, wie der Laster beladen wurde und die Wachen mit an die Schulter gelehntem Gewehr dasaßen und rauchten, und eine Stunde später standen sie immer noch da, als der Laster schließlich ansprang, die Motorhaube zuklappte und der Laster mit den Gefangenen, die in ihren Fesseln leicht aneinanderruckelten, über die enge, unbefestigte Straße davonfuhr und in einer wallenden Wolke aus Staub und Auspuffgasen verschwand.

Mit auf der Ladepritsche bei den Gefangenen hockten drei Wachen, junge Burschen vom Land in schlechtsitzenden, ungebügelten Uniformen. Sie hatten offenbar Befehl, nicht mit den Gefangenen zu sprechen, denn sie mieden sorgsam deren Blick. Während sie auf der staubigen Straße durch das Städtchen fuhren, nickten sie oder hoben ernst die Hand, wenn unterwegs Bekannte im Türeingang standen. Der Capitán saß beim Fahrer im Führerhaus. Ein paar Hunde tauchten auf und jagten den Laster, der Fahrer riß das Lenkrad herum, um sie zu überfahren, die Wachen auf der Ladepritsche suchten hektisch Halt, und der Fahrer drehte sich um und sah sie durchs Rückfenster lachend an; da lachten sie alle und stießen einander in die Seite, und dann setzten sie sich wieder ernst mit ihren Gewehren hin.

Sie bogen in eine enge Straße und hielten vor einem leuchtendblau gestrichenen Haus. Der Capitán lehnte sich aus dem Führerhaus und hupte. Nach einer Weile öffnete sich die Tür, und ein Mann kam heraus. Er war ziemlich elegant gekleidet, wie ein Charro. Er lief um den Laster herum, der Capitán stieg aus, der Mann kletterte ins Führerhaus, der Capitán hinterher, er schloß die Tür, und es ging weiter.

Sie fuhren die Straße hinunter, am letzten Haus und an den letzten Korrals und Lehmkoben vorbei und überquerten eine seichte Furt, wo das träge Wasser wie Öl schillerte und hinter ihnen schon wieder glatt dalag, noch bevor der Rückfluß von den Reifen ganz zurückgetropft war. Der Laster mühte sich aus der Furt über den narbigen Fels der Straßenbettung, schaukelte dann in die Waagrechte zurück und begann im stumpfen Vormittagslicht die Fahrt durch die Wüste.

Die Gefangenen sahen den Staub unter dem Laster hochwallen, über der Straße hängen und langsam über die Wüste davonwehen. Sie wurden auf den rohen Eichenplanken der Ladepritsche kräftig durchgerüttelt und bemühten sich, auf ihren zusammenlegten Dekken sitzen zu bleiben. Bei der Straßengabelung bogen sie in den Weg ein, der sie nach Cuatro Ciénagas bringen würde und weiter nach Saltillo, vierhundert Kilometer südlich.

Blevins hatte seine Decke ausgebreitet und sich mit unter dem Kopf verschränkten Armen darauf ausgestreckt. Er lag da und starrte in den klaren blauen Wüstenhimmel, wo sich weder Wolke noch Vogel zeigte. Als er sprach, bebte seine Stimme, weil die Ladefläche ihm in den Rücken hämmerte.

Leute, sagte er, das wird'ne verdammt lange Reise.

Sie blickten zuerst ihn an und dann einander. Sie sagten nichts dazu.

Der Alte hat gemeint, 's würd den ganzen Tag dauern bis dahin, sagte Blevins. Hab ihn gefragt. Den ganzen Tag, hater gemeint.

Noch vor Mittag stießen sie auf die Hauptstraße, die vom grenznahen Boquillas herunterführte, und folgten ihr landeinwärts. Durch die Pueblos San Guillermo, San Miguel, Tanque el Revés. Die wenigen Fahrzeuge, die ihnen auf dem heißen, zerfurchten Weg begegneten, passierten sie in einem Sturm aus Staub und wirbelnden Steinen; die Passagiere auf der Pritsche wandten sich ab und vergruben das Gesicht in der Armbeuge. In Ocampo machten sie halt, luden ein paar Kisten mit landwirtschaftlichen Erzeugnissen und einen Teil der Post ab, dann fuhren sie weiter Richtung El Oso. Am frühen Nachmittag hielten sie bei einem kleinen Café am Straßenrand, die Wachen kletterten herunter und gingen mit ihren Gewehren hinein. Die Gefangenen saßen gefesselt auf der Ladepritsche. Auf dem öden Lehmhof unterbrachen ein paar Kinder ihr Spiel, um sie zu begaffen, und ein magerer weißer Köter, der nur auf diese Gelegenheit gewartet zu haben schien, streunte heran, pinkelte lange ans Hinterrad des Lasters und trottete wieder davon.

Die Wachen kamen lachend aus dem Café und drehten sich Zigaretten. Einer der Männer trug drei Flaschen Orangenlimonade, er reichte sie den Gefangenen hoch, blieb stehen und wartete auf die Flaschen, solange sie tranken. Als der Capitán in der Tür erschien, stiegen sie wieder auf den Laster. Die Wache, die inzwischen die Flaschen zurückgebracht hatte, kam heraus, danach der wie ein Charro gekleidete Mann, und schließlich der Fahrer. Als alle ihre Plätze eingenommen hatten, trat der Capitán aus dem Türschatten, überquerte den Kiesstreifen, kletterte ins Führerhaus, und dann fuhren sie weiter.

In Cuatro Ciénagas trafen sie auf die südwärts nach Torreón führende Teerstraße. Eine der Wachen stand auf, hielt sich an der Schulter eines Kameraden fest und drehte sich nach dem Straßenschild um. Der Mann setzte sich wieder, sie blickten die Gefangenen an, und dann saßen sie einfach nur da und schauten aufs Land, während der Laster beschleunigte. Eine Stunde später verließen sie die Straße, der Laster quälte sich über einen unbefestigten Weg durch hügelige Felder, ein großes und brachliegendes Baldíos, typisch für dieses Land, wo wachsfarbenes verwildertes Vieh aus den Arroyos steigt, um nächtens zu weiden wie Wesen von einem anderen Stern. Im Norden ballten sich sommerliche Gewitterwolken, und Blevins musterte den Horizont, verfolgte die dünnen Blitzadern und betrachtete den Staub, um die Windrichtung festzustellen. Sie durchquerten ein breites Kiesflußbett, weiß und dörr in der Sonne, erklommen eine Wiese, wo das reifenhohe Gras zischelnd unter dem Laster durchwischte, gelangten in ein Ebenholzwäldchen, verscheuchten ein nistendes Falkenpaar und hielten im Hof einer verlassenen Estancia, einem Karree aus Lehmgebäuden und den Überresten einiger Schafhürden.

Auf der Pritsche rührte sich niemand. Der Capitán öffnete die Tür und stieg aus. Vámonos, sagte er.

Sie kletterten mit ihren Gewehren vom Laster. Blevins schaute sich die zerfallenen Gebäude an.

Was iss'n hier? sagte er.

Eine der Wachen lehnte das Gewehr an den Laster, suchte den richtigen Schlüssel am Schlüsselring, langte hoch, schloß die Kette auf, warf die losen Enden auf die Ladepritsche, ergriff das Gewehr und bedeutete den Gefangenen, vom Wagen zu steigen. Der Capitán hatte einen seiner Männer auf Erkundung geschickt, und jetzt standen sie da und warteten auf dessen Rückkehr. Der Charro lehnte am vorderen Kotflügel des Lasters, er hatte einen Daumen hinter den verzierten Ledergürtel gehakt und rauchte eine Zigarette.

Was machen wir'n hier? sagte Blevins.

Keine Ahnung, sagte John Grady.

Der Fahrer war nicht ausgestiegen. Er lag zurückgesunken im Sitz, hatte den Hut über die Augen geschoben und schien zu schlafen.

Ich muß pissen, sagte Rawlins.

Sie gingen ein Stück durchs Gras; Blevins humpelte hinter ihnen her. Niemand beachtete sie. Der Mann kam zurück und erstattete dem Capitán Bericht. Der Capitán nahm ihm das Gewehr ab, reichte es dem Charro, und der Charro wog es in der Hand, als sei es eine Jagdflinte. Die Gefangenen trotteten zurück zum Laster. Blevins setzte sich ein wenig abseits, der Charro sah ihn an, nahm dann die Zigarette aus dem Mund, ließ sie ins Gras fallen und trat sie aus. Blevins erhob sich und ging zum Heck des Lasters, wo John Grady und Rawlins standen.

Was ha'm die jetz vor? sagte er.

Die unbewaffnete Wache kam zum Heck des Laster.

Vámonos, sagte der Mann.

Rawlins, der an der Wagenpritsche gelehnt hatte, stemmte sich hoch.

Sólo el chico, sagte die Wache. Vámonos.

Rawlins blickte John Grady an.

Was ha'm die jetz vor? sagte Blevins.

Nix ha'm sie vor, garnix, sagte Rawlins.

Er sah John Grady an. John Grady sagte überhaupt nichts. Die Wache faßte Blevins am Arm. Vámonos, sagte sie.

Moment mal, sagte Blevins.

Están esperando, sagte die Wache.

Blevins riß sich los und hockte sich auf die Erde. Das Gesicht des Bewachers verdüsterte sich. Er blickte zum Kühler des Lasters, wo der Capitán stand. Blevins hatte sich einen Stiefel vom Fuß gezerrt und griff hinein. Er zog die schweißnasse schwarze Brandsohle heraus, warf sie weg und griff wieder hinein. Der Bewacher bückte sich und packte seinen dünnen Arm. Er zog Blevins hoch. Blevins schlug wild um sich und versuchte, John Grady etwas zu geben.

Hier, zischte er.

John Grady sah ihn an. Was soll ich damit? sagte er.

Nimm schon, sagte Blevins.

Er drückte ihm ein Bündel schmutziger und zerknüllter Pesoscheine in die Hand. Die Wache riß ihn am Arm herum und stieß ihn vorwärts. Der Stiefel war zu Boden gefallen.

Halt, sagte Blevins. Ich muß mein'n Stiefel holn.

Aber die Wache schubste ihn am Laster vorbei, er humpelte davon, blickte sich einmal stumm und erschrocken um und ging dann mit dem Capitán und dem Charro über die Lichtung auf die Bäume zu. Der Capitán hatte einen Arm um den Jungen geschlungen oder legte ihm die Hand ins Kreuz. Wie ein freundlicher Berater. Der andere Mann ging mit dem Gewehr hinterher. Blevins verschwand, auf einem Stiefel humpelnd, zwischen den Ebenholzbäumen, genauso wie sie ihn vor langer Zeit nach dem Regen aus dem Arroyo hatten kommen sehen, in diesem unbekannten Land.

Rawlins blickte John Grady an. Sein Mund war wie ein Strich. John Grady sah Blevins' kleine, zerlumpte Gestalt hinkend mit ihren Bewachern zwischen den Bäumen verschwinden. Er war eigentlich viel zu schmächtig, als daß er den Zorn von Männern hätte auf sich ziehen können. Als daß man überhaupt irgendwelche Maßnahmen gegen ihn hätte ergreifen können.

Kein Wort, sagte Rawlins.

Okay.

Sag jetz bloß nix.

John Grady drehte sich um und sah ihn an. Er betrachtete die Wachen, und er betrachtete den Ort, an dem sie sich befanden, das fremde Land, den fremden Himmel.

Okay, sagte er.

Irgendwann war der Fahrer ausgestiegen und weggegangen, um die Gebäude zu inspizieren. Die anderen standen herum, die zwei Gefangenen, die drei Wachen in ihren zerknitterten Uniformen. Die unbewaffnete Wache hockte beim Reifen. Sie warteten lange. Rawlins beugte sich vor, legte die Fäuste auf die Pritsche, senkte die Stirn und schloß fest die Augen. Nach einer Weile richtete er sich wieder auf. Er sah John Grady an.

Die könn'n doch nich einfach mitnehmen und da draußen abknallen, sagte er. Verfluchte Scheiße. Einfach mitnehmen und da draußen abknallen.

John Grady sah ihn an. In dem Augenblick fiel jenseits der Ebenholzbäume der Pistolenschuß. Nicht sehr laut. Nur ein dumpfer, undeutlicher Knall. Dann noch einer.

Als sie wieder zwischen den Bäumen auftauchten, hielt der Capitán die Handschellen in der Hand. Vámonos, rief er.

In die Wachen kam Bewegung. Eine stellte sich auf die Radkappe der Hinterachse und griff über die Pritschenbretter nach der Kette. Der Fahrer verließ die Ruinen der Quinta.

Wir sind aus'm Schneider, flüsterte Rawlins, wir sind aus'm Schneider.

John Grady gab keine Antwort. Er wollte sich schon die Hutkrempe ins Gesicht ziehen, als ihm einfiel, daß sie ja keine Hüte mehr hatten, worauf er sich umdrehte, auf die Pritsche kletterte, sich setzte und darauf wartete, angekettet zu werden. Blevins' Stiefel lag noch immer im Gras. Eine der Wachen bückte sich, hob ihn auf und schleuderte ihn ins Unkraut.

Es war schon Abend, als sie über die Lichtung zurückfuhren, und die Sonne fiel lang ins Gras und über die seichten Senken, wo das

Land in dunklen Nestern versank. Kleine Vögel, die in der abendlich kühlen Weite nach Nahrung suchten, stoben und flitzten über die Grasspitzen davon; die Falken saßen wie Schemen vor dem Sonnenuntergang in der Spitze eines abgestorbenen Baumes und warteten darauf, daß sie vorüberfuhren.

Abends um zehn kamen sie in Saltillo an, die Leute promenierten, und die Cafés waren voll. Sie parkten auf dem Platz gegenüber der Kathedrale; der Capitán stieg aus und überquerte die Straße. Auf Bänken im gelben Laternenlicht saßen alte Männer und ließen sich die Schuhe putzen, und kleine Schilder verboten das Betreten der gepflegten Gartenanlagen. Straßenhändler verkauften geeiste Fruchtsäfte, und junge Mädchen mit gepuderten Gesichtern gingen paarweise Hand in Hand und spähten mit dunklen, unsteten Augen über die Schulter. John Grady und Rawlins saßen in ihre Decken gehüllt. Keiner beachtete sie. Nach einer Weile kam der Capitán zurück, stieg in den Laster, und es ging wieder weiter.

Sie fuhren durch die Straßen, hielten an winzigen, trübe erleuchteten Eingängen, Häuschen und Tiendas, bis fast alle Pakete auf der Ladefläche verteilt und ein paar neue aufgeladen waren. Als sie vor den wuchtigen Toren des alten Gefängnisses auf Castelar ausrollten, war es nach Mitternacht.

Sie wurden in einen steingefliesten Raum geführt, wo es nach Desinfektionsmittel roch. Die Wache nahm ihnen die Handschellen ab und ließ sie allein. Sie hockten sich hin und lehnten mit ihren Decken um die Schultern an der Wand wie Bettelmönche. Sie hockten lange dort. Als sich die Tür wieder öffnete, kam der Capitán herein und musterte sie im stumpfen, matten Schein der einzigen Glühbirne oben an der Decke. Er trug keine Pistole. Er reckte das Kinn, und die Wache, die ihnen geöffnet hatte, zog sich zurück und schloß hinter sich die Tür.

Der Capitán stand da und betrachtete sie mit verschränkten Armen, den Daumen unterm Kinn. Die Gefangenen sahen zu ihm hoch, sie sahen auf seine Füße, sie sahen weg. Lange stand er da und betrachtete sie. Alle schienen auf etwas zu warten. Wie Passagiere in einem haltenden Zug. Doch der Capitán lebte in einer anderen

Sphäre, und diese Sphäre hatte er selbst gewählt; sie lag außerhalb der normalen Welt der Menschen. Eine Sphäre, die Männern der unwiderruflichen Tat vorbehalten blieb und alle geringeren Welten umfaßte, doch keinen Zugang zu ihnen bot. Denn die Bedingungen seiner Wahl waren untrennbar mit dem Amt verbunden, und hatte man sich einmal für diese Welt entschieden, konnte man sie nicht mehr verlassen.

Er ging auf und ab. Blieb stehen. Dann sagte er, der Mann, den sie den Charro nannten, habe da draußen zwischen den Ebenholzbäumen hinter den Ruinen der Estancia die Nerven verloren, und er sei, wohlgemerkt, ein Mann, dessen Bruder von der Hand des Mörders Blevins gestorben sei, ein Mann, der Geld dafür bezahlt habe, gewisse Arrangements zu treffen, die er selbst, der Capitán, mühevoll eingefädelt habe.

Diese Mann kommt zu mir. Ich nicht gehe zu ihm. Er kommt zu mir. Spricht von Gerechtigkeit. Spricht von Ehre seiner Familie. Ihr glaubt, daß Menschen wollen diese Sachen wirklich? Ich nicht glaube, daß viele Menschen wollen diese Sachen.

Selbst dann ich überrascht. Ich überrascht. Bei uns gibt es nicht Tod für Verbrecher. Also man muß anders arrangieren. Ich sagen das, weil werdet ihr selber euch arrangieren.

John Grady blickte auf.

Ihr nicht erste Amerikaner hier, sagte der Capitán. An diese Ort. Ich habe Freunde an diese Ort, und werdet ihr arrangieren euch mit diese Leute. Ich nicht will, daß ihr macht Fehler.

Wir haben kein Geld, sagte John Grady. Wir haben nicht vor, uns irgendwie zu arrangieren.

Entschuldigung, aber werdet ihr euch arrangieren. Ihr nicht wissen.

Was iss mit unsren Pferden?

Wir jetzt nicht reden über Pferde. Diese Pferde müssen warten. Die rechtmäßigen Besitzer müssen gefunden werden von diese Pferde.

Rawlins warf John Grady einen düsteren Blick zu. Halt bloß die Klappe, sagte er.

Er kann reden, sagte der Capitán. Ist besser, wenn jeder ist verstanden. Ihr könnt nicht bleiben hier. An diese Ort. Ihr hierbleiben, ihr sterben. Dann andere Probleme kommen. Sind weg Papiere. Kann man nicht finden Leute. Manche Leute kommen hier zu suchen jemand, ist aber nicht hier. Niemand kann finden diese Papiere. Etwa so. Ihr versteht. Keiner will haben diese Probleme. Wer kann sagen, daß jemand war hier? Wir nicht haben diese Jemand. Eine Person, die wo ist verrückt, die kann sagen, Gott ist hier. Aber weiß jeder, daß Gott ist nicht hier.

Der Capitán streckte die Hand aus und klopfte an die Tür.

Sie hätten ihn nicht umbringen brauchen, sagte John Grady.

Cómo?

Sie hätten ihn einfach zurückbringen können. Sie hätten ihn einfach zum Laster zurückbringen können. Sie hätten ihn nicht umbringen brauchen.

Draußen rasselte ein Schlüsselring. Die Tür ging auf. Der Capitán wehrte mit erhobener Hand einer unsichtbaren Gestalt im Halbdunkel des Korridors.

Momento, sagte er.

Er drehte sich um und musterte sie.

Ich euch erzählen Geschichte, sagte er. Weil ich euch mag. Ich war junger Mann wie ihr. Ihr versteht. Und in diese Zeit war ich immer mit diese ältere Jungen, weil ich wollte lernen alles. So in diese Nacht bei Fiesta von San Pedro in der Stadt Linares in Nuevo León ich war mit diese Jungen, und sie haben dabei etwas Mescal und so – wißt ihr, was ist Mescal? – und da war diese Frau, und alle diese Jungen gehen hin zu diese Frau und haben sie diese Frau. Und ich bin letzter. Und ich gehen zu diese Ort, wo ist diese Frau und sie verweigert mich, weil sie sagt, bin ich zu jung oder so.

Was macht ein Mann? Ihr versteht. Zurückgehen ich kann nicht, weil sie alle werden sehen, daß ich nicht gehabt diese Frau. Weil Wahrheit ist immer klar. Ihr versteht. Ein Mann kann nicht weggehen etwas zu tun und dann er gehen zurück. Warum er gehen zurück? Weil er geändert hat seine Meinung? Ein Mann ändert nicht seine Meinung.

Der Capitán ballte die Hand zur Faust und streckte sie hoch.

Vielleicht sie haben ihr gesagt, daß sie soll mich verweigern. Damit sie lachen können. Sie ihr geben Geld oder so. Aber lasse ich mir nicht Probleme machen von Huren. Als ich zurückkomme, niemand lachen. Niemand lachen. Ihr versteht. So ich habe immer gemacht in diese Welt. Ich, wenn ich gehen irgendwohin, dann dort niemand lachen. Wenn ich gehen dorthin, dann sie hören auf zu lachen.

Man führte sie vier Steintreppen hinauf und durch eine Stahltür hinaus auf einen Eisensteg. Die Wache lächelte ihnen im Licht der Glühbirne über der Tür zu. Dahinter lag der Nachthimmel der Hochwüste. Unter ihnen der Gefängnishof.

Se llama la periquera, sagte der Mann.

Sie folgten ihm über die Laufplanke. In den dunklen Gitterzellen, die sie passierten, schien ein grüblerisches, boshaftes Leben zu schlummern. Hier und da längs der Laufplankenreihen auf der anderen Seite des viereckigen Innenhofs modellierte ein mattes Licht die Gitter der Zellen, wo nachts vor irgendeinem Santo Votivkerzen brannten. Die Glocke im Turm der Kathedrale schlug einmal an, volltönend und mit orientalischer Feierlichkeit.

Man sperrte sie in eine Zelle in der obersten Ecke des Gefängnisses. Die Eisengittertür fiel krachend zu, der Riegel rasselte ins Schloß, sie hörten die Wache über die Laufplanke zurückgehen, die Eisentür zuschlagen, und dann war alles still.

Sie schliefen in an die Wand geketteten Eisenkojen auf dünnen Trocheros oder Matratzenpolstern, die schmierig waren, widerwärtig und voller Ungeziefer. Am Morgen kletterten sie die vier Stahlleitern hinunter in den Hof und stellten sich zwischen die anderen Gefangenen zur morgendlichen Lista. Obwohl diese nach Gangreihen vorgenommen wurde, dauerte es über eine Stunde, und ihre Namen wurden nicht aufgerufen.

Uns gibt's hier wohl nich, sagte Rawlins.

Das Frühstück bestand nur aus einer wäßrigen Pozole, dann wurden sie auf den Hof geschickt und mußten sehen, wie sie zurechtkamen. Sie prügelten sich durch den ganzen ersten Tag, und als man sie abends endlich in ihre Zelle sperrte, waren sie blutverschmiert und erschöpft. Rawlins' Nase war gebrochen und stark geschwollen. Das Gefängnis war nichts anderes als ein kleines, von Mauern umgebenes Dorf. Ständig wurde ein schwunghafter Tauschhandel mit allem möglichen betrieben, von Radios über Decken bis hin zu Streichhölzern, Knöpfen und Schuhnägeln, und im Zuge dieser Tauschgeschäfte tobte ein ständiger Kampf um Rang und Ansehen. Wie die Kapitalkraft den Industriegesellschaften lag alldem ein Unterbau von Niedertracht und Gewalt zugrunde, eine egalitär-absolute Ordnung, in der jeder nur nach einem einzigen Kriterium beurteilt wurde: seiner Bereitschaft zu töten.

Sie schliefen, und am nächsten Morgen ging alles von vorne los. Sie kämpften Rücken an Rücken, halfen einander auf die Beine und kämpften weiter. Mittags konnte Rawlins nicht mehr kauen. Die schlagen uns tot, sagte er.

John Grady zermanschte Bohnen und Wasser in einer Konservenbüchse, bis eine Pampe daraus geworden war. Er reichte Rawlins die Büchse.

Jetzt paß mal gut auf, sagte er. Die sollen ja nicht glauben, sie müßten's nicht tun. Kapiert? Ich will, daß sie mich totschlagen. Drunter mach ich's nicht. Sie schlagen uns tot, oder sie lassen uns in Ruhe. Dazwischen gibt's nichts.

Mir tun alle Knochen weh.

Ich weiß. Ich weiß, und ich scheiß drauf.

Rawlins nuckelte an der Pampe. Er linste John Grady über den Dosenrand hinweg an. Mannometer, du siehst aus wie'n Waschbär, sagte er.

John Grady grinste schief. Was glaubst du, wie *du* aussiehst?

Weiß der Geier.

Wärst froh, du sähst so gut aus wie'n Waschbär.

Ich kannich lachen. Ich glaub, mein Kiefer iss futsch.

Dir fehlt schon nichts.

Scheiße, sagte Rawlins.

John Grady grinste. Siehst du den Kleiderschrank, der da drüben zu uns rüberglotzt?

Klar seh ich das Arschloch.

Siehst du, wie der hier rüberpeilt?
Ja doch.
Rat mal, was ich jetzt mache.
Keinen Schimmer.
Ich steh jetzt auf, marschier rüber und hau ihm aufs Maul.
Den Teufel tust du.
Paß gut auf.
Und wieso jetz?
Daß er sich den Weg spart.

Am Ende des dritten Tages schienen sie das Schlimmste überstanden zu haben. Sie waren beide halbnackt, und John Grady konnte nur auf einem Auge sehen. Ein mit Kieseln gefüllter Strumpf hatte ihm zwei Zähne im Unterkiefer ausgeschlagen; das linke Auge war völlig zugeschwollen. Der vierte Tag war ein Sonntag. Sie kauften sich von Blevins' Geld Kleider und ein Stück Seife, duschten, erstanden eine Dose Tomatensuppe, erhitzten sie in der Büchse über einem Kerzenstummel, wickelten zum Anfassen den Ärmel von Rawlins' altem Hemd darum und aßen abwechselnd, während die Sonne über der hohen Westmauer des Gefängnisses unterging.

Weißte was, wir könnten's schaffen, sagte Rawlins.

Mach dir bloß nix vor. Morgen iss auch noch'n Tag.

Wieviel Knete man wohl braucht, um hier rauszukomm'?

Keine Ahnung. Ich glaub, 'ne Menge.

Glaub ich auch.

Die Kumpels vom Capitán haben sich noch gar nich bei uns gemeldet. Die warten wohl erst ab, ob überhaupt was zum Freikaufen übrigbleibt.

Er hielt Rawlins die Dose hin.

Mach leer, sagte Rawlins.

Jetz nimm schon. Iss eh bloß noch'n Schluck.

Rawlins nahm die Dose, leerte sie, goß etwas Wasser hinein, schwenkte es herum, trank aus und starrte in die leere Büchse.

Wenn die denken, wir sind reich, wieso sorgense dann nich besser für uns? sagte er.

Keine Ahnung. Ich weiß nur, daß die den Laden hier nicht schmeißen. Die sind bloß zuständig für das, was hier rein- oder rauskommt.

Wenn überhaupt, sagte Rawlins.

Oben auf den Mauern flammten die Scheinwerfer auf. Gestalten, die sich im Hof bewegt hatten, erstarrten und bewegten sich dann weiter.

Die Sirene geht gleich los.

'n paar Minuten haben wir noch.

Hätt nie gedacht, daßes so'n Ort wie den hier gibt.

Vermutlich gibt's alle möglichen.

Rawlins nickte. Auf den hier wär ich aber nie gekommen, sagte er.

Irgendwo draußen in der Wüste regnete es. Sie rochen das feuchte Kreosot im Wind. In einer aus Hohlziegeln in in eine Mauerecke des Gefängnisses gebauten Behelfsunterkunft ging das Licht an. Dort lebte ein vermögender Gefangener wie ein exilierter Satrap mit eigenem Koch und Leibwache. Hinter der Fliegendrahttür schritt eine Gestalt auf und ab. An einer Wäscheleine auf dem Dach schaukelten die Kleider des Gefangenen sanft im Abendwind wie Staatsflaggen. Rawlins nickte in Richtung des Lichts.

Haste den schon mal gesehn?

Jau. Einmal. Er iss mal abends in der Tür gestanden und hat 'ne Zigarre geraucht.

Haste schon was von dem Kauderwelsch hier aufgeschnappt?

'n bißchen.

Was iss dann'ne Pucha?

'ne Kippe.

Und Tecolata?

Dasselbe.

Wieviel Namen ha'm die denn hier für'ne Kippe, verdammt?

Keine Ahnung. Weißt du, was ein Papazote ist?

Nee, was denn?

Ein hohes Tier.

So nennen die also den feinen Pinkel, der da drüben wohnt?

Jau.
Und wir sind'n paar Gabachos.
Bolillos.
Pendejos.
'n Pendejo kann jeder sein, sagte John Grady. Das heißt bloß Arschloch.
So? Na, dann sind wir zwei hier aber die größten.
Einverstanden.
Sie blieben sitzen.
Woran denkste? sagte Rawlins.
Ich überleg mir grade, wie schmerzhaft das Aufstehen wohl wird.
Rawlins nickte. Im grellen Licht der Scheinwerfer sahen sie den Gefangenen zu.
Alles wegen so'm gottverfluchten Gaul, sagte Rawlins.
John Grady beugte sich vor, spuckte zwischen seine Stiefel und lehnte sich wieder zurück. Das Pferd kann nix dafür.
In dieser Nacht lagen sie in ihrer Zelle auf den Eisengestellen wie Ministranten und lauschten der Stille und einem rasselnden Schnarchen irgendwo im Block, entferntem Hundegebell und wieder der Stille und ihrem Atem in der Stille, in der sie beide noch wach lagen.
Wir halten uns für'n paar knallharte Cowboys, sagte Rawlins.
Jau. Vielleicht.
Dabei könn' die uns jeden Moment abmurksen.
Jau. Weiß ich.
Zwei Tage später schickte der Papazote nach ihnen. Ein hochgewachsener, dünner Mann kam abends über den Innenhof zu ihrem Platz. Er bückte sich, bat sie mitzukommen, straffte sich wieder und ging weg. Er blickte nicht mal zurück, um zu sehen, ob sie aufstanden und ihm folgten.
Und jetz? sagte Rawlins.
John Grady erhob sich steif und klopfte sich mit der Hand den Staub vom Hosenboden.
Schwing deinen Arsch hoch, sagte er.
Der Mann hieß Pérez. Sein Haus bestand aus einem einzigen Raum, in dessen Mitte ein blecherner Klapptisch und vier Stühle

standen. An der Wand befand sich ein kleines Eisenbett und in einer Ecke ein Schrank sowie ein Regal mit etwas Geschirr und einem dreiflammigen Gaskocher. Pérez stand an dem kleinen Fenster und schaute hinaus auf den Hof. Als er sich umdrehte, machte er mit zwei Fingern eine vage Geste, und der Mann, der John Grady und Rawlins holen gekommen war, ging wieder hinaus und schloß die Tür.

Ich heiße Emilio Pérez, sagte er. Bitte. Setzt euch.

Sie zogen die Stühle unterm Tisch hervor und setzten sich. Der Boden des Raumes bestand aus Brettern, die nirgendwo festgenagelt waren. Auch die einzelnen Mauersteine waren nicht mit Mörtel verbunden, die ungeschälten Dachstangen lagen lose auf der obersten Schicht, und die Dachbleche waren entlang der Kanten mit Hohlziegeln beschwert. Ein Handvoll Männer hätten die Konstruktion in einer halben Stunde zerlegen und aufschichten können. Trotzdem gab es elektrisches Licht und ein gasbetriebenes Heizgerät. Einen Teppich. Und an die Wand gepinnte Bilder aus einem Kalender.

Ihr seid junge Burschen, sagte er. Ihr kämpft gerne, ja?

Rawlins wollte etwas sagen, aber John Grady fuhr dazwischen. Jau, sagte er. Da haben wir richtig Spaß dran.

Pérez lächelte. Er war um die Vierzig, mit angegrautem Haar und Schnurrbart, geschmeidig und gepflegt. Er zog den dritten Stuhl unter dem Tisch hervor, schwang gewollt lässig das Bein über die Lehne, setzte sich und stützte die Ellbogen auf den Tisch. Der Tisch war mit einem Pinsel grün gestrichen worden, und durch die Farbe schimmerte bruchstückhaft das Signet einer Brauerei. Er faltete die Hände.

Dies ewige Kämpfen, sagte er. Wie lange seid ihr schon hier?

Ungefähr'ne Woche.

Wie lange wollt ihr bleiben?

Wir wollten erst garnich herkommen, sagte Rawlins. Ich glaub nich, daß es groß'ne Rolle spielt, was wir wollen.

Pérez lächelte. Die Amerikaner bleiben nicht so lange bei uns, sagte er. Manchmal sie kommen her für ein paar Monate. Zwei oder drei. Dann gehen sie. Das Leben hier ist nicht so gut für die Amerikaner. Es gefällt ihnen nicht sehr.

Können Sie uns hier rausbringen?

Pérez löste achselzuckend die verschränkten Hände. Ja, sagte er. Das kann ich, natürlich.

Warum bringen Sie sich dann nich selber raus? sagte Rawlins.

Der Mann lehnte sich lächelnd zurück. Die Geste, mit der er plötzlich die Hände von sich schleuderte wie ein Paar freigelassene Vögel, paßte schlecht zu seinem im übrigen beherrschten Verhalten. Vielleicht hielt er sie für eine amerikanische Geste, die sie verstehen würden.

Ich habe politische Feinde. Was sonst? Ich will offen sein zu euch. Ich lebe hier nicht so sehr gut. Ich muß haben Geld für meine eigenen Arrangements, und das ist eine sehr kostspielige Sache. Sehr kostspielig.

Sie bohren an der falschen Stelle, sagte John Grady. Wir haben kein Geld.

Pérez betrachtete sie ernst.

Wenn ihr kein Geld habt, wie wollt ihr dann freikommen?

Sagen Sie's uns.

Aber da ist nichts zu sagen. Ohne Geld könnt ihr nichts machen.

Dann werden wir wohl hierbleiben müssen.

Pérez musterte sie. Er beugte sich vor und faltete wieder die Hände. Er schien nach der richtigen Formulierung zu suchen.

Das ist eine ernste Angelegenheit, sagte er. Ihr begreift das Leben hier nicht. Ihr denkt, dieser Kampf geht um diese Sachen da. Um ein paar Schnürsenkel oder ein paar Zigaretten oder so. Der Lucha. Das ist naive Ansicht. Ihr wißt, was ist naiv? Eine naive Ansicht. Wahre Fakten sind immer anders. Ihr könnt nicht bleiben an diesem Ort und unabhängige Leute sein. Ihr wißt nicht, wie die Situation ist hier. Ihr sprecht die Sprache nicht.

Er schon, sagte Rawlins.

Pérez schüttelte den Kopf. Nein, sagte er. Ihr sprecht sie nicht. Vielleicht nach einem Jahr hier ihr könntet sie verstehen. Aber ihr habt kein Jahr. Wenn ihr kein Vertrauen zu mir habt, ich kann euch nicht helfen. Versteht ihr? Ich kann euch nicht anbieten meine Hilfe.

John Grady sah Rawlins an. Bist du soweit, Alter?

Jau. Bin ich.

Sie schoben die Stühle zurück und standen auf.

Pérez sah zu ihnen hoch. Setzt euch bitte, sagte er.

Lohnt sich nicht, daß wir uns setzen.

Er trommelte mit den Fingern auf dem Tisch. Ihr seid sehr dumm, sagte er. Sehr dumm.

John Grady stand schon an der Tür. Er drehte sich um und sah Pérez an. Mit verunstaltetem Gesicht, herausgewölbtem Kiefer, das eine Auge noch immer zugeschwollen und blau wie eine Pflaume.

Warum sagen Sie uns nich, was da draußen auf uns wartet? Sie reden doch dauernd davon, daß man Vertrauen haben muß. Wenn wir's nicht wissen, warum erzählen Sie's uns dann nicht?

Pérez war am Tisch sitzen geblieben. Er lehnte sich zurück und schaute sie an.

Ich kann es euch nicht erzählen, sagte er. Das ist die Wahrheit. Ich kann gewisse Dinge sagen über die, die kommen unter meinen Schutz. Aber die anderen?

Er machte mit dem Handrücken eine kleine wegwerfende Geste.

Die anderen sind einfach draußen. Sie leben in einer Welt der Möglichkeit, die kein Ende hat. Vielleicht kann Gott sagen, was aus ihnen wird. Ich kann es nicht.

Als Rawlins am nächsten Morgen den Hof überquerte, wurde er von einem Mann mit einem Messer angegriffen. Er hatte den Mann vorher noch nie gesehen, und das Messer war keine selbstgemachte Trucha, nicht mühsam aus einem Löffel zurechtgeschliffen, sondern ein italienisches Springmesser mit schwarzem Horngriff und vernickelten Endplatten, und er hielt es in Hüfthöhe und zog es Rawlins dreimal übers Hemd, und Rawlins sprang dreimal mit hochgezogenen Schultern und weitausgebreiteten Armen zurück wie jemand, der seine eigene Abschlachtung schiedsrichtert. Beim dritten Ausfall drehte er sich um und rannte. Dabei hielt er sich mit der Hand den Bauch, und sein Hemd war feucht und klebrig.

Als John Grady zu ihm kam, saß er mit dem Rücken an der Mauer, hielt die Arme über dem Bauch verschränkt und wiegte sich vor und zurück, als sei ihm kalt. John Grady kniete nieder und versuchte ihm die Arme wegzuziehen.

Laß doch mal sehn, verdammt.

So eine elende Drecksau. So eine elende Drecksau.

Laß doch mal sehn.

Rawlins lehnte sich zurück. O Scheiße, sagte er.

John Grady hob das blutdurchtränkte Hemd.

Halb so schlimm, sagte er. Halb so schlimm.

Er wölbte die Hand und strich Rawlins über den Bauch, um das Blut wegzuwischen. Der unterste Schnitt war der tiefste, er hatte die Bauchdecke durchtrennt, aber die Magenwand nicht perforiert. Rawlins schaute auf die Schnittwunden. Sieht nich gut aus, sagte er. So eine elende Drecksau.

Kannst du laufen?

Jau.

Na dann los.

O Scheiße, sagte Rawlins. So eine elende Drecksau.

Na los, Alter. Du kannst hier nicht hocken bleiben.

Er half Rawlins auf die Beine.

Komm, sagte er. Ich halt dich.

Sie gingen über den Innenhof zum Torhäuschen. Der Wachposten blickte aus der Ausfallpforte. Er warf einen Blick auf John Grady und einen Blick auf Rawlins. Dann öffnete er das Tor, und John Grady übergab Rawlins in die Hände seiner Peiniger.

Sie setzten ihn auf einen Stuhl und schickten nach dem Alcaide. Blut tropfte langsam auf den Steinboden unter ihm. Er hielt sich mit beiden Händen den Bauch. Nach einer Weile reichte ihm jemand ein Handtuch.

In den folgenden Tagen bewegte sich John Grady möglichst wenig auf dem Gefängnishofgelände. Er rechnete immer damit, daß zwischen den anonymen Gesichtern, die er beobachtete und die ihrerseits ihn beobachteten, plötzlich der Cuchillero auftauchte. Nichts geschah. Er hatte ein paar Freunde unter den Insassen. Einen älteren Mann aus dem Staat Yucatán, der zu keiner Gruppe gehörte, aber mit Respekt behandelt wurde. Einen dunkelhäutigen Indianer aus Sierra León. Zwei Brüder namens Bautista, die in Monterrey einen Polizisten ermordet und die Leiche verbrannt hatten. Bei ihrer Verhaftung trug der ältere Bruder die Schuhe des Polizisten. Alle waren sich darin einig, daß Pérez ein Mann sei, über dessen Macht man nur Vermutungen anstellen könne. Einige sagten, er sei überhaupt nicht im Gefängnis eingesperrt, sondern verlasse es nachts. Er habe in der Stadt Frau und Familie. Eine Geliebte.

Er versuchte, von den Wachen etwas über Rawlins zu erfahren, aber sie behaupteten, sie wüßten nichts. Am Morgen des dritten Tages nach der Messerstecherei überquerte er den Hof und klopfte an Pérez' Tür. Die Geräuschkulisse hinter ihm auf dem Hof verstummte fast völlig. Er spürte die auf ihn gerichteten Blicke, und als Pérez' hochgewachsener Kammerherr die Tür öffnete, streifte ihn dieser nur mit dem Blick, schaute dann an ihm vorbei und durchforschte den Gefängnishof.

Quisiera hablar con el Señor Pérez, sagte John Grady.

Con respecto de que?

Con respecto de mi cuate.

Er schloß die Tür. John Grady wartete. Nach einer Weile öffnete sich die Tür wieder. Pásale, sagte der Kammerherr.

John Grady betrat den Raum. Pérez' Diener schloß die Tür und postierte sich dann davor. Pérez saß an seinem Tisch.

Wie geht es deinem Freund? sagte er.

Das wollt ich Sie fragen.

Pérez lächelte.

Setz dich. Bitte.

Lebt er?

Setz dich. Ich bestehe darauf.

Er ging zum Tisch, zog einen Stuhl zurück und setzte sich.

Vielleicht möchtest du Kaffee?

Nein danke.

Pérez lehnte sich zurück.

Sag mir, was ich für dich tun kann, sagte er.

Sie können mir sagen, wie's meinem Freund geht.

Aber wenn ich diese Frage beantworte, dann wirst du weggehen.

Wieso wollen Sie, daß ich bleib?

Pérez lächelte. Meine Güte, sagte er. Damit du mir Geschichten aus deinem Verbrecherleben erzählst. Natürlich.

John Grady musterte ihn.

Wie alle vermögenden Männer, sagte Pérez, habe ich nur den einzigen Wunsch, unterhalten zu werden.

Me toma el pelo.

Ja. In eurer Sprache heißt das auf den Arm nehmen, glaube ich.

Tjau. Sind Sie'n vermögender Mann?

Nein. Ein Scherz. Es macht mir Spaß, englisch zu sprechen. Es vertreibt die Zeit. Wo hast du Castellano gelernt?

Zu Haus.

In Texas?

Jau.

Du hast es von den Dienern gelernt.

Wir hatten keine Diener. Wir hatten Leute, die bei uns gearbeitet haben.

Du warst schon mal im Gefängnis?

Nein.

Du bist das Oveja negra, ja? Das schwarze Schaf?

Sie wissen garnix über mich.

Vielleicht nicht. Wieso glaubst du eigentlich, daß ihr freikommen könnt auf so ungewöhnliche Weise?

Ich hab Ihnen doch schon gesagt, Sie bohren an der falschen Stelle. Woher wollen Sie überhaupt wissen, was ich glaube?

Ich kenne die Vereinigten Staaten. Ich bin oft da gewesen. Ihr seid wie die Juden. Es gibt immer einen reichen Verwandten. In welchem Gefängnis warst du?

Sie wissen, daß ich noch nie im Gefängnis war. Wo ist Rawlins?

Du glaubst, ich bin verantwortlich für den Zwischenfall mit deinem Freund? Aber das ist nicht so.

Sie denken, ich bin hergekommen, um Geschäfte zu machen. Ich will bloß wissen, was mit ihm los ist.

Pérez nickte nachdenklich. Sogar an einem Ort wie diesem, wo es um die fundamentalen Dinge geht, ist die Denkweise des Anglo so eigenartig beschränkt. Ich habe einmal gedacht, es kommt nur von seinem privilegierten Leben. Aber das ist es nicht. Es ist seine Denkweise.

Er lehnte sich bequem zurück. Er tippte sich an die Stirn. Dumm ist er nicht. Er hat nur ein unvollständiges Bild von der Welt. Auf diese eigenartige Weise. Er sieht nur, was er sehen möchte. Du verstehst mich?

Ja.

Gut, sagte Pérez. Wie intelligent jemand ist, merke ich normalerweise daran, für wie dumm er mich hält.

Ich halt Sie nicht für dumm. Ich mag Sie bloß nicht.

Ah, sagte Pérez. Sehr gut. Sehr gut.

John Grady blickte zu Pérez' Diener, der sich vor der Tür postiert hatte. Er stand mit verhangenen Augen da, der Blick ging ins Leere.

Er versteht nicht, was wir reden, sagte Pérez. Du kannst frei deine Meinung sagen.

Hab ich schon.

Ja.

Ich muß gehn.

Glaubst du, du kannst gehen, wenn ich nicht will, daß du gehst?

Ja.

Pérez lächelte. Bist du ein Cuchillero?

John Grady setzte sich wieder.

Ein Gefängnis ist wie ein – wie sagt ihr? Ein Salón de Belleza.

Ein Schönheitssalon.

Ein Schönheitssalon. Ein Ort, wo viel geklatscht wird. Jeder kennt die Geschichte von jedem. Denn Verbrechen ist interessant. Das weiß jeder.

Wir haben aber keine begangen.

Vielleicht noch nicht.

Was soll'n das heißen?

Pérez zuckte die Achseln. Sie suchen noch. Euer Fall ist noch nicht entschieden. Habt ihr geglaubt, euer Fall ist entschieden?

Sie werden nichts finden.

Meine Güte, sagte Pérez. Meine Güte. Glaubst du, es gibt keine herrenlosen Verbrechen? Es ist keine Frage des Findens. Es ist eine Frage der Wahl. So wie man in einem Laden den richtigen Anzug aussucht.

Sie scheinen's jedenfalls nicht besonders eilig zu haben.

Selbst in Mexiko sie können euch nicht unbegrenzt festhalten. Darum müßt ihr handeln. Seid ihr einmal angeklagt, ist es zu spät. Dann kommen sie mit dem sogenannten Previas. Dann gibt es sehr viele Schwierigkeiten.

Er zog seine Zigaretten aus der Hemdtasche und bot sie über den Tisch hinweg an. John Grady rührte sich nicht.

Bitte, sagte Pérez. Es ist nichts dabei. Es ist nicht dasselbe, wie wenn man das Brot bricht. Es verpflichtet einen zu nichts.

Er beugte sich vor, nahm eine Zigarette und steckte sie in den Mund. Pérez zog ein Feuerzeug aus der Tasche, ließ es aufschnappen und streckte es über den Tisch.

Wo hast du kämpfen gelernt? sagte er.

John Grady zog kräftig an der Zigarette und lehnte sich zurück.

Was wollen Sie wissen? sagte er.

Nur was die Welt wissen will.

Und, was will die Welt wissen?

Die Welt will wissen, ob du Cojones hast. Ob du mutig bist.

Er zündete seine eigene Zigarette an, legte das Feuerzeug auf die Zigarettenschachtel auf dem Tisch und blies einen dünnen Rauchfaden aus.

Dann kann sie deinen Preis festlegen.

Manche Leute haben keinen Preis.

Das stimmt.

Was iss mit denen?

Diese Leute sterben.

Ich hab keine Angst vor dem Sterben.

Das ist gut. Es wird dir helfen zu sterben. Es wird dir nicht helfen zu leben.

Iss Rawlins tot?

Nein. Er ist nicht tot.

John Grady schob den Stuhl zurück.

Pérez lächelte leichthin. Siehst du? sagte er. Du tust genau das, was ich sage.

Glaub ich nicht.

Du mußt dich entscheiden. Du hast nicht so viel Zeit. Wir haben nie so viel Zeit, wie wir glauben.

Zeit ist das einzige, was ich in rauhen Mengen hatte, seit ich hier bin.

Ich hoffe, du wirst dir über deine Lage Gedanken machen. Amerikaner haben manchmal Ideen, die nicht so praktisch sind. Sie glauben, daß es gute Dinge und böse Dinge gibt. Sie sind nämlich sehr abergläubisch.

Sie glauben nicht, daß es gute und böse Dinge gibt?

Dinge nein. Ich denke, das ist ein Aberglauben. Es ist der Aberglauben eines gottlosen Volkes.

Sie halten die Amerikaner für gottlos?

Aber ja. Du nicht?

Nein.

Ich sehe, wie sie über ihr Eigentum herfallen. Ich habe einmal einen Mann gesehen, der hat sein Auto zerstört. Mit einem großen Martillo. Wie heißt das bei euch?

Hammer.

Weil es nicht anspringen wollte. Würde ein Mexikaner das tun?

Weiß ich nicht.

Ein Mexikaner würde das nicht tun. Der Mexikaner glaubt nicht, daß ein Auto gut oder böse sein kann. Wenn in dem Auto etwas Böses ist, dann weiß er, daß er nichts erreicht, wenn er das Auto zerstört. Weil er weiß, wo Gut und Böse zu Hause sind. Der Anglo denkt auf seine eigenartige Weise, daß der Mexikaner abergläubisch ist. Aber wer hat recht? Wir wissen, daß ein Ding Eigenschaften hat. Dieses Auto ist grün. Oder es hat einen bestimmten Motor innen drin. Aber man kann es nicht verderben, verstehst du. Oder einen Menschen. Nicht einmal einen Menschen. Es kann in einem Menschen etwas Böses sein. Aber wir glauben nicht, daß es sein Böses ist. Woher hat er es? Wie kommt er dazu, es für sich zu beanspruchen? Nein. Das Böse ist eine Realität in Mexiko. Es geht seine eigenen Wege. Vielleicht kommt es eines Tages zu dir zu Besuch. Vielleicht war es schon da.

Vielleicht.

Pérez lächelte. Du darfst gehen, sagte er. Ich sehe, du glaubst mir nicht. Mit Geld es ist dasselbe. Die Amerikaner haben dieses Problem immer, glaube ich. Sie reden von verdorbenem Geld. Aber Geld hat diese spezielle Eigenschaft nicht. Und der Mexikaner würde nie daran denken, Dinge speziell zu machen oder sie an einen speziellen Ort zu tun, wo Geld kein Nutzen ist. Wenn Geld gut ist, ist Geld gut. Er hat kein schlechtes Geld. Er hat dieses Problem nicht. Diesen abnormen Gedanken.

John Grady beugte sich vor und drückte die Zigarette im Blechaschbecher auf dem Tisch aus. In dieser Welt waren Zigaretten bares Geld, und die, die er vor seinem Gastgeber zerdrückt und qualmend zurückgelassen hatte, war noch kaum angeraucht. Wissen Sie was? meinte er.

Sag mir.

Wir sehn uns noch.

Er stand auf und sah Pérez' Diener an, der vor der Tür stand. Pérez' Diener blickte zu Pérez.

Ich dachte, du wolltest wissen, was da draußen passiert? sagte Pérez.

John Grady drehte sich um. Würde das irgendwas ändern?

Pérez lächelte. Du gibst mir zuviel Ehre. In dieser Anstalt sind dreihundert Männer. Niemand kann wissen, was möglich ist.

Irgend jemand iss der Boß.

Pérez zuckte die Achseln. Vielleicht, sagte er. Aber diese Art von Welt, verstehst du, diese Anstalt. Sie gibt einen falschen Eindruck. Als wären die Dinge unter Kontrolle. Wenn man diese Männer kontrollieren könnte, wären sie nicht hier. Du siehst das Problem.

Ja.

Du kannst gehen. Ich werde mich umhorchen, was mit dir wird.

Er machte eine kleine Handbewegung. Sein Diener trat von der Tür weg und hielt sie auf.

Joven, sagte Pérez.

John Grady drehte sich um. Ja, sagte er.

Paß auf, mit wem du Brot brichst.

Gut. Mach ich.

Dann drehte er sich um und ging hinaus auf den Hof.

Er hatte noch fünfundvierzig Pesos von dem Geld übrig, das ihm Blevins gegeben hatte, und er versuchte, davon ein Messer zu kaufen, doch niemand wollte ihm eines verkaufen. Er war sich nicht sicher, ob es überhaupt keine Messer zu kaufen gab oder bloß für ihn nicht. Er schlenderte gewollt lässig über den Hof. Er entdeckte die Bautistas im Schatten der Südmauer und blieb so lange stehen, bis sie aufsahen und ihn herüberwinkten.

Er hockte sich vor sie.

Quiero comprar una trucha, sagte er.

Sie nickten. Der mit dem Namen Faustino sprach.

Cúanto dinero tienes?

Cuarenta y cinco pesos.

Sie saßen lange so da. Die dunklen Indianergesichter nachdenklich in Falten gelegt. Als zögen die Komplikationen dieser geschäftlichen Transaktion alle möglichen Konsequenzen nach sich. Faustino bewegte den Mund. Bueno, sagte er. Dámelo.

John Grady betrachtete sie. Den Glanz in ihren schwarzen Augen. Er konnte keine Hinterlist darin entdecken, und er setzte sich in den Dreck, zog den linken Stiefel aus, griff hinein und holte das kleine, feuchte Geldbündel heraus. Sie schauten ihm zu. Er zog den Stiefel wieder an, blieb einen Augenblick mit dem zwischen Zeige- und Mittelfinger eingeklemmten Geld sitzen und schnippte die zusammengefalteten Scheine dann gekonnt unter Faustinos Knie. Faustino rührte sich nicht.

Bueno, sagte er. La tendré esta tarde.

Er nickte, stand auf und ging über den Hof zurück.

Der Gestank von Dieselabgasen wehte über den Hof, er hörte die Busse auf der Straße hinter dem Tor, und ihm fiel ein, daß Sonntag war.

Er saß alleine, mit dem Rücken zur Mauer. Er hörte ein Kind schreien. Er sah den Indianer aus Sierra Léon über den Hof gehen und sprach ihn an.

Der Indianer kam herbei.

Siéntate, sagte er.

Der Indianer setzte sich. Er zog aus dem Hemd eine kleine schweißschlaffe Papiertüte und reichte sie ihm. Sie enthielt eine Handvoll Punche und ein Päckchen Maispapierblättchen.

Gracias, sagte er.

Er nahm ein Blättchen, kniffte es, drückte den grobfaserigen Tabak hinein, drehte und leckte es an. Er reichte den Tabak zurück, der Indianer drehte sich gleichfalls eine Zigarette, steckte die Tüte wieder ins Hemd zurück, zückte ein aus einer halbzölligen Wasserrohrmuffe gebasteltes Esclarajo, schlug Feuer, beschirmte das Glimmen mit den Händen, fachte es zur Glut an und gab John Grady und dann sich selbst Feuer.

John Grady bedankte sich. No tienes visitantes? sagte er.

Der Indianer schüttelte den Kopf. Er fragte John Grady nicht, ob er Besuch gehabt hatte. John Grady dachte, er könne von ihm vielleicht etwas erfahren. Irgendeine Neuigkeit, die sich im Gefängnis verbreitet, aber ihn in seinem Exil nicht erreicht hatte. Aber der Indianer schien überhaupt keine Neuigkeiten zu haben, und so saßen sie an die Mauer gelehnt da und rauchten, bis von den Zigaretten nichts mehr übrig war; der Indianer ließ die Asche zwischen die Füße fallen, stand auf und entfernte sich über den Hof.

Mittags ging er nicht zum Essen. Er saß da, beobachtete den Hof und versuchte, etwas von der Atmosphäre zu erspüren. Er dachte, die Männer, die über den Hof gingen, würden ihn anschauen. Dann dachte er, sie würden genau das krampfhaft vermeiden. Er murmelte halblaut vor sich hin, daß diese ganzen Überlegungen einen Mann das Leben kosten konnten. Dann sagte er sich, daß einen auch Selbstgespräche das Leben kosten konnten. Ein wenig später erwachte er mit einem Ruck und streckte eine Hand hoch. Er war entsetzt, daß er hier an diesem Ort eingeschlafen war.

Er prüfte die Breite des Schattens, den die Mauer vor ihn warf. Wenn der Hof halb im Schatten lag, würde es vier Uhr sein. Nach einer Weile stand er auf und ging dorthin, wo die Bautistas saßen.

Faustino sah zu ihm hoch. Er winkte ihn näher heran. Er bat ihn, ein Stückchen weiter nach links zu treten. Dann sagte er ihm, er stehe darauf. Er hätte beinah nach unten geschaut, tat es aber doch nicht. Faustino nickte. Siéntate, sagte er.

Er setzte sich.

Hay un cordón. Er blickte zu Boden. Unter seinem Stiefel lag ein dünnes Endchen Schnur. Als er verdeckt daran zog, rutschte ein Messer aus dem Kies. Er ließ es in der Hand verschwinden und in den Hosenbund gleiten. Dann stand er auf und ging.

Es war besser, als er erwartet hatte. Ein Schnappmesser ohne Schalen, mexikanisches Fabrikat, an den Endplatten schimmerte das Messing durch die Plattierung. Er löste den darumgewickelten Bindfaden, wischte es am Hemd ab, blies in den Klingenschlitz, klopfte mit dem Messer an den Stiefelabsatz und blies noch einmal. Er drückte den Knopf. Es sprang auf. Er befeuchtete eine behaarte Stelle auf dem Rücken des Handgelenks und prüfte die Schneide. Er balancierte auf einem Bein, hatte das andere angewinkelt und in Kniehöhe über das andere gelegt und schliff die Klinge an der Stiefelsohle, als er jemand kommen hörte. Er klappte das Messer zu, schob es in die Tasche, drehte sich um und begegnete beim Hinausgehen zwei Männern, die ihn auf ihrem Weg zur dreckstarrenden Latrine blöde angrinsten.

Eine halbe Stunde später ertönte im Hof das Sirenensignal zum Abendessen. Er wartete, bis der letzte Mann den Saal betreten hatte, ging dann hinein, holte sein Tablett und schritt die Reihe entlang. Weil Sonntag war und viele der Gefangenen die ihnen von ihren Frauen oder Familien mitgebrachten Speisen gegessen hatten, blieb der Saal halbleer. Er drehte sich um, verharrte mit dem Tablett, den Bohnen, Tortillas und dem undefinierbaren Eintopf und suchte sich einen Tisch in der Ecke aus, wo ein Junge, kaum älter als er selbst, allein saß, rauchte und aus einem Becher Wasser trank.

Er blieb am Tischende stehen und stellte das Tablett ab. Con permiso, sagte er.

Der Junge sah ihn an, blies zwei dünne Rauchfäden durch die Nase, nickte und griff nach seinem Becher. Auf der Innenseite seines rechten Unterarms wand sich ein blauer Jaguar in der Umschlingung einer Anakonda. Auf der Haut zwischen linkem Daumen und Zeigefinger das Pachuco-Kreuz und die fünf Punkte. Nichts Ungewöhnliches. Doch als er sich setzte, da wußte er plötzlich, warum dieser Mann allein am Tisch aß. Es war zu spät, um wieder aufzustehen. Er nahm den Löffel in die linke Hand und begann zu essen. Noch über das gedämpfte Geräusch der auf den Blechtabletts klappernden und kratzenden Löffel hinweg hörte er am anderen Ende des Saals das Türschloß zuschnappen. Er blickte zur Stirnseite. Hinter der Essensausgabe war niemand. Die beiden Wachen waren verschwunden. Er aß weiter. Sein Herz hämmerte, sein Mund war ausgetrocknet, und das Essen schmeckte wie Asche. Er nahm das Messer aus der Tasche und steckte es in den Hosenbund.

Der Junge drückte die Zigarette aus und stellte den Becher aufs Tablett. Draußen auf einer Straße hinter der Gefängnismauer kläffte ein Hund. Eine Tamalera rief ihre Waren aus. John Grady wußte, daß er all dies nicht hätte hören können, wenn im Saal nicht jedes Geräusch verstummt wäre. Er ließ das Messer langsam an seinem Bein aufklappen und schob es der Länge nach unter die Gürtelschnalle. Der Junge stand auf, stieg über die Bank, nahm sein Tablett, drehte sich um und ging am Tisch entlang. John Grady hielt den Löffel in der linken Hand und packte das Tablett. Auf der anderen Tischseite kam der Junge jetzt auf gleiche Höhe mit ihm. Er ging vorbei. John Grady beobachtete ihn mit gesenktem Blick. Als der Junge das Tischende erreichte, fuhr er plötzlich herum und sichelte mit dem Tablett nach seinem Kopf. John Grady sah die Szene langsam und in jeder Einzelheit vor sich ablaufen. Das Tablett kam mit der Schmalseite auf seine Augen zu. Der leicht gekippte Blechbecher mit dem leicht aufgerichteten Löffel darin stand fast bewegungslos in der Luft, und das fettige schwarze Haar hing dem Jungen wirr ins keilförmige Gesicht. Er riß sein Tablett hoch, und das des Jungen stanzte mit der Kante eine tiefe Delle in den Boden. Er ließ sich rücklings von der Bank fallen und rappelte sich hoch. Er dachte, das Tablett würde rasselnd auf dem Tisch landen, aber der Junge hatte es nicht losgelassen und schlug damit jetzt wieder nach ihm. Er wich nach hinten aus, wehrte ihn ab, die Tabletts schepperten gegeneinander, und er sah das Messer zum erstenmal unter den Tabletts hindurchgleiten wie einen kalten stählernen Molch, der auf die Wärme in seinem Inneren aus war. Er schnellte zurück und glitschte auf den Essensresten aus, die auf dem Betonboden verschüttet lagen. Er zog das Messer aus dem Gürtel, führte einen Rückhandschlag mit dem Tablett und traf den Cuchillero an der Stirn. Der Cuchillero schien überrascht. Er versuchte jetzt, John Grady mit dem Tablett die Sicht zu nehmen. Der wich zurück. Er stand mit dem Rücken an der Wand. Er trat zur Seite, packte sein Tablett fester und hieb nach dem des Cuchillero, versuchte die Finger zu treffen. Der Cuchillero bewegte sich zwischen ihm und dem Tisch. Er stieß die Bank hinter sich um. Die Tabletts klirrten und klapperten durch die Stille im Saal, der Cuchillero blutete aus der Stirn; das Blut lief an seinem linken Auge hinunter. Er fintierte wieder mit dem Tablett. John Grady ahnte es. Er fintierte, und sein Messer fuhr John Grady vorne übers Hemd. John Grady deckte mit dem Tablett sein Zwerchfell, schob sich an der Wand entlang und fixierte die schwarzen Augen seines Gegners. Der Cuchillero sprach kein Wort. Seine Bewegungen waren präzise und ohne jede Spur von Haß. John Grady wußte, daß er gekauft war. Er schlug mit dem Tablett nach seinem Kopf, und der Cuchillero duckte sich, fintierte und kam näher. John Grady umklammerte das Tablett und schob sich an der Wand entlang. Er fuhr mit der Zunge in den Mundwinkel und schmeckte Blut. Er wußte, daß er eine Schnittwunde im Gesicht hatte, aber er wußte nicht, wie schlimm sie war. Er wußte, daß man den Cuchillero gekauft hatte, weil er einen gewissen Ruf besaß, und ihm kam der Gedanke, daß er hier an diesem Ort sterben würde. Er blickte in die dunklen Augen, und sie waren unergründlich tief. Der ganze unheilvolle Werdegang glühte dort kalt und fern und schwarz. Er schob sich an der Wand entlang, hieb mit dem Tablett nach dem Cuchillero. Er bekam einen Schnitt über den Unterarm. Einen Schnitt quer über die Brust. Er drehte sich und attackierte den Cuchillero zweimal mit dem Messer. Mit der gummiartigen Gewandtheit eines Derwischs entzog sich der Mann der Klinge. Die Männer an dem Tisch, auf den sie sich zubewegten, standen einer nach dem anderen still von den Bänken auf wie Vögel, die sich von einem Leitungsdraht erheben. John Grady drehte sich wieder, hackte mit dem Tablett nach dem Cuchillero, der duckte sich, und einen erstarrten Augenblick lang sah er ihn da unter seinem ausgestreckten Arm dünn und o-beinig wie einen dunklen dürren Homunkulus, entschlossen, in ihn einzufahren. Das Messer glitt ihm über die Brust und wieder zurück, die Gestalt bewegte sich unglaublich schnell, stand wieder vor ihm, stumm geduckt, leicht pendelnd, sie ließ seine Augen nicht aus dem Blick. Die Augen beobachteten ihn, um den Tod kommen zu sehen. Augen, die den Tod schon gesehen hatten und wußten, unter welcher Flagge er reiste und wie er aussah, wenn er eintraf.

Das Tablett klapperte auf die Platten. Er merkte, daß er es fallen gelassen hatte. Er legte die Hand aufs Hemd. Als er sie wegnahm, klebte sie voll Blut, und er wischte sie seitlich an der Hose ab. Der Cuchillero hielt ihm das Tablett vor die Augen, um seine Bewegungen zu tarnen. Er schien ihn beschwören zu wollen, etwas zu lesen, was dort geschrieben stand, aber da waren nur die Dellen und Beulen von zehntausend verzehrten Mahlzeiten. John Grady wich zurück. Er setzte sich langsam auf den Boden. Seine Beine krümmten sich unter ihm weg, er sackte gegen die Wand, die Arme hingen schlaff an ihm herunter. Der Cuchillero ließ das Tablett sinken. Er legte es leise auf den Tisch. Er beugte sich vor, packte John Grady an den Haaren und zog ihm den Kopf nach hinten, um ihm die Kehle durchzuschneiden. In diesem Augenblick fuhr John Grady mit dem Messer vom Boden hoch und stieß es dem Cuchillero ins Herz. Er stieß es ihm tief ins Herz, riß den Griff zur Seite und brach die Klinge in ihm ab.

Das Messer des Cuchillero klirrte zu Boden. Aus dem roten Knopflochsträußchen, das auf der linken Tasche seines blauen Arbeitshemds erblühte, spritzte in einem feinen Fächer helles Arterienblut. Er fiel auf die Knie und kippte seinem Gegner tot in die Arme. Einige Männer im Saal waren bereits aufgestanden. Wie Theatermäzene, die dem Gedränge gern entgehen möchten. John Grady ließ den Messergriff fallen und drückte den fettigen Kopf weg, der schlaff an seiner Brust lag. Er rollte sich zur Seite und tastete umher, bis er das Messer des Cuchillero fand. Er stieß den Toten weg, suchte am Tisch Halt und stand mühsam auf. Seine Kleider hingen schwer vom Blut an ihm herunter. Er ging rückwärts die Tische entlang, drehte sich um, torkelte zur Tür, klinkte sie auf und trat wacklig hinaus ins tiefblaue Zwielicht.

Das Licht vom Saal lag wie ein bleicher Korridor auf dem Hof. Wo die Männer zur Tür kamen, um John Grady zu beobachten, da verschob es sich und dunkelte in der Dämmerung. Niemand folgte ihm hinaus. Er bewegte sich ganz behutsam, preßte die Hand auf den Unterleib. Jeden Augenblick würde oben auf den Mauern das Flutlicht angehen. Er bewegte sich ganz vorsichtig. Blut schwappte in seinen Stiefeln. Er sah das Messer in seiner Hand und schleuderte es fort. Die erste Sirene würde ertönen, und längs der Mauern würden die Scheinwerfer angehen. Er fühlte sich leicht benommen und empfand merkwürdigerweise keine Schmerzen. Seine Hände klebten von Blut, und wo er sich den Leib hielt, sickerte Blut durch seine Finger. Die Scheinwerfer würden angehen, und die Sirene würde ertönen.

Er hatte es halb bis zur ersten Stahlleiter geschafft, da überholte ihn ein hochgewachsener Mann und sprach ihn an. Er drehte sich geduckt um. Ihm sinkenden Licht würden sie vielleicht nicht sehen, daß er kein Messer hatte. Nicht sehen, wie blutbefleckt er in seinen Kleidern dastand.

Ven conmigo, sagte der Mann. Está bien.

No me moleste.

Die dunklen Reihen der Gefängnismauern zogen sich endlos über den tief zyanblauen Himmel. Ein Hund bellte.

El padrote quiere ayudarle.

Mande?

Der Mann blieb vor ihm stehen. Ven conmigo, sagte er.

Es war Pérez' Diener. Er streckte die Hand aus. John Grady wich zurück. Seine Stiefel hinterließen nasse Spuren im trockenen Boden des Hofs. Die Scheinwerfer würden angehen. Die Sirene ertönen. Er wollte weitergehen, seine Knie schlotterten. Er stürzte und stand wieder auf. Der Mayordomo half ihm dabei, er wand sich aus seinem Griff und stürzte wieder. Die Welt drehte sich um ihn. Kniend versuchte er, sich vom Boden hochzustemmen. Blut tropfte zwischen seine ausgestreckten Hände. Der dunkle Damm der Mauer rutschte hoch. Der tief zyanblaue Himmel. Er lag auf der Seite. Pérez' Diener beugte sich über ihn. Er bückte sich, lud ihn auf die Arme, hob ihn hoch und trug ihn über den Hof in Pérez' Haus und trat hinter sich die Tür zu, als die Scheinwerfer angingen und die Sirene ertönte.

Er erwachte in totaler Finsternis in einem steineren Raum, wo es nach Desinfektionsmittel roch. Er streckte tastend die Hand aus, und der Schmerz überfiel ihn wie etwas, das in der Stille darauf gelauert hatte, daß er sich bewegte. Er ließ die Hand sinken. Er wandte den Kopf. Ein dünner Stab lag leuchtend in der Schwärze. Er lauschte, aber es gab kein Geräusch. Jeder Atemzug glich einem Rasiermesser. Nach einer Weile streckte er die Hand aus und berührte die kalte Schlackensteinwand.

Hola, sagte er. Seine Stimme war schwach und schrill, sein Gesicht starr und verzerrt. Er versuchte es wieder. Hola. Da war jemand. Er konnte es spüren.

Quién está? sagte er, aber niemand antwortete ihm.

Da war jemand, und sie waren da gewesen. Da war niemand. Da war jemand, und sie waren da gewesen, und sie waren nicht weg, aber da war niemand.

Er betrachtete den schwebenden Lichtstab. Das Licht fiel unter einer Tür durch. Er lauschte. Er hielt den Atem an und lauschte, weil der Raum klein war, klein zu sein schien, und wenn der Raum klein war, dann konnte er sie im Dunkeln atmen hören, wenn sie atmeten, aber er hörte nichts. Er überlegte sich schon, ob er vielleicht tot war, und in seiner Verzweiflung fühlte er in sich eine Woge von Kummer hochsteigen wie ein Kind, das gleich weinen wird, aber es war mit solchen Schmerzen verbunden, daß er es abrupt unterdrückte und sofort sein neues Leben begann und es von Atemzug zu Atemzug lebte.

Er wußte, er würde aufstehen und zur Tür gehen, und er bereitete sich lange darauf vor. Zuerst legte er sich auf den Bauch. Er rollte sich mit einem Ruck herum, um es hinter sich zu haben, und der Schmerz war unglaublich. Er lag da und atmete. Er streckte den Arm nach unten aus, um die Hand auf den Boden zu legen. Sie pendelte in der Luft. Er schob vorsichtig das Bein über den Rand, drückte sich hoch, sein Fuß berührte den Boden, und er blieb auf die Ellbogen gestützt liegen.

Als er die Tür erreichte, war sie abgeschlossen. Er blieb stehen, den kühlen Boden unter den Füßen. Er steckte in irgendeiner Bandage, und er hatte wieder angefangen zu bluten. Er spürte es. Er stand und ruhte sich aus, das Gesicht an der kühlen Metalltür. Er spürte den Verband in seinem Gesicht, er berührte ihn, er hatte rasenden Durst, und er ruhte sich lange aus, bevor er sich auf den Rückweg machte.

Als die Tür dann aufging, lag dahinter grelles Licht, und im Rahmen stand keine Dienerin in Weiß, sondern ein Demandadero in fleckiger und zerknitterter Khakiuniform mit einem metallenen Kantinentablett, auf dem neben zwei Löffeln verschütteter Pozole ein Glas Orangenlimonade stand. Er war kaum älter als John Grady, und er kam rückwärts mit dem Tablett in den Raum, drehte sich um und schaute überall hin, nur nicht aufs Bett. Außer einem Stahleimer auf dem Boden gab es in dem Raum nur noch das Bett; nur dort konnte man das Tablett abstellen.

Der Demandadero kam näher und blieb stehen. Er wirkte verlegen und bedrohlich zugleich. Er deutete mit dem Tablett. John Grady drehte sich behutsam auf die Seite und stemmte sich hoch. Der Schweiß stand ihm auf der Stirn. Er trug einen groben Baumwollkittel, den er vollgeblutet hatte, und das Blut war getrocknet.

Dame el refresco, sagte er. Nada más.

Nada más?

No.

Der Demandadero reichte ihm das Glas Limonade, er nahm es und blieb damit sitzen. Er sah sich in dem kleinen Hohlziegelraum um. Oben hing eine einzelne Glühbirne in einem Drahtgerippe.

La luz, por favor, sagte er.

Der Demandadero nickte, ging zur Tür, wandte sich um und zog sie hinter sich zu. Im Dunkeln klickte das Schloß. Dann ging das Licht an.

Er lauschte den Schritten, die sich über den Korridor entfernten. Dann der Stille. Er hob das Glas und trank langsam die Limonade. Sie war lauwarm, kaum sprudelig, köstlich.

Er lag drei Tage dort. Er schlief, wachte auf und schlief wieder. Irgendwer machte das Licht aus, und er wachte im Dunkeln auf. Er rief laut, aber niemand antwortete. Er dachte an seinen Vater in Goshee. Er wußte, daß man ihm dort schreckliche Dinge angetan hatte, und er hatte immer geglaubt, daß er es nicht genauer wissen wollte, aber er wollte es genauer wissen. Er lag im Dunkeln und dachte an all die Dinge, die er über seinen Vater nicht wußte, und ihm wurde klar, daß es für ihn über den Vater hinaus, den er kannte, keinen Vater mehr geben würde. An Alejandra wollte er nicht denken, weil er nicht wußte, was ihn noch erwartete und wie schlimm es sein würde, und er dachte, es wäre besser, wenn er sie sich aufsparte. Also dachte er an Pferde, darüber konnte man immer gut nachdenken. Später machte jemand das Licht wieder an, und danach ging es nicht mehr aus. Er schlief, und als er aufwachte, hatte er von den Toten geträumt, die ihn in ihrer beinernen Gestalt umstanden, und ihre dunklen Augenhöhlen, bar jeglicher Vermutung, gründeten im Nichts, wo ein schreckliches Wissen lag, das allen gemeinsam war, über das aber keiner sprechen wollte. Als er aufwachte, wußte er, daß in diesem Zimmer Männer gestorben waren.

Das nächstemal öffnete sich die Tür, um einen Mann in einem

blauen Anzug einzulassen, der eine Ledertasche trug. Der Mann lächelte ihn an und erkundigte sich nach seinem Gesundheitszustand.

Mejor que nunca, sagte er.

Der Mann lächelte wieder. Er stellte die Tasche aufs Bett, klappte sie auf, holte eine Operationsschere heraus, schob die Tasche ans Fußende des Betts und zog das blutfleckige Laken weg.

Quién és usted? sagte John Grady.

Der Mann machte ein überraschtes Gesicht. Ich bin der Arzt, sagte er.

Die Schere hatte eine spatelartige Spitze, die sich kalt auf seiner Haut anfühlte; der Arzt schob sie unter den blutbefleckten Gaze-Kummerbund und schnitt ihn auf. Er zog den Verband unter ihm weg, und sie besahen sich die Nähte.

Bien, bien, sagte der Arzt. Er preßte zwei Finger gegen die Nähte. Bueno, sagte er.

Er reinigte die genähten Wunden mit einem Antiseptikum, klebte mit Heftstreifen Gazekompressen darüber und half ihm, sich aufzusetzen. Er nahm eine große Gazerolle aus der Tasche und begann, sie John Grady um die Taille zu wickeln.

Leg Hände auf meine Schulter, sagte er.

Was?

Leg Hände auf meine Schulter. Keine Angst.

Er legte dem Arzt die Hände auf die Schulter, und der Arzt legte den Verband an. Bueno, sagte er. Bueno.

Er stand auf, klappte die Tasche zu und blickte auf seinen Patienten hinunter.

Ich werde Seife und Handtücher für dich schicken. Dann du kannst dich waschen.

Gut.

Du bist ein Schnellheiler.

Ein was?

Ein Schnellheiler. Er nickte, lächelte, wandte sich um und ging hinaus. John Grady hörte nicht, daß er die Tür abschloß, aber er konnte sowieso nirgendwo hingehen.

Sein nächster Besucher war ein Mann, den er noch nie gesehen hatte. Er trug eine militärisch wirkende Uniform und stellte sich nicht vor. Die Wache, die ihn begleitete, schloß die Tür und postierte sich draußen. Der Mann trat an sein Bett und nahm wie aus Achtung vor einem verwundeten Helden die Mütze ab. Dann zog er einen Kamm aus der Brusttasche seiner Uniformjacke, strich sich damit einmal an jeder Seite seines fettigen Kopfes entlang und setzte die Mütze wieder auf.

Wie bald du kannst laufen? sagte er.

Wo soll ich denn hin?

Zu deinem Haus.

Ich kann jetzt schon laufen.

Der Mann schürzte die Lippen, musterte ihn.

Zeig mir, wie du laufen.

Er schlug die Laken zurück, rollte sich auf die Seite und richtete sich auf. Er ging zum anderen Ende des Raumes und wieder zurück. Seine Füße hinterließen auf den polierten Steinen kalte, nasse Spuren, die aufgesaugt wurden und verschwanden wie die Geschichte der Welt. Auf seiner Stirn zitterten Schweißperlen.

Ihr seid glückliche Jungs, sagte der Mann.

Ich fühl mich nicht so besonders glücklich.

Glückliche Jungs, sagte er noch einmal, nickte und ging.

Er schlief und wachte auf. Ob es Nacht oder Tag war, merkte er nur an den Mahlzeiten. Er aß wenig. Schließlich brachten sie ihm ein halbes Brathuhn mit Reis und zwei Birnenhälften aus der Dose, und dies verzehrte er langsam, genoß jeden Bissen, während er verschiedene Szenarien entwarf und wieder verwarf, die sich in der Welt draußen abgespielt hatten oder abspielten. Oder erst abspielen würden. Er dachte immer noch, er könnte auf den Campo hinausgebracht und erschossen werden.

Er übte das Aufundabgehen. Er polierte mit dem Hemdärmel die Unterseite des Kantinentabletts, stellte sich in die Mitte des Raumes unter die Glühbirne und betrachtete das Gesicht, das ihn aus dem verbogenen Stahl verschwommen ansah wie ein dort heraufbeschworener, entstellter und zorniger Dschinn. Er löste den

Verband von seinem Gesicht, untersuchte die Nähte und betastete sie mit den Fingern.

Als er das nächstemal aufwachte, stand der Demandadero mit einem Stapel Kleider und seinen Stiefeln in der geöffneten Tür. Er ließ die Sachen auf den Boden fallen. Sus prendas, sagte er und schloß die Tür.

Er schälte sich aus dem langen Unterhemd, wusch sich mit Seife und Lappen, trocknete sich mit dem Handtuch ab, zog sich an und stieg in die Stiefel. Jemand hatte das Blut aus den Stiefeln gewaschen, sie waren noch naß, er versuchte vergeblich, sie wieder auszuziehen, legte sich mit Kleidern und Stiefeln auf die Koje und wartete einfach.

Zwei Wachen erschienen. Sie standen in der offenen Tür und warteten auf ihn. Er stand auf und ging hinaus.

Sie liefen einen Korridor entlang, über einen kleinen Patio und betraten einen anderen Teil des Gebäudes. Sie gingen noch einen Korridor entlang, die Wachen klopften an eine Tür, öffneten sie und winkten ihn herein.

An einem Schreibtisch saß der Commandante, der in seiner Zelle gewesen war, um sich davon zu überzeugen, daß er laufen konnte.

Du nehmen Platz, sagte der Commandante.

Er setzte sich.

Der Commandante zog die Schreibtischschublade auf, holte einen Umschlag heraus und reichte ihn über den Tisch.

Das ist dir, sagte er.

John Grady nahm den Umschlag.

Wo iss Rawlins? sagte er.

Verzeihung?

Dónde está mi compadre.

Dein Freund?

Ja.

Er warten draußen.

Wohin gehn wir?

Ihr gehen weg. Gehen zu eurem Haus.

Wann?

Verzeihung?

Cuándo?

Ihr jetzt gehen. Will ich euch nicht mehr sehen.

Der Commandante wedelte mit der Hand. John Grady legte die Hand auf die Stuhllehne, stand auf, drehte sich um, ging zur Tür hinaus, er und die zwei Wachen liefen den Korridor entlang und zum Büro hinaus zur Ausfallpforte, wo Rawlins in ähnlicher Kluft wartete. Fünf Minuten später standen sie auf der Straße draußen vor den hohen, eisenbeschlagenen Holztoren des Portals.

Auf der Straße parkte ein Bus, und sie stiegen schwerfällig ein. Die Frauen, die mit ihren leeren Taschen und Körben die Sitzplätze belegten, sprachen leise auf sie ein, als sie sich ihren Weg durch den Mittelgang bahnten.

Hab schon gedacht, du hast den Löffel abgegeben, sagte Rawlins.

Dasselbe hab ich von dir gedacht.

Was'n passiert?

Erzähl ich dir später. Laß uns erstmal einfach hier sitzen. Einfach ganz still hier sitzen.

Biste okay?

Jau. Ich bin okay.

Rawlins drehte sich um und sah aus dem Fenster. Alles war grau und ruhig. Ein paar Regentropfen waren auf die Straße gefallen. Vereinzelt wie Glockenschläge fielen sie aufs Busdach. Weiter die Straße hinunter konnte er die gewölbten Strebepfeiler der Kathedralenkuppel sehen, dahinter das Minarett des Glockenturms.

Ich hab's mein Leben lang im Urin gehabt, daßes an der nächsten Ecke Schwierigkeiten gibt. Nich speziell für mich. Bloß daßse einfach da sind.

Laß uns erstmal einfach ganz still hier sitzen, sagte John Grady.

Sie saßen da und sahen dem Regen auf der Straße zu. Die Frauen schwiegen. Draußen dunkelte es, die Sonne zeigte sich nicht, und am Himmel war auch kein hellerer Fleck, wo sie hätte sein können. Es stiegen noch zwei Frauen zu, sie nahmen ihre Plätze ein, dann schwang sich der Fahrer hoch, schloß die Tür, blickte im Spiegel nach hinten, legte den Gang ein, und sie fuhren los. Ein paar Frauen wischten mit der Hand an der Scheibe und schauten zurück zum Gefängnis, das im grauen Regen Mexikos stand. Wie ein belagerter Platz in einer früheren Zeit, in einem früheren Land, wo alle Feinde von außen kamen.

Es waren nur ein paar Blocks bis zum Centro, und als sie vorsichtig aus dem Bus kletterten, brannten auf der Plaza schon die Gaslaternen. Sie gingen langsam zu den Portales auf der Nordseite des Platzes, stellten sich unter und sahen dem Regen draußen zu. Vier Männer in kastanienbrauner Musikcorpsuniform reihten sich mit ihren Instrumenten an der Wand. John Grady blickte Rawlins an. Rawlins wirkte verloren, wie er so ohne Hut und unberitten in seinen geschrumpften Klamotten dastand.

Wir gehn was essen.

Wir ha'm kein Geld.

Ich schon.

Wo haste'n das her? sagte Rawlins.

Ich hab'nen ganzen Umschlag voll.

Sie gingen in ein Café und setzten sich in eine Nische. Ein Kellner erschien, legte jedem eine Speisekarte hin und verschwand wieder. Rawlins sah aus dem Fenster.

Bestell dir'n Steak, sagte John Grady.

Okay.

Wir essen, mieten ein Hotelzimmer, waschen uns den Dreck runter und schlafen'ne Runde.

Okay.

Er bestellte Steaks, Bratkartoffeln und Kaffee für beide, der Kellner nickte und sammelte die Speisekarten ein. John Grady stand auf, ging langsam zum Tresen, kaufte zwei Päckchen Zigaretten und jedem eine Schachtel Streichhölzer. Die Leute an den Tischen beobachteten ihn, als er den Raum durchquerte.

Rawlins zündete sich eine an und warf ihm einen Blick zu.

Wieso sind wir nich tot? sagte er.

Sie hat uns freigekauft.

Die Señora?

Die Tante. Ja.

Warum?

Keine Ahnung.

Das Geld haste also von ihr?

Ja.

Es iss wegen dem Mädchen, stimmt's?

Glaub schon.

Rawlins rauchte. Er sah aus dem Fenster. Draußen war es schon dunkel. Die Straßen glänzten vom Regen, und das Licht des Cafés und der Laternen auf der Plaza zerlief in den schwarzen Wasserpfützen.

Gibt wohl keine andre Erklärung?

Nein.

Rawlins nickte. Ich hätt leicht abhauen können von da, wo sie mich reingesteckt ha'm. War bloß'ne Krankenstation.

Und wieso hast du's nicht gemacht?

Keine Ahnung. Meinste, das war dämlich von mir?

Ich weiß nicht. Jau. Vielleicht.

Was hättst'n du gemacht?

Ich hätt dich nicht hängenlassen.

Jau. Das iss mir klar.

Das heißt aber nicht, daß es nicht dämlich iss.

Rawlins lächelte beinahe. Dann schaute er weg.

Der Kellner brachte den Kaffee.

Außer mir lag da noch so'n Typ drin, sagte Rawlins. Total zerstückelt. War vermutlich kein übler Bursche. Der iss Samstagabend auf Tour mit'n paar Dollar in der Tasche. Pesos. Verdammt beschissen.

Was iss mit ihm?

Er iss gestorben. Wie sie ihn da rausgetragen ha'm, hab ich gedacht, wie komisch'm das vorgekommen wär, wenn er's hätte sehn können. Wo's mir doch schon komisch vorkam, und ich war's ja nich mal selber. Mit ihrem Tod rechnen die Leute wohl nich, was?

Nein.

Er nickte. Sie ha'm mir mexikanisches Blut reingetan.

Er blickte hoch. John Grady zündete sich eben eine Zigarette an.

Er wedelte das Steichholz aus, legte es in den Aschenbecher und sah Rawlins an.

Na und.

Na und was heißt das? sagte Rawlins.

Was soll was heißen?

Na, heißt das, daßich jetz'n halber Mexikaner bin?

John Grady zog an der Zigarette, lehnte sich zurück und blies den Rauch in die Luft. Ein halber Mexikaner? sagte er.

Jau.

Wieviel haben sie dir denn gegeben?

Mehr als'n Liter, ha'm sie gesagt.

Wieviel mehr als'n Liter?

Weißich nich.

Tja, ein Liter macht dich beinah zum Halbblut.

Rawlins schaute ihn an. Das tut's nich, stimmt's? sagte er.

Nein. Zum Teufel, das heißt überhaupt nichts. Blut iss Blut. Es weiß nich, wo's herkommt.

Der Kellner brachte die Steaks. Sie aßen. Er beobachtete Rawlins. Rawlins schaute hoch.

Was iss? sagte er.

Nichts.

Du könntst dich ruhig'n bißchen mehr freuen, daßde aus dem Kasten da raus bist.

Dasselbe hab ich grade von dir gedacht.

Rawlins nickte. Jau, sagte er.

Was willst du jetzt machen?

Heimfahren.

Okay.

Sie aßen.

Du gehst da nochmal hin, stimmt's? sagte Rawlins.

Jau. Glaub schon.

Wegen dem Mädchen?

Jau.

Was iss mit den Pferden?

Wegen dem Mädchen und den Pferden.

Rawlins nickte. Meinste, sie wartet drauf, daßde zurückkommst?

Keine Ahnung.

Die alte Lady rechnet garantiert nich damit, daßde da aufkreuzt.

Doch. Dazu iss sie zu klug.

Und Rocha?

Der soll tun, was er nich lassen kann.

Rawlins legte sein Silberbesteck gekreuzt auf den Teller neben die Knochen und zog seine Zigaretten aus der Tasche.

Geh da lieber nich wieder hin, sagte er.

Ich hab's mir nun mal in den Kopf gesetzt.

Rawlins zündete die Zigarette an und wedelte das Streichholz aus. Er sah hoch.

Für mich gibt's da bloß *einen* Handel, dense mit der Alten gemacht ha'm kann.

Klar. Aber das wird sie mir schon selber sagen müssen.

Und wenn, kommste dann wieder zurück?

Ja.

Okay.

Ich will die Pferde.

Rawlins schüttelte den Kopf und schaute weg.

Ich erwart ja nich, daß du mitkommst.

Weiß ich doch.

Geht schon in Ordnung.

Jau. Ich weiß.

Er klopfte die Asche von der Zigarette, rieb sich mit dem Handballen die Augen und blickte aus dem Fenster. Draußen hatte es wieder zu regnen begonnen. Auf den Straßen herrschte kein Verkehr.

Da drüben versucht so'n Kleiner Zeitungen zu verkaufen. Weit und breit iss kein Schwein zu sehen, und der steht mit sein' Zeitungen unterm Hemd da und brüllt einfach.

Er wischte sich mit dem Handrücken die Augen.

So'ne Scheiße, sagte er.

Was?

Nix. Einfach Scheiße halt.

Was hast du denn?

Ich muß halt immer an den guten Blevins denken.

John Grady gab keine Antwort. Rawlins drehte sich um und schaute ihn an. Seine Augen waren feucht, und er sah alt aus und traurig.

Ich kann's nich glauben, daß sie'n einfach da rausgeführt und abgeknallt ha'm.

Jau.

Ich muß immer dran denken, was der für Schiß gehabt hat.

Wenn du erstmal daheim bist, dann geht's dir besser.

Rawlins schüttelte den Kopf und sah wieder aus dem Fenster. Das glaub ich nich, sagte er.

John Grady rauchte. Er musterte ihn. Nach einer Weile sagte er: Ich bin nicht Blevins.

Jau, sagte Rawlins. Weiß ich. Aber ich frag mich halt, obde wirklich so viel besser dran bist wie er.

John Grady drückte seine Zigarette aus. Gehn wir, sagte er.

Sie kauften in einer Farmacia Zahnbürsten, ein Stück Seife und einen Rasierer; in einem Hotel, zwei Blocks die Aldama hinunter, fanden sie ein Zimmer. Der Schlüssel war bloß ein ganz normaler Türschlüssel an einem Holzanhänger, in den mit einem heißen Draht die Zimmernummer gebrannt war. Sie überquerten den mit Ziegeln geplättelten Hof, auf den der Regen nieselte, fanden das Zimmer, öffneten die Tür und machten Licht. Ein Mann richtete sich im Bett auf und schaute sie an. Sie gingen rückwärts hinaus, löschten das Licht, schlossen die Tür und gingen zurück zum Empfang, wo der Mann ihnen einen anderen Schlüssel aushändigte.

Das Zimmer war hellgrün; in einer Ecke befand sich eine Dusche mit einem Wachstuchvorhang an einer Stange. John Grady stellte die Dusche an, und nach einer Weile war in den Rohren heißes Wasser. Er drehte den Hahn wieder zu.

Du zuerst, sagte er.

Nein du.

Ich muß mich erstmal aus dem Verband schälen.

Er setzte sich aufs Bett und pellte die Pflaster ab, während Rawlins duschte. Rawlins drehte den Hahn zu, schob den Vorhang zur Seite und rubbelte sich mit einem der schäbigen Handtücher trocken.

Wir zwei sind schon Klasse, was? sagte er.

Jau.

Wie willste'n die Fäden rauskriegen?

Damit werd ich wohl zum Arzt müssen.

's Rausmachen tut mehr weh wie's Reintun.

Jau.

Haste das gewußt?

Jau.

Rawlins wickelte sich ins Handtuch und setzte sich aufs Bett gegenüber. Der Umschlag mit dem Geld lag auf dem Tisch.

Wieviel iss'n da drin?

John Grady sah ihn an. Keine Ahnung, sagte er. Garantiert wesentlich weniger als vorgesehn. Mach schon, zähl nach.

Er nahm den Umschlag und bätterte die Scheine aufs Bett.

Neunhundertsiebzig Pesos, sagte er.

John Grady nickte.

Wieviel iss das?

Ungefähr hundertzwanzig Dollar.

Rawlins stauchte die Geldscheine auf der gläsernen Tischplatte zusammen und steckte sie in den Umschlag zurück.

Mach zwei Haufen draus, sagte John Grady.

Ich brauch kein Geld.

Doch.

Ich fahr heim.

Egal. Die Hälfte gehört dir.

Rawlins stand auf, hängte das Handtuch über das eiserne Bettgestell und schlug die Decke zurück. Ich glaub, du wirst jeden Dime davon brauchen, sagte er.

Als er aus der Dusche kam, dachte er, Rawlins würde schlafen, aber das stimmte nicht. Er ging durchs Zimmer, drehte das Licht aus, kam zurück und schlüpfte ins Bett. Er lag im Dunkeln und lauschte den Geräuschen auf der Straße, dem Regengetröpfel im Hof.

Haste schonmal gebetet? sagte Rawlins.

Jau. Manchmal. Ich glaub, ich hab's mir allmählich abgewöhnt.

Rawlins schwieg lange. Dann sagte er: Was iss'n das Schlimmste, wasde überhaupt je gemacht hast?

Ich weiß nicht. Wenn ich was wirklich Schlimmes gemacht hab, würd ich's lieber nicht sagen. Wieso?

Weiß nich. Wie ich da so angestochen im Krankenhaus lag, hab ich gedacht: Ich wär nich hier, wennich nich hier sein müßte. Denkste manchmal auch so Sachen?

Jau. Manchmal.

Sie lagen im Dunkeln und lauschten. Jemand ging über den Patio. Eine Tür öffnete sich und wurde wieder geschlossen.

Du hast nie was Schlimmes gemacht, sagte John Grady.

Ich und Lamont ha'm mal'ne Lastwagenladung Futter nach Sterling City gekarrt undse an'n paar Mexikaner verhökert und's Geld behalten.

Da hab ich aber schon Schlimmeres gehört.

Ich hab auch noch andre Sachen gemacht.

Wenn du jetz zu quasseln anfängst, zünd ich mir'ne Fluppe an.

Bin ja schon still.

Sie lagen schweigend im Dunkeln.

Du weißt doch, was passiert ist? sagte John Grady.

Das im Speisesaal?

Jau.

Jau.

John Grady griff sich die Zigaretten vom Tisch, zündete eine an und blies das Streichholz aus.

Ich hätt nie gedacht, daß ich das tun würde.

Du hattst doch gar keine Wahl.

Trotzdem, ich hätt's nie gedacht.

Sonst hätt er's mit *dir* gemacht.

Er zog an der Zigarette und blies den Rauch unsichtbar ins Dunkel. Versuch's nich zu rechtfertigen. Es bleibt, was es ist.

Rawlins antwortete nicht. Nach einer Weile sagte er: Wo hattst'n das Messer her?

Von den Bautistas. Ich hab's mit unsren letzten fünfundvierzig Pesos gekauft.

Von Blevins' Geld.

Jau. Von Blevins' Geld.

Rawlins lag seitlich auf dem eisernen Bettgestell und musterte ihn im Finstern. Die Zigarette glühte dunkelrot, wenn John Grady daran zog, und sein Gesicht mit der genähten Wange tauchte aus dem Dunkel wie eine lieblos geflickte mattrote Theatermaske und verblaßte dann wieder.

Als ich das Messer gekauft hab, hab ich auch gewußt, wozu.

Wüßt nich, was daran falsch war.

Die Zigarette glühte, verblaßte. Ich weiß, sagte er. Aber *du* hast's ja auch nicht getan.

Morgens regnete es wieder; sie standen draußen vor demselben Café, hatten Zahnstocher im Mund und sahen dem Regen auf der Plaza zu. Rawlins begutachtete seine Nase im Fenster.

Weißt du, was mir stinkt?

Was denn?

Mich daheim so blicken zu lassen.

John Grady schaute ihn an und sah dann weg. Kann ich dir nicht verdenken, sagte er.

Du siehst aber auch nich grad doll aus.

John Grady grinste. Na komm, sagte er.

In einem Herrenmodegeschäft in der Victoria Street kauften sie sich neue Kleider und Hüte; sie zogen sie gleich an, gingen im langsam fallenden Regen zum Busbahnhof und kauften Rawlins eine Fahrkarte nach Nuevo Laredo. Sie saßen in ihren steifen neuen Kleidern im Bahnhofscafé, hatten die neuen Hüte umgedreht auf den Stühlen neben sich liegen und tranken Kaffee, bis der Bus über den Lautsprecher ausgerufen wurde.

Das iss deiner, sagte John Grady.

Sie standen auf, setzten die Hüte auf und gingen hinaus zur Sperre.

Tjau, sagte Rawlins. Wir sehn uns dann wohl demnächst mal.

Paß auf dich auf.

Jau. Du auch.

Er drehte sich um, gab dem Fahrer seine Fahrkarte, der Fahrer knipste sie, reichte sie ihm zurück, und er stieg ungelenk ein. John Grady sah ihn den Gang entlanggehen. Er dachte, er würde einen Fensterplatz nehmen, aber er tat es nicht. Er setzte sich auf die andere Busseite, und John Grady blieb noch eine Weile stehen, wandte sich dann um, ging durch den Busbahnhof auf die Straße hinaus und lief im Regen langsam zum Hotel.

In den nächsten Tagen klapperte er die Liste der Chirurgen in dieser kleinen Wüstenmetropole im Hochland ab, ohne einen zu finden, der tat, was er verlangte. Er verbrachte die Tage damit, die engen Straßen auf- und abzugehen, bis er jede Ecke und jedes Calléjon kannte. Nach einer Woche wurden ihm die Fäden im Gesicht gezogen; er saß dabei auf einem normalen Metallstuhl, und der Chirurg summte vor sich hin, während er mit der Schere schnippelte und mit der Klammer zog. Der Chirurg meinte, die Narbe würde später nicht mehr so schlimm aussehen. Er riet ihm, sie sich jetzt nicht anzuschauen, weil sie mit der Zeit schon besser werden würde. Dann legte er einen Verband darüber, berechnete ihm fünfzig Pesos und sagte, er solle in fünf Tagen wiederkommen, dann würde er ihm die Fäden im Bauch ziehen.

Eine Woche später verließ er Saltillo auf der Ladefläche eines Pritschenwagens in nördlicher Richtung. Es war ein kühler und bedeckter Tag. Auf der Ladepritsche lag festgekettet ein großer Dieselmotor. Als sie durch die Straßen aus der Stadt rumpelten, saß er auf der Pritsche und versuchte, sich links und rechts mit den Händen auf den rauhen Brettern abzustützen. Nach einer Weile zog er sich den Hut bis knapp über die Augen, stand auf, legte die Hände ausgestreckt aufs Führerhausdach und fuhr in dieser Haltung weiter. Als sei er eine Person, die dem Land Neuigkeiten überbrachte. Als sei er ein neuer Missionar, der aus den Bergen herabgeführt und nach Norden durch die flache, öde Landschaft gen Monclova transportiert wurde.

4

BEI EINER TANKSTELLE an einer Kreuzung irgendwo hinter Paredón nahmen sie fünf Landarbeiter mit. Sie stiegen auf die Pritsche, nickten ihm zu und sprachen sehr zurückhaltend und höflich mit ihm. Es dunkelte schon, ein leichter Regen fiel, sie waren naß, und ihre Gesichter schimmerten feucht im gelben Licht der Tankstelle. Sie kauerten sich vor den festgeketteten Motor; er bot ihnen seine Zigaretten an, worauf sie sich, die Hände zum Schutz vor dem Regen um die kleine Flamme gewölbt, dankend bedienten und sich dann nochmals bedankten.

De dónde viene? sagten sie.

De Tejas.

Tejas, sagten sie. Y dónde va?

Er zog an seiner Zigarette und musterte ihre Gesichter. Einer von ihnen, älter als die anderen, zeigte mit dem Kinn auf seine billigen neuen Kleider.

Él va a ver a su novia, sagte er.

Sie sahen ihn ernst an, und er nickte und sagte, das sei richtig.

Ah, sagten sie. Qué bueno. Später und noch lange danach fühlte er sich immer wieder veranlaßt, die Erinnerung an dieses Lächeln heraufzubeschwören und über die darin angezeigte Freundlichkeit nachzudenken, denn sie war imstande zu schützen, Hochachtung auszudrücken und die Entschlußkraft zu festigen, und sie war imstande, einen Mann zu heilen und aus der Gefahr zu retten, wenn alle anderen Mittel längst versagt hatten.

Als der Laster schließlich losfuhr und sie sahen, daß er noch immer stand, boten sie ihm ihre Bündel zum Draufsetzen an, und er tat es und nickte und döste über dem Summen der Reifen auf dem Asphalt ein. Es hörte auf zu regnen, klarte auf, der bereits aufgegangene Mond jagte durch die hohen Drähte an der Straße wie eine einzelne silberhelle Note, eine leidenschaftliche Glut im gleichförmig ausufernden Dunkel, und die vorbeiziehenden Felder verströmten einen satten Regengeruch nach Erde und Korn und Pfefferschoten und manchmal auch nach Pferden. Als sie in Monclova ankamen, war es Mitternacht. Er schüttelte den Arbeitern die Hand, ging nach vorn, bedankte sich beim Fahrer und nickte den beiden anderen Männern im Führerhaus zu, dann sah er dem kleinen Rücklicht nach, das sich die Straße hinunter in Richtung Highway entfernte und ihn allein in der dunklen Stadt zurückließ.

Die Nacht war warm, und er schlief auf einer Bank an der Alameda. Als er erwachte, war die Sonne schon aufgegangen, es herrschte reger Betrieb. Auf der Promenade gingen blau uniformierte Schulkinder vorbei. Er stand auf und überquerte die Straße. Frauen schrubbten die Gehsteige vor den Geschäften, Händler legten ihre Waren auf kleinen Ständen oder Tischen aus und begutachteten den Tag.

Er frühstückte an einem Stehausschank in einem der vom Platz abzweigenden Sträßchen Kaffee und süßes Brot, dann ging er in eine Farmacia, kaufte sich ein Stück Seife, steckte es in die Jackentasche zu seinem Rasierer und seiner Zahnbürste und machte sich der westwärts führenden Straße nach auf den Weg.

Jemand nahm ihn bis nach Frontera mit, jemand anderes weiter bis San Buenaventura. Mittags badete er in einem Bewässerungsgraben, rasierte sich und wusch seine Kleider, dann legte er sich auf seine Jacke in die Sonne und schlief, während seine Sachen trockneten. Bachabwärts befand sich ein kleiner hölzerner Kastendamm, und als er erwachte, plantschten nackte Kinder in dem Teich dort. Er stand auf, schlang sich die Jacke um die Hüften und ging ein

Stück am Ufer entlang zu einer Stelle, wo er sich setzen und ihnen zusehen konnte. Zwei Mädchen liefen auf dem Uferpfad vorbei, zwischen sich eine tuchbedeckte Wanne und in den anderen Händen zugedeckte Eimer. Sie brachten den Arbeitern auf den Feldern ihr Vesper, und sie lächelten schüchtern, als sie ihn dort sitzen sahen, halbnackt, die Haut so bleich, auf Brust und Bauch die zornigen, leiterförmigen roten Nahtmale. Er rauchte langsam. Sah den Kindern zu, die im trüben Grabenwasser badeten.

Den ganzen Nachmittag ging er auf der heißen, trockenen Straße in Richtung Cuatro Ciénagas. Wer immer ihm begegnete, wechselte ein paar Worte mit ihm. Er ging an Feldern vorbei, wo Männer und Frauen am Hacken waren, und die in der Nähe der Straße unterbrachen ihre Arbeit, nickten ihm zu und stellten fest, wie schön der Tag sei, und er war in allem ihrer Meinung. Am Abend aß er mit Arbeitern in deren Lager – fünf oder sechs Familien, die gemeinsam an einem Tisch aus zersägten, mit Hanfschnur zusammengebundenen Pfählen saßen. Der Tisch stand unter einem Sonnendach aus Zeltleinwand, und die Abendsonne tauchte den Raum darunter in ein tieforanges Licht, in dem die Schatten der Nähte und Flicken über Gesicht und Kleider der Menschen glitten, wenn sie sich bewegten. Die Mädchen stellten die Teller auf kleine, aus den Stirnseiten von Obstkisten gefertigte Tabletts, damit auf dem unebenen Tisch nichts umfiel, und ein alter Mann am anderen Ende sprach für alle das Gebet. Er bat Gott, die Verstorbenen nicht zu vergessen, und er bat die hier versammelten Lebenden, nicht zu vergessen, daß das Korn nur kraft Gottes Willen wuchs und daß es ohne diesen Willen weder Korn gab noch Wachstum noch Licht oder Luft oder Regen oder sonstwas, bloß Finsternis. Dann aßen sie.

Sie hätten ihm ein Bett gegeben, aber er dankte ihnen und ging im Dunkeln die Straße entlang bis zu einer Baumgruppe, und dort legte er sich schlafen. Am nächsten Morgen waren Schafe auf der Straße. Hinter den Schafen kamen zwei Laster mit Landarbeitern, und er ging zur Straße und fragte den Fahrer des ersten, ob er ihn mitnehmen könne. Der Fahrer nickte, und er ließ sich bis zur Ladefläche des fahrenden Wagens zurückfallen und versuchte sich hinaufzuziehen. Er schaffte es nicht, und als die Arbeiter seine Verfassung sahen, erhoben sie sich sogleich und halfen ihm hinauf. Mit einer Reihe solcher Fahrten und langen Fußmärschen gelangte er westwärts durch das niedrige Bergland hinter Nadadores und hinunter ins Barrial, und von La Madrid aus folgte er dem Feldweg und kam am späten Nachmittag wieder in die Stadt La Vega.

Er kaufte sich im Laden ein Coca-Cola, lehnte sich an die Theke und trank die Flasche aus. Dann trank er noch eine. Das Mädchen hinter der Theke musterte ihn unsicher. Er studierte einen Kalender an der Wand. Er wußte das Datum nur auf die Woche genau; als er sich nach dem Tag erkundigte, wußte das Mädchen auch keine Antwort. Er stellte die zweite Flasche neben die erste auf die Theke, trat wieder hinaus auf die matschige Straße und machte sich auf den Weg nach La Purísima.

Er war sieben Wochen fort gewesen, die Landschaft hatte sich verändert, der Sommer war vorbei. Er traf fast niemanden unterwegs und erreichte die Hacienda kurz nach Einbruch der Dunkelheit.

Als er beim Gerente klopfte, sah er durch die Türöffnung die Familie beim Abendbrot sitzen. Die Frau kam, und als sie ihn erkannte, ging sie nach hinten, um Armando zu holen. Armando trat an die Tür und stocherte zwischen den Zähnen. Niemand bat ihn herein. Als Antonio herauskam, setzten sie sich unter die Ramada und rauchten.

Quién está en la casa? sagte John Grady.

La dama.

Y el señor Rocha?

En Mexico.

John Grady nickte.

Se fue él y la hija a Mexico. Por avión. Er imitierte mit der Hand die Bewegung eines Flugzeugs.

Cuándo regresa?

Quién sabe?

Sie rauchten.

Tus cosas quedan aquí.

Sí?
Sí. Tu pistola. Todas tus cosas. Y las de tu compadre.
Gracias.
De nada.
Sie saßen da. Antonio sah ihn an.
Yo no sé nada, joven.
Entiendo.
En serio.
Está bien. Puedo dormir en la cuadra?
Sí. Si no me lo digas.
Cómo están las yeguas?
Antonio lächelte. Las yeguas, sagte er.

Er brachte ihm seine Sachen. Der Revolver war ungeladen. Die Patronen lagen mit seinem Rasierzug und dem alten Marble-Jagdmesser seines Vaters in der Mochila. Er dankte Antonio und ging im Dunkeln zum Stall. Die Matratze auf seinem Bett war aufgerollt, es gab weder Kissen noch Bettzeug. Er rollte sie aus, setzte sich, schleuderte die Stiefel von sich und streckte sich aus. Einige Pferde in den Boxen waren aufgewacht, als er den Stall betreten hatte; er hörte sie schnauben und rascheln, und er hörte und roch sie gern, und dann war er eingeschlafen.

Bei Tagesanbruch stieß der alte Stallbursche die Tür auf, stand da und sah ihn an. Dann schloß er die Tür wieder. Als er weg war, erhob sich John Grady, nahm Seife und Rasierzeug und ging hinaus zum Wasserhahn am Ende des Stalls.

Als er zum Haus ging, kamen Katzen aus dem Stall und dem Obstgarten, schlichen auf der hohen Mauer herbei oder warteten darauf, unter dem abgenutzten Torholz hindurchschlüpfen zu können. Carlos hatte ein Schaf geschlachtet, und auf dem lichtgefleckten Boden vor dem Eingang saßen noch mehr Katzen und sonnten sich in den ersten Strahlen, die durch die Hortensien fielen. Carlos, eine Schürze umgebunden, sah aus der Tür der Kammer am Ende des Patio. John Grady wünschte ihm einen guten Morgen, und Carlos nickte ernst und verschwand wieder.

María schien nicht erstaunt, ihn zu sehen. Sie setzte ihm sein

Frühstück vor, und er beobachtete sie und hörte zu, während sie aufsagte, was man ihr aufgetragen hatte. Die Señorita werde erst in einer Stunde aufstehen. Um zehn werde ein Wagen kommen und sie abholen. Sie werde die Quinta Margarita besuchen und den ganzen Tag dort verbringen. Sie werde aber vor Einbruch der Dunkelheit zurück sein. Sie sei nicht gern nachts unterwegs. Vielleicht werde sie noch Zeit für ihn haben, bevor er aufbreche.

John Grady trank seinen Kaffee. Er bat um eine Zigarette, und sie holte ihre Schachtel El Toros vom Fensterbrett über der Spüle und legte sie vor ihm auf den Tisch. Sie fragte ihn weder, wo er gewesen, noch wie es ihm ergangen war, aber als er aufstehen wollte, legte sie ihm die Hand auf die Schulter und schenkte ihm Kaffee nach.

Puedes esperar aquí, sagte sie. Se levantará pronto.

Er wartete. Carlos kam herein, legte sein Messer in die Spüle und verließ die Küche wieder. Um sieben ging sie mit dem Frühstückstablett hinaus; als sie zurückkehrte, sagte sie, er möge um zehn Uhr abends wiederkommen, die Señorita werde ihn dann empfangen. Er erhob sich.

Quisiera un caballo, sagte er.

Caballo.

Sí. Por el día, no más.

Momentito, sagte sie.

Als sie wieder in die Küche trat, nickte sie. Tienes tu caballo. Espérate un momento. Siéntate.

Er wartete. Sie machte ihm etwas zu essen, wickelte es in Papier, verschnürte das Paket mit Bindfaden und gab es ihm.

Gracias, sagte er.

De nada.

Sie nahm die Zigaretten und Streichhölzer vom Tisch und hielt sie ihm hin. Er versuchte an ihrer Miene abzulesen, wie ihre Herrin, mit der sie gerade gesprochen hatte, gestimmt sein und welche Auswirkungen das auf seinen Fall haben mochte. Er hoffte, daß er sich in allem täuschte, was er darin sah. Sie drängte ihn, die Zigaretten zu nehmen. Ándale pues, sagte sie.

In einigen Boxen waren neue Stuten. Als er durch den Stall ging, blieb er stehen, um sie sich anzusehen. Im Sattelraum schaltete er das Licht an, nahm sich eine Decke und das Zaumzeug, das er immer benutzt hatte, und zog von einem Regal mit einem halben Dutzend Sätteln den, der am besten aussah. Er untersuchte ihn, blies den Staub weg, überprüfte die Gurte, schwang ihn am Knopf über die Schulter und ging hinaus zum Korral.

Als der Hengst ihn kommen sah, begann er auf und ab zu traben. Er stand am Tor und sah dem Pferd zu. Es trabte mit schräggelegtem Kopf und rollenden Augen vorbei, die Nüstern sogen die Morgenluft ein, dann erkannte es ihn, kehrte um und trat heran. Er stieß das Tor auf, das Pferd wieherte, schüttelte schnaubend den Kopf und stubste ihm mit der langen, glatten Nase an die Brust.

Als er an der Baracke vorbeikam, saß Morales draußen unter der Ramada und schälte Zwiebeln. Er winkte lässig mit dem Messer und rief etwas. John Grady bedankte sich bei dem Alten und merkte erst dann, daß der Alte nicht gesagt hatte, *er* freue sich, ihn zu sehen, sondern vielmehr, das Pferd freue sich. Er winkte nochmals, gab dem Pferd die Sporen, und dann ritten sie stampfend und tänzelnd los, als hätte der Hengst keine dem Tag angemessene Gangart in seinem Repertoire, bis sie durchs Tor waren und außer Sichtweite von Haus, Stall und Koch, wo er der schimmernden, bebenden Flanke unter ihm einen Klaps gab und sie in einem harten, flachen Galopp auf der Ciénaga-Straße davonjagten.

Er ritt zwischen den Pferden auf der Mesa umher und trieb sie im Schritt aus den Senken und Zedernhainen, in denen sie sich versteckt hielten, und er trabte am grasbewachsenen Rand des Plateaus entlang, damit der Wind dem Hengst Kühlung verschaffte. In einem ausgetrockneten Bachbett scheuchte er Geier auf, die am Aas eines Fohlens fraßen. Er hielt das Pferd an und sah hinab auf das bemitleidenswerte Tier, nackt und augenlos im blutverschmierten Gras.

Am Mittag saß er, während das angepflockte Pferd graste, mit baumelnden Beinen auf dem felsigen Rand der Mesa und aß Brot und kaltes Hühnerfleisch aus dem Proviantpaket, das sie ihm gemacht hatte. Nach Westen hin wellte sich das Land unter gebrochenem Licht und Schatten und den weit entfernten Sommergewittern hundert Meilen abwärts bis dorthin, wo die Wände der Kordilleren aufragten und dann, im Dunst, mit einem letzten zarten, schimmernden Widerstand von der Erde und aus dem Auge des Betrachters verschwanden. Er rauchte eine Zigarette, dann beulte er die Hutkrone mit der Faust ein, tat einen Stein in die Höhlung, streckte sich im Gras aus und legte sich den beschwerten Hut aufs Gesicht. Er sann darüber nach, was für ein Traum ihm wohl Glück bringen mochte. Er sah sie reiten, mit durchgestrecktem Rücken, den schwarzen Hut gerade auf dem Kopf, das Haar offen, und sah, wie sie sich aus den Schultern heraus umdrehte, wie sie lächelte, und ihre Augen. Er dachte an Blevins. Dachte daran, wie sein Gesicht und seine Augen ausgesehen hatten, als er ihm seinen letzten Besitz aufgedrängt hatte. Er hatte eines Nachts in Saltillo von ihm geträumt: Blevins hatte sich neben ihn gehockt, und sie hatten sich darüber unterhalten, wie es war, tot zu sein; Blevins hatte gemeint, es sei mit nichts zu vergleichen, und er hatte ihm geglaubt. Er dachte, wenn er nur oft genug von ihm träumte, würde er vielleicht für immer gehen und ein Toter unter seinesgleichen werden, und die Grashalme schnitten im Wind an seinem Ohr, und er schlief ein und träumte von gar nichts.

Als er am Abend durch das baumbestandene Weideland ritt, trat das Vieh vor ihm aus dem Schatten der Bäume, wo es tagsüber Zuflucht gesucht hatte. Er ritt durch einen Obstgarten mit verwilderten, ausgewucherten Apfelbäumen, pflückte im Reiten einen Apfel und biß hinein. Er war hart, grün und bitter. Er ließ das Pferd im Schritt gehen und suchte das Gras nach Äpfeln ab, doch das Vieh hatte alle aufgefressen. Er kam an den Resten einer alten Hütte vorbei. Der Türsturz fehlte, und er ritt hinein. Einige der schweren Dachbalken waren gebrochen, Jäger oder Viehhirten hatten auf dem Boden Feuer gemacht. Ein altes Kalbfell war an eine Wand genagelt, und in den Fenstern befand sich kein Glas mehr, denn die Rahmen waren längst verbrannt worden. Es herrschte eine seltsame Stimmung hier. Wie an einem Ort, wo sich das Leben nicht hatte behaupten können. Dem Pferd war es unbehaglich; er zupfte an den Zügeln, strich ihm mit dem Stiefelabsatz über die Flanken, und sie wendeten vorsichtig, ritten hinaus und durch den Obstgarten längs des Sumpflandes in Richtung Straße. Im weinroten Licht riefen Tauben. Er lenkte das Pferd im Zickzack, damit es nicht ständig auf seinen Schatten treten mußte, denn das schien es ungern zu tun.

Er wusch sich am Wasserhahn im Korral, zog sein anderes Hemd an, wischte sich den Staub von den Stiefeln und ging zur Baracke. Es war bereits dunkel. Die Vaqueros hatten ihr Nachtmahl beendet, saßen unter der Ramada und rauchten.

Buenas noches, sagte er.

Eres tú, Juan?

Claro.

Einen Augenblick herrschte Schweigen. Dann sagte einer: Estás bienvenido aquí.

Gracias, sagte er.

Er setzte sich, rauchte mit ihnen und erzählte alles, was er erlebt hatte. Teilnahmsvoll hörten sie, was Rawlins widerfahren war, der ihnen näherstand als er. Sie waren traurig, daß er nicht zurückkehren würde, sagten aber, ein Mann gebe viel auf, wenn er sein Land verlasse. Sie sagten, man werde nicht zufällig in einem ganz bestimmten Land geboren, und das Wetter und die Jahreszeiten, die dieses Land formten, prägten im Lauf der Generationen auch die innere Bestimmung der Menschen dort, und diese Bestimmung werde von den Eltern an die Kinder weitergegeben und sei woanders nicht so leicht zu finden. Sie sprachen über das Vieh, die Pferde und die wilden jungen Stuten, wenn sie rossig waren, über eine Hochzeit in La Vega und einen Todesfall in Víbora. Niemand erwähnte den Patrón oder die Dueña. Niemand erwähnte das Mädchen. Schließlich wünschte er ihnen gute Nacht, ging zurück zum Stall und legte sich auf die Strohmatratze, aber er wußte nicht, wie spät es war, deswegen stand er auf, ging zum Haus und klopfte an die Küchentür.

Er wartete und klopfte nochmal. Als María öffnete und ihn eintreten ließ, wußte er, daß Carlos gerade hinausgegangen war. Sie sah auf die Uhr über der Spüle.

Ya comiste? sagte sie.

No.

Siéntate. Hay tiempo.

Er setzte sich an den Tisch; sie tat gebratenes Hammelfleisch mit Adobada-Sauce auf einen Teller, stellte ihn zum Aufwärmen in den Ofen und brachte ihn ihm nach ein paar Minuten zusammen mit einem Becher Kaffee. Sie wusch die letzten Teller ab; kurz vor zehn trocknete sie die Hände an der Schürze und ging hinaus. Als sie zurückkam, blieb sie in der Tür stehen. Er stand auf.

Está en la sala, sagte sie.

Gracias.

Er ging durch die Eingangshalle zum Salon. Wie sie da stand, wirkte sie fast feierlich; sie war mit einer Eleganz gekleidet, die ihn frösteln ließ. Sie schritt durch den Raum, setzte sich und wies mit dem Kopf auf den Sessel gegenüber.

Bitte setz dich.

Er ging langsam über den gemusterten Teppich und nahm Platz. An der Wand hinter ihr hing ein großer Gobelin, auf dem sich in einer längst vergangenen Landschaft zwei Reiter auf einem Weg begegneten. Über der Doppeltür zur Bibliothek der präparierte Kopf eines Kampfstiers, dem ein Ohr fehlte.

Héctor meinte, du würdest nicht kommen. Ich habe ihm versichert, daß er sich irrt.

Wann kommt er zurück?

Er ist noch eine Weile fort. Er wird sowieso nicht mit dir sprechen.

Ich glaub, ich hab das Recht auf eine Erklärung.

Und ich glaube, alles ist sehr zu deinen Gunsten geregelt worden. Du hast meinen Neffen tief enttäuscht und mir große Ausgaben verursacht.

Nichts für ungut, Mam, aber ich hab's auch nicht grade leicht gehabt.

Weißt du, die Beamten sind vorher schonmal hier gewesen. Mein Neffe hat sie weggeschickt, weil er selber nachforschen lassen wollte. Er war sich ziemlich sicher, daß der Fall anders lag. Ziemlich sicher.

Warum hat er mir nichts davon gesagt?

Er hat dem Commandante sein Wort gegeben. Sonst hätten sie dich gleich mitgenommen. Er wollte eigene Nachforschungen anstellen. Ich glaube, du verstehst, daß der Commandante Leute, die er verhaften will, ungern im voraus darüber informiert.

Ich hätte Gelegenheit kriegen sollen, die Sache aus meiner Sicht zu erzählen.

Du hattest ihn schon zweimal belogen. Warum hätte er denken sollen, du würdest es nicht auch ein drittes Mal tun?

Ich hab ihn nie belogen.

Die Sache mit dem gestohlenen Pferd war hier bekannt, noch bevor du herkamst. Und auch, daß die Diebe Amerikaner waren. Als er dich danach fragte, hast du alles abgestritten. Ein paar Monate später kehrte dein Freund nach Encantada zurück und beging einen Mord. Das Opfer war ein Beamter. Das sind Tatsachen, die niemand bestreiten kann.

Wann kommt er zurück?

Er wird nicht mit dir sprechen.

Sie halten mich für'n Verbrecher.

Ich bin bereit zu glauben, daß sich gewisse Umstände gegen dich verschworen haben. Aber was geschehen ist, kann nicht ungeschehen gemacht werden.

Warum haben Sie mich freigekauft?

Ich glaube, das weißt du.

Wegen Alejandra.

Ja.

Und was war ihre Gegenleistung?

Ich glaube, das weißt du auch.

Daß sie mich nie mehr sehen darf.

Ja.

Er lehnte sich zurück und starrte an ihr vorbei an die Wand. Zum Gobelin. Zu einer blauen Ziervase auf einer mit Figuren beschnitzten Anrichte aus Walnußholz.

Ich kann kaum an zwei Händen abzählen, wie viele Frauen in dieser Familie verhängnisvolle Affären mit schlecht beleumundeten

Männern hatten. Natürlich, die Zeiten waren so, daß sich einige dieser Männer Revolutionäre nennen konnten. Meine Schwester Matilde war mit einundzwanzig schon zweimal verwitwet, beide Männer erschossen. Sowas eben. Oder Bigamisten. Der Gedanke, daß ein Makel auf der Familie liegt, ist nicht angenehm. Ein Familienfluch. Aber nein, sie wird dich nicht mehr sehen.

Sie haben sie erpreßt.

Ich war froh, daß ich überhaupt was in der Hand hatte.

Erwarten Sie aber keinen Dank von mir.

Das tu ich auch nicht.

Sie hatten kein Recht dazu. Sie hätten mich dort lassen sollen.

Dann wärst du gestorben.

Dann wär ich eben gestorben.

Sie schwiegen. Die Uhr in der Halle tickte.

Wir möchten, daß du ein Pferd bekommst. Ich werde Antonio sagen, daß er eins mit dir aussuchen soll. Hast du Geld?

Er sah sie an. Ich hätt gedacht, so wie Ihnen das Leben mitgespielt hat, wären Sie gegen andre vielleicht milder geworden.

Dann hättest du dich eben getäuscht.

Scheint so.

Meiner Erfahrung nach machen die Schwierigkeiten des Lebens die Leute nicht nachsichtiger.

Das kommt auf die Leute an.

Du glaubst, du weißt was über mein Leben. Eine alte Frau, die womöglich verbittert ist. Neidisch auf anderer Leute Glück. Eine ganz alltägliche Geschichte eben. Aber es ist nicht meine. Ich bin selbst dann noch für dich eingetreten, als Alejandras Mutter, die du zum Glück nie kennengelernt hast, vor Wut fast an die Decke gegangen ist. Überrascht dich das?

Ja.

Ja. Wenn sie kultivierter wäre, hätte ich dich vielleicht nicht so verteidigt. Ich bin kein Gesellschaftsmensch. Die Gesellschaften, denen ich ausgesetzt war, kamen mir meistens wie Apparate zur Unterdrückung der Frau vor. Die Gesellschaft ist sehr wichtig in Mexiko. Wo Frauen noch nicht mal wählen dürfen. In Mexiko sind sie ganz verrückt nach Gesellschaft und Politik, und in beidem sind sie miserabel. Man hält meine Familie hier für Gachupines, aber der Wahnsinn des Spaniers ist nicht viel anders als der Wahnsinn des Kreolen. Die Generalprobe für die politische Tragödie Spaniens fand zwanzig Jahre vorher auf mexikanischem Boden statt. Für die, die Augen hatten zu sehen. Alles wurde anders, und doch blieb alles gleich. Im Herzen des Spaniers wohnt eine große Sehnsucht nach Freiheit, aber nur seiner eigenen. Eine große Liebe zu Wahrheit und Ehre in all ihren Erscheinungsformen, aber nicht zum Wesen von Wahrheit und Ehre. Und ein tiefer Glaube, daß nichts Gültigkeit hat, es sei denn, man kann es zum Bluten bringen. Jungfrauen, Stiere, Männer. Letztendlich auch Gott selbst. Wenn ich meine Großnichte anschaue, seh ich ein Kind. Und doch weiß ich sehr wohl, wer und was ich in ihrem Alter war. In einem anderen Leben hätte ich eine Soldadera sein können. Sie vielleicht auch. Und ich werde nie erfahren, was ihr Leben ist. Falls sich darin ein Muster abzeichnet, dann nicht in einer Form, die diese Augen hier erkennen können. Ich hab mich sowieso immer gefragt, ob das Muster, das wir in unserem Leben sehen, von Anfang an da war oder ob all die zufälligen Ereignisse erst im nachhinein zu einem Muster geordnet werden. Denn sonst sind wir nichts. Glaubst du an das Schicksal?

Ja, Mam. Ich denk schon.

Mein Vater hatte ein großartiges Gespür für den Zusammenhang aller Dinge. Ich glaub nicht, daß ich das auch habe. Er hat behauptet, man dürfe die Verantwortung für eine Entscheidung nie irgendeiner blinden Kraft zuschieben, sondern sie nur auf menschliche Entscheidungen zurückführen, die sich weiter und weiter von ihren Auswirkungen entfernten. Er hat das am Beispiel einer hochgeworfenen Münze deutlich gemacht, die irgendwann mal ein Stück Silber neben einem Prägestock war, und der Münzschläger hat das Silberstück vom Blech genommen und es auf eine von zwei möglichen Arten in den Prägestock gelegt, woraus alles andere folgt, cara y cruz. Ganz gleich, wie oder wie oft die Münze gedreht wird. Bis schließlich wir an der Reihe sind und über uns entschieden wird.

Sie lächelte. Dünn. Flüchtig.

Es ist eine dumme Streitfrage. Aber dieser namenlose kleine Mensch an seiner Werkbank ist mir im Gedächtnis geblieben. Ich glaub, wenn es das Schicksal wäre, das über unser Leben herrscht, dann könnte man versuchen, zu argumentieren oder ihm zu schmeicheln. Aber beim Münzschläger geht das nicht. Er betrachtet die blanken Rohlinge vor sich mit schlechten Augen durch trübe Brillengläser. Er trifft seine Wahl. Vielleicht zögert er einen Augenblick. Während das Schicksal unbekannter zukünftiger Welten in der Luft hängt. Mein Vater muß in diesem Gleichnis einen Zugang zum Ursprung der Dinge gefunden haben, aber ich sehe nichts dergleichen. Für mich war die Welt immer eher ein Marionettentheater. Doch wenn man hinter den Vorhang sieht und die Fäden nach oben verfolgt, stellt man fest, daß sie in den Händen anderer Puppen enden, die wiederum an Fäden hängen, und so weiter. Im Lauf meines Lebens habe ich diese Fäden, deren Ausgangspunkt in der Unendlichkeit liegt, den Tod großer Männer in Wahnsinn und Gewalt herbeiführen sehen. Den Untergang einer Nation. Ich werde dir erzählen, wie Mexiko war. War und eines Tages wieder sein wird. Du wirst sehen, daß genau dieselben Dinge, die mich für dich eingenommen haben, mich letztlich bewogen haben, gegen dich zu entscheiden.

Als ich noch ein Mädchen war, herrschte in diesem Land schreckliche Armut. Was man heute sieht, ist nichts im Vergleich dazu. Das ging mir sehr zu Herzen. In den kleinen Städten gab es Läden, wo die Bauern, die zum Markt kamen, Kleider mieten konnten. Sie hatten keine eigenen, darum mieteten sie für einen Tag welche, und abends gingen sie in ihren Decken und Lumpen zurück nach Haus. Sie besaßen gar nichts. Jeden Centavo, den sie zusammenkratzen konnten, gaben sie für Beerdigungen aus. Eine Durchschnittsfamilie hatte außer einem Küchenmesser nichts, was maschinell hergestellt war. Nichts. Keine Nadel, keinen Teller, keinen Topf, keinen Knopf. Nichts. Nie. In der Stadt konnte man sie sehen, wie sie versuchten, wertloses Zeug zu verkaufen. Eine Schraube, die ein Lastwagen auf der Straße verloren hatte, oder ein kaputtes Maschinenteil, von dem niemand auch nur einen Schimmer hatte, wozu es gut sein mochte. Sowas eben. Sie glaubten, irgend jemand würde bestimmt nach diesen Sachen suchen und ihren Wert erkennen, wenn man diesen Jemand nur fände. Das war ein Glaube, den keine Enttäuschung erschüttern konnte. Was hatten sie denn auch sonst? Für welches andere Ding würden sie es hergeben? Die industrielle Welt war für sie unvorstellbar, und die darin wohnten, waren ihnen völlig fremd. Und doch waren sie nicht dumm. Nie dumm. Man konnte es an den Kindern sehen. Deren Intelligenz war beängstigend. Und sie genossen eine Freiheit, um die wir sie beneideten. Ihnen wurden so wenig Grenzen gesetzt. So wenig Erwartungen auferlegt. Und dann, mit elf oder zwölf, hörten sie auf, Kinder zu sein. Sie verloren von einem Tag auf den anderen ihre Kindheit, und eine Jugend hatten sie nicht. Sie wurden sehr ernst. Als habe sie eine schreckliche Wahrheit heimgesucht. Eine schreckliche Vision. An einem gewissen Punkt in ihrem Leben wurden sie auf einmal ernüchtert, und mich verwirrte das, aber natürlich konnte ich nicht wissen, was sie da gesehen hatten. Was sie wußten.

Mit sechzehn hatte ich viele Bücher gelesen und war Freidenkerin. Jedenfalls weigerte ich mich, an einen Gott zu glauben, der in seiner selbstgeschaffenen Welt so viel Unrecht zuließ. Ich war sehr idealistisch. Nahm kein Blatt vor den Mund. Meine Eltern waren entsetzt. Und dann, in dem Sommer, als ich siebzehn war, änderte sich mein Leben für immer.

In Francisco Maderos Familie gab es dreizehn Kinder, und ich hatte viele Freunde unter ihnen. Zwischen Rafaelas Geburtstag und meinem eigenen lagen nur drei Tage, und ich war eng mit ihr befreundet. Viel enger als mit den Töchtern von Carranza. Teníamos compadrazgo con su familia. Verstehst du? Das kann man nicht übersetzen. Die Familie hat mir mein Quinceañera-Fest in Rosario ausgerichtet. Im selben Jahr fuhr Don Evaristo mit uns nach Kalifornien. Alles junge Mädchen von den Haciendas. Aus Parras und Torreón. Er war damals schon sehr alt, und ich bewundere seinen Mut. Aber er war ein wunderbarer Mann. Er war eine Amtszeit lang Gouverneur gewesen. Er war sehr wohlhabend und mochte mich gern, und meine philosophischen Haarspaltereien störten ihn überhaupt nicht. Ich hielt mich gern in Rosario auf. Damals gab es noch mehr gesellschaftlichen Verkehr zwischen den Haciendas. Es wurden sehr aufwendige Gesellschaften mit Orchester und Champagner veranstaltet, und oft waren Besucher aus Europa dazu eingeladen. Diese Feste dauerten häufig bis zum Morgen. Zu meiner Überraschung stellte ich fest, daß ich beliebt war, und höchstwahrscheinlich hätte mich das von meiner Überspanntheit kuriert, wenn nicht zwei Dinge gewesen wären. Das erste war die Rückkehr der beiden ältesten Söhne Francisco und Gustavo.

Sie waren fünf Jahre zur Ausbildung in Frankreich gewesen. Davor waren sie in den Vereinigten Staaten zur Schule gegangen. In Kalifornien und Baltimore. Als ich ihnen wieder vorgestellt wurde, waren sie für mich alte Freunde, fast wie Angehörige. Aber meine Erinnerung an sie war die eines Kindes, und für sie war ich sicher eine völlig Fremde.

Als ältester Sohn hatte Francisco eine Sonderstellung im Haus. Unter dem Portal stand ein Tisch, an dem er mit seinen Freunden hofhielt. Im Herbst jenes Jahres wurde ich oft eingeladen, und in diesem Haus hörte ich zum erstenmal laut ausgesprochen, was mein Herz bewegte. Ich begann zu sehen, wie die Welt sich verändern mußte, wenn ich darin leben sollte.

Francisco richtete Schulen für die Kinder der Armen im Distrikt ein. Er gab Medizin aus. Später speiste er Hunderte aus seiner eigenen Küche. Es ist nicht leicht, heutzutage jemandem die Begeisterung jener Tage zu erklären. Die Menschen fühlten sich sehr zu Francisco hingezogen. Sie waren gern in seiner Nähe. Damals war noch keine Rede davon, daß er in die Politik gehen wollte. Er versuchte bloß, die Ideen, auf die er gekommen war, in die Tat umzusetzen. Sie im täglichen Leben anzuwenden. Leute aus ganz Mexiko kamen, um mit ihm zu sprechen. Und in allem wurde er von Gustavo unterstützt.

Ich bin nicht sicher, ob du verstehen kannst, was ich dir erzähle. Ich war siebzehn, und dieses Land war für mich wie eine kostbare, von einem Kind herumgetragene Vase. Es lag eine Spannung in der Luft. Alles schien möglich. Ich dachte, es gäbe Tausende wie uns.

Wie Francisco. Wie Gustavo. Aber das war ein Irrtum. Am Ende sah es so aus, als gäbe es niemand.

Gustavo hatte als kleiner Junge einen Unfall gehabt und trug ein Glasauge. Das tat seiner Anziehung auf mich keinen Abbruch. Vielmehr verstärkte es sie wohl noch. Auf jeden Fall war ich mit niemandem lieber zusammen als mit ihm. Er gab mir Bücher zu lesen. Wir redeten stundenlang. Er war sehr praktisch veranlagt. Viel praktischer als Francisco. Er teilte auch nicht dessen Neigung zum Okkulten. Er sprach immer über ernste Dinge. Dann, im Herbst jenes Jahres, fuhr ich mit meinem Vater und meinem Onkel zu einer Hacienda in San Luis Potosí, und dort hatte ich den Unfall mit meiner Hand, von dem ich schon gesprochen habe.

Bei einem Jungen hätte das keine Folgen gehabt. Für ein Mädchen aber war es eine Katastrophe. Man sah mich nicht mehr in der Öffentlichkeit. Ich glaubte sogar zu bemerken, daß das Verhalten meines Vaters mir gegenüber sich veränderte. Daß er mich unwillkürlich als entstellt betrachtete. Ich dachte, man nähme jetzt allgemein an, ich könnte keine gute Partie mehr machen, und vielleicht nahm man das tatsächlich an. Ich hatte nicht mal mehr einen Finger, auf den man einen Ring stecken konnte. Ich wurde behandelt, als wäre ich zerbrechlich. Etwa wie jemand, der aus einer Nervenheilanstalt entlassen worden ist. Ich wünschte mir von ganzem Herzen, ich wäre unter Armen geboren, wo solche Dinge viel bereitwilliger akzeptiert werden. In dieser Verfassung wartete ich auf das Alter und den Tod.

Einige Monate vergingen. Eines Tages, kurz vor Weihnachten, kam Gustavo mich besuchen. Ich war entsetzt. Ich trug meiner Schwester auf, sie solle ihn bitten, wieder zu gehen. Er ließ sich nicht abweisen. Als mein Vater ziemlich spät am Abend zurückkam, war er ziemlich verblüfft, ihn allein im Salon anzutreffen, wo er mit dem Hut auf dem Schoß saß. Er kam in mein Zimmer, um mich zur Rede zu stellen. Ich preßte die Hände auf die Ohren. Was weiter geschah, weiß ich nicht mehr. Nur, daß Gustavo dasaß und wartete. Er verbrachte die Nacht im Salon wie ein Hausdiener. Hier. In diesem Haus.

Am nächsten Tag war mein Vater sehr böse auf mich. Den Auftritt, der folgte, werde ich dir ersparen. Ich bin sicher, daß Gustavo mein wütendes, verzweifeltes Geheul gehört hat. Aber natürlich konnte ich mich dem Willen meines Vaters nicht widersetzen, und so ging ich schließlich in den Salon. Ziemlich elegant gekleidet, wenn ich mich recht erinnere. Ich hatte gelernt, ein Taschentuch so in der linken Hand zu halten, daß es meine Verkrüppelung verdeckte. Gustavo erhob sich und lächelte mir zu. Wir gingen in den Garten. Der war damals besser gepflegt. Er erzählte mir von seinen Plänen. Von seiner Arbeit. Er erzählte mir von Francisco und Rafaela. Von unseren Freunden. Er behandelte mich nicht anders als zuvor. Er erzählte mir, wie er sein Auge verloren hatte und wie grausam die Kinder in der Schule gewesen waren, und er erzählte mir Dinge, die er noch nie ausgesprochen hatte, nicht einmal Francisco gegenüber. Denn er sagte, daß ich es verstehen würde.

Er sprach von den Dingen, über die wir so oft in Rosario gesprochen hatten. So oft und so tief in die Nacht hinein. Er sagte, daß die, denen ein Unglück widerfahren ist, immer ausgesondert werden, aber daß gerade dieses Unglück ihre besondere Gabe ist, aus der sie Kraft schöpfen, und daß sie ihren Weg zurück ins Gemeinwesen finden müssen, denn wenn sie das nicht tun, gibt es darin keinen Fortschritt, und sie selbst vertrocknen vor Verbitterung. Er sagte das mit großem Ernst und großer Freundlichkeit, und im Licht des Portals sah ich, daß er weinte, und wußte, daß er um meine Seele weinte. Noch nie hatte mir jemand seine Wertschätzung so deutlich gezeigt. Daß ein Mann sich in eine solche Situation begab... Ich wußte nicht, was ich sagen sollte. In jener Nacht dachte ich lange und nicht ohne Verzweiflung darüber nach, was aus mir werden sollte. Ich sehnte mich sehr danach, ein wertvoller Mensch zu sein, und ich mußte mich fragen, wie das möglich sein sollte, wenn es nicht so etwas wie eine Seele oder einen Geist im Leben eines Menschen gab, etwas, das sich mit jedem Unglück und jeder Entstellung abfinden konnte, ohne sich deshalb weniger wertvoll zu fühlen. Wenn man ein wertvoller Mensch sein wollte, dann durfte dieser Wert nicht von den Wechselfällen des Schicksals abhängig sein. Es mußte eine

Eigenschaft sein, die sich nicht verändern konnte. Ganz gleich, was geschah. Lange vor Morgengrauen merkte ich, daß ich das, was ich herauszufinden suchte, schon immer gewußt hatte. Daß Mut stets eine Form der Beständigkeit ist. Daß ein Feigling stets zuerst sich selbst im Stich läßt. Danach fällt ihm jeder andere Verrat leicht.

Ich wußte, daß manche um ihren Mut weniger kämpfen müssen als andere, aber ich glaubte, daß jeder, der danach strebte, ihn haben konnte. Daß das Wollen schon die Sache selbst ist. Die Sache an sich. Ich kannte nichts anderes, über das man das sagen konnte.

So vieles hängt vom Glück ab. Erst Jahre später verstand ich, wieviel Überwindung es Gustavo gekostet haben muß, so mit mir zu sprechen. So ins Haus meines Vaters zu kommen. Unbeirrt von irgendwelchen Gedanken, er könnte zurückgewiesen oder ausgelacht werden. Vor allem begriff ich, daß sein Geschenk an mich nicht in seinen Worten lag. Das Neue, das er mir brachte, ließ sich mit Worten nicht ausdrücken. Doch von jenem Tag an begann ich den Mann zu lieben, der mir dieses Neue gebracht hatte, und obwohl er inzwischen fast vierzig Jahre tot ist, hat sich an diesem Gefühl nichts geändert.

Sie zog ein Taschentuch aus dem Ärmel und tupfte es auf die unteren Augenlider. Sie sah auf.

Nun ja. Jedenfalls bist du ziemlich geduldig. Den Rest der Geschichte kann man sich leicht ausmalen, schließlich sind die Tatsachen allgemein bekannt. In den nächsten Monaten flammte mein revolutionäres Feuer wieder auf, und die politischen Aspekte von Francisco Maderos Aktivitäten traten immer deutlicher hervor. Man begann ihn ernst zu nehmen, Feinde standen gegen ihn auf, und bald drang sein Name ans Ohr des Diktators Díaz. Francisco war gezwungen, seinen Besitz in Australien zu verkaufen, um seine Unternehmungen zu finanzieren. Kurz darauf wurde er verhaftet. Dann floh er in die Vereinigten Staaten. Seine Entschlossenheit war unbeugsam, und doch ahnten damals nur wenige, daß er einmal Präsident von Mexiko werden würde. Als er und Gustavo zurückkehrten, brachten sie Waffen mit. Die Revolution hatte begonnen.

Ich wurde inzwischen nach Europa geschickt, und dort blieb ich.

Mein Vater äußerte seine Ansichten über die Verantwortung der Grundbesitzer sehr unverblümt. Aber eine Revolution war etwas ganz anderes. Er weigerte sich, mich nach Hause zu holen, wenn ich nicht versprach, mich von den Maderos loszusagen, und das wollte ich nicht. Gustavo und ich waren nie verlobt. Seine Briefe an mich wurden seltener. Dann kamen gar keine mehr. Schließlich hörte ich, daß er geheiratet hatte. Ich warf ihm weder damals noch heute etwas vor. Während der Revolution gab es Monate, in denen alles aus seiner Tasche bezahlt wurde. Jede Kugel. Jede Scheibe Brot. Als Díaz schließlich gezwungen war zu fliehen und es freie Wahlen gab, wurde Francisco der erste Präsident dieser Republik, der durch den Willen des Volkes ins Amt kam. Und der letzte.

Ich werde dir von Mexiko erzählen. Ich werde dir erzählen, was mit diesen tapferen, guten, ehrenhaften Männern geschah. Zu der Zeit war ich Lehrerin in London. Meine Schwester kam und blieb bis zum Sommer. Sie bat mich, mit ihr zurückzukehren, aber ich wollte nicht. Ich war sehr stolz. Sehr eigensinnig. Ich konnte meinem Vater weder seine politische Blindheit verzeihen noch die Art, wie er mich behandelt hatte.

Vom ersten Tag im Amt an war Francisco Madero von Intriganten umgeben. Sein Glaube, die Menschen seien im Grunde gut, war sein Untergang. Irgendwann brachte Gustavo General Huerta mit vorgehaltener Waffe vor ihn und entlarvte ihn als Verräter, doch Francisco wollte nichts davon wissen und setzte Huerta wieder in sein Kommando ein. Huerta. Einen Mörder. Eine Bestie. Das war im Februar neunzehnhundertdreizehn. Es gab einen bewaffneten Aufstand. Selbstverständlich war Huerta insgeheim daran beteiligt. Als er sich seiner Position sicher war, ergab er sich den Rebellen und führte sie gegen die Regierung. Gustavo wurde verhaftet. Dann Francisco und Pino Suárez. Gustavo wurde dem Pöbel im Hof der Ciudadela übergeben. Sie umdrängten ihn mit Fackeln und Laternen. Sie beleidigten und quälten ihn, nannten ihn Ojo Parado. Als er um seiner Frau und seiner Kinder willen um Schonung bat, nannten sie ihn einen Feigling. Ihn, einen Feigling. Sie stießen ihn und schlugen ihn. Sie versengten ihn. Als er sie nochmals bat, von ihm abzulassen, kam einer von ihnen mit einem Stichel und stach ihm sein gesundes Auge aus, und in seiner Blindheit taumelte er stöhnend davon und sagte nichts mehr. Einer kam mit einem Revolver, hielt ihn ihm an den Kopf und drückte ab, aber ein anderer stieß ihm gegen den Arm, und die Kugel riß den Unterkiefer weg. Er brach am Fuß des Denkmals für Morelos zusammen. Schließlich feuerte man eine Salve Gewehrschüsse auf ihn ab. Er wurde für tot erklärt. Trotzdem drängte sich ein Betrunkener vor und schoß noch einmal auf ihn. Sie traten seinen Leichnam mit Füßen und bespuckten ihn. Einer schnitt sein Glasauge heraus, es wurde als Kuriosität in der Menge herumgereicht.

Sie schwiegen. Die Uhr tickte. Nach einer Weile blickte sie zu ihm auf.

So. Das war die Gemeinschaft, von der er immer gesprochen hatte. Dieser wunderschöne Mann. Der alles gegeben hatte.

Und was war mit Francisco?

Er und Pino Suárez wurden hinter das Gefängnis geführt und erschossen. Ihre Mörder waren zynisch genug zu behaupten, sie seien bei einem Fluchtversuch erschossen worden. Franciscos Mutter hatte ein Telegramm an Präsident Taft geschickt, worin sie ihn bat, zugunsten ihres Sohnes zu intervenieren. Sara hat es selbst beim Botschafter in der amerikanischen Botschaft abgegeben. Höchstwahrscheinlich ist es nie abgeschickt worden. Die Familie ging ins Exil. Nach Kuba. In die Vereinigten Staaten. Nach Frankreich. Es hatte schon immer das Gerücht kursiert, sie seien jüdischer Abstammung. Kann sein, daß es stimmt. Sie waren allesamt sehr intelligent. Zumindest hatten sie, so kam es mir wenigstens vor, ein jüdisches Schicksal. Eine späte Diaspora. Märtyrertum. Verfolgung. Exil. Sara lebt heute in Colonia Roma. Sie hat Enkelkinder. Wir sehen uns selten, aber uns verbindet ein unsichtbares geschwisterliches Band. In jener Nacht im Garten, hier beim Haus meines Vaters, hat Gustavo gesagt, Menschen, die durch Verletzung oder Verlust einen großen Schmerz erlitten haben, seien durch ein besonders starkes Band miteinander verbunden, und so ist es. Die engsten Bande sind die der Trauer. Die engste Gemeinschaft ist die des

Schmerzes. Ich bin erst aus Europa zurückgekehrt, als mein Vater im Sterben lag. Jetzt bedaure ich, daß ich ihn nicht besser kennengelernt habe. Ich glaube, er war in vielerlei Hinsicht nicht geeignet für das Leben, das er sich ausgesucht hatte. Oder das ihn ausgesucht hatte. Vielleicht galt das für uns alle. Er las gern Bücher über Gartenbau. In dieser Wüste. Er hatte hier schon mit dem Anbau von Baumwolle begonnen, und es hätte ihn gefreut zu sehen, wieviel Erfolg wir damit gehabt haben. In späteren Jahren hab ich erkannt, wie ähnlich Gustavo und er sich waren. Gustavo, der nie Soldat hätte werden sollen. Ich glaube, sie haben Mexiko nicht verstanden. Er haßte Gewalt und Blutvergießen, wie mein Vater. Aber vielleicht hat er es nicht genug gehaßt. Francisco war von allen am verblendetsten. Er hat sich nie zum Präsidenten von Mexiko geeignet. Er hat sich nicht einmal wirklich zum Mexikaner geeignet. Am Ende werden wir von allen Gesinnungen geheilt. Was das Leben nicht heilt, heilt der Tod. Die Welt ist sehr rigoros in ihrer Wahl zwischen Traum und Wirklichkeit, auch wenn wir es nicht sind. Zwischen dem Wunsch und den Dingen liegt die Welt auf der Lauer. Ich hab viel über mein Leben und mein Land nachgedacht. Ich glaube, es gibt nur wenig, was man wirklich wissen kann. Meine Familie hat Glück gehabt. Andere weniger. Und weisen oft eifrig darauf hin.

In der Schule habe ich Biologie gelernt. Ich habe gelernt, daß Wissenschaftler bei ihren Experimenten eine Gruppe nehmen – Bakterien, Mäuse, Menschen – und sie bestimmten Einflüssen aussetzen. Sie vergleichen die Ergebnisse mit denen einer anderen Gruppe, die diesen Einflüssen nicht ausgesetzt war. Diese zweite Gruppe nennt man Kontrollgruppe. Die Kontrollgruppe ermöglicht es dem Wissenschaftler, das Resultat seines Experiments zu bewerten. Die Bedeutung dessen, was eingetreten ist, zu ermessen. In der Geschichte gibt es keine Kontrollgruppe. Es gibt keinen, der uns sagen könnte, was hätte sein können. Wir weinen über das, was hätte sein können, dabei existiert es gar nicht. Es hat nie existiert. Angeblich sind jene, die nichts von der Geschichte wissen wollen, dazu verurteilt, sie zu wiederholen. Ich glaube nicht daran, daß Wissen uns retten kann. Das Beständige in der Geschichte sind Gier, Verblendung und eine

Leidenschaft für das Blut, und das ist etwas, was selbst Gott, der alles weiß, was gewußt werden kann, anscheinend nicht ändern kann.

Mein Vater ist weniger als zweihundert Meter von hier, wo wir sitzen, begraben. Ich gehe oft hin und spreche mit ihm. Ich spreche mit ihm, wie ich es zu seinen Lebzeiten nie konnte. Er hat mich zu einer Verbannten im eigenen Land gemacht. Er hat das nicht gewollt. Als ich geboren wurde, war dieses Haus bereits angefüllt mit Büchern in fünf Sprachen, und da ich wußte, daß mir als Frau die Welt zum großen Teil verwehrt werden würde, stürzte ich mich auf diese andere Welt. Mit fünf Jahren konnte ich lesen, und keiner hat mir je ein Buch aus der Hand genommen. Keiner. Dann schickte mich mein Vater auf zwei der besten Schulen Europas. Bei aller Strenge und Unnachgiebigkeit war er letztlich ein Freigeist gefährlichster Sorte. Du hast von meinen Enttäuschungen gesprochen. Wenn es welche waren, dann haben sie mich nur waghalsiger gemacht. Meine Großnichte ist die einzige Zukunft, über die ich mir noch Gedanken mache, und wenn es um sie geht, kann ich nur meinen ganzen Einfluß einsetzen. Mag sein, daß es das Leben, das ich ihr wünsche, gar nicht mehr gibt, aber ich weiß was, was sie nicht weiß: daß es nichts zu verlieren gibt. Im Januar werde ich dreiundsiebzig. Ich habe sehr viele Menschen kennengelernt, und nur wenige von ihnen haben ein Leben geführt, mit dem sie zufrieden waren. Ich möchte, daß meine Großnichte die Möglichkeit hat, eine ganz andere Ehe zu schließen als die, die ihre Gesellschaft unbedingt von ihr verlangt. Ich werde keine konventionelle Ehe hinnehmen. Ich sage es nochmal: Ich weiß was, was sie nicht wissen kann. Daß es nichts zu verlieren gibt. Ich weiß nicht, in was für einer Welt sie leben wird, und ich habe keine feste Meinung, wie sie darin leben sollte. Ich weiß nur, daß es, wenn sie das Wahre nicht über das Nützliche stellt, wenig Unterschied macht, ob sie überhaupt lebt. Und mit wahr meine ich nicht rechtschaffen, sondern einfach das, was ist. Du denkst, ich habe deinen Antrag abgelehnt, weil du ein junger, ungebildeter Ausländer bist, aber das stimmt nicht. Ich hab mich immer bemüht, Alejandras Geist gegen jene Eitelkeiten zu stärken, wie sie die Verehrer aus ihrer eigenen Schicht an den Tag legen, und wir beide haben uns längst an den Gedanken gewöhnt, daß Hilfe manchmal in ungewöhnlicher Verkleidung kommt. Aber ich hab dir auch von der gewissen Zügellosigkeit erzählt, die den Frauen dieser Familie im Blut liegt. Von dieser Halsstarrigkeit. Diesem Leichtsinn. Und da ich weiß, daß sie das in sich hat, hätte ich in deinem Fall vorsichtiger sein sollen. Ich hätte dich genauer ansehen sollen. Das tue ich jetzt.

Sie geben mir ja keine Gelegenheit, mich zu verteidigen.

Ich kenne deine Verteidigung. Deine Verteidigung ist, daß gewisse Dinge passiert sind, auf die du keinen Einfluß hattest.

Stimmt.

Sicher. Aber das ist keine Verteidigung. Ich hab kein Mitleid mit Leuten, denen einfach Dinge passieren. Mag sein, daß sie Pech gehabt haben, aber spricht das für sie?

Ich hab vor, sie zu treffen.

Soll ich darüber erstaunt sein? Ich geb dir sogar meine Erlaubnis. Auch wenn das was ist, um das du dich nie bemüht hast. Sie wird das Versprechen, das sie mir gegeben hat, nicht brechen. Du wirst sehen.

Ja, Mam. Wir werden sehen.

Sie erhob sich, strich ihren Rock nach hinten glatt und streckte die Hand aus. Er stand auf und nahm sie ganz kurz, so zartgliedrig und kühl.

Tut mir leid, daß wir uns nicht mehr sehen werden. Ich hab mich bemüht, dir von mir zu erzählen, nicht zuletzt deshalb, weil ich finde, daß man seine Feinde kennen sollte. Es gibt Menschen, die ihr Leben damit verbringen, einen Haß auf Phantome zu nähren, und das sind keine glücklichen Menschen.

Ich hasse Sie nicht.

Das wirst du aber.

Wir werden sehen.

Ja. Wir werden sehen, was das Schicksal für uns bereithält.

Ich denke, Sie glauben nicht ans Schicksal.

Sie wedelte mit der Hand. Es ist weniger so, daß ich nicht daran glaube. Ich glaube nicht an die Unterwerfung unter das Schicksal. Wenn das Schicksal ein Gesetz ist, dann unterliegt es selbst auch dem Gesetz, oder? An irgendeinem Punkt können wir der Verantwortung nicht mehr entkommen. Das liegt uns in der Natur. Manchmal denke ich, wir alle sind wie dieser kurzsichtige Münzschläger an der Münze: Wir nehmen ein Metallstück nach dem anderen vom Blech und wachen eifersüchtig darüber, daß uns nichts und niemand in die Arbeit pfuscht, weil wir wollen, daß selbst das Chaos unser eigenes Werk ist.

Am Morgen ging er zur Schlafbaracke, frühstückte mit den Vaqueros und verabschiedete sich von ihnen. Dann ging er zum Haus des Gerente. Antonio und er sattelten im Stall die Pferde, ritten durch das Tor im Gatter und sahen sich die frisch eingefangenen an. Er wußte, welches er wollte. Als es sie sah, schnaubte es, drehte sich um und begann zu traben. Es war Rawlins' Falbe; sie fingen ihn mit dem Lasso und brachten ihn in den Korral, und gegen Mittag hatte er das Tier halbwegs passabel hingekriegt, ließ es im Schritt gehen und abkühlen. Das Pferd war wochenlang nicht geritten worden. Es hatte keine Druckstellen von einem Sattelgurt und wußte kaum, wie es Getreide fressen sollte. Er ging zum Haus und verabschiedete sich von María. Sie gab ihm ein Essenspaket und einen rosafarbenen Briefumschlag, in dessen linke obere Ecke das Emblem von La Purísima geprägt war. Draußen öffnete er den Umschlag, nahm das Geld heraus, faltete die Scheine zusammen und steckte sie ein, ohne sie zu zählen; den Umschlag faltete er ebenfalls zusammen und steckte ihn in die Hemdtasche. Dann ging er unter den Pecanobäumen zum Platz vor dem Haus, wo Antonio mit den Pferden wartete, sie umarmten sich einen Augenblick schweigend, und er saß auf und lenkte das Pferd zur Straße.

Er ritt ohne abzusteigen durch La Vega. Das Pferd schnaubte und verdrehte bei allem, was es sah, die Augen. Als weiter vorn auf der Straße ein Laster angelassen wurde und auf sie zukam, stöhnte das Tier verzweifelt auf und wollte durchgehen; er zwang es mit den Zügeln fast in die Knie, klopfte ihm auf die Kruppe und redete ihm unablässig gut zu, bis der Laster vorbei war und sie ihren Weg fortsetzen konnten. Draußen vor der Stadt verließ er die Straße und ritt durch das uralte, gewaltige Trockenbett des Bolsón. Er durchquerte eine Gipspfanne, wo die Salzkruste unter den Hufen des Pferdes aufstäubte wie zerstoßener Glimmer, er ritt durch weiße Gipshügel, auf denen kümmerliche Yuccas wuchsen, und durch ein blasses Tal, in dem sich Gipsblumen drängten wie auf einem jäh dem Licht ausgesetzten Höhlenboden. In der schimmernden Ferne standen Bäume und Lehmhütten auf schmalen Streifen grünen Landes; sie wirkten blaß, kompakt und fast flüchtig in der klaren Morgenluft. Das Pferd hatte von Natur aus eine gute Gangart, und im Reiten sprach er mit ihm und erzählte ihm Dinge, die seiner Erfahrung nach wahr waren, und andere, die vielleicht wahr sein mochten, um zu hören, wie es klang, wenn man sie aussprach. Er erzählte dem Pferd, warum es ihm gefiel und warum er es sich ausgesucht hatte, und sagte, er werde nicht zulassen, daß ihm ein Leid geschehe.

Gegen Mittag ritt er auf einem Feldweg dahin, wo das Wasser in den Bewässerungsgräben neben den ausgetretenen Rändern der Felder floß. Er hielt an, um das Pferd trinken zu lassen, und führte es im Schatten einer Pappel auf und ab, damit es abkühlte. Er teilte sein Essen mit einer Schar Kinder, die kamen und sich neben ihn setzten. Einige von ihnen hatten noch nie gesäuertes Brot gegessen und sahen einen älteren Jungen hilfesuchend an. Es waren fünf, und sie saßen längs des Weges aufgereiht. Die Brote mit geräuchertem Schinken von der Hacienda wurden nach links und rechts weitergegeben, und sie verzehrten sie feierlich. Als sie aufgegessen hatten, teilte er mit seinem Messer den frisch gebackenen Apfel- und Guava-Kuchen.

Dónde vive? erkundigte sich der älteste Junge.

Er sann über die Frage nach. Sie warteten. Früher hab ich mal auf einer großen Hacienda gelebt, sagte er, aber jetzt hab ich kein Zuhause mehr.

Die Kindergesichter musterten ihn besorgt. Puede vivir con nosotros, sagten sie, und er dankte ihnen und sagte, er habe eine

Novia, die in einer anderen Stadt lebe, und er sei unterwegs, um sie zu fragen, ob sie seine Frau werden wolle.

Es bonita, su novia? fragten sie, und er sagte ihnen, sie sei sehr schön und habe blaue Augen, was sie kaum glauben konnten, aber er sagte ihnen auch, daß ihr Vater ein reicher Hacendado sei, während er selbst kaum etwas besitze, und sie hörten ihm schweigend zu und waren sehr niedergeschlagen ob dieser Umstände. Das ältere Mädchen sagte, wenn seine Novia ihn wirklich liebe, werde sie ihn trotz allem heiraten, aber der Junge sah die Dinge nicht so rosig und meinte, selbst in den Familien der Reichen könne sich ein Mädchen dem Willen des Vaters nicht widersetzen. Das Mädchen sagte, man müsse die Großmutter um Rat fragen, denn ihre Meinung sei sehr wichtig, und er solle ihr Geschenke machen und versuchen, sie auf seine Seite zu ziehen, denn ohne ihre Hilfe habe er wenig Aussicht auf Erfolg. Jeder wisse, daß das so sei, sagte sie.

John Grady nickte zu diesen weisen Worten, sagte aber, er habe die Großmutter bereits beleidigt und könne nicht mehr auf ihre Hilfe rechnen. Darauf hörten einige der Kinder auf zu essen und starrten vor sich auf den Boden.

Es un problema, sagte der Junge.

De acuerdo.

Eines der jüngeren Mädchen beugte sich vor. Qué ofensa le dio a la abuelita? sagte es.

Es una historia larga, sagte er.

Hay tiempo, sagten sie.

Er lächelte und sah sie an. Sie hatten ja wirklich Zeit, und so erzählte er ihnen alles, was geschehen war. Er erzählte ihnen, wie sie aus einem anderen Land gekommen waren, zwei junge Männer auf ihren Pferden, und wie sie einen dritten getroffen hatten, der kein Geld, kein Essen und kaum etwas auf dem Leib gehabt hatte, und wie dieser mit ihnen gekommen war und sie alles geteilt hatten. Dieser Dritte sei sehr jung gewesen und habe ein herrliches Pferd gehabt, aber er habe unter anderem die Befürchtung gehegt, Gott werde ihn mit einem Blitz erschlagen, und wegen dieser Furcht habe er in der Wüste sein Pferd verloren. Dann erzählte er ihnen, was weiter mit dem Pferd geschehen war und wie sie das Pferd aus dem Dorf Encantada geholt hatten, und er erzählte, wie der Junge nach Encantada gegangen war und dort einen Mann getötet hatte, und daß die Polizei auf die Hacienda gekommen sei und ihn und seinen Freund verhaftet habe und daß die Großmutter die Strafe für sie bezahlt und der Novia verboten habe, ihn wiederzusehen.

Als er fertig war, herrschte Schweigen. Schließlich sagte das Mädchen, er müsse den Jungen zur Großmutter bringen, damit der ihr sagte, daß er an allem schuld sei. John Grady erwiderte, das gehe nicht, der Junge sei tot. Als die Kinder das hörten, bekreuzigten sie sich und küßten ihre Finger. Der ältere Junge sagte, die Sache sei verfahren, aber er müsse einen Vermittler finden, der für ihn eintrete, denn wenn man die Großmutter davon überzeugen könne, daß er unschuldig sei, werde sie gewiß ihre Meinung ändern. Das ältere Mädchen sagte, der Junge vergesse, daß die Familie reich und er selbst arm sei. Der Junge sagte, wenn er ein Pferd habe, könne er nicht gar so arm sein. Sie sahen John Grady an, damit er in dieser Angelegenheit entschied, und er sagte ihnen, obwohl es nicht so scheine, sei er tatsächlich sehr arm, das Pferd habe ihm die Großmutter geschenkt. Einige von ihnen schnappten vernehmlich nach Luft und schüttelten den Kopf. Das Mädchen sagte, er müsse einen weisen Mann finden, mit dem er die Sache besprechen könne, oder vielleicht eine Curandera, und das jüngere Mädchen sagte, er solle zu Gott beten.

Es war später Abend und dunkel, als er nach Torreón kam. Er band das Pferd vor einem Hotel an, ging hinein, und fragte nach einem Mietstall, aber der Portier kannte sich in diesen Dingen nicht aus. Er blickte durch das Fenster zur Straße hinaus auf das Pferd und sah John Grady an.

Puede dejarlo atrás, sagte er.

Atrás?

Sí. Afuera. Er zeigte nach hinten.

John Grady sah zum hinteren Ende des Gebäudes.

Por dónde? sagte er.

Der Portier zuckte die Achseln. Er wies mit der offenen Hand am Tresen vorbei auf den Korridor. Por aquí.

Auf einem Sofa in der Halle saß ein alter Mann, der aus dem Fenster gesehen hatte; er wandte sich John Grady zu und sagte, das sei schon recht, diese Hotelhalle habe weit Schlimmeres gesehen als ein Pferd. John Grady sah den Portier an, ging hinaus, band das Pferd los und führte es ins Haus. Der Portier war durch den Korridor vorausgegangen und hielt die Hintertür auf, während John Grady das Pferd in den Hof führte. Er hatte in Tlahualilo ein Säckchen Getreide gekauft, und nun ließ er das Pferd aus einem Waschtrog trinken, öffnete den Sack und schüttete das Getreide in den umgedrehten Deckel einer Mülltonne. Er nahm den Sattel ab, machte den leeren Sack naß und rieb das Pferd damit ab. Dann trug er den Sattel hinein, ließ sich den Zimmerschlüssel geben, ging hinauf in sein Zimmer und legte sich schlafen.

Als er aufwachte, war es Mittag. Er hatte fast zwölf Stunden geschlafen. Er stand auf, trat ans Fenster und sah hinaus. Unten lag der kleine Hof hinter dem Hotel. Das Pferd schritt geduldig im Kreis herum, drei Kinder auf dem Rücken, ein viertes führte es, und noch eins hing an seinem Schwanz.

Er verbrachte den größten Teil des Morgens damit, auf dem Postamt vor einer der vier Telefonzellen zu warten, und als er endlich an der Reihe war, kam der Anruf nicht zu ihr durch. Er füllte am Schalter ein weiteres Formular aus; die junge Frau hinter der Scheibe las in seinem Gesicht und sagte, nachmittags werde er mehr Glück haben, und so war es. Am anderen Ende meldete sich eine Frau, die jemanden schickte, um sie zu holen. Er wartete. Als sie ans Telefon kam, sagte sie, sie habe gewußt, daß er es sei.

Ich muß dich sehen, sagte er.

Ich kann nicht.

Du mußt. Ich komm runter zu dir.

Nein. Das kannst du nicht.

Ich reite morgen früh los. Ich bin in Torreón.

Hast du mit meiner Tante gesprochen?

Ja.

Sie schwieg. Dann sagte sie: Ich kann dich nicht sehen.

Kannst du doch.

Ich werd nicht hier sein. Ich fahr übermorgen nach La Purísima.

Ich hol dich vom Bahnhof ab.

Das geht nicht. Antonio kommt mich abholen.

Er schloß die Augen und hielt den Hörer umklammert. Er sagte, er liebe sie, und sie habe kein Recht, ein solches Versprechen zu geben; selbst wenn sie ihn umbrächten, er werde nicht gehen, ohne sie noch einmal gesehen zu haben, auch wenn es das letztemal sei, und sie schwieg lange, und dann sagte sie, sie werde einen Tag früher fahren. Sie werde sagen, ihre Tante sei krank. Sie werde morgen losfahren und ihn in Zacatecas treffen. Dann legte sie auf.

Er stellte das Pferd in einem Stall hinter dem Barrio südlich der Bahnlinie unter. Dem Patrón sagte er, er solle sich vor dem Pferd in acht nehmen, es sei bestenfalls halb zugeritten. Der Mann nickte und rief den Stallburschen, doch John Grady merkte, daß er seine eigene Meinung über Pferde hatte und tun würde, was er für richtig hielt. Er trug den Sattel in den Sattelraum und hängte ihn auf. Der Bursche schloß hinter ihm ab, und er ging zurück ins Büro.

Er bot an, im voraus zu bezahlen, aber der Patrón winkte ab. Er trat hinaus in die Sonne, ging die Straße hinunter und nahm den Bus zurück in die Stadt.

In einem Laden erstand er einen kleinen Beutel aus Segeltuch, zwei Hemden und ein Paar Stiefel. Dann ging er zum Bahnhof und kaufte sich eine Fahrkarte, anschließend aß er etwas in einem Café. Er spazierte herum, um die Stiefel einzulaufen, und ging dann wieder ins Hotel. Er wickelte den Revolver, das Messer und seine alten Kleider in die Schlafrolle und sagte dem Portier, er solle sie in der Vorratskammer einschließen. Dann bat er, am anderen Morgen um sechs geweckt zu werden, und ging zu Bett. Es war noch nicht einmal ganz dunkel.

Der Morgen war kühl und grau, als er aus dem Hotel trat, und als er im Zug saß, schlugen Regentropfen ans Fenster. Gegenüber saßen ein kleiner Junge und dessen Schwester, und als der Zug sich in Bewegung gesetzt hatte, fragte ihn der Junge, woher er komme und wohin er fahre. Es schien sie nicht zu überraschen, daß er aus Texas stammte. Als der Schaffner das Frühstück ausrief, lud er die Kinder ein, mit ihm zu essen, aber der Junge lehnte mit verlegenem Gesicht ab. Auch er war verlegen. Er setzte sich in den Speisewagen, aß eine große Portion Bauernfrühstück, trank Kaffee dazu und sah die grauen Felder an den nassen Fenstern vorbeiziehen. In seinem neuen Hemd und den neuen Stiefeln begann er sich so gut zu fühlen wie lange nicht mehr, und die Last auf seinem Herzen wurde leichter. In Gedanken wiederholte er, was sein Vater ihm einst gesagt hatte, nämlich daß ein ängstlicher Reicher nicht gewinnen und ein sorgenvoller Mann nicht lieben kann. Der Zug fuhr durch eine gräßliche Ebene, in der nur Kakteen wuchsen, und dann durch einen riesigen Seifenbaumwald. Er riß die Zigarettenschachtel auf, die er am Bahnhofskiosk gekauft hatte, zündete sich eine Zigarette an, legte das Päckchen auf die Tischdecke und blies Rauch gegen das Fenster und die Landschaft, die im Regen vorbeizog.

Am Spätnachmittag fuhr der Zug in Zacatecas ein. Er trat aus dem Bahnhofsgebäude, ging die Straße hinauf und unter dem alten steinernen Aquädukt hindurch in die Stadt. Der Regen war ihnen von Norden gefolgt, und die schmalen, gepflasterten Straßen waren naß, die Läden geschlossen. Er ging auf der Hidalgo an der Kathedrale vorbei bis zur Plaza de Armas und nahm sich ein Zimmer im Reina Cristina Hotel. Es war ein altes Hotel aus der Kolonialzeit. In der Halle war es still und kühl, der geflieste Boden dunkel und poliert, und in einem Käfig saß ein Ara und beobachtete die ein und aus gehenden Leute. Im Speisesaal neben der Eingangshalle saßen noch Gäste beim Mittagessen. Er nahm seinen Schlüssel und ging hinauf. Ein Hoteldiener trug seine kleine Tasche. Das Zimmer war groß und hoch. Auf dem Bett lag eine Tagesdecke aus Chenille, und auf dem Tisch stand eine Wasserkaraffe aus geschliffenem Glas. Der Hoteldiener zog die Vorhänge zurück und ging ins Bad, um nachzusehen, ob alles in Ordnung war. John Grady lehnte sich auf das Fensterbrett. Unten im Hof kniete ein alter Mann zwischen Töpfen mit roten und weißen Geranien und sang, während er die Blumen versorgte, leise eine Strophe einer alten Ballade.

Er gab dem Diener ein Trinkgeld, legte seinen Hut auf den Schreibtisch und schloß die Tür. Er streckte sich auf dem Bett aus und blickte zu den geschnitzten Deckenbalken. Dann stand er wieder auf, nahm seinen Hut und ging in den Speisesaal, um sich ein Sandwich zu holen.

Er lief durch die schmalen, gewundenen Straßen der Stadt mit ihren alten Häusern und den kleinen, versteckten Plätzen. Es kam ihm vor, als kleideten sich die Leute mit einer gewissen Eleganz. Der Regen hatte aufgehört, die Luft war frisch. Läden wurden geöffnet. Er setzte sich auf eine Bank auf der Plaza und ließ sich die Stiefel putzen. Dann sah er sich die Schaufenster an und suchte ein Geschenk für sie. Schließlich erstand er eine ganz schlichte silberne Halskette, zahlte der Frau den geforderten Preis, und die Frau schlug sie in Papier ein und band eine Schleife darum. Er steckte das Päckchen in die Hemdtasche und ging zurück zum Hotel.

Der Zug aus San Luis Potosí und Mexico City sollte um acht kommen. Um halb acht war er am Bahnhof. Als der Zug einfuhr, war es fast neun. Zwischen anderen stand er auf dem Bahnsteig und sah die Passagiere aussteigen. Als sie in der Tür erschien, hätte er sie beinahe nicht erkannt. Sie trug ein blaues, fast bis zu den Knöcheln reichendes Kleid und einen blauen Hut mit breiter Krempe, und weder für ihn noch für die anderen Männer auf dem Bahnsteig sah sie wie ein Schulmädchen aus. In der Hand hielt sie einen kleinen Lederkoffer; als sie die Stufen hinunterstieg, nahm ihr der Schaffner ihn ab, gab ihn ihr dann zurück und legte die Hand an die Mütze. Sie drehte sich um und sah ihn an, und ihm wurde bewußt, daß sie ihn durchs Fenster gesehen hatte. Als sie auf ihn zuging, kam ihm ihre Schönheit ganz und gar unwahrscheinlich vor. Wie eine Erscheinung, unerklärlich hier wie an jedem anderen Ort. Sie trat vor ihn, strich traurig lächelnd über die Narbe auf seiner Wange, beugte sich vor und gab ihm einen Kuß darauf, und er küßte sie und nahm ihr den Koffer ab.

Du bist so dünn, sagte sie. Er sah ihr in die blauen Augen wie ein Mann, der nach einer Vision der noch unerschaffenen Zukunft des Universums sucht. Er hatte kaum genug Atem, um zu sprechen, und er sagte ihr, sie sei sehr schön. Sie lächelte, und in ihren Augen stand die Traurigkeit, die er zum erstenmal in der Nacht bemerkt hatte, als sie in seine Kammer gekommen war, und er wußte, er war ein Teil davon, aber nicht die ganze Traurigkeit.

Geht's dir gut? fragte sie.

Ja. Mir geht's gut.

Und Lacey?

Dem auch. Er ist wieder zurück nach Haus.

Sie gingen durch den kleinen Bahnhof zur Straße, und sie hakte ihn unter.

Ich hol uns ein Taxi, sagte er.

Gehn wir lieber zu Fuß.

Okay.

Die Straßen waren voller Menschen; auf der Plaza de Armas errichteten Zimmerleute ein Gerüst für das mit Kreppapier verkleidete Podium vor dem Gouverneurspalast, auf dem in zwei Tagen Redner den Unabhängigkeitstag feiern würden. Er nahm ihre Hand, und sie gingen über die Straße zum Hotel. Er versuchte, aus ihrem Händedruck zu lesen, wie es in ihrem Herzen aussah, konnte aber nichts erkennen.

Sie aßen im Speisesaal zu Abend. Er war nie mit ihr in der Öffentlichkeit gewesen und weder auf die unverhohlenen Blicke der älteren Männer an den Nachbartischen gefaßt noch auf die Anmut, mit der sie sie zur Kenntnis nahm. Er hatte an der Rezeption ein Päckchen amerikanische Zigaretten gekauft, und als ihnen der Ober den Kaffee brachte, zündete er sich eine an und legte sie in den Aschenbecher. Er sagte, er müsse ihr erzählen, was vorgefallen sei.

Er erzählte ihr von Blevins und dem Gefängnis Castelar, und er erzählte ihr, was mit Rawlins passiert war, und schließlich erzählte er ihr von dem Cuchillero, der mit dem abgebrochenen Messer im Herzen in seinen Armen gestorben war. Er erzählte ihr alles. Dann saßen sie schweigend da. Als er aufblickte, weinte sie.

Sag's mir, sagte er.

Ich kann nicht.

Sag's mir.

Woher soll ich wissen, wer du bist? Weiß ich denn, was für ein

Mann du bist? Was für ein Mann mein Vater ist? Trinkst du Whiskey? Gehst du zu Huren? Tut er es? Was ist ein Mann?

Ich hab dir Sachen erzählt, die ich noch nie einem erzählt hab. Ich hab dir alles erzählt, was zu erzählen iss.

Und wozu soll das gut sein? Wozu?

Ich weiß nicht. Ich glaub eben einfach dran.

Lange saßen sie da. Schließlich sah sie auf. Ich hab ihm gesagt, daß wir ein Paar sind.

Ein eiskalter Schauer überrieselte ihn. Im Saal war es mucksmäuschenstill. Sie hatte beinahe im Flüsterton gesprochen, und doch spürte er die Stille ringsum und wagte fast nicht, den Blick zu heben. Seine Stimme war brüchig.

Warum?

Weil sie damit gedroht hat, es ihm zu sagen. Meine Tante. Sie hat gemeint, ich darf dich nicht mehr sehen, sonst erzählt sie es ihm.

Das hätte sie nicht getan.

Nein. Aber ich bin mir nicht sicher. Ich wollte ihr nicht einfach so ausgeliefert sein. Also hab ich's ihm selbst gesagt.

Warum?

Ich weiß nicht. Ich weiß nicht.

Ist das wahr? Du hast es ihm erzählt?

Ja.

Er lehnte sich zurück und verbarg sein Gesicht in den Händen. Dann sah er sie wieder an.

Wie hat sie's rausgekriegt?

Ich weiß nicht. Durch Verschiedenes. Vielleicht durch Estéban. Sie hat mich gehört, als ich mich aus dem Haus geschlichen hab. Und als ich zurückgekommen bin.

Du hast es nicht abgestritten?

Nein.

Was hat dein Vater dazu gesagt?

Nichts. Gar nichts.

Warum hast du mir nichts davon erzählt?

Du warst doch auf der Mesa. Ich hätt's dir schon erzählt. Aber als du zurückgekommen bist, haben sie dich gleich verhaftet.

Er hat mich verhaften lassen.

Ja.

Wie konntst du ihm das nur erzählen?

Ich weiß nicht. Ich war so dumm. Ihre Überheblichkeit war schuld. Ich hab ihr gesagt, daß ich mich nicht erpressen laß. Sie hat mich ganz verrückt gemacht.

Haßt du sie?

Nein. Das nicht. Aber sie sagt immer, ich muß meinen Weg finden, dabei versucht sie mir ständig ihren aufzuzwingen. Hassen tu ich sie nicht. Sie kann nichts dafür. Aber meinem Vater hab ich das Herz gebrochen. Einfach das Herz gebrochen.

Er hat gar nichts dazu gesagt?

Nein.

Was hat er getan?

Er ist vom Tisch aufgestanden und in sein Zimmer gegangen.

Du hast's ihm bei Tisch gesagt?

Ja.

Vor ihren Augen?

Ja. Er ist in sein Zimmer gegangen, und am nächsten Morgen vor Tagesanbruch war er fort. Er hat ein Pferd gesattelt und ist mit den Hunden los. Allein in die Berge. Ich dachte, er will dich umbringen.

Sie weinte. Leute drehten sich nach ihnen um. Sie schlug die Augen nieder und schluchzte lautlos; nur die Schultern zuckten, und die Tränen liefen ihr übers Gesicht.

Wein doch nicht, Alejandra. Jetzt wein doch nicht.

Sie schüttelte den Kopf. Ich hab alles kaputtgemacht. Ich wollte bloß noch sterben.

Jetzt wein doch nicht. Ich krieg das schon wieder hin.

Das kannst du nicht, sagte sie. Sie hob den Blick und sah ihn an. Er hatte noch nie Verzweiflung gesehen. Das hatte er bloß geglaubt, aber es stimmte nicht.

Er iss auf die Mesa gekommen. Wieso hat er mich nicht umgebracht?

Ich weiß nicht. Ich glaub, er hatte Angst, daß ich mir dann was antun würde.

Und, hättst du?

Ich weiß nicht.

Ich krieg das schon wieder hin. Laß mich nur machen.

Sie schüttelte den Kopf. Du verstehst nicht.

Was versteh ich nicht?

Ich hab nicht gewußt, daß er aufhören würde, mich zu lieben. Daß er das könnte. Jetzt weiß ich es.

Sie zog ein Taschentuch aus ihrer Handtasche. Tut mir leid, sagte sie. Die Leute gucken schon.

In der Nacht regnete es, die Vorhänge bauschten sich ins Zimmer. Er hörte den Regen im Hof plätschern und umschlang sie blaß und nackt; sie beteuerte ihm weinend ihre Liebe, und er fragte sie, ob sie seine Frau werden wolle. Er könne ihren Lebensunterhalt verdienen, und sie könnten in sein Land gehen und dort leben, und niemand würde ihnen etwas zuleide tun. Sie fand keinen Schlaf, und als er im Morgendämmer aufwachte, stand sie am Fenster und trug sein Hemd.

Viene la madrugada, sagte sie.

Ja.

Sie trat ans Bett und setzte sich. Ich hab von dir geträumt. Ich hab geträumt, du wärst tot.

Heut nacht?

Nein. Vor langer Zeit. Lange vor alldem. Hice una manda.

Ein Vermächtnis.

Ja.

Für mein Leben.

Ja. Sie trugen dich durch die Straßen einer Stadt, die ich noch nie gesehen hatte. Bei Sonnenuntergang. Die Kinder haben gebetet. Lloraba tu madre. Con más razón tu puta.

Er legte ihr die Hand auf den Mund. Sag das nicht. Du darfst sowas nicht sagen.

Sie nahm seine Hand, hielt sie und strich über die Adern.

Im Morgengrauen traten sie hinaus in die Stadt und gingen durch die Straßen. Sie unterhielten sich mit Straßenkehrern und mit

Frauen, die kleine Läden öffneten und die Stufen wischten. Sie frühstückten in einem Café, gingen durch die kleinen Paseos und Callejones, wo alte Händlerinnen süße Melcochas und Charamuscas auf dem Pflaster feilboten, und er kaufte ihr Erdbeeren bei einem Jungen, der sie mit einer kleinen Messingwaage abwog und aus einem Stück Papier ein Tütchen dafür drehte. Sie gingen in den alten Jardín Independencia, wo hoch über ihnen ein Engel aus weißem Stein mit einem abgebrochenen Flügel aufragte. An seinen steinernen Handgelenken hingen die zerrissenen Ketten seiner Fesseln. Insgeheim zählte er die Stunden, bis der Zug wieder aus dem Süden kommen würde und sie nach Torreón mitnähme oder auch nicht, und er sagte, wenn sie ihr Leben in seine Hände lege, werde er sie nie enttäuschen oder verlassen und sie bis an sein Lebensende lieben, und sie sagte, sie glaube ihm.

Als sie am späten Vormittag zum Hotel zurückgingen, nahm sie ihn bei der Hand und zog ihn über die Straße.

Komm, sagte sie. Ich muß dir was zeigen.

Sie führte ihn an der Mauer der Kathedrale entlang und durch einen Gewölbegang zur Gasse dahinter.

Was denn? fragte er.

Einen Platz.

Sie gingen die gewundene schmale Gasse hinunter. An einer Gerberei vorbei. Am Laden eines Blechschmieds. Sie gelangten auf einen kleinen Platz, und dort wandte sie sich um.

Mein Großvater ist hier gestorben, sagte sie. Der Vater von meiner Mutter.

Wo?

Hier. Auf diesem Platz. Plazuela de Guadalajarita.

Während der Revolution.

Ja. Neunzehnhundertvierzehn. Am dreiundzwanzigsten Juni. Er hat in der Zaragoza-Brigade unter Raúl Madero gekämpft. Er war vierundzwanzig Jahre alt. Sie kamen von Norden in die Stadt. Aus den Hügeln von Loreto. Der Tierra Negra. Damals war von hier ab nur noch freies Feld. Er starb an diesem sonderbaren Ort. Esquina de la Calle del Deseo y el Callejón del Pensador Mexicano. Es war keine Mutter da, die ihn beweinte. Wie in den Balladen. Und auch kein Vögelchen, das aufgeflogen wär. Nur das Blut auf den Steinen. Das wollte ich dir zeigen. Wir können los.

Quién fue el Pensador Mexicano?

Un poeta. Joaquín Fernández de Lizardi. Er hatte ein schweres Leben und ist jung gestorben. Und die Straße der Sehnsucht ist wie die Calle de Noche Triste. Nur ein anderer Name für Mexiko. Wir können jetzt los.

Als sie ins Zimmer kamen, räumte das Mädchen gerade auf, ging dann aber gleich. Sie zogen die Vorhänge zu, liebten sich und schliefen umschlungen ein. Es war Abend, als sie aufwachten. Sie kam in ein Handtuch gewickelt aus der Dusche, setzte sich aufs Bett, nahm seine Hand und blickte auf ihn hinunter. Ich kann nicht tun, was du von mir willst, sagte sie. Ich liebe dich. Aber das kann ich nicht.

Ihm wurde sonnenklar, daß sein ganzes Leben auf diesen Augenblick zugestrebt war und fortan nirgendwohin streben würde. Er spürte etwas Seelenloses, Kaltes in sich eindringen wie ein fremdes Wesen, er stellte sich vor, daß es böse lächelte, und nichts wies darauf hin, daß es ihn je wieder verlassen würde. Als sie das zweitemal aus dem Bad kam, war sie angezogen, und er setzte sie aufs Bett, nahm ihre Hände und sprach zu ihr, aber sie schüttelte nur den Kopf, wandte ihr tränenfeuchtes Gesicht ab und sagte, es sei Zeit zu gehen, sie dürfe den Zug nicht verpassen.

Auf dem Weg durch die Straßen hielt sie seine Hand, und er trug ihren Koffer. Sie gingen durch die Alameda oberhalb der alten steinernen Stierkampfarena und dann die Treppe neben dem mit Steinschnitzereien verzierten Musikpavillon hinunter. Ein trockener Südwind war aufgekommen, und im Eukalyptus schnatterten und schrien die Stärlinge. Die Sonne war untergegangen, blaues Zwielicht lag über dem Park, und entlang den Mauern des Aquädukts und an den Wegen unter den Bäumen gingen die Laternen an.

Sie standen auf dem Bahnsteig, sie barg ihr Gesicht an seiner Schulter, und er sprach sie an, aber sie antwortete nicht. Der Zug fuhr schnaufend von Süden ein und kam dampfend und bebend zum Stehen; die Fensterflucht bog sich längs der Gleise wie eine

Reihe großer, im Dunkel glühender Dominosteine, und er kam nicht umhin, diese Ankunft mit der vierundzwanzig Stunden zuvor zu vergleichen, und sie berührte ihre silberne Halskette und wandte sich ab, um ihren Koffer zu nehmen, dann beugte sie sich vor und küßte ihn mit tränennassem Gesicht ein letztesmal, und dann war sie fort. Er sah ihr nach wie im Traum. Ringsum auf dem Bahnsteig begrüßten sich Familien und Liebende. Er sah einen Mann, der ein kleines Mädchen herumwirbelte; es lachte, doch als es sein Gesicht sah, hörte es auf. Er wußte nicht, wie er es schaffen sollte, stehenzubleiben, bis der Zug weiterfuhr, aber er blieb stehen, und als der Zug fort war, machte er kehrt und ging hinaus auf die Straße.

Im Hotel zahlte er, nahm seine Sachen und ging. Er betrat eine Bar in einer Seitenstraße, aus deren offener Tür die rauhe, hybride Kneipenmusik des Nordens plärrte. Er betrank sich gründlich, geriet in eine Schlägerei und erwachte auf einem Eisenbett in einem grünen Zimmer mit Papierrollos vor dem Fenster, durch das er Hähne krähen hörte.

Er musterte sein Gesicht im halbblinden Spiegel. Sein Kiefer war blau und geschwollen. Wenn er den Kopf im Glas ein Stück drehte, konnte er eine gewisse Symmetrie der Gesichtshälften wiederherstellen, und solange er den Mund hielt, war der Schmerz erträglich. Sein Hemd war blutig und zerrissen, seine Tasche fort. Er erinnerte sich an Dinge aus der vergangenen Nacht, deren Wirklichkeit ihm ungewiß erschien. An den Umriß eines Mannes am Ende einer Straße, der fast so dastand wie Rawlins, als er ihn zum letztenmal gesehen hatte: halb zum Gehen gewandt, den Mantel locker über die Schulter geworfen. Nicht gekommen, um eines Mannes Haus zu entehren. Eines Mannes Tochter. Er sah Licht über einer Tür in der Wellblechfassade eines Lagerhauses, durch die keiner kam oder ging. Er sah ein verwaistes Feld in einer Stadt im Regen, und darauf eine hölzerne Kiste, und er sah einen Hund aus der Kiste ins funzlige, trübe Laternenlicht kriechen wie eine im Trubel verlorene Töle und dann über den Schutt hinken, bis er flugs zwischen den dunklen Häusern verschwunden war.

Als er auf die Straße trat, wußte er nicht, wo er sich befand. Es nieselte. Er versuchte sich an der Bufa zu orientieren, einem Höhenzug im Westen der Stadt, verlief sich jedoch bald in den gewundenen Gassen. Er erkundigte sich bei einer Frau nach dem Weg zum Centro; sie wies ihm die Richtung und blickte ihm nach. Nahe der Hidalgo kam eine Meute Hunde auf ihn zugetrabt, und als sie vor ihm die Straße überquerten, rutschte einer auf dem nassen Pflaster aus und fiel hin. Die anderen gingen in einem knurrenden Klumpen von Fell und gefletschten Zähnen auf ihn los, aber er rappelte sich hoch, bevor sie sich auf ihn stürzen konnten, und alle trabten weiter wie zuvor. Er marschierte auf dem Highway Richtung Norden zum Stadtrand und streckte den Daumen aus. Er hatte kaum noch Geld und einen langen Weg vor sich.

Er verbrachte den ganzen Tag in einem alten LaSalle Phaeton mit offenem Verdeck, den ein Mann im weißen Anzug fuhr. Der Mann sagte, dies sei das einzige Fahrzeug dieses Typs in ganz Mexiko. Er sagte, als junger Mann sei er durch die ganze Welt gereist, er habe in Mailand und Buenos Aires Gesang studiert, und im Dahinfahren sang er heftig gestikulierend Arien.

Mit diesem und anderen Transportmitteln erreichte er gegen Mittag des nächsten Tages Torreón, wo er ins Hotel ging und seine Schlafrolle holte. Dann holte er sein Pferd. Er war unrasiert, hatte nicht gebadet und keine Kleider zum Wechseln mehr; der Besitzer des Mietstalls nickte mitfühlend und schien nicht erstaunt, ihn in dieser Verfassung zu sehen. Er ritt hinaus in den Mittagsverkehr. Das Pferd war widerspenstig, es tänzelte ängstlich umher und trat eine große Delle ins Seitenbleck eines Busses, zum großen Vergnügen der Passagiere, die sich hinauslehnten und aus dem Schutz der Fenster Schmähworte riefen.

In der Calle Degollado befand sich eine Armería; davor saß er ab, band das Pferd an einen Laternenpfahl, ging hinein und kaufte sich eine Schachtel 45er-Long-Colt-Patronen. Er hielt an einer Tienda am Stadtrand, erstand ein paar Tortillas, einige Dosen Bohnen in Salsa und etwas Käse und wickelte alles in die Schlafrolle, die er wieder hinter den Sattel schnallte. Dann füllte er seine Feldflasche mit Wasser, saß auf und ritt nach Norden. Der Regen hatte das

Land aufsprießen lassen, das Gras neben der Straße leuchtete grün und frisch vom ablaufenden Wasser, und überall blühten Blumen. In dieser Nacht schlief er auf freiem Feld, weit entfernt von jeder Ansiedlung. Er machte kein Feuer. Lag nur da, lauschte dem angebundenen grasenden Pferd und dem Wind in der Leere und sah die Sterne die Wölbung des Himmels nachzeichnen und in der Finsternis am Rand der Welt vergehen. Indessen stak die Qual in seinem Herzen wie ein Pfahl. Er stellte sich den Schmerz der Welt als ein formlos schmarotzendes Wesen vor, das die Wärme der menschlichen Seele suchte, um dort zu nisten, und er glaubte zu wissen, wodurch man sich dieser Heimsuchung aussetzte. Er war sich nur nicht darüber im klaren gewesen, daß dieses Wesen nicht denken und folglich nicht wissen konnte, wo die Grenzen der Seele lagen, und er fürchtete, daß es vielleicht gar keine Grenzen gab.

Am Nachmittag des nächsten Tages war er tief im Bolsón, und tags darauf begann das Flachland, jener zerklüftete Sockel, aus dem sich die Berge der Wüste im Norden wie Tafeln erhoben. Das Pferd war nicht in der Verfassung für das, was er ihm abverlangte; das zwang ihn, häufig zu rasten. Er ritt nachts, damit sich die Hufe des Tiers an dem bißchen Tau laben konnten; dabei sah er fern in der Ebene kleine Dörfer, die im konturlosen Dunkel fahlgelb leuchteten, und er wußte, daß er sich das Leben dort nie vorstellen konnte. Fünf Tage später ritt er nachts in ein kleines Pueblo, das an einer Wegkreuzung lag, und las im Vollmondlicht auf an einen Pfosten genagelten Latten die mit heißem Eisen hineingebrannten Namen von Ortschaften. San Jerónimo. Los Pintos. La Rosita. Auf der untersten Latte stand La Encantada, daneben zeigte ein Pfeil in die andere Richtung. Lange saß er da. Er beugte sich vor und spuckte aus. Er sah in das Dunkel im Westen. Scheiß drauf, sagte er. Ich laß doch mein Pferd nicht hier drunten.

Er ritt die ganze Nacht, und im ersten grauen Tageslicht führte er das erschöpfte Pferd auf eine Anhöhe, an deren Fuß er die Umrisse eines Pueblo erkennen konnte, die gelben Fenster in den alten Lehmmauern, wo schon die ersten Lichter angezündet wurden, die dünnen Rauchsäulen, senkrecht und so reglos in der unbewegten

Morgenluft, als hinge der Ort an Fäden in der Dunkelheit. Er saß ab, rollte seine Decke aus und öffnete die Patronenschachtel. Die Hälfte der Patronen steckte er in die Tasche, dann prüfte er, ob alle sechs Kammern des Revolvers geladen waren, ließ die Trommel wieder einschnappen, steckte den Revolver in den Gürtel, rollte die Decke zusammen, schnallte sie hinter den Sattel, saß auf und ritt ins Dorf.

Die Straßen lagen verlassen da. Er band das Pferd vor dem Laden fest, ging zum alten Schulhaus, stand auf der Veranda und sah hinein. Er rüttelte an der Tür. Dann lief er ums Haus herum, zerschlug das Fenster in der Hintertür, steckte die Hand hindurch, entriegelte und trat mit gezücktem Revolver ein. Er durchquerte den Raum und blickte durchs Fenster auf die Straße. Er drehte sich um und ging zum Schreibtisch des Capitán. Er zog die oberste Schublade auf, nahm die Handschellen heraus und legte sie auf den Tisch. Dann setzte er sich und legte die Füße hoch.

Nach einer Stunde kam die Putzfrau und schloß die Tür mit ihrem Schlüssel auf. Sie erschrak, als sie ihn sah, und blieb unsicher stehen.

Pásale, pásale, sagte er. Está bien.

Gracias, sagte sie.

Sie wollte durch den Raum nach hinten, doch er befahl ihr, sich auf einen der metallenen Klappstühle an der Wand zu setzen. Sie saß ganz still und stellte keine Fragen. Sie warteten.

Er sah den Capitán über die Straße kommen, hörte seine Stiefeltritte auf den Brettern. Dann kam er herein, in einer Hand den Kaffee, in der anderen den Schlüsselring, die Post unter den Arm geklemmt, und starrte John Grady und den Revolver an, dessen Knauf auf dem Tisch ruhte.

Cierra la puerta, sagte John Grady.

Der Blick des Capitán schoß zur Tür. John Grady stand auf. Er spannte die Waffe. Das Klicken von Abzug und einschnappendem Hahn war scharf und klar in der Morgenstille. Die Putzfrau preßte die Hände auf die Ohren und kniff die Augen zu. Der Capitán schloß mit dem Ellbogen langsam die Tür.

Was du willst? fragte er.

Mein Pferd holen.

Dein Pferd?

Jau.

Ich hab dein Pferd nicht.

Dann laß dir mal schnell einfallen, wo's ist.

Der Capitán blickte zur Putzfrau. Die hielt sich noch immer die Ohren zu, aber sie hatte aufgesehen.

Komm her und leg dein Zeug da hin, sagte John Grady.

Der Capitán ging zum Schreibtisch, stellte den Becher ab, legte die Post hin und stand mit den Schlüsseln in der Hand da.

Die Schlüssel auch.

Er legte die Schlüssel auf den Tisch.

Dreh dich um.

Du dir machst viel Ärger.

Ich hab Ärger, da denkst du nicht mal im Traum dran. Dreh dich um.

Er drehte sich um. John Grady beugte sich vor, ließ die Klappe seines Halfters aufschnappen, zog die Pistole heraus, sicherte sie und steckte sie in den Gürtel.

Dreh dich um, sagte er.

Er drehte sich um. Ohne Aufforderung nahm er die Hände hoch. John Grady klaubte sich die Handschellen vom Tisch und steckte sie in den Gürtel.

Wohin mit der Frau? sagte er.

Mande?

Schon gut. Gehn wir.

Er nahm die Schlüssel, trat um den Schreibtisch herum und stieß den Capitán vorwärts. Dann gab er der Frau mit dem Kinn ein Zeichen.

Vámonos, sagte er.

Die Hintertür stand noch offen; sie traten hinaus und gingen auf dem schmalen Pfad zum Gefängnis. John Grady entriegelte das Schloß und stieß die Tür auf. Im fahlen Lichtdreieck saß wie zuvor der alte Mann und blinzelte.

Ya estás, viejo?

Sí, cómo no.

Ven aquí.

Er brauchte lange zum Aufstehen. Er schlurfte zur Tür, wobei er sich mit der Hand an der Wand abstützte; John Grady sagte ihm, er sei frei. Er bedeutete der Frau, hineinzugehen, und entschuldigte sich, daß er ihr Unannehmlichkeiten bereitete, und sie sagte, er solle sich darüber nicht den Kopf zerbrechen. Er zog die Tür zu und schloß ab.

Als er sich umwandte, stand der Alte noch immer da. John Grady sagte ihm, er solle nach Hause gehen. Der Alte sah den Capitán an.

No lo mire a él, sagte John Grady. Te lo digo yo. Andale.

Der Alte ergriff seine Hand und wollte sie küssen, doch John Grady zog sie schnell zurück.

Hau endlich ab, sagte er. Glotz ihn nicht so an. Geh.

Der Alte humpelte zum Tor, öffnete es, trat auf die Straße, drehte sich um, schloß es wieder und war fort.

Als er mit dem Capitán die Straße hinauf marschierte, saß John Grady auf dem Pferd, die Waffen unter seiner Jacke verborgen im Gürtel. Um seine Hände lagen die Handschellen, und der Capitán führte das Pferd. Sie bogen in die Straße zum blauen Haus des Charro ein, und der Capitán klopfte. Eine Frau kam an die Tür; als sie den Capitán sah, ging sie durch die Diele nach hinten, und nach einer Weile kam der Charro und stocherte nickend in den Zähnen. Er sah erst John Grady an, dann den Capitán. Schließlich wieder John Grady.

Tenemos un problema, sagte der Capitán.

Der Charro saugte an seinem Zahnstocher. Er hatte die Waffen in John Gradys Gürtel nicht gesehen; es fiel ihm schwer, das Verhalten des Capitán zu deuten.

Ven aquí, sagte John Grady. Cierra la puerta.

Als der Charro in die Revolvermündung aufblickte, sah John Grady förmlich die Rädchen in seinem Hirn rotieren und eins nach dem anderen einrasten. Der Charro griff hinter sich und zog die Tür zu. Er sah zu dem Reiter auf. Die Sonne blendete ihn, daher trat er ein wenig zur Seite und sah noch einmal zu ihm auf.

Quiero mi caballo, sagte John Grady.

Der Charro sah den Capitán an. Der zuckte die Achseln. Er sah wieder auf zu dem Reiter, dann zuckte sein Blick nach rechts, und er starrte zu Boden. John Grady schaute zu dem Ocotillo-Zaun hinüber, hinter dem er vom Pferderücken aus ein paar Lehmziegelschuppen und das rostige Blechdach eines größeren Gebäudes erkennen konnte. Er saß ab. Die Handschellen baumelten ihm vom Handgelenk.

Vámonos, sagte er.

Rawlins' Pferd befand ich in einem Unterstand aus Lehmziegeln in der Umfriedung hinter dem Haus. Er sprach es an, und beim Klang seiner Stimme hob es wiehernd den Kopf. Er befahl dem Charro, Zaumzeug zu holen, stand mit gezogenem Revolver da, während der Charro das Pferd aufzäumte, und nahm ihm dann die Zügel ab. Er fragte ihn, wo die anderen Pferde seien. Der Charro schluckte und sah den Capitán an. John Grady packte den Capitán am Kragen, hielt ihm den Revolver an den Kopf und sagte zum Charro, wenn er den Capitán noch einmal ansehe, werde er ihn erschießen. Der Charro sah zu Boden. John Grady sagte, er sei mit seiner Geduld und seiner Zeit am Ende, und der Capitán sei sowieso ein toter Mann, aber er könne wenigstens sich selber retten. Er sagte, Blevins sei sein Bruder gewesen, er habe einen heiligen Eid geschworen, nicht ohne den Kopf des Capitán zu seinem Vater zurückzukehren, und wenn er hier versage, warteten noch mehr Brüder auf ihre Gelegenheit. Der Charro verlor die Gewalt über seinen Blick und sah trotzdem zum Capitán, kniff dann aber die Augen zu, wandte sich ab und verkrampfte die Hand über der Wölbung seines schmalen Schädels. John Grady musterte indessen den Capitán und sah zum erstenmal den Schatten eines Zweifels über dessen Gesicht huschen. Der Capitán wollte etwas zum Charro sagen, aber er zerrte ihn am Kragen herum, drückte ihm den Revolver an den Kopf und sagte, wenn er den Mund noch einmal aufmache, werde er ihn auf der Stelle umlegen.

Tú, sagte er. Dónde están los otros caballos?

Der Charro blickte durch die Banse hinaus. Er sah aus wie ein Statist in einem Bühnenstück, der seine einzigen Sätze aufsagt.

En la hacienda de Don Rafael, sagte er.

Sie ritten ins Dorf, der Charro und der Capitán zu zweit auf Rawlins' ungesatteltem Pferd, und dahinter John Grady, die Hände gefesselt wie zuvor. Ein zusätzliches Zaumzeug hing ihm über der Schulter. Sie ritten mitten durchs Dorf. Alte Frauen, die in der frühmorgendlichen Luft die Lehmstraßen fegten, blieben stehen und blickten ihnen nach.

Die Hacienda lag etwa zehn Kilometer entfernt; sie erreichten sie am späten Vormittag und ritten in Begleitung von Hunden, die bellend an ihnen hochsprangen und den Pferden vorausliefen, durch das offene Tor und am Haus vorbei zu den Ställen.

Am Korral hielt John Grady an, streifte die Handschellen ab, steckte sie in die Tasche und zog den Revolver aus dem Gürtel. Dann saß er ab, öffnete das Tor und winkte sie durch. Er führte den Falben in den Korral, schloß das Tor, befahl den beiden abzusteigen und winkte mit dem Revolver in Richtung Stall.

Das Gebäude war erst kürzlich aus Lehmziegeln erbaut worden und hatte ein hohes Blechdach. Die Türen am anderen Ende waren geschlossen, die Boxen verriegelt, und in die Banse fiel nur wenig Licht. Er stieß den Capitán und den Charro mit gezücktem Revolver vorwärts. Er hörte Pferde in den Boxen schnauben, irgendwo auf dem Heuboden gurrten Tauben.

Redbo, rief er.

Das Pferd wieherte ihm aus einer der Boxen am Ende des Stalls zu.

Er winkte sie weiter. Vámonos, sagte er.

Als er sich umdrehte, erschien in der Toröffnung hinter ihnen die Silhouette eines Mannes.

Quién está? sagte er.

John Grady stellte sich hinter den Charro und drückte ihm den Revolver in die Rippen. Respóndele, sagte er.

Luis, sagte der Charro.

Luis?

Sí.

Quién más?

Raúl. El capitán.

Der Mann stand unschlüssig da. John Grady trat hinter den Capitán. Tenemos un preso, sagte er.

Tenemos un preso, rief der Capitán.

Un ladrón, flüsterte John Grady.

Un ladrón.

Tenemos que ver un caballo.

Tenemos que ver un caballo, sagte der Capitán.

Cúal caballo?

El caballo americano.

Der Mann rührte sich nicht. Dann trat er aus dem Licht in der Toröffnung. Niemand sprach.

Qúe pasó, hombre? rief der Mann.

Niemand antwortete. John Grady beobachtete den sonnenhellen Boden vor dem Eingang des Stalls. Dort sah er den Schatten des Mannes neben dem Tor. Dann verschwand der Schatten. Er lauschte. Er stieß die beiden Männer zum hinteren Ende des Stalls. Vámonos, sagte er.

Wieder rief er sein Pferd, fand die richtige Box, öffnete die Tür und ließ das Tier hinaus. Das Tier rieb Nase und Stirn an John Gradys Brust, John Grady sprach mit ihm, und es wieherte freudig, machte kehrt und trottete ohne Zaumzeug oder Halfter dem Sonnenlicht im Eingang zu. Als sie durch die Banse zurückgingen, reckten zwei andere Pferde den Kopf über die Boxentür. Das zweite war Blevins' großer Fuchs.

Er blieb stehen und musterte das Tier. Er trug noch immer das Zaumzeug. Er rief den Charro, schüttelte sich das Zaumzeug von der Schulter, gab es ihm und befahl ihm, das Pferd aufzuzäumen und hinauszubringen. Er wußte, daß der ans Stalltor gekommene Mann die zwei Pferde im Korral gesehen hatte, beide aufgezäumt, eines gesattelt, das andere nicht, und er nahm an, daß er zum Haus gegangen war, um sich eine Flinte zu holen, und wahrscheinlich längst zurück sein würde, bis der Charro Blevins' Pferd das Zaumzeug angelegt hätte, und in alldem behielt er recht. Als der Mann erneut zum Stalltor hereinrief, wollte er den Capitán sprechen. Der sah John Grady an. Der Charro hielt das Zaumzeug in der Hand und in der Armbeuge den Kopf des Pferdes.

Ándale, sagte John Grady.

Raúl, rief der Mann.

Der Charro schob dem Pferd das Kopfstück über die Ohren und stand mit den Zügeln in der Hand in der Boxentür.

Vámonos, sagte John Grady.

An einem Querbalken hingen Seile, Halfter und andere Leinen; er nahm ein aufgerolltes Seil, gab es dem Charro und befahl ihm, ein Ende am Kehlriemen von Blevins' Pferd festzubinden. Er wußte, er brauchte den Knoten nicht zu überprüfen, denn der Charro hätte es gar nicht fertiggebracht, so etwas falsch zu machen. Sein eigenes Pferd sah sich in der Toröffnung nach ihm um. Dann wandte es sich ab und betrachtete den Mann, der draußen an der Stallwand stand.

Quién está contigo? rief dieser.

John Grady zog die Handschellen aus der Tasche. Er befahl dem Capitán, sich umzudrehen und die Hände auf den Rücken zu legen. Der Capitán zögerte und linste zum Tor. John Grady hob den Revolver und spannte den Hahn.

Bien, bien, sagte der Capitán. John Grady legte ihm die Handschellen an, stieß ihn vorwärts und winkte dem Charro, das Pferd zu bringen. Rawlins' Hengst war in der Toröffnung erschienen und beschnupperte Redbo. Jetzt hob er den Kopf, und als sie mit dem anderen Pferd am Zügel durch die Banse zum Stalltor gingen, sahen er und Redbo ihnen entgegen.

Am Rand des Lichtstreifens, der in den Stall fiel, blieb John Grady stehen und nahm dem Charro das Seil ab.

Espera aquí, sagte er.

Sí.

Er stieß den Capitán vorwärts.

Quiero mis caballos, rief er. Nada más.

Keine Antwort.

Er ließ das Seil los und gab dem Pferd einen Klaps. Es trottete mit seitwärts gewandtem Kopf aus dem Stall, um nicht auf das am Boden schleifende Seil zu treten. Draußen wendete es, stupste Rawlins' Pferd mit der Stirn an und musterte dann den Mann, der an der Außenwand kauerte. Der Mann schien eine scheuchende Bewegung zu machen, denn das Pferd warf den Kopf und blinzelte, rührte sich aber nicht von der Stelle. John Grady nahm das Seil, führte es zwischen den Armen des Capitán hindurch und band es lose an die Torangel. Dann trat er hinaus und setzte dem Mann, der dort kauerte, den Revolver an die Stirn.

Der Mann hatte sein Gewehr im Hüftanschlag gehalten; jetzt ließ er es fallen und hob die Hände. Fast im selben Moment wurde John Grady jäh von den Beinen gerissen und fiel hin. Er hörte den Schuß nicht einmal, aber Blevins' Pferd hörte ihn, es scheute, bäumte sich auf, wurde vom sich straffenden Seil umgerissen und stürzte mit einem dumpfen Schlag in den Staub. Ein Taubenschwarm stob aus dem Giebel des Heubodens ins Licht der Morgensonne. Die beiden anderen Pferde fielen in Trab, und der Falbe galoppierte am Zaun entlang. Er umklammerte den Revolver und mühte sich auf. Er wußte, daß er getroffen war, und versuchte, den Schützen ausfindig zu machen. Der andere Mann streckte die Hand nach dem Gewehr auf dem Boden aus, doch John Grady drehte sich um, legte den Revolver auf ihn an und bekam die Flinte zu packen. Er wälzte sich herum auf den Kopf des am Boden liegenden Tieres, damit es nicht aufstand. Dann lugte er vorsichtig über seinen Körper hinweg.

No tire el caballo, rief der Mann hinter ihm. John Grady sah den Burschen, der auf ihn geschossen hatte, auf der Pritsche eines Lasters stehen, etwa dreißig Meter entfernt auf der anderen Seite des Hofes. Er stützte den Gewehrlauf auf dem Führerhaus ab. John Grady richtete den Revolver auf ihn, worauf sich der Mann duckte und ihn durch die Heck- und Frontscheibe beobachtete. Er spannte den Hahn, zielte und schoß ein Loch in die Frontscheibe, spannte wieder, fuhr herum und legte auf den Mann an, der hinter ihm kniete. Das Pferd unter ihm keuchte. Er spürte seinen Atem langsam und gleichmäßig in der Magengrube. Der Mann breitete die

Arme aus. No me mate, sagte er. John Grady spähte zum Laster hinüber. Er konnte die Stiefel des Mannes unter der Hinterachsaufhängung erkennen, duckte sich über das Pferd und schoß. Der Mann trat hinter das Rad, und er schoß nochmal und traf einen Reifen. Der Mann sprang hinter dem Laster hervor und rannte ohne Deckung über den Hof zu einem Schuppen. Der Reifen pfiff einen langen, einförmigen Ton in die Morgenstille, und der Laster ging in die Knie.

Redbo und Junior standen zitternd, mit leicht gespreizten Beinen und rollenden Augen im Schatten des Stalls. John Grady lag auf dem Pferd, hielt den Mann hinter ihm in Schach und rief nach dem Charro. Der Charro antwortete nicht, und er rief nochmal und befahl ihm, ein Seil, einen Sattel und Zaumzeug für das andere Pferd zu bringen, sonst werde er den Patrón erschießen. Sie warteten. Ein paar Minuten darauf erschien der Charro in der Toröffnung. Er rief seinen eigenen Namen, als sei es ein Talisman.

Pásale, rief John Grady. Nadie le va a molestar.

Er redete Redbo gut zu, während der Charro ihn sattelte und aufzäumte. Blevins' Fuchs atmete träge und stet; John Gradys Bauch fühlte sich warm an, und sein Hemd war feucht vom Pferdeatem. Er merkte, daß er im selben Rhythmus atmete wie das Pferd, als atme ein Teil des Pferdes in ihm, und dann tauchte er hinab in eine noch tiefere Verbundenheit, die er nicht hätte benennen können. Er blickte an seinem Bein hinab. Seine Hose war dunkel von Blut, und auch auf dem Boden war welches. Er fühlte sich seltsam betäubt, spürte aber keinen Schmerz. Der Charro brachte ihm den gesattelten Redbo. Langsam richtete er sich auf und blickte auf das Pferd hinab. Es verdrehte das Auge und sah zu ihm auf und zum endlos weiten, unvergänglichen Blau darüber. Er stützte das Gewehr auf den Boden und versuchte aufzustehen. Als er das verletzte Bein belastete, fuhr ihm ein weißglühender Schmerz die rechte Seite hinauf, und er sog zischend die Lunge voll Luft. Blevins' Pferd kam schwankend und scharrend hoch; dabei zog es das Seil straff, aus dem Stall ertönte ein Schrei, und vom zuckenden Seil gezogen, taumelte gekrümmt und mit hinter dem Rücken gefesselten Armen der Capitán heraus wie ein Tier, das man aus einem Loch ausgeräuchert hat. Er hatte den Hut verloren, schwarze Strähnen fielen ihm ins aschfahle Gesicht, und er rief ihnen zu, ihm zu helfen. Als das Pferd beim ersten Schuß gescheut hatte, war er herumgewirbelt worden und hatte sich die Schulter ausgekugelt, und nun hatte er große Schmerzen. John Grady löste das Ende des Seils vom Kehlriemen des Braunen, band dasjenige, das der Charro ihm gebracht hatte, fest, gab das andere Ende dem Charro und befahl ihm, es an Redbos Sattelknopf zu befestigen und die anderen beiden Pferde zu holen. Er sah den Capitán an. Der saß seitlich zusammengesunken auf dem Boden. Der zweite Mann kniete noch immer mit erhobenen Händen ein paar Meter entfernt. Als John Grady auf ihn hinunterblickte, schüttelte er den Kopf.

Está loco, sagte er.

Tiene razón, sagte John Grady.

Er befahl ihm, den Gewehrschützen aus dem Schuppen zu rufen, und er rief ihn zweimal, aber der Mann kam nicht heraus. Er wußte, daß er das Gelände nicht verlassen konnte, ohne daß der andere versuchen würde, ihn daran zu hindern, und er wußte, daß er sich wegen Blevins' schußscheuem Pferd etwas einfallen lassen mußte. Der Charro stand da und hielt die Pferde, und er gab ihm die Zügel zurück und befahl ihm, den Capitán herzuschaffen und auf den Falben zu setzen. Er lehnte sich an Blevins' Pferd, kam wieder zu Atem und blickte an seinem Bein hinunter. Als er zum Charro sah, stand der beim Capitán und hielt das Pferd am Zügel, aber der Capitán rührte sich nicht vom Fleck. Er hob den Revolver und wollte schon vor dem Capitán in den Boden feuern, als ihm Blevins' Pferd einfiel. Er sah wieder den knienden Mann an, tauchte, das Gewehr als Krücke benützend, unter dem Hals des Pferdes hindurch, hob die Enden von Redbos Zügeln auf und steckte den Revolver in den Gürtel. Dann setzte er einen Fuß in den Steigbügel und schwang das blutverschmierte Bein über den Sattel. Er nahm mehr Schwung als nötig, denn er wußte, daß er es nie schaffen würde, wenn es nicht gleich beim erstenmal gelang. Fast hätte er vor Schmerz aufgeschrien. Er machte das Seil vom Sattelknopf los und ließ das Pferd rückwärts auf den Capitán zugehen. Er hielt das Gewehr unter dem Arm und beobachtete den Schuppen, in dem sich der Schütze versteckte. Beinah hätte er das Pferd rückwärts über den Capitán trampeln lassen, und es wäre ihm gleich gewesen. Er sagte dem Charro, er solle das Seil von der Torangel losmachen und es ihm bringen. Er hatte schon gemerkt, daß zwischen den beiden Männern böses Blut war. Als der Charro das Seil brachte, befahl er ihm, es an den Handschellen des Capitáns festzubinden; er tat wie geheißen und trat zurück.

Gracias, sagte John Grady. Er hatte das Seil aufgerollt; nun band er es etwa in der Mitte an den Sattelknopf und ließ das Pferd im Schritt gehen. Als der Capitán seine Lage erkannte, stand er auf.

Momento, rief er.

John Grady ritt weiter, immer den Schuppen im Blick. Das in schlaffen Windungen auf dem Boden liegende Seil straffte sich, und der Capitán rief ihm nach und rannte mit den Händen auf dem Rükken los. Momento, rief er.

Als sie zum Tor ritten, saß der Capitán auf Redbo, und John Grady saß hinter ihm und schlang ihm den Arm um die Hüfte. Sie führten Blevins' Pferd am Seil und trieben die beiden anderen vor sich her. Er war entschlossen, die vier Pferde vom Gelände zu bringen, auch wenn er dafür auf der Straße sterben mußte, weiter dachte er nicht groß nach. Sein Bein blutete, es fühlte sich taub und schwer an wie ein Mehlsack, in seinen Stiefel sickerte Blut. Als er durchs Tor hinausritt, stand der Charro da und hielt seinen Hut in der Hand; er beugte sich hinunter, nahm ihn, setzte ihn auf und nickte.

Adiós, sagte er.

Der Charro nickte gleichfalls und trat zurück. Er trieb das Pferd an, und sie ritten die Zufahrt hinunter. Er hielt sich am Capitán fest und drehte sich, das Gewehr im Hüftanschlag, ein wenig zur Seite, um den Korral im Auge zu behalten. Der Charro stand noch immer am Tor, von den zwei anderen war nichts zu sehen. Der Capitán im Sattel vor ihm roch ranzig und verschwitzt. Er hatte seine Jacke halb aufgeknöpft und die Hand hineingesteckt, um den Arm zu entlasten. Als sie am Haus vorbeikamen, war niemand zu sehen, aber als sie die Straße erreichten, waren ein halbes Dutzend Frauen und Mädchen aus der Küche gekommen und spähten ihnen um die Hausecke herum nach.

Auf der Straße trieb er Junior und den Falben vor sich her, und mit Blevins' Pferd am Seil setzten sie sich in Richtung Encantada in Trab. Er wußte nicht, ob der Falbe versuchen würde, sich davonzumachen, und er wünschte, er hätte Junior satteln lassen, aber daran war nun nichts mehr zu ändern. Der Capitán klagte über Schmerzen in der Schulter und wollte die Zügel nehmen; dann sagte er, er brauche einen Arzt, und dann, er müsse pinkeln. John Grady beobachtete die Straße hinter ihnen. Nur zu, sagte er. Schlimmer als jetzt kannst du eh nicht mehr stinken.

Es dauerte gut zehn Minuten, bis die Reiter auftauchten. Es waren vier; sie ritten vornübergebeugt im gestreckten Galopp und hielten die Gewehre seitlich vom Körper ab. John Grady ließ die Zügel los, drehte sich um, lud das Gewehr durch und schoß. Blevins' Pferd tänzelte wie ein Zirkusgaul, und der Capitán schien heftig an Redbos Zügeln gezogen zu haben, denn der blieb ruckartig mitten auf der Straße stehen, so daß John Grady gegen den Rücken des Capitáns stieß und ihn fast aus dem Sattel geworfen hätte. Hinter ihnen zügelten die Reiter ihre Pferde und verteilten sich über die Straße, und er lud durch und schoß noch einmal. Inzwischen hatte Redbo, dem Zug des Seils nachgebend, kehrtgemacht, und Blevins' Pferd war ganz außer Kontrolle. Er drehte sich um, schlug dem Capitán den Gewehrlauf auf den Arm, damit er die Zügel losließ, ergriff sie, zerrte Redbo herum, versetzte dem Capitán einen Hieb mit der Flinte und sah sich noch einmal um. Die Reiter hatten die Straße verlassen, aber er sah das letzte Pferd im Gestrüpp verschwinden und wußte, wohin sie waren. Er beugte sich hinunter, packte das Seil und zog das wild mit den Augen rollende Pferd heran; dann wickelte er das Seil auf, hielt das Pferd kurz und versetzte ihm noch einen Schlag. Nebeneinander trabend holten sie die beiden Pferde vor ihnen ein und trieben sie von der Straße in das sanft gewellte Land westlich des Dorfes. Der Capitán drehte sich zu einem neuen Lamento um, doch John Grady hielt seinen verhaßten Schutzbefohlenen nur um so inniger umschlungen, und er schwankte schmerzenssteif vor ihm im Sattel wie eine zum Spaß entführte Schaufensterpuppe.

Sie ritten in einen breiten, flachen Arroyo hinunter, und er ließ die Pferde kantern. In seinem Bein pochte ein gräßlicher Schmerz, und der Capitán jammerte, er solle ihn laufenlassen. Dem Stand der Sonne nach verlief der Arroyo gen Osten; sie folgten ihm ein gutes Stück, bis er enger und steiniger wurde, worauf die reiterlosen Pferde vor ihnen vorsichtiger auftraten und zu den Kanten der Abhänge aufsahen. Er trieb sie voran, und sie kletterten zwischen heruntergefallenen Felstrümmern hindurch und führten ihn längs eines kahlen Geröllhügels auf den nördlichen Hang, wo er den Capitán wieder fester packte und sich umblickte. Die Verfolger waren eine Meile hinter ihm im flachen Gelände ausgeschwärmt; er zählte nicht vier, sondern sechs Reiter, bevor sie in einer engen Senke verschwanden. Er löste das Seil vom Sattelknopf vor dem Capitán und knotete es mit mehr Spielraum für das Pferd wieder fest.

Du schuldest den Scheißern wohl Geld, sagte er.

Er trieb das Pferd wieder an und schloß zu den anderen Tieren auf, die sich hundert Meter weiter am Hang nach ihnen umsahen. Es führte kein Weg aus dem Tal, und das offene Gelände jenseits bot keine Deckung. Er brauchte fünfzehn Minuten, aber die hatte er nicht. Er saß ab und fing, auf einem Bein hüpfend, das Pferd von La Purísima ein; es trippelte hin und her und beäugte ihn nervös. Er löste die Zügel vom Sattelknopf, stieg in den Steigbügel, zog sich unter Schmerzen hoch, drehte sich um und sah den Capitán an.

Du reitest mir nach, sagte er. Ich weiß genau, was du denkst. Aber wenn du meinst, ich hol dich nicht ein, dann bist du schief gewickelt. Und wenn ich dich einholen muß, peitsch ich dich aus wie'n Hund. Me entiende?

Der Capitán gab keine Antwort. Er zwang sich ein sardonisches Grinsen ab, und John Grady nickte. Grins du nur. Wenn ich draufgeh, stirbst du auch.

Er wendete das Pferd und ritt, gefolgt vom Capitán, zurück in den Arroyo. Bei den Felstrümmern saß er ab, band das Pferd an, nahm sich eine Zigarette aus der Schachtel, zündete sie an und hinkte mit dem Gewehr in der Hand um die Felsblöcke. In ihrem Windschatten blieb er stehen, zog die Pistole des Capitán aus dem Gürtel und legte sie auf den Boden. Dann trennte er mit dem Messer einen langen Streifen von seinem Hemd und drehte ihn zu einer Schnur, die er in der Mitte durchschnitt. Mit dem einen Stück band er den Abzug der Pistole so fest, daß sich die Sperre des Hahns löste. Er holte sich einen dürren Ast, band das zweite Stück Schnur daran fest und knotete das andere Ende an den Hahn. Er legte einen schweren Stein auf den Ast, damit er nicht verrutschen konnte, zog die Pistole vor, bis der Hahn gespannt war, legte sie hin und beschwerte sie mit einem weiteren Stein: als er ihn langsam losließ, blieb alles an seinem Platz. Er nahm einen tiefen Zug von der Zigarette, damit sie gut brannte, legte sie vorsichtig auf die Schnur, trat zurück und hob das Gewehr auf. Dann wandte er sich um und hinkte zurück zu den Pferden.

Er holte die Wasserflaschen, streifte dem Falben das Zaumzeug ab, fing es auf und streichelte dem Pferd über die Kehle. Ich laß dich ungern zurück, Partner, sagte er. Du bist'n Guter.

Er gab dem Capitán die Flaschen, hängte sich das Zaumzeug über die Schulter und hielt dem Capitán die Hand hin. Der blickte ihn an, streckte den unverletzten Arm aus und zog ihn hinauf. John Grady setzte sich mühsam hinter ihn, griff an ihm vorbei nach den Zügeln, wendete das Pferd und ritt wieder den Hang hinauf.

Er holte die anderen Pferde ein und trieb sie hinauf ins offene Gelände. Der Boden bestand aus Vulkanschutt, auf dem es nicht leicht, aber auch nicht unmöglich war, die Spur eines Pferdes zu verfolgen. Er trieb die Pferde zu einer schnelleren Gangart an. Zwei Meilen entfernt erhob sich eine flache, felsige Mesa aus der Ebene, und er sah Bäume und hoffte auf zerklüftetes Gelände. Auf halbem Weg hörte er den dumpfen, trockenen Pistolenknall, auf den er gewartet hatte.

Capitán, sagte er. Das war grad Ihr Salut fürs Volk.

Die Bäume, die er aus der Ferne gesehen hatte, standen längs eines ausgetrockneten Flußbetts; er trieb die Pferde durch das Gesträuch zu einer Gruppe Pappeln, hielt an und beobachtete die Ebene, die sie gerade durchquert hatten. Keine Reiter in Sicht. Er sah nach der südlich stehenden Sonne und schätzte, daß es bis zum Einbruch der Dunkelheit noch gut vier Stunden dauerte. Das Pferd war erhitzt und schäumte. Er blickte nochmal zurück und ritt weiter flußaufwärts, wo die beiden anderen Pferde unter ein paar Weiden an einem Wasserloch tranken. Er hielt neben ihnen, saß vorsichtig ab und fing Junior ein. Dann nahm er das Zaumzeug von der Schulter, streifte es ihm über und gab dem Capitán mit dem Gewehr einen Wink abzusteigen. Er löste den Sattelgurt, zog Sattel und Satteldecke herunter, legte Junior die Satteldecke auf und stützte sich an ihm ab, bis er wieder zu Atem gekommen war. Sein Bein tat jetzt höllisch weh. Er lehnte das Gewehr an das Pferd, hob den Sattel auf und schaffte es, ihn aufzulegen. Er zog den Sattelgurt an und ruhte sich aus, sowohl er als auch das Pferd schnauften, und dann zog er den Sattelgurt fest.

Er nahm das Gewehr und drehte sich zum Capitán um.

Wenn du was trinken willst, tu's lieber jetzt, sagte er.

Der Capitán ging an den Pferden vorbei und hielt sich den Arm; er kniete nieder, trank und spritzte sich mit der unverletzten Hand Wasser in den Nacken. Als er aufstand, machte er ein sehr ernstes Gesicht.

Warum du läßt mich nicht hier? fragte er.

Ich laß dich nicht hier. Du bist'ne Geisel.

Mande?

Los, weiter.

Der Capitán zögerte.

Warum du kommst zurück? sagte er.

Wegen meinem Pferd. Weiter.

Der Capitán wies mit dem Kinn auf die Wunde an seinem Bein. Sie blutete immer noch. Das ganze Hosenbein war voller Blut.

Du mußt sterben, sagte er.

Das überlaß ruhig Gott. Weiter.

Du hast keine Angst vor Gott?

Wüßte nicht, wieso. Ich hab sogar eher noch'n Hühnchen mit ihm zu rupfen.

Du mußt aber Angst haben vor Gott, sagte der Capitán. Du bist kein Beamter für das Gesetz. Du hast nicht Recht.

John Grady stützte sich auf das Gewehr. Er wandte sich ab, spuckte trocken aus und beäugte den Capitán.

Steig auf das Pferd da, sagte er. Du reitest voran. Wenn du versuchst abzuhauen, schieß ich dich über den Haufen.

Bei Einbruch der Dunkelheit waren sie in den Ausläufern der Sierra Encantada. Sie folgten einem trockenen Bachbett unter einem düsteren Felsüberhang, suchten sich einen Weg durch einen Damm aus Steinbrocken, die im Bachbett lagen, und stießen auf eine Felssenke, in deren Mitte ein kreisrundes, pechschwarzes, nicht sehr tief mit Wasser gefülltes Becken lag. In der völlig unbewegten Oberfläche spiegelten sich die Sterne. Die Pferde staksten zögernd den flachen, felsigen Rand hinunter, schnoben ins Wasser und tranken.

Sie stiegen ab, gingen um das Becken herum, legten sich bäuchlings auf den von der Hitze des Tages erwärmten Felsen und schlürften das kühle, schwarze, samtweiche Wasser. Sie spritzten sich welches in Gesicht und Nacken, sahen den Pferden beim Trinken zu und tranken noch mehr.

Er ließ den Capitán am Wasserbecken zurück, humpelte mit dem Gewehr als Krücke den Arroyo hinauf, sammelte tote, vom Wasser mitgerissene Äste, humpelte zurück und machte auf dem höheren Rand des Beckens ein Feuer. Er entfachte mit dem Hut die Glut und legte Holz nach. Im Widerschein des vom Wasser reflektierten Feuers waren die Pferde scheckig von trocknendem Schweiß; sie bewegten sich bleich und geisterhaft und zwinkerten mit ihren roten Augen. Er blickte zum Capitán hinüber. Der lag seitlich auf dem glatten Rand der Senke ausgestreckt wie ein Wesen, das es nicht ganz bis ans Wasser geschafft hat.

Er hinkte zu den Pferden, holte das Seil und schnitt es mit dem Messer in Stücke für Fußfesseln, die er den Pferden anlegte. Dann nahm er alle Patronen aus dem Gewehr, steckte sie in die Tasche und ging mit einer der Wasserflaschen zurück zum Feuer.

Er fachte die Glut an, zog den Revolver aus dem Gürtel, nahm den Sperrhebel heraus und steckte die geladene Trommel samt dem Sperrhebel in die Tasche zu den Gewehrpatronen. Dann löste er mit seinem Messer die Schraube aus den Griffschalen und steckte Schraube und Griffschalen in die andere Tasche. Er fächelte der Glut mit seinem Hut Luft zu, schob sie mit einem Stock zu einem Häufchen zusammen und steckte den Lauf des Revolvers hinein.

Der Capitán hatte sich aufgesetzt und sah ihm zu.

Sie werden finden dich, sagte er. Hier.

Wir bleiben nicht hier.

Ich kann nicht reiten weiter.

Du wirst dich noch wundern, was du alles kannst.

Er zog sein Hemd aus, tränkte es mit Wasser, ging zurück ans Feuer, fächelte ihm nochmals Luft zu, dann zog er sich die Stiefel aus, machte den Gürtel auf und streifte die Hose hinunter.

Die Gewehrkugel hatte ihn hoch an der Außenseite des Oberschenkels getroffen und war hinten so wieder ausgetreten, daß er, wenn er das Bein drehte, beide Wunden deutlich erkennen konnte. Er nahm das nasse Hemd und wischte ganz sorgfältig das Blut ab, bis die Wunden sauber und schwarz hervortraten wie zwei Löcher in einer Maske. Die Wundränder waren verfärbt, sie sahen blau aus im Schein des Feuers, und die Haut ringsherum war gelb. Er beugte sich vor, steckte einen Stock durch den Griffrahmen des Revolvers, schwang ihn vom Feuer weg in seinen Körperschatten, musterte ihn und legte ihn zurück. Der Capitán saß mit dem Arm im Schoß da und beobachtete ihn.

's wird gleich'n bißchen laut werden, sagte er. Paß auf, daß dich kein Pferd zertrampelt.

Der Capitán gab keine Antwort. Er sah ihm zu, wie er das Feuer anfachte. Als er den Revolver wieder aus der Glut zog, glühte das Ende des Laufes stumpfrot. Er legte ihn auf den Felsen, nahm das nasse Hemd, packte ihn damit am Griff und stieß den glühenden Lauf samt Asche und allem in das Loch in seinem Bein.

Entweder hatte der Capitán nicht geahnt, was er da vorhatte, oder seiner Ahnung nicht getraut. Er versuchte aufzuspringen, schlug wieder hin und wäre beinah ins Wasser gerutscht. John Grady begann schon zu schreien, bevor der Stahl im Fleisch aufzischte. Sein Schrei ließ die kleineren Wesen ringsum in der Nacht mit einem Schlag verstummen, die Pferde glitten hinaus ins Dunkel hinter dem Feuer, sie stiegen vor Schreck auf die kräftigen Hinterbeine und keilten laut wiehernd nach den Sternen; er holte tief Luft, heulte nochmal auf, stieß den Lauf in die zweite Wunde und preßte ihn länger hinein, weil das Metall schon abkühlte. Dann ließ er sich zur Seite sinken und den Revolver auf den Felsen fallen, von wo er klappernd und kreiselnd ins Wasser rutschte und zischend im Becken verschwand.

Er biß sich ins feste Fleisch seines Daumens und zuckte vor Qual. Mit der anderen Hand griff er nach der Wasserflasche, die offen auf dem Felsen stand, goß sich Wasser übers Bein und hörte es zischen wie ein Stück Grillfleisch. Keuchend ließ er die Flasche fallen, richtete sich auf und rief leise sein Pferd, das in seinen Fußfesseln inmitten der anderen strauchelte und auf die Steine kippte, um die Furcht im Herzen des Tieres zu lindern.

Als er sich umwandte und nach der Wasserflasche griff, die auslaufend auf dem Felsen lag, trat der Capitán sie mit dem Stiefel fort. Er blickte auf. Der Capitán stand mit dem unter den Arm gepreßten Gewehr vor ihm und winkte ihn damit hoch.

Steh auf, sagte er.

Er stemmte sich hoch und blickte über das Wasserbecken zu den Pferden. Er sah nur zwei und nahm an, das dritte sei durchs Bachbett geflohen. Er konnte nicht sagen, welches fehlte, aber er glaubte, es war Blevins' Pferd. Er griff nach seinem Gürtel und schaffte es, sich die Hose wieder hochzuziehen.

Wo hast du die Schlüssel? fragte der Capitán.

Er stand mühsam auf, drehte sich um und nahm dem Capitán das Gewehr weg. Der Hahn schnappte dumpf und metallisch ein.

Geh wieder rüber und platz dich, sagte er.

Der Capitán zögerte. Seine dunklen Augen waren auf das Feuer gerichtet. Er sah die Berechnung darin und war so außer sich vor Schmerz, daß er sich imstande glaubte, ihn umzubringen, wäre das Gewehr geladen gewesen. Er packte die Kette zwischen den Handschellen und zerrte den Mann an sich vorbei; der Capitán stieß einen leisen Schmerzensschrei aus, dann wankte er, sich den Arm haltend, vornübergebeugt davon.

Er nahm die Patronen aus der Tasche und lud das Gewehr. Eine nach der anderen legte er schwitzend, keuchend und um Konzentration ringend ein. Er hatte nicht gewußt, wie dumm einen der Schmerz machen kann; eigentlich, fand er, müsse es umgekehrt sein, denn wozu war der Schmerz sonst nütze. Als er das Gewehr geladen hatte, trug er mit Hilfe des nassen Hemdes einen brennenden Ast zum Beckenrand und hielt ihn übers Wasser. Es war glasklar; er sah den Revolver auf dem felsigen Grund, watete hin, hob ihn auf und steckte ihn sich in den Gürtel. Er ging so weit hinein, bis das Wasser ihm an die Oberschenkel reichte. Tiefer wurde es nicht. Er stand da, während das Wasser ihm das Blut aus der Hose und das Feuer aus den Wunden wusch, und sprach zu seinem Pferd. Das Pferd humpelte zum Rand des Beckens und blieb dort stehen. Er stand mit dem Gewehr über der Schulter im dunklen Wasser und hielt den brennenden Ast in die Höhe, bis das Feuer erloschen war, und auch dann noch hielt er das gekrümmte, rotglühende Holz und sprach mit seinem Pferd.

Sie ließen das Feuer brennen, ritten das Bachbett hinunter, holten Blevins' Pferd und kehrten um. Im Süden, von wo sie gekommen waren, war es bedeckt, Regen lag in der Luft. Er ritt dem kleinen Zug auf dem ungesattelten Redbo voran. Ab und zu blieb er stehen und lauschte, doch es war nichts zu hören. Das Feuer in der Senke hinter ihnen war unsichtbar bis auf den tanzenden Widerschein der Flammen auf den Felsen; als sie weiterritten, verglomm er zu einem schwachen Leuchten in der Schwärze der Wüstennacht, dann verschwand er ganz.

Sie verließen den Arroyo und setzten ihren Weg auf seiner nördlichen Abbruchkante fort. Das Land lag still, dunkel und grenzenlos, und die hohen Aloen längs des Absturzes zogen schwärzlich eine nach der anderen vorbei. Nach seiner Schätzung war es schon ein Weilchen nach Mitternacht. Von Zeit zu Zeit blickte er sich nach dem Capitán um, doch der saß zusammengesunken im Sattel auf Rawlins' Pferd und schien schwer mitgenommen von seinen Abenteuern. Sie ritten weiter. Er hatte sein nasses, in Fetzen hängendes Hemd am Gürtel festgebunden und ritt mit nacktem Oberkörper; zu seinem Pferd sagte er, es werde eine lange Nacht werden, und so war es. Irgendwann nickte er ein. Das Gewehr, das klappernd auf den steinigen Boden gefallen war, weckte ihn; er wendete und ritt zurück. Er saß da und schaute auf das Gewehr hinunter. Der Capitán beobachtete ihn. Er war sich nicht sicher, ob er es wieder aufs Pferd schaffen würde, und liebäugelte schon damit, die Flinte einfach liegenzulassen. Schließlich stieg er ab, hob sie auf, führte sein Pferd an Juniors Seite und befahl dem Capitán, den Fuß aus dem Steigbügel zu nehmen. Mit dessen Hilfe kletterte er dann auf sein eigenes Pferd, und sie ritten weiter.

Bei Tagesanbruch saß er, das Gewehr an die Schulter gelehnt und die Wasserflasche zwischen den Beinen, allein auf der geröllbedeckten Hügelflanke und sah zu, wie das wüste Land aus dem grauen Licht auftauchte: Mesa und Flachland, und die dunklen Umrisse der Berge im Osten, hinter denen die Sonne aufging.

Er langte nach der Wasserflasche, zog den Stöpsel heraus, trank und behielt die Flasche in den Händen. Dann trank er nochmal. Die ersten Sonnenstrahlen fielen über den Kamm der Berge im Osten und fünfzig Meilen weit über die Ebene. Nichts regte sich. Eine Meile entfernt, auf dem gegenüberliegenden Talhang, standen sieben Rehe und beobachteten ihn.

Lange saß er dort. Als er den Hang zu den Zedern hinaufstieg, wo er die Pferde zurückgelassen hatte, saß der Capitán auf dem Boden und sah ziemlich elend aus.

Los, weiter, sagte er.

Der Capitán blickte auf. Ich kann nicht mehr, sagte er.

Weiter, sagte er. Podemos descansar un poco mas adelante. Vámonos.

Sie ritten hangab und dann das langgestreckte enge Tal hinauf.

Sie suchten Wasser, aber es gab keins. Sie überquerten den Höhenzug und stiegen hinab ins nächste, weiter östlich gelegene Tal. Die Sonne stand schon hoch am Himmel; sie brannte ihm wohlig auf den Rücken, und er band sich zum Trocknen das Hemd um die Hüften. Als sie einen weiteren Kamm erreichten, ging es auf Mittag zu; die Pferde waren sehr erschöpft, und ihm kam der Gedanke, der Capitán könnte sterben.

Sie fanden eine steinerne Viehtränke, saßen ab, tranken aus der Leitung und ließen auch die Pferde trinken. Dann setzten sie sich in die streifigen Schatten der verzwirbelten toten Eichen neben der Tränke und sahen hinunter ins offene Land. Etwa eine Meile entfernt standen ein paar Rinder. Sie grasten nicht, sondern starrten nach Osten. Er wandte den Kopf, um zu sehen, nach was sie Ausschau hielten, aber da war nichts. Er blickte auf den Capitán, eine graue, zusammengesunkene Gestalt. An einem seiner Stiefel fehlte der Absatz, seine Hosenbeine waren schwarz mit Asche verschmiert, und sein beschlagener Gürtel hing ihm als Schlinge für den Arm um den Hals.

Ich werd dich nicht umbringen, sagte er. Ich bin nicht so wie du.

Der Capitán gab keine Antwort.

Er stand mühsam auf, zog die Schlüssel aus der Tasche, hinkte mit dem Gewehr als Krücke hinüber, bückte sich und nahm dem Capitán die Handschellen ab. Der Capitán betrachtete seine Gelenke. Sie waren aufgeschürft und verfärbt. Er rieb sie vorsichtig. John Grady stand neben ihm.

Zieh mal dein Hemd aus, sagte er. Ich renk dir die Schulter ein.

Mande? sagte der Capitán.

Quítese su camisa.

Der Capitán schüttelte den Kopf und drückte seinen Arm an sich wie ein Kind.

Jetzt zier dich nicht so. Das iss keine Bitte, das iss'n Befehl.

Cómo?

No tiene otra salida.

Er zog dem Capitán das Hemd aus, breitete es auf den Boden und befahl ihm, sich auf den Rücken zu legen. Die Schulter war kräftig verfärbt, der ganze Oberarm dunkelblau. Er sah hoch. Schweißperlen glitzerten ihm auf der Stirn. John Grady setzte sich, drückte dem Capitán seinen Stiefel in die Achselhöhle, packte den Arm am Handgelenk und über dem Ellbogen und drehte ihn probeweise. Der Capitán sah ihn an wie ein Mann, der im Begriff ist, von einer Klippe zu stürzen.

Nur keine Angst, sagte er. Meine Familie doktert schon seit hundert Jahren an Mexikanern rum.

Falls der Capitán sich vorgenommen hatte, nicht zu schreien, dann war ihm kein Erfolg beschieden. Die Pferde erschraken, liefen umher und suchten hintereinander Deckung. Der Capitán griff nach seinem Arm, als wolle er ihn zurückfordern, aber John Grady hatte das Gelenk wieder einrasten gespürt; nun packte er die Schulter und drehte nochmals am Arm, während der Capitán japsend den Kopf hin und her warf. Dann ließ er ihn los, nahm das Gewehr und stand auf.

Está compuesto? keuchte der Capitán.

Jau. Alles okay.

Er hielt sich den Arm und lag blinzelnd da.

Zieh dein Hemd an. Wir reiten weiter, sagte John Grady. Ich hab keine Lust, hier wie auf'm Präsentierteller rumzusitzen, bis deine Freunde kommen.

Sie stiegen in die niedrigen Hügel hinauf und passierten eine kleine Estancia. Sie saßen ab, gingen durch ein verwildertes Maisfeld, fanden ein paar Melonen, setzten sich in die steinigen, ausgewaschenen Furchen und aßen sie. Er hinkte durch die Reihen und sammelte noch mehr davon, brachte sie den Pferden und brach sie auf, damit sie fressen konnten; dann stützte er sich aufs Gewehr und spähte zum Haus. Ein paar Truthähne liefen über den Hof, und in einem mit Pfosten abgeteilten Korral hinter dem Haus standen mehrere Pferde. Er ging zurück, holte den Capitán, sie saßen auf und ritten weiter. Als er vom Hügelkamm auf die Estancia zurückblickte, sah er, daß sie größer war, als er gedacht hatte. Oberhalb des Hauses stand eine Gruppe von Gebäuden; er konnte die Rechtecke der Zäune, Lehmmauern und Bewässerungsgräben erkennen. Eine

Schar ausgemergelter Rinder mit hervortretenden Rippen stand im niederen Gestrüpp. In der Mittagshitze hörte er einen Hahn krähen. Er hörte ein entferntes, stetiges Hämmern, als stünde jemand am Amboß.

Sie mühten sich langsam durch die Hügel. Um das Gewehr nicht tragen zu müssen, hatte er es entladen und dem Pferd des Capitán hinter die Satteldecke geschnallt; den rußgeschwärzten Revolver hatte er wieder zusammengesetzt und sich geladen in den Gürtel gesteckt. Er ritt Blevins' leichtfüßiges Pferd. Sein Bein hörte nicht auf zu schmerzen, aber das war das einzige, was ihn wach hielt.

Am frühen Abend saß er, solange die Pferde ausruhten, auf dem Ostrand der Mesa und schaute ins Land. Ein Falke und sein Schatten, der wie ein Papierflieger dahinglitt, jagten tief unten über die Hänge. Er ließ den Blick über das Gelände dahinter schweifen, und nach einer Weile sah er Reiter. Sie waren etwa fünf Meilen entfernt. Er beobachtete sie, und sie verschwanden in einer Bodensenke oder einem Schatten. Dann wurden sie wieder sichtbar.

Er saß auf, und sie ritten weiter. Der Capitán schlief, den Arm in den Gürtel gehängt, schwankend im Sattel. Hier oben war es kühl, und wenn erst die Sonne unterging, würde es kalt werden. Sie ritten weiter. Noch vor Einbruch der Dunkelheit entdeckten sie am Nordhang des soeben überquerten Bergzuges eine tiefe Schlucht. Sie stiegen hinab, fanden zwischen den Felsen Wasserpfützen, und die Pferde trippelten und rutschten hinunter und begannen zu trinken.

Er sattelte Junior ab, machte die Handschellen des Capitán am hölzernen Steigbügel fest und sagte ihm, er dürfe so weit gehen, wie er den Sattel tragen könne. Dann machte er auf den Felsen ein Feuer, grub mit dem Stiefelabsatz eine Kuhle für seine Hüfte in den Boden, streckte sein schmerzendes Bein aus, steckte den Revolver in den Gürtel und schloß die Augen.

Im Schlaf hörte er die Pferde über die Felsen laufen, und im Dunkel, wo die Felsen glatt und gewinkelt waren wie die Reste alter Bauwerke, hörte er sie aus den flachen Pfützen trinken; das Wasser tropfte ihnen mit einem hallenden Ton vom Maul wie in einen

Brunnen, und er träumte von Pferden. In seinem Traum schritten sie ernst und gemessen zwischen den schiefen Steinen umher wie Pferde, die auf die Ruinen einer antiken Anlage gestoßen sind, wo eine Ordnung der Welt gescheitert und alles eventuell in die Steine Gemeißelte längst verwittert ist; und die Pferde bewegten sich aufmerksam und mit großer Umsicht, denn in sich trugen sie die Erinnerung an diesen Ort und an andere, wo Pferde einst gewesen waren und wieder sein würden. Und schließlich erkannte er in seinem Traum, daß das, was die Pferde an Ordnung in ihrem Herzen trugen, dauerhafter war, denn es stand an einem Ort, wo kein Regen es auslöschen konnte.

Als er aufwachte, standen drei Männer über ihm. Sie trugen Serapes über den Schultern; einer von ihnen hielt das ungeladene Gewehr in der Hand, und alle drei hatten Revolver. Das Feuer brannte hell, denn sie hatten dürres Gestrüpp nachgelegt, aber ihm war eiskalt; er wußte nicht, wie lange er geschlafen hatte. Er setzte sich auf. Der Mann mit dem Gewehr schnippte mit den Fingern und streckte die Hand aus.

Deme las llaves, sagte er.

Er griff in die Tasche, holte die Schlüssel hervor und gab sie ihm. Er und einer der anderen gingen zum Capitán, der an den Sattel gekettet auf der gegenüberliegenden Seite des Feuers saß. Der dritte Mann blieb bei ihm stehen. Sie machten den Capitán los, dann kam der mit dem Gewehr zu ihm zurück.

Cuáles de los caballos son suyos? fragte er.

Todos son míos.

Der Mann musterte seine Augen im Schein des Feuers. Er ging zu den anderen zurück und beriet sich mit ihnen. Als sie den Capitán vorbeiführten, waren seine Hände hinter dem Rücken gefesselt. Der Mann mit dem Gewehr öffnete die Patronenkammer; als er sah, daß sie leer war, lehnte er die Flinte an einen Felsen. Er sah John Grady an.

Donde está su serape? fragte er.

No tengo.

Der Mann zog sich die Decke von den Schultern, schwang sie wie beim Stierkampf in einer langsamen Veronica und gab sie ihm. Dann drehte er sich um, sie traten aus dem Lichtschein des Feuers und gingen zu ihren Pferden, die im Dunkeln bei den anderen Männern und Pferden standen.

Quiénes son ustedes? rief er.

Der Mann, der ihm die Serape geschenkt hatte, drehte sich am Rande des Lichtkreises um. Er tippte sich an die Hutkrempe. Hombres del país, sagte er. Dann setzten sie sich in Bewegung.

Männer vom Land. Er lauschte, als sie die Schlucht hinaufritten, und dann waren sie fort. Er sah sie nie wieder. Am Morgen sattelte er Redbo, trieb die beiden anderen Pferde vor sich her aus der Schlucht und wandte sich entlang der Mesa nach Norden.

Er ritt den ganzen Tag. Vor ihm bewölkte sich der Himmel, von den Bergen kam kühler Wind. Er hatte sich das Gewehr geladen über den Sattelknopf gelegt, trug die Decke lose über den Schultern und trieb die reiterlosen Pferde vor sich her. Gegen Abend lag das Land nach Norden hin unter einem schwarzen Himmel, der Wind war kalt. Er suchte sich am Rand der Mesa einen Weg über karge Grassoden und brüchiges Vulkangestein und setzte sich, das Gewehr auf den Knien, im kalten blauen Abenddämmer an den Rand einer Bajada, während hinter ihm die angebundenen Pferde grasten. Als es eben noch hell genug war, um das Korn des Gewehrs zu erkennen, traten fünf Rehe auf den Hang, standen lauschend da und begannen zu grasen.

Er suchte sich die kleinste Geiß aus und schoß. Blevins' Pferd stieg wiehernd, wo er es angebunden hatte, und die Rehe in der Bajada sprangen davon und verschwanden im Dämmerlicht. Die Geiß lag da und trat mit den Läufen.

Als er vor ihr stand, lag sie in ihrem Blut im Gras. Er kniete mit dem Gewehr in der Hand nieder und legte ihr die Hand auf den Hals. Sie sah ihn an. Ihre Augen waren warm und feucht, es stand keine Furcht darin, und dann starb sie. Er betrachtete sie lange. Er dachte an den Capitán und fragte sich, ob er wohl noch am Leben war, und dann an Blevins. Er dachte an Alejandra und erinnerte sich daran, wie er sie abends auf der Ciénaga-Straße zum erstenmal hatte vorbeireiten sehen, und wie naß das Pferd gewesen war, weil sie es in den See geritten hatte, und er erinnerte sich an die Vögel und das Vieh auf der Weide und die Pferde auf der Mesa. Der Himmel war düster, ein schneidender Wind strich über den Hang, und im ersterbenden Licht hatte sich ein kaltblauer Schleier über die Augen der Geiß gelegt, so daß sie nur noch Dinge waren, nicht anders als die Dinge in der sich verdunkelnden Landschaft, in der sie lag. Gras und Blut. Blut und Steine. Steine und die schwarzen Medaillons, die von den ersten matten Regentropfen darauf gemalt wurden. Er erinnerte sich an Alejandra und an die Traurigkeit, die er von Anfang an in ihren geneigten Schultern gesehen und zu verstehen gemeint hatte, obwohl er doch gar nichts von ihr wußte, und er empfand eine Einsamkeit wie seit seiner Kindheit nicht mehr. Er fühlte sich gänzlich fremd in dieser Welt, auch wenn er sie immer noch liebte. Er fand, in der Schönheit der Welt lag ein Geheimnis verborgen. Er fand, der Herzschlag der Welt hatte einen furchtbar hohen Preis; das Gleichgewicht zwischen Schmerz und Schönheit der Welt verschob sich mal hierhin, mal dorthin, und in Zeiten krasser Unausgewogenheit wog vielleicht der Anblick einer einzigen Blume das Blut zahlloser Menschen auf.

Am nächsten Morgen war der Himmel klar. Es war sehr kalt, auf den Bergen im Norden lag Schnee. Als er aufwachte, verspürte er die Gewißheit, daß sein Vater tot war. Er schob die Glut zusammen, entfachte das Feuer und röstete Streifen aus der Keule des Rehs. Er saß in die Decke gehüllt, aß und betrachtete das Land im Süden, aus dem er gekommen war.

Sie zogen weiter. Um Mittag stapften die Pferde durch Schnee, und auch der Paß war verschneit. Die Pferde durchbrachen die dünne Eisschicht auf dem Weg, unter der das Schmelzwasser tintenschwarz über den dunklen Boden rann; sie kämpften sich durch in der Sonne verharschte Schneefelder und einen dunklen Fichtenkorridor und stiegen auf der Nordseite durch Regionen voller Sonne und Schatten ab, wo die Luft nach Harz und nassen Steinen roch und kein Vogel sang.

Am Abend sah er beim Abstieg Lichter in der Ferne und hielt

rastlos auf sie zu. Mitten in der Nacht ritten er und die Pferde völlig erschöpft in das Städtchen Los Picos ein.

Eine einzige, vom kürzlich gefallenen Regen zerfurchte Straße. Eine schäbige Alameda mit einem morschen Pavillon aus Buschholz und ein paar alten Eisenbänken. Die Stämme der Bäume auf der Alameda waren frisch geweißelt, und die dunklen Zweige verloren sich im Duster über dem Licht der wenigen noch brennenden Lampen, so daß die Bäume aussahen wie eben erst angefertigte Gipskulissen. Die Pferde trotteten todmüde durch die ausgefahrenen Spuren im getrockneten Matsch, und hinter den hölzernen Türen und Toren, die sie passierten, bellten Hunde sie an.

Als er am nächsten Morgen aufwachte, war es kalt, und es regnete wieder. Er hatte nördlich der Ortschaft gelagert. Durchnäßt, frierend und stinkend sattelte er das Pferd und ritt, in die Decke gewickelt und die beiden anderen Pferde vor sich hertreibend, ins Dorf.

An der Alameda waren ein paar blecherne Klapptischchen aufgestellt worden; darüber hängten junge Mädchen Luftschlangen auf. Sie waren naß vom Regen. Lachend warfen sie die Papierrollen über die Drähte und fingen sie wieder auf. Das Papier färbte ab, so daß ihre Hände rot, grün und blau wurden. Er band die Pferde vor dem Laden an, an dem er in der Nacht zuvor vorbeigekommen war, ging hinein, kaufte einen Sack Hafer für die Pferde und lieh sich einen verzinkten Eimer, um sie zu tränken. Er stand auf der Alameda, stützte sich aufs Gewehr und sah ihnen beim Trinken zu. Er hatte gedacht, man werde ihm mit Neugier begegnen, doch die Leute, die er sah, nickten ihm bloß ernst zu und gingen ihrer Wege. Er brachte den Eimer zurück, marschierte die Straße hinunter zu einem kleinen Café, trat ein und setzte sich an einen der drei kleinen Holztische. Der Boden bestand aus gestampftem Lehm; er war gerade erst gefegt worden. Er war der einzige Gast. Er lehnte das Gewehr an die Wand, bestellte sich Huevos revueltos und dazu einen Becher Schokolade. Dann wartete er, und als das Essen kam, aß er ganz langsam. Die Rühreier schmeckten köstlich, und die Schokolade war mit Zimt gekocht. Er trank sie aus, bestellte sich noch einen Becher, faltete eine Tortilla und aß sie auf; dabei betrachtete er die Pferde auf der anderen Seite des Platzes und sah den Mädchen zu. Sie hatten den Pavillon mit Kreppapierstreifen behängt; er sah aus wie ein geschmückter Haufen Krüppelholz. Der Besitzer behandelte ihn mit ausgesuchter Höflichkeit. Er brachte ihm Tortillas frisch aus dem Ofen und meinte, es fände eine Hochzeit statt, da wäre es doch schade, wenn es regnete. Er fragte ihn, woher er kam, und war überrascht, daß er einen so weiten Weg zurückgelegt hatte. Er stand am Fenster, sah den Vorbereitungen auf dem Platz zu und meinte, es sei gut, daß Gott die Wahrheiten des Lebens vor den Jungen verberge; sie fingen ja gerade erst an, und sonst hätten sie gar nicht erst den Mut anzufangen.

Im Lauf des Vormittags hörte es auf zu regnen. Das Wasser tropfte von den Bäumen auf der Alameda, das Kreppapier hing schlaff herab. Er stand bei den Pferden und sah die Hochzeitsgesellschaft aus der Kirche treten. Der Bräutigam trug einen zu großen stumpfschwarzen Anzug, in dem er nicht so sehr unbehaglich als vielmehr halb verzweifelt aussah, als sei er überhaupt nicht daran gewöhnt, Kleider zu tragen. Die Braut klammerte sich verlegen an ihn. Sie blieben für das Hochzeitsbild auf den Stufen stehen, und wie sie so in ihrer altmodischen Festtagskluft vor der Kirche posierten, sahen sie jetzt schon aus wie auf einem vergilbten Foto. Im monochromen Sepia eines Regentags in diesem verlorenen Nest waren sie binnen Sekunden alt geworden.

Auf der Alameda ging eine alte Frau mit einem schwarzen Kopftuch hin und her und kippte die Tische und Stühle, damit das Wasser abfloß. Sie und andere begannen Speisen aus Kübeln und Körben aufzutischen. Daneben standen drei Musiker in schmutzigen, silbrig glänzenden Anzügen mit ihren Instrumenten. Der Bräutigam nahm die Braut bei der Hand, um ihr über die Pfütze vor den Kirchenstufen zu helfen. Im Wasser spiegelten sie sich als graue Gestalten vor einem grauen Himmel. Ein kleiner Junge kam angerannt, trat in die Pfütze, bespritzte das Paar mit schlammgrauem Wasser und flitzte mit seinen Kameraden davon. Die Braut preßte sich an ihren Mann. Der blickte den Jungen finster nach, aber es war nichts mehr zu machen, und sie sah erst ihr Kleid und dann ihn an und begann zu lachen. Da lachten auch der Bräutigam und der Rest der Gesellschaft; lachend überquerten sie die Straße, lachend sahen sie einander an und setzten sich auf der Alameda an die Tische. Die Musiker begannen zu spielen.

Mit seinem letzten Geld kaufte er sich Kaffee und Tortillas sowie ein paar Büchsen Obst und Bohnen. Die Büchsen hatten so lange auf dem Regal gestanden, daß das Blech angelaufen war und die Etiketten verblaßt. Als er auf der Straße an der Hochzeitsgesellschaft vorbeiritt, saßen die Gäste essend zu Tisch, die Musiker hatten aufgehört zu spielen, hockten beisammen und tranken aus Emailtassen. Ein Mann, der allein auf einer Bank saß und nicht zu der Gesellschaft zu gehören schien, blickte beim trägen Hufgeklapper auf; er hob grüßend die Hand gegen den blassen Reiter, der da mit Decke und Gewehr vorbeiritt, und er hob gleichfalls die Hand und ritt weiter.

Er passierte die letzten niedrigen Lehmgebäude und nahm die Straße nach Norden, einen Feldweg, der sich durch die kahlen Geröllhügel wand; schließlich verzweigte er sich und endete an den Abraumhalden einer verlassenen Mine, zwischen verrosteten Rohren, verstellbaren Stützpfosten und alten Hebebäumen. Er ritt weiter hinauf ins Hochland und am Abend an dessen Nordflanke wieder hinunter und durch die vorgelagerte Ebene, wo die Kreosotbüsche dunkeloliv vom Regen in feierlichen Grüppchen beisammenstanden wie schon seit tausend und mehr Jahren, in dieser unbewohnten Ödnis, die älter war als alles Lebendige.

Er ritt weiter, gefolgt von den beiden Pferden, und scheuchte Tauben aus Wassertümpeln. Die Sonne sank aus dem grauverwaschenen Himmel dem westlichen Horizont entgegen, wo ihre Röte im schmalen Himmelsstreif über den Bergen verrann wie Blut im Wasser. Das Abendlicht vergoldete die vom Regen erfrischte Wüste und färbte sie dann dunkler; langsam sickerte tintige Finsternis in die Bajadas, in die ansteigenden Hügel und das scharfumrissene Felsenband der Kordilleren weit südlich in Mexiko. Er durchquerte ein von Felsbrüchen gesäumtes Trockental. Im Dämmer waren die kleinen Wüstenfüchse herausgekommen; reglos und majestätisch wie Ikonen saßen sie längs der Steilwände und sahen die Nacht anrücken. Die Tauben riefen aus den Akazien, und dann brach eine ägyptische Finsternis herein, es gab nur noch Schwärze und Stille und den Atem der Pferde und ihren Hufschlag in der Dunkelheit. Dem Polarstern nach ritt er weiter; im Osten tauchte der runde Mond auf, Kojoten heulten und antworteten rings in der südlichen Ebene, aus der er gekommen war.

Ein kleines Stück westlich von Langtry, Texas, erreichte er den Fluß. Nieselregen, Nordwind, der Tag war kalt. Rinder standen grau und reglos am Ufer. Durch Weidengestrüpp und hohes Ried folgte er einer Treckspur zum Ufer; graues Wasser umflorte den Kies.

Er beobachtete das kalte graue Wellengekräusel der Strömung, saß ab und löste den Sattelgurt. Er kleidete sich aus, stopfte, wie schon vor langer Zeit, die Stiefel in die Hosenbeine, packte Hemd, Jacke und Revolver hinterher und zurrte das Ganze mit dem zweimal durch die Schlaufen gezogenen Gürtel fest. Dann hängte er sich die Hose um den Hals, stieg nackt in den Sattel, hielt das Gewehr hoch, trieb die beiden anderen Pferde vor sich her und lenkte Redbo in den Fluß.

Bleich und zitternd erreichte er schließlich das texanische Ufer. Er blieb kurz stehen und spähte über die Ebene nach Norden; in der fahlen Landschaft tauchten die ersten Rinder auf und muhten leise die Pferde an. Nackt saß er im Regen auf seinem Pferd und dachte an seinen Vater, der in diesem Land hier gestorben war; dann begann er zu weinen.

Am frühen Nachmittag, es regnete immer noch, ritt er in Langtry ein. Das erste, was er sah, war ein Pritschenwagen mit offener Kühlerhaube; zwei Männer versuchten den Motor zu starten. Der eine richtete sich auf und blickte John Grady engegen. Der Junge wirkte offenbar wie ein Geist aus versunkenen Zeiten; der Mann stieß seinen Nachbarn mit dem Ellbogen an. Dann glotzten die beiden herüber.

Hallo, sagte John Grady. Könnt ihr mir vielleicht sagen, was für'n Tag heute iss?

Die beiden schauten sich an.

Donnerstag, sagte der erste.

Ich mein das Datum.

Der Mann warf ihm einen Blick zu. Dann begutachtete er die hinter ihm stehenden Pferde. Das Datum? sagte er.

Woll Sir.

Thanksgiving, sagte der zweite.

John Grady betrachtete die beiden und spähte die Straße entlang.

Hat das Café da vorn auf?

Jau.

John Grady nahm die Hand vom Sattelknopf und wollte schon weiterreiten, da hielt er noch einmal inne.

Hat einer von euch zufällig Lust, 'n Gewehr zu kaufen? sagte er.

Die beiden blickten sich an.

Frag mal Earl, sagte der erste. Der kann bei sowas eigentlich immer weiterhelfen.

Iss das der Wirt von dem Café?

Jau.

John Grady tippte an die Hutkrempe. Vielen Dank auch, sagte er. Er setzte sein Pferd in Bewegung und ritt, die beiden anderen Tiere im Schlepptau, die Straße entlang. Die zwei Männer schauten ihm wortlos nach; es gab ohnehin nichts mehr zu sagen. Der eine legte den Steckschlüssel auf den Kotflügel; sie glotzten, bis der Reiter am Café um die Ecke bog und aus dem Blickfeld verschwand.

Wochenlang durchkämmte er das Grenzland nach dem Besitzer des Pferdes. Kurz vor Weihnachten gaben drei Männer in Ozona eine eidesstattliche Erklärung ab, worauf der County-Constable das Pferd beschlagnahmte. Die Verhandlung fand im Richterzimmer des alten steinernen Gerichtsgebäudes statt; der Gerichtsdiener verlas die Klageschriften und die Namen, der Richter blickte zu John Grady herunter.

Alsdann, mein Sohn, sagte er; hast du einen Anwalt?

Nein, Sir, sagte John Grady. Brauch ich nicht. Ich will Ihnen bloß sagen, wie ich zu dem Pferd gekommen bin.

Der Richter nickte. Schön, sagte er. Dann schieß mal los.

Woll Sir. Wenn Sie nix dagegen haben, dann erzähl ich von vorn. Von da, wo ich das Pferd zum erstenmal gesehn hab.

An uns soll's nicht liegen; fang einfach an.

Er brauchte fast eine halbe Stunde. Als er fertig war, bat er um ein Glas Wasser. Niemand sprach. Der Richter wandte sich an den Gerichtsdiener.

Emil, bringen Sie dem Jungen ein Glas Wasser.

Er warf einen Blick auf sein Notizbuch; dann sah er John Grady an.

Gut, mein Sohn. Ich stell dir jetzt drei Fragen; wenn du die beantworten kannst, gehört das Pferd dir.

Woll Sir. Ich werd's versuchen.

Na, dann mal los. Das Problem des Lügners ist, daß er vergißt, was er vorher gesagt hat.

Ich bin kein Lügner.

Ich weiß. Ist ja auch bloß fürs Protokoll. Ich glaub nämlich nicht, daß sich jemand so'ne Geschichte ausdenken kann, wie du sie uns grade erzählt hast.

Er setzte wieder die Brille auf und fragte John Grady, wie viele Hektar die Hacienda de Nuestra Señora de la Purísima Concepción umfaßte. Dann wollte er wissen, wie der Mann der Hacienda-Köchin hieß. Schließlich legte er sein Notizbuch beiseite und fragte John Grady, ob er saubere Unterhosen anhabe.

Gedämpftes Gelächter klang auf, aber der Richter und der Gerichtsdiener blieben ganz ernst.

Woll Sir. Hab ich.

Nun, es sind keine Damen anwesend; wenn's dir also nichts ausmacht, dann zeig dem Gericht bitte mal die Schußwunde an deinem Bein. Wenn dir das zu peinlich ist, dann frag ich dich was anderes.

Woll Sir. John Grady schnallte den Gürtel auf, ließ die Hose bis zu den Knien hinunter und wandte dem Richter das rechte Bein zu.

Ist gut, mein Sohn. Danke. Jetzt trink erstmal dein Wasser.

John Grady zog die Hose hoch, knöpfte sie zu und schnallte den Gürtel fest; dann trank er das Glas Wasser, das der Gerichtsdiener ihm auf den Tisch gestellt hatte.

Ganz schön böse Löcher, sagte der Richter. Hat sich da kein Arzt drum gekümmert?

Nein, Sir. War keiner in der Nähe.

Hab ich mir fast gedacht. Sei froh, daß du keinen Wundbrand gekriegt hast.

Woll Sir. Hab's selber gründlich ausgebrannt.

Ausgebrannt?

Woll Sir.

Womit denn?

Mit'nem Revolverlauf. Mit'nem heißen Revolverlauf.

Im Raum war es vollkommen still. Der Richter lehnte sich zurück.

Der Constable wird angewiesen, dem Beklagten das strittige Eigentum zu überstellen. Mr. Smith, Sie sorgen dafür, daß der Junge sein Pferd bekommt. Du kannst gehen, mein Sohn; das Gericht dankt dir für deine Aussage. Ich bin Richter in diesem County, seit es besteht, und hab in dieser Eigenschaft schon vieles gehört, was meinen Glauben an den Menschen ziemlich erschüttert hat; wie auch immer, deine Geschichte gehört nicht dazu. Die drei Kläger erwarte ich nach der Mittagspause hier in meinem Zimmer. Also um eins.

Der Anwalt der Kläger erhob sich. Euer Ehren, es handelt sich hier ganz offensichtlich um eine Verwechslung.

Der Richter klappte sein Notizbuch zu und stand auf. Ganz recht, sagte er. Eine böse Verwechslung. Die Verhandlung ist geschlossen.

Abends klopfte John Grady an die Haustür des Richters; im Erdgeschoß brannte noch Licht. Eine junge Mexikanerin öffnete und fragte ihn, was er wolle; er erklärte auf spanisch, er wolle den Richter sprechen. Sie antwortete auf englisch und mit einer gewissen Kälte, er solle warten.

Kurz darauf kam der Richter zur Tür; er war noch angezogen

und trug obendrüber einen alten Flanell-Bademantel. Falls er überrascht war, den Jungen auf seiner Veranda zu sehen, dann ließ er sich das nicht anmerken. Er stieß die Fliegendrahttür auf.

Komm rein, mein Sohn, sagte er. Komm rein.

Ich will aber nicht stören.

Du störst nicht.

John Grady nahm den Hut ab.

Also *ich* komm nicht raus, sagte der Richter. Wenn du was von mir willst, mußt du schon reinkommen.

Woll Sir.

John Grady betrat einen langen Flur. Rechts führte eine geländerte Treppe zum ersten Stock. Es roch nach Essen und Möbelpolitur. Der Richter tappte in seinen Lederpantoffeln lautlos durch die teppichbedeckte Diele und schwenkte dann nach links durch eine offene Tür. Das Zimmer war voller Bücher; im Kamin brannte ein Feuer.

Da wären wir, sagte der Richter. Dixie, das ist John Cole.

Eine grauhaarige Frau erhob sich und lächelte den Jungen an. Dann warf sie einen Blick auf den Richter.

Ich geh schon mal rauf, Charles, sagte sie.

Ist gut, Mama.

Der Richter wandte sich wieder dem Jungen zu. Nimm Platz, mein Sohn.

John Grady setzte sich und legte den Hut auf den Schoß.

Sie saßen da.

Na, dann schieß mal los, sagte der Richter. So'ne Gelegenheit kommt nicht wieder.

Woll Sir. Ich wollt Ihnen eigentlich bloß sagen, daß mir das, was Sie bei der Verhandlung gesagt haben, ganz schön Kopfschmerzen macht. Klang nämlich alles so, als wär ich völlig im Recht, dabei kommt mir das gar nicht so vor.

Wie kommt's dir denn vor?

John Grady betrachtete seinen Hut. Eine ganze Weile saß er so da. Schließlich blickte er auf. Jedenfalls nicht so, als hätt ich da überhaupt keine Schuld, sagte er.

Der Richter nickte. Das mit dem Pferd, das war doch nicht etwa gelogen, oder?

Nein, Sir. Das mein ich auch gar nicht.

Was dann?

Naja, Sir. Das mit dem Mädchen.

Laß hören.

Ich war bei dem Mann beschäftigt und hab ihn geachtet; er hat nie was an meiner Arbeit auszusetzen gehabt und war immer verdammt anständig zu mir. Und trotzdem kommt der eines Tages rauf zum Hochtal, wo ich grad arbeite, und will mich umbringen; glaub ich jedenfalls. Und das hab ich mir selber eingebrockt. Ich ganz allein.

Hast du dem Mädchen etwa ein Kind gemacht?

Nein, Sir. Aber ich war verliebt in sie.

Der Richter nickte ernst. Tja, sagte er. Das eine schließt das andere ja nicht aus.

Woll Sir.

Der Richter musterte den Jungen. Hör zu, mein Sohn, sagte er; du bist anscheinend einer von denen, die ein bißchen zu streng mit sich sind. Nach allem, was du mir erzählt hast, kannst du eigentlich froh sein, daß du mit heiler Haut davongekommen bist. Am besten, du ziehst einfach'nen Schlußstrich unter das Ganze. Mein Daddy hat immer gesagt, was dich zerfrißt, das sollst du nicht füttern.

Woll Sir.

Dich drückt doch noch was, oder?

Woll Sir.

Na, dann schieß mal los.

Da unten im Knast, da hab ich einen umgebracht.

Der Richter lehnte sich zurück. Aha, sagte er. Das hör ich aber gar nicht gern.

Und jetzt läßt mir das keine Ruhe mehr.

Vermutlich hat er dich provoziert.

Ja. Aber davon wird's auch nicht besser. Er iss mit dem Messer auf mich los. Ich war bloß zufällig schneller als er.

Und wieso läßt dir das keine Ruhe?

Keine Ahnung. Ich hab den Jungen doch überhaupt nicht

gekannt. Ich weiß nicht mal seinen Namen. Vielleicht war er ja sonst'n feiner Kerl. Ich kapier's nicht. Ich kapier einfach nicht, daß er jetzt tot sein soll.

Er hob den Blick. Seine Augen schimmerten feucht im Feuerschein. Der Richter saß da und schaute ihn an.

Naja, also'n feiner Kerl kann er eigentlich nicht gewesen sein.

Nein, Sir. Wahrscheinlich nicht.

Sag mal, Richter wärst du wohl nicht besonders gern, oder?

Nein, Sir. Ganz bestimmt nicht.

Ging mir früher genauso.

Sir?

Ich hatte auch keine Lust, Richter zu werden. Als ich noch jung war, hatte ich'ne Anwaltspraxis in San Antonio; irgendwann ist dann mein Daddy krank geworden, und da bin ich hierher zurück und hab für die Staatsanwaltschaft gearbeitet. Aber Richter wollt ich eigentlich nie werden. Ging mir ähnlich wie dir. Geht mir sogar heute noch so.

Und wieso haben Sie's dann doch gemacht?

Hat sich halt so ergeben. Außerdem hab ich mitgekriegt, daß es in unserem Recht oft sehr ungerecht zugeht; ich hab Leute in Machtpositionen erlebt, Leute in meinem Alter, mit denen ich aufgewachsen bin und von denen ich hundertprozentig weiß, daß sie keinen Funken Verstand hatten. Neinein, ist mir wohl gar nichts anderes übriggeblieben. Neunzehnzweiunddreißig hab ich mal'nen Jungen aus diesem County hier auf den elektrischen Stuhl geschickt. Geht mir heut noch im Kopf rum. Der war garantiert auch kein feiner Kerl. Trotzdem will mir's nicht aus dem Kopf. Frag mich immer, ob ich's nochmal tun würde. Wahrscheinlich ja.

Ich hätt's auch beinah nochmal gemacht.

Was, jemand umgebracht?

Woll Sir.

Den Capitán?

Woll Sir. Den Capitán. Oder was immer er war. Eigentlich war er ein sogenannter Madrino. Also nicht mal'n richtiger Friedensrichter.

Aber du hast ihn nicht umgebracht.

Nein, Sir.

Sie saßen da. Das Feuer war zu Asche heruntergebrannt. Draußen wehte der Wind; bald würde der Junge wieder hinausmüssen.

Immerhin war ich drauf und dran. Obwohl ich mir gesagt hab, tu's nicht. Ich weiß nicht, was passiert wär, wenn die andern nicht gekommen wären und ihn mir abgenommen hätten. Naja, wahrscheinlich iss er jetzt eh tot.

Er hob den Blick vom Feuer und schaute den Richter an.

Ich war nicht mal wütend auf ihn. Jedenfalls nicht direkt. Der Junge, den er abgeknallt hat, den kannt ich ja kaum. Klar, leid getan hat er mir schon, aber eigentlich war er mir völlig egal.

Und wieso wolltest du den Capitán umbringen?

Keine Ahnung.

Hmm, sagte der Richter. Das ist wohl eine Sache allein zwischen dir und dem lieben Gott. Oder nicht?

Woll Sir. Ich wollt ja auch gar keine Antwort drauf. Wahrscheinlich gibt's da sowieso keine. Es hat mich halt bloß gestört, daß Sie vielleicht denken, ich bin was Besonderes. Bin ich nämlich überhaupt nicht.

Es gibt Schlimmeres, woran man sich stören kann.

John Grady klaubte sich seinen Hut und hielt ihn in beiden Händen. Als schicke er sich an aufzustehen. Aber er blieb noch sitzen.

Vielleicht wollt ich ihn deswegen umbringen, weil ich mir ruhig mit angeguckt hab, wie er ihn hinter die Bäume führt und dort abknallt.

Hätte es denn was genützt, wenn du versucht hättest, ihn daran zu hindern?

Nein, Sir. Aber davon wird's auch nicht besser.

Der Richter beugte sich vor, nahm den am Kamin lehnenden Schürhaken und stocherte in der Glut herum; dann stellte er ihn zurück, verschränkte die Hände und wandte sich wieder dem Jungen zu.

Was hättest du eigentlich gemacht, wenn ich heute *gegen* dich entschieden hätte?

Keine Ahnung.

Das nenn ich mir'ne ehrliche Antwort.

Das iss nicht denen ihr Pferd. Wahrscheinlich wär ich ganz schön sauer gewesen.

Ja, sagte der Richter. Das glaub ich auch.

Ich muß jetzt endlich mal rausfinden, wem das Pferd gehört. Hängt mir langsam wie'n Mühlstein am Hals.

Du hast die richtige Einstellung, mein Sohn. Du kriegst das schon hin.

Woll Sir. Wahrscheinlich. Wenn ich lang genug lebe.

John Grady erhob sich.

Jedenfalls dankschön für Ihre Mühe. Und daß Sie mich einfach so reingelassen haben.

Der Richter stand ebenfalls auf. Du bist hier jederzeit willkommen, sagte er.

Woll Sir. Vielen Dank.

Es war kalt draußen; trotzdem blieb der Richter in Morgenmantel und Pantoffeln auf der Veranda stehen, während John Grady sein Pferd losband, die beiden anderen Tiere holte und dann in den Sattel stieg. Der Junge wendete das Pferd, drehte sich zu dem im Türlicht harrenden Mann um und hob grüßend die Hand; der Richter grüßte zurück. John Grady ritt los und zog durch die Lichtpfützen der Straßenlaternen, bis er im Dunkel verschwunden war.

Am Sonntag darauf saß er morgens in einem Café in Bracketville, Texas, und trank Kaffee. Das Lokal war ansonsten leer, bis auf den Kellner, der rauchend auf dem hinteren Tresenhocker kauerte und Zeitung las. Hinter dem Tresen spielte ein Radio; nach einer Weile sagte eine Stimme die Gospel-Stunde von Jimmy Blevins an.

John Grady hob den Blick. Was'n das für'n Sender? sagte er.

Del Rio, sagte der Kellner.

Nachmittags gegen halb fünf traf er in Del Rio ein; als er Blevins' Haus gefunden hatte, dunkelte es bereits. Der Reverend wohnte in einem weißen Holzhaus mit Kiesauffahrt; John Grady saß am Briefkasten ab, führte die Pferde hinters Haus und klopfte an die

Küchentür. Eine kleine blonde Frau spähte nach draußen und machte ihm auf.

Ja bitte? sagte sie. Kann ich was für Sie tun?

Ja, Mam. Ich möchte zu Reverend Blevins.

In welcher Angelegenheit?

Naja. Es geht eigentlich bloß um ein Pferd.

Ein Pferd?

Ja, Mam.

Sie lugte an ihm vorbei zu den Pferden. Um welches denn? sagte sie.

Um den Fuchs. Den großen Rotbraunen da.

Er wird das Pferd für Sie segnen; aber ohne Handauflegen.

Mam?

Er legt nicht die Hand auf. Jedenfalls nicht bei Tieren.

Wer ist denn da, Liebling? rief ein Mann aus der Küche.

Ein Junge mit einem Pferd, rief sie zurück.

Der Reverend trat hinaus auf die Veranda. Ja mein, sagte er. Nun schau sich einer die Pferde an.

Tut mir leid, wenn ich Sie störe, Sir; aber gehört das Pferd da Ihnen?

Mir? Ich hab mein Leben lang noch kein Pferd gehabt.

Soll er es jetzt für Sie segnen oder nicht? sagte die Frau.

Kennen Sie einen ungefähr vierzehnjährigen Jungen namens Jimmy Blevins?

Als ich klein war, hatten wir mal ein Maultier. Ein riesiges Vieh. Und tückisch dazu. Jimmy Blevins, sagten Sie? Einfach Jimmy Blevins?

Woll Sir.

Hmm. Nein. Nicht daß ich wüßte. Gibt'ne Menge Jimmy Blevins auf der Welt, aber die heißen Jimmy Blevins Smith oder Jimmy Blevins Jones. Fast jede Woche flattern hier'n paar Briefe ins Haus, in denen was über einen neuen Jimmy Blevins Soundso steht. Stimmt's, Liebling?

Stimmt genau, Reverend.

Sogar aus Übersee. Jimmy Blevins Chang. Das war erst neulich.

’n kleines gelbes Baby. Wir kriegen nämlich immer Fotos geschickt. Schnappschüsse. Wie war Ihr Name nochmal?

Cole. John Grady Cole.

Der Reverend gab John Grady nachdenklich die Hand. Cole, sagte er. Wir hatten doch auch mal’nen Cole. Also da müßt ich mich sehr irren, wenn nicht. Haben Sie schon zu Abend gegessen?

Nein, Sir.

Liebling, Mr. Cole bleibt wahrscheinlich zum Essen. Mögen Sie Huhn mit Knödeln, Mr. Cole?

Woll Sir. Sogar besonders gern.

Na, bald mögen Sie’s noch lieber; niemand macht das nämlich so gut wie meine Frau.

Sie aßen in der Küche. Die Frau sagte: Jetzt, wo wir bloß noch zu zweit sind, essen wir einfach gleich hier.

John Grady fragte nicht, wer fehlte. Der Reverend wartete, bis seine Frau sich hingesetzt hatte; anschließend beugte er den Kopf und sprach seinen Segen über die Mahlzeit, den Tisch und die Anwesenden. Er wollte gar nicht mehr aufhören damit, er segnete alles bis hin zum Land und zu anderen Ländern, erwähnte Kriege, Hungersnöte, Missionen und sonstige Weltprobleme, unter besonderer Berücksichtigung der Russen, Juden und Kannibalen, bat für sie in Christi Namen und schloß den Sermon mit einem Amen ab; dann erhob er sich und griff nach dem Maisbrot.

Die Leute wollen immer wissen, wie ich angefangen hab, sagte er. Nun, daran ist überhaupt nichts Geheimnisvolles. Als ich zum erstenmal Radio hörte, da war mir sofort und unzweifelhaft klar, was sich damit erreichen läßt. Der Bruder meiner Mutter hat sich einen Detektorempfänger gebaut. Hat er sich mit der Post schicken lassen. Das Ding kam in einer Schachtel, man mußte es selber zusammenbauen. Wir lebten damals im Süden von Georgia und kannten natürlich das Radio bereits vom Hörensagen. Hatten aber noch nie eins mit eigenen Augen gesehen. Das ist ein gewaltiger Unterschied. Nun ja. Jedenfalls war mir sofort klar, was sich damit erreichen läßt. Mit einem Schlag gab’s keine Ausflüchte mehr. Man kann sein Herz verhärten, bis das Wort Gottes nicht mehr zu einem dringt, aber wie, wenn man das Radio richtig laut stellt? Nun, dann ist's aus mit der Verhärtung des Herzens. Da müßte man schon stocktaub sein. Alles auf dieser Welt hat seinen Sinn. Manchmal ist es vielleicht schwer, ihn zu erkennen. Aber das Radio? Ja mein. Da liegt der Sinn doch klar auf der Hand. Das Radio hab ich von Anfang an mit eingeplant. Es hat mich zum Sprachrohr Gottes gemacht.

Er lud sich den Teller voll, beendete seinen Vortrag und begann zu essen. Er war nicht gerade korpulent; trotzdem verschlang er zwei riesige Portionen, schmauste danach noch ein großes Stück Pfirsichpastete und trank dazu mehrere Humpen Buttermilch.

Als er fertig war, wischte er sich den Mund ab und schob den Stuhl zurück. Alsdann, sagte er. Ihr entschuldigt mich. Ich hab noch zu tun. Der Herr kennt keinen Urlaub.

Er stand auf und verschwand irgendwo im Haus. Die Frau servierte John Grady ein zweites Stück Pfirsichpastete; er bedankte sich, worauf sie sich wieder setzte und ihm beim Essen zuschaute.

Er war nämlich der erste, der den Leuten gesagt hat, sie sollen die Hände aufs Radio legen, sagte sie.

Mam?

Er hat damit angefangen. Daß die Leute die Hände aufs Radio legen. Er hat im Radio gepredigt und alle geheilt, die ihre Hände draufgelegt haben.

Verstehe, Mam.

Vorher haben ihm die Leute immer Sachen geschickt, und er hat dann drüber gebetet, aber da gab's'ne Menge Probleme dabei. Ein Verkünder Gottes, von dem erhofft man sich halt so einiges. Er hat ja auch viele geheilt, und das konnt natürlich jeder im Radio hören, aber trotzdem, ich sag's nicht gern, da sind schon schlimme Sachen passiert. Find ich jedenfalls.

Er aß. Sie schaute ihm zu.

Sie haben uns sogar schon Tote geschickt, sagte sie.

Mam?

Sie haben uns Tote geschickt. In Frachtkisten und per Expreß. Das hat dann regelrecht überhand genommen. Bei einem Toten kann man doch nichts mehr ausrichten. Nur Jesus kann das.

Ja, Mam.

Möchten Sie noch'nen Schluck Buttermilch?

Gern, Mam. Schmeckt wirklich prima bei Ihnen.

Freut mich zu hören.

Sie füllte sein Glas nach und setzte sich wieder.

Er arbeitet sehr schwer für sein Amt. Die Leute machen sich da gar keine Vorstellung. Wußten Sie, daß man ihn überall auf der Welt hören kann?

Im Ernst?

Wir kriegen sogar Briefe aus China. Man glaubt es nicht. Die kleinen Leute dort sitzen am Radio und hören Jimmy zu.

Verstehn die überhaupt, was er sagt?

Briefe aus Frankreich. Briefe aus Spanien. Aus aller Welt. Seine Stimme ist nämlich wie ein Musikinstrument. Alle läßt er sie ihre Hände auflegen. In Timbuktu. Am Südpol. Egal wo. Seine Stimme ist überall. Sie können hin, wo Sie wollen. Seine Stimme ist einfach in der Luft. Pausenlos. Sie brauchen bloß das Radio einzuschalten. Sie wollten natürlich schon mal den Sender dichtmachen, aber das war damals drüben in Mexiko. Deswegen ist dann Dr. Brinkley gekommen und hat die Radiostation hier aufgebaut. Wußten Sie, daß man ihn sogar auf dem Mars empfangen kann?

Nein, Mam.

Stimmt aber. Wenn ich mir überlege, daß die da oben sitzen und zum allerersten mal das Wort Gottes hören, da könnt ich glatt losheulen. Doch, wirklich. Und das alles hat Jimmy Blevins geschafft. Er ganz allein.

Hinten im Haus ertönte gedehntes rasselndes Schnarchen. Sie lächelte. Armer Liebling, sagte sie. Er reibt sich buchstäblich auf. Die Leute machen sich da gar keine Vorstellung.

Er konnte den Besitzer des Pferdes nirgendwo finden. Ende Februar zog er wieder nach Norden; er führte die Tiere durch die Gräben längs der Asphaltstraßen, die großen Lastzüge bliesen sie an den Zaun. In der ersten Märzwoche erreichte er San Angelo, ritt dann weiter durch die altvertraute Landschaft und stand kurz nach Einbruch der Dunkelheit vor dem Zaun der Rawlins-Weide; es war die erste warme Nacht in diesem Jahr, kein Lüftchen wehte, die westtexanische Ebene lag klar und totenstill. Er ritt zum Stall, saß ab und marschierte zum Haus. In Rawlins' Zimmer brannte Licht; John Grady steckte zwei Finger in den Mund und pfiff.

Rawlins trat ans Fenster und spähte nach draußen. Kurz darauf kam er aus der Küche und um die Hausecke.

Bist du's, Alter?

Jau.

Jetz leck mich am Arsch, sagte er. Das gibt's doch nich.

Er ging um John Grady herum, betrachtete ihn im Licht und schaute ihn an, als sei er vom Mond gefallen.

Ich hab gedacht, du möchtst vielleicht dein Pferd zurück, sagte John Grady.

Ich werd verrückt. Du hast Junior dabei?

Er steht drüben am Stall.

Jetz leck mich am Arsch, sagte Rawlins. Ich glaub, ich spinne. Das gibt's doch nich.

Sie ritten hinaus in die Prärie, hockten sich auf den Boden und ließen die Pferde mit baumelnden Zügeln grasen; John Grady erzählte, was alles passiert war. Ganz still saßen sie da. Im Westen hing fahl der Mond; die langen flachen Schemen der Nachtwolken schwebten wie eine Geisterflotte vor ihm dahin.

Warste schon bei deiner Mama? sagte Rawlins.

Nein.

Daß dein Daddy gestorben iss, das weißte wohl.

Jau. Hab sowas geahnt.

Sie hat versucht, dich in Mexiko zu benachrichtigen.

Aha.

Die Mutter von Luisa iss schwer krank.

Abuela?

Jau.

Und wie geht's den andern?

Ganz gut, glaub ich. Ich hab Arturo mal in der Stadt getroffen. Thatcher Cole hat ihm'n Job in der Schule besorgt. Putzen und so.

Meinst du, sie kommt durch?

Keine Ahnung. Sie iss ja schon ziemlich alt.
Jau.
Was hast'n jetz vor?
Weiterziehn.
Wohin?
Keine Ahnung.
Du könntst doch auf den Ölfeldern arbeiten. Die löhnen verdammt gut.
Jau. Ich weiß.
Könntst bei uns wohnen.
Ich glaub, ich zieh lieber weiter.
Iss immer noch'n gutes Land hier.
Jau. Ich weiß. Iss halt nicht *mein* Land.
John Grady stand auf und spähte nach Norden; die Stadtlichter hingen über der Wüste. Dann marschierte er zu seinem Pferd, griff die Zügel, saß auf, ritt hinüber zu Blevins' Fuchs und schnappte das Tier am Halfter.
Halt mal lieber dein Pferd fest, sagte er. Sonst läuft's mir noch nach.
Rawlins kam herüber und nahm sein Pferd an den Zügeln.
Wo soll denn dein Land sein? sagte er.
Keine Ahnung, sagte John Grady. Frag mich was Leichteres. Ich weiß nicht, was mit so einem Land alles passiert.
Rawlins gab keine Antwort.
Bis dann, Partner, sagte John Grady.
Alles klar. Bis dann.
Rawlins stand da und hielt sein Pferd fest; der Reiter schwenkte herum, ritt los und versank ganz langsam am Horizont. Rawlins kauerte sich auf die Hacken und blickte ihm noch eine Weile nach; dann war der Reiter endgültig verschwunden.

Der Tag der Beisetzung in Knickerbocker war kühl und windig. Er hatte die Pferde über die Straße auf eine Weide geführt und saß dann lange da, den Blick nach Norden gerichtet, wo sich ein Unwetter am grauen Himmel zusammenbraute. Schließlich tauchte der Trauerzug auf; ein alter Packard-Leichenwagen, dem mehrere staubige Limousinen und Laster folgten. Sie parkten an der Straße vor dem kleinen mexikanischen Friedhof, Leute stiegen aus, die Träger in ihren verschossenen schwarzen Anzügen stellten sich hinter den Leichenwagen und trugen dann Abuelas Sarg durchs Tor auf den Friedhof. Den Hut in der Hand, verharrte er auf der anderen Straßenseite. Niemand beachtete ihn. Sie trugen sie auf den Friedhof, gefolgt von einem Priester und einem weißgewandeten glöckchenläutenden Jungen. Als sie sie unter Gebeten und Wehklagen begraben hatten, schritten sie, weinend und einander stützend, wieder zur Straße und stiegen in ihre Wagen; einer nach dem anderen wendete und fuhr das schmale Asphaltband zurück in die Richtung, aus der sie gekommen waren.

Der Leichenwagen war bereits fort. Etwas weiter straßab stand ein Kleinlaster; John Grady setzte den Hut auf und hockte sich auf die Straßenböschung. Wenig später kamen zwei Männer mit Schaufeln über der Schulter vom Friedhof, marschierten zum Laster, legten die Schippen auf die Ladepritsche, stiegen ein, wendeten und fuhren davon.

Er stand auf, überquerte die Straße und schritt in den Friedhof hinein, an der alten Steingruft vorbei und den kleinen Gedenksteinen mit dem bescheidenen Grabschmuck, den sonnengebleichten Papierblumen, der Porzellanvase und der zerbrochenen Zelluloid-Jungfrau. Namen, die ihm bekannt waren. Villareal, Sosa, Reyes, Jesuita Holguín. Nació. Falleció. Ein Kranich aus Porzellan. Eine gesprungene Milchglasvase. Dahinter das wellige Grasland, Wind in den Zedern. Armendares. Ornelos. Tiodosa Tarín, Salomer Jáquez. Epitacio Villareal Cuéllar.

Den Hut in der Hand, stand er vor dem noch frischen Stück Erde. Fünfzig Jahre war die Frau bei seiner Familie gewesen. Hatte seine Mutter als Baby behütet; hatte bereits vor deren Geburt auf der Ranch gearbeitet; hatte die schon so lange toten Onkel seiner Mutter, die wilden Grady-Jungen, noch gekannt und versorgt. Und den Hut in der Hand, stand er da, nannte sie seine Abuela und sagte ihr auf spanisch Lebwohl; dann wandte er sich um, setzte den Hut auf, drehte das nasse Gesicht in den Wind und streckte einen Moment lang die Arme aus, als suche er festen Halt, als segne er die Erde oder wolle die Welt in ihrem Dahinwirbeln bremsen, die Welt, die sich um die Alten und Jungen, die Reichen und Armen, die Dunklen und Hellen, um ihn oder sie nicht zu scheren schien. Nicht um ihre Kämpfe, nicht um ihre Namen. Nicht um die Lebenden und nicht um die Toten.

Nach einem Viertageritt überquerte er bei Iraan, Texas, den Pecos und zog die Flußsenke hinauf; die am Horizont aufgereihten Pumpen des Yates-Ölfeldes hoben und senkten sich wie mechanische Vögel. Wie große primitive, einer Sage nach aus Eisen zusammengeschweißte Vögel aus einem Land, wo solche Flugtiere einst gelebt hatten. Damals lagerten noch Indianer in den Ebenen des Westens; gegen Tagesende, ungefähr eine Viertelmeile weiter nördlich in der ausgewaschenen, flirrenden Geröllwüste, passierte er eine verstreute Gruppe von Wickiups, schlichten, mit Ziegenfellen drapierten Hütten aus Holzstangen und Strauchwerk. Die Indianer standen da und spähten herüber. Soviel er erkennen konnte, sprachen sie nicht miteinander und machten auch keine Bemerkungen über ihn; keine grüßend erhobene Hand, kein Zuruf. Keinerlei Neugier. Als wüßten sie bereits alles, was sie wissen mußten. Sie standen da und sahen ihm nach, sahen ihn in der Landschaft verschwinden. Sahen ihm nur deshalb nach, weil er vorbeiritt. Nur deshalb, weil er verschwinden würde.

Die Wüste war rot, und rot war der Staub, den er aufwirbelte, der feine Staub, der die Beine der Pferde bepuderte, des Pferdes, das er ritt, und des Pferdes, das er führte. Abends kam Wind auf und rötete vor ihm den Himmel. Nur wenig Vieh gab es hier, denn das Land war wahrhaftig öde; einmal stieß er auf einen einzelnen Bullen, er wälzte sich vor dem blutroten Sonnuntergang im Staub wie ein Opfertier in seiner Todesqual. Blutroter Staub wehte aus der Sonne herab. Er gab seinem Pferd die Hacken und ritt weiter. Die Sonne verkupferte sein Gesicht, von Westen her blies der Wind übers abendliche Land, die kleinen Wüstenvögel flatterten zwitschernd durchs dorre Farnkraut, Pferd und Reiter und Pferd zogen weiter, ihre langen Schatten glitten hintereinander dahin, wie der Schatten eines einzigen Wesens. Glitten verblassend dahin ins dunkelnde Land, in die künftige Welt.